中国古典文学名著丛书

南史演义

[清] 杜 纲 著

华夏出版社
HUAXIA PUBLISHING HOUSE

图书在版编目（CIP）数据

南史演义／（清）杜纲著. —北京：华夏出版社，
2013.01（2024.09重印）
（中国古典文学名著丛书）
ISBN 978 - 7 - 5080 - 6332 - 4

Ⅰ. ①南… Ⅱ. ①杜… Ⅲ. ①章回小说 – 中国 – 清代
Ⅳ. ①I242. 4

中国版本图书馆 CIP 数据核字（2011）第 074616 号

出版发行：华夏出版社
　　　　　（北京市东直门外香河园北里 4 号　邮编 100028）
经　　销：新华书店
印　　制：永清县晔盛亚胶印有限公司
版　　次：2013 年 01 月北京第 1 版
　　　　　2024 年 09 月北京第 2 次印刷
开　　本：670×970　1/16 开
印　　张：16
字　　数：240. 3 千字
定　　价：32. 00 元

前　言

南北朝时期,是我国历史上民族关系最为纷繁复杂、战乱最为激烈频仍的时期。这段历史时间虽不长,但它包括了六个政权的分裂与更迭,它们是北魏、东魏、西魏、北齐、北周、隋。其中的政治军事事件、人物经历等变化频繁。《南史演义》描述的正是这一时期的社会生活的方方面面。书中匠心独具的结构与全面、细致、生动的描写,使《南史演义》具有很强的可读性。

《南史演义》的作者是清代乾隆时期著名的通俗小说作家杜纲(约1740年-约1800年)。杜纲,字振山,江苏昆山人,他同时还著有《北史演义》。

我国的演义自《三国演义》以来,数量渐多,体制也日臻完备。它们当中不乏风格质朴生动的上乘之作,而大多数演义因由某些书坊主编写或请人代写,以赚钱为目的,而呆板地填充史实,文笔枯涩,质量难以让人恭维。而《南史演义》则出于具有较高文化素养的文人之手,文笔流畅,叙事清晰。这在古代历史演义类的小说中是不多见的、较有成就的。

在《南史演义》中,作者较好地把握了"演义"体裁的特点,它既不同于正统史书的绝对忠实历史的特点,又不同于"戏说"之类的凭空杜撰,而是以野史逸事与正统史传相结合,既晓人以理,又动人以情。作者在《南史演义》的《凡例》中称:"凡正史所载,无不备录,间采稗史事迹,补缀其阙,以广见闻所未及。皆有根据,非随意撰造者可比。"

在《南史演义》中,作者大量地采用了传统的前人行之有效的方法,如《左传》描写战争的手法,《红楼梦》"草蛇灰线"的手法等。在塑造人物上,作者注重展示各主要人物的独特性格。作者即使描写同一类型的人物,也尽力着重刻画其独特之处,与同类的其他人的差异,力求千人千面。

作者时值文字狱盛行的时代,为了使这部被正统文人所轻视的演义小说得以广泛流传，不得不在叙事中冠以纲常名教之说，强调因果报应，又在《凡例》中大谈一番去淫重节的道理，不免落了俗套。而且，作者喜欢谈论法术怪异等事，又显得有些荒诞。不过，这些都是时代的局限性所造成的，相信今天的读者会有公平的认识和评判。

此次再版，我们对原书中的笔误、缺漏和难解字词进行了更正、校勘和释义，对原书原来缺字的地方用□表示了出来，以方便读者阅读。由于时间仓促，水平有限，其中难免有所疏失，望专家和读者予以指正。

编 者
2011 年 3 月

南史演义序

　　余既劝草亭作《北史演义》问世,自东、西魏以至周、齐及于隋初,其兴亡治乱之故,已备载无遗,远近争先睹之为快矣。特南朝始末,未能兼载,览古之怀,人犹未餍。① 且于补古来演义之阙,犹为未备也。乃复劝其作《南史演义》,凡三十二卷。自东晋之季,以迄宋、齐、梁、陈,二百余年,废兴递嬗②,无不包罗融贯,朗如指上罗纹。持此以续《北史》之后,可谓合之两美矣。或谓南朝风尚,贤者骛③于玄虚,不肖者耽于声色,所遗事迹,类皆风流话柄,所谓六朝金粉是也。载之于书,恐观者色飞眉舞,引于声色之途而不知返,讵非作书者之过耶? 余应之曰:"嘻! 子何见之小也? 夫有此国家,即有兴替。而政令之是非,风俗之淳薄,礼乐之举废,宫闱之淑慝④,即于此寓焉。其兴也,必有所以兴;其亡也,必有所以亡。如是而得者,亦如是而失。影响相随,若报复然。阅者即其事以究其故,由其故以求其心,则凡正心、修身、齐家、治国、平天下之道,胥⑤于是乎在。宁可执'金粉'两字概之耶? 且圣人删《诗》,不废《郑》、《卫》⑥,亦以示劝惩之意。是书之作,亦犹是而已矣。况荒淫侈靡之事,正史亦并载之,其能尽弃之否耶?"或无以应,乃书之以弁于简端。

　　乾隆六十年岁在乙卯三月望前一日,愚弟许宝善撰。

---

① 餍(yàn)——满足。

② 递嬗(shàn)——交替、演变。

③ 骛(wù)——从事,致力。

④ 淑慝(tè)——善良与邪恶。

⑤ 胥(xū)——都,皆。

⑥ 《郑》、《卫》——《诗经》中的《郑风》、《卫风》。郑、卫之声多为表现男女爱情诗歌;孔子认为郑、卫之声"淫",但修订《诗经》时并未将其删去。

南史演义凡例

一、是书自晋迄隋,备载六朝事迹。而晋则孝武以后事变始详,其上不过志其大略。隋则仅志其灭陈一师,余皆未及者。盖是书及《北史》,原以补古来演义之阙,缘前有《东西晋演义》,后有《隋唐演义》,事已备见于两部,故书不复述。

一、宋代晋,齐代宋,梁代齐,陈代梁,迹若一辙,而其中兴亡得失之故,仍彼此不同。故各就正史本文而演畅之,阅者可参观焉。

一、六朝金粉,人物风流。中间韵事韵语,足供玩绎者,美不胜收,如《世说新语》①等书所载皆是。书中不及备录,唯于本文有关涉者采而录之。

一、开业之主,若宋高祖裕、齐高祖道成、梁高祖衍、陈高祖霸先,皆雄才大略,多有善政可纪。而规模气象,总逊宋高一筹,故载叙宋事独多。

一、南朝之败,每由幼主在位,强臣得行弑逆。然如宋之子业苍梧,齐之东昏,淫凶暴虐,恶逾桀纣,死不足惜。他若宋少帝、齐郁林同一无道,尚无甚大恶,故于弑之尤多贬词。

一、南北地名屡易,有地去而名存者,如兖、豫既失,仍设南兖州、南豫州等号是也,阅者须辨之。

一、事有与《北史》相犯者,如侯景之乱梁,隋师之灭陈,彼此俱载。然此详则彼略,彼详则此略,一样叙事,仍两样笔墨。

一、书中所载诗词歌赋,有本系前人传留者,即其原本录之,不敢增减一字。

一、凡忠义之士,智勇之臣,功在社稷者,书中必追溯其先代,详载其轶事,暗用作传法也。

一、坊本叙战,每于临阵之际,必先叙明主将若何披挂,若何威武。彼此出阵,若何照面,若何交手,一番点缀,竟成印板厮杀。书中大小数十战,此等语绝不一及,避俗笔也。

------

① 《世说新语》——南朝宋刘义庆撰志人小说集,三卷。

目　录

第 一 卷

晋室将亡廊庙乱　宋家应运帝王兴

粤①自西晋之季,惠帝不纲,贾后乱政,宗室相残,群雄四起,天下土崩瓦解,遂至大坏。琅琊王睿,避难渡江,收集余众。以王导专机政,王敦总征讨。江东名士贺循、顾荣辈相率归附,奉以为君,即位建康,遂开东晋之基,是为元帝。其后遭王敦谋逆,郁郁成疾,在位六年而崩。子明帝立,会敦死,其党皆伏诛,大乱乃定。明帝在位三年而崩。太子即位,是为成帝。庾亮、王导、卞壶同受顾命。苏峻反于历阳,兵入台城。卞壶战死,庾亮出亡,天位几失。赖有温峤、陶侃诸贤,奋起义兵,入平内难。峻以败死,晋室复宁。帝在位十七年,国家无事。及崩,二子俱幼,乃迎帝弟琅琊王岳为嗣,是为康帝。二年去世,太子聃即位,是为穆帝。其时,桓温都督荆、梁等州,坐拥强兵,遥执朝政。出师平蜀,进封临贺郡公,威名大震,朝廷畏之。时殷浩有盛名,帝引为心膂②,欲以抗温。哪知浩徒负虚声,全无实用,出兵屡败,温上表废之。由是大权一归于温。穆帝崩,无子,乃立成帝长子丕,是为哀帝。帝在位四年崩,无子,弟琅琊王奕立,是为废帝。温有篡夺之志,诬帝夙有痿疾③,嬖人④朱灵宝等参侍内寝,秽乱宫掖,所生三男,皆非帝出,恐乱宗祧⑤,遂废帝为海西县公。迎会稽王昱登极,是为简文帝。帝美风仪,善容止,神识恬畅,然无经济大略。谢安以为惠帝之流,清谈差胜耳。在位二年,常忧废黜,俄以疾崩。太子曜即位,是为孝武帝。其时桓温已死,桓冲继之,尽忠公家。又任谢安为相,总理朝政。安有庙堂之量,选贤使能,各当其任,内外称治。太元八年,苻坚入寇,发

---

① 粤——助词。用于句首或句中,与“曰”通。
② 心膂(lǚ)——膂,脊骨。亲信,作为骨干的人。
③ 痿(wěi)疾——指身体某一部分机能衰退。此处指性机能衰退。
④ 嬖(bì)人——宠爱的人。
⑤ 宗祧(tiáo)——宗庙。祧,古代称远祖的庙。

兵八十七万,前临淝水。旗鼓相望,千里不绝,举朝大恐。安不动声色,命谢玄、谢石,率兵八万拒之。将士奋勇,大败秦师。死者蔽野,走者闻风声鹤唳,皆以为晋兵将至,心胆俱裂。亏此一捷,国势遂固。人皆谓安石之功,实同再造。那知良臣去世,君志渐侈,日复一日,渐渐生出事来。

今且说孝武帝,初政清明,信任贤良,大有人君之度。既而溺志于酒,不亲万几。有母弟道子,封琅琊王,悉以国事委之。道子亦嗜酒,日夕与帝酣饮为乐,复委政于中书令王国宝。以故左右近习,争弄威权,交通请托,贿赂公行,朝局日坏。尚书令陆纳,尝望宫阙叹曰:"好家居,纤儿欲撞坏之耶?"群臣上疏切谏,帝皆不省。国宝既参国政,窃弄威福,势倾朝野,却一无才略,唯以谄佞为事,凡道子所欲,无不曲意逢迎,故道子宠信日深。一日,道子色若不怿①,国宝问故。道子曰:"吾府中宫室虽多,苦无游观之所,可以消遣情怀。"国宝曰:"易耳。府吏赵牙最有巧思,何不使辟东第为之,可以朝夕游赏。"道子从之。乃使赵牙于东第外辟地数里,迭石为山,高百余丈。环以长渠,列树竹木。高台杰阁,层出其中。临渠远近,皆筑精舍。使宫人开设酒肆其间,道子与左右亲臣乘船就之,宴饮以为笑乐。一日,帝幸其第见之,谓道子曰:"府内有山,游览甚便。然修饰太过,毋乃太耗物力。"道子默不敢对。帝还宫,道子谓赵牙曰:"上若知山是人力所为,尔必死矣。"牙曰:"王在,牙何敢死?"营造弥盛。帝由是恶之。国宝欲重道子之权,讽令群臣奏请道子位大丞相,假黄钺②,加殊礼。侍中车胤拒之曰:"此成王所以尊周公也。今主上当阳③,非成王之比。相王在位,岂得自比周公乎?"议乃止。帝闻大怒,而嘉胤有识。又道子为太后所爱,内廷相遇,如家人一般。每恃宠乘酒,失礼于帝。帝欲黜之,而虑拂太后意,含忿不发。

时朝臣中王恭、殷仲堪最负重望,因欲使领藩镇,以分道子之权。一日,王雅侍侧,谓之曰:"吾欲使王恭为兖、青二州刺史,镇京口;殷仲堪为荆州刺史,镇江陵。卿以为何如?"雅曰:"王恭风神简贵,严于嫉恶。仲

---

① 怿(yì)——欢喜,高兴。

② 黄钺(yuè)——钺,古代一种像斧的兵器。黄钺,以黄金为饰之钺,天子所用,作为帝王的仪仗。有时大臣出师,亦假以黄钺,以示威重。

③ 当阳——指帝王位朝南面向明而治。

堪谨于细行,以文义著称。然皆局量①峻狭,果于自用,且干略皆其所短。若委以方面,天下无事,足以守职;一旦有事,必为乱阶。恐未可用也。"帝不以为然,卒任二人为刺史。由是君相疑贰,友爱渐衰。太后欲和解之,暗使中书郎徐邈从容言于帝曰:"昔汉文明主,犹悔淮南②;世祖聪达,负愧齐王。兄弟之际,宜加深慎。琅琊王虽有微过,尚宜宏贷。外为国家之计,内慰太后之心。"帝纳其言,复委任如故。

太元二十一年,长星③昼见。群臣进奏,劝帝修德禳灾。帝正在华林园饮酒,见奏,起立离座,举杯向天祝曰:"长星,我劝汝一杯酒。自古岂有万年天子乎?"左右皆窃笑。

却说"酒色"二字,从来相连。帝则唯酒是耽,而于色欲甚淡,凡嫔御承幸者,一不快意,即贬入冷宫,或赐之死,宫中谓之薄情天子。独张贵妃侍帝有年,宠爱无间。然貌慈心狠,妒而且淫。自承宠之后,即不容帝有他幸。枕席之私,流连彻夜,犹为未足。故虽独沾恩宠,尚未满意。及帝末年,嗜酒益甚,几于昼夜不醒。才一就枕,便昏昏睡去,任你撩云拨雨,漠若不知。弄得张妃欲念弥炽,终夜煎熬,积怨生恨。以故愁眉常锁,对镜不乐。有宫婢彩云者,善伺主意,私谓妃曰:"帝与娘娘夜夜同衾,有何不足,而郁郁若此?"妃叹曰:"如此良宵,身与木偶同卧,尚有人生之趣否,教人怀抱怎开?"彩云笑曰:"此非帝误娘娘,乃是酒误帝耳。"妃为之失笑。

一夕,帝宴于后宫,张妃陪饮。饮至半酣,帝忽问张曰:"卿年几何?"妃曰:"三十。"帝曰:"以汝年,亦当废矣。吾意更属少者,明日贬汝于冷宫何如?"帝本戏言,而张妃积怨已久,忽闻是言,信以为实,益增恼怒,顿起不良之意,强作欢容,手持大杯敬帝。帝本好饮,且不知是计,接来一吸而尽。饮已无数,犹频频相劝。及帝大醉,不省人事,张妃乃命宫人扶入,寝于清暑殿内。余宴分赐内侍,命各去畅饮,不必再来伺候。内侍退讫,独存心腹宫婢数人,泣谓之曰:"汝等闻帝饮酒时言乎? 帝欲杀我,汝等

---

① 局量——指器量、度量。

② 淮南——指汉淮南王刘长,为汉高祖刘邦之子,封淮南。汉文帝在位时,起兵谋反,事败,被谪徙蜀郡,中途不食而死。

③ 长星——彗星。

明日皆赐死矣。"宫女亦泣。妃曰:"汝欲免死,今夜助我举一大事,不但可免大难,且有金帛给汝。否则,唯有死耳。"宫人皆曰:"唯命。"乃走至帝所,见帝仰面而卧,烂醉若死。妃令宫女以被蒙帝面,身坐其上,按住四角,使不得展动。良久起视,则帝已闷绝而死矣。

妃见帝死,召内侍至前,悉以金帛赂之,嘱其传报外廷,但言帝醉后,遇魇①暴崩。外廷一闻帝殂,飞报道子。道子闻之,又惊又喜:惊者,惊帝无故暴崩;喜者,喜帝崩之后,则大权独归于己。急召国宝谋之。国宝曰:"臣请入作遗诏要紧。"遂飞骑入朝。时已半夜,禁门尚闭,国宝扣呼求入。黄门郎王爽厉声拒之曰:"大行晏驾,皇太子未来,敢入者斩!"国宝失色而退。黎明,百官齐集,共诣道子,请立新君。道子意欲自立,而难于启口,使国宝示意群臣。车胤附道子耳语曰:"王恭、殷仲堪各拥强兵于外,相王挟天子以令之,谁敢不服? 倘若自为,彼兴问罪之师,长驱至京,相王何御之?"道子悟。辛酉,率百官奉太子即帝位,是为安帝。当是时,执政者一昏钺之人,登极者又一愚幼之主,群臣依违从事,唯务苟安。帝崩之由,皆置不问。张妃始犹疑虑,恐怕廷臣究问情由,大祸立至。及梓宫②既殓,外廷无人问及,私心暗喜。可怜一代帝王,死于数女子之手。把一亲手弑逆的人,竟轻轻放过。识者有以知晋祚③之不长矣。

却说王恭闻帝晏驾,星夜起身到京。举哀毕,仰宫殿叹曰:"佞人得志,国事日非,榱栋④惟新,便有黍离之叹⑤,奈何!"故每见道子、国宝,辄厉声色。二人积不能平,遂有相图之意。国宝说道子曰:"王恭意气凌人,不如乘其入朝,伏兵杀之,以绝后患。"道子胆怯不敢动。或亦劝恭,以先诛国宝,可免后忧。恭不能决,谋之王廞。廞曰:"国宝罪逆未彰,今遽诛之,必大失朝野之望。况身拥强兵,发于辇毂之下,谁谓非逆? 我意俟其恶布天下,然后顺众心除之,亦无忧也。"恭乃止。冬月甲申,葬孝武

① 魇(yǎn)——妖邪。
② 梓宫——指棺材。用梓木做成故称。
③ 祚(zuò)——福运。此处指国家的命运。
④ 榱(cuī)栋——房屋的椽子与脊檩。常用来比喻担负重任的人物。
⑤ 黍离之叹——《诗经·王风》有"黍离"篇,诗序称西周亡后,周大夫过宗庙宫室,尽为禾黍,徘徊不忍去,乃作此诗。后用为感叹亡国触景生情的词句。

帝于隆平陵。恭亦还镇去了。自是道子益无忌惮，日夜沉湎，杯不离手。除二三谐臣媚子外，宾客罕见其面。

一日，有客进谒。道子以其求见数次，不得已见之。其人姓桓，名玄，字敬道，温之庶子也。其母马氏，尝与同辈夜坐月下，见一流星，坠铜盆水中，光如二寸火珠，炯然明朗。同辈竞以瓢接取，皆不能得。马氏取而吞之，遂有感怀孕。及产时，有光照室，人以为瑞，故小名灵宝。奶母①每抱诣温所，必易人而后至，皆云体重于常儿数倍。温甚爱而异之。临终，命以为嗣，袭爵南郡公。及长，形貌瑰奇，风神秀朗。博综艺术，兼善属文。每以雄豪自处，负其才地，谓宜立朝居要。而朝廷以其父温得罪先朝，疑而不用。年二十三，始拜太子洗马②。后出补义兴太守，郁郁不得志。尝登高望震泽，叹曰："父为九州伯，儿为五湖长，恋此何为？"遂弃官归国，上疏自讼曰："先臣勤王之勋，朝廷遗之，臣不复计。至于先帝龙飞，陛下继明，请问率先奉上者，谁之功耶？"疏寝不服。今见孝武已崩，道子当国，望其引用，故来进谒。哪知桓玄来见时，道子已在醉乡，蓬首闭目，昏昏若睡。玄至堂阶，众宾起接，道子安坐如故。左右报曰："桓南郡来。"道子张目谓人曰："桓温晚途欲作贼，其子若何？"玄伏地流汗，不得起。长史谢重举笏③对曰："故宣武公黜昏立明，功高伊、霍④，纷纭之言，宜不足信。"道子目视重曰："侬知侬知。"因举酒嘱玄曰："且饮此。"玄乃得起。由是切齿于道子，不发一言而退。

归至家，独坐堂中，怒气不息。其兄桓伟见之，曰："弟有何事而含怒若此？"玄曰："吾父勋业盖世，子孙失势，为庸奴所侮。"因备述道子语，曰："吾恨不手刃之也！"伟曰："朝政日紊，晋室将败，时事可知。吾桓氏世临荆州，先宣武遗爱在佽，士民悦服。荆、益名流，皆吾家门生故吏。策而使之，谁不心怀报效？况仲堪初临荆州，资望犹浅，今往归之，彼必重用。借其势力，结纳群才，庶可得志。毋庸留此，徒受人辱也！"玄恍然大

---

①　奶(nǎi)母——乳母。

②　洗(xiǎn)马——官名。为太子官属。

③　笏(hù)——古代大臣上朝执持着的手板。

④　伊、霍——商朝时的伊尹与西汉霍光。二人俱有匡扶朝政、辅助君王掌管天下的大功。

悟,乃尽室以行,往投仲堪。

先是,仲堪到官以来,好行小惠,政事繁琐,荆人不附。又与朝廷不睦,恐为国宝等所图。正愁孤立,一闻玄至,知其素有豪气,为荆人畏服,不胜大喜。忙即接见,邀入密室细语。谓玄曰:"君从京师来,必知朝廷虚实。近日人情若何?"玄曰:"大臣昏迷,群小用事,朝政颠倒,日甚一日。是以脱身西归,委诚足下。且更有一说,君及王恭,与道子国宝素为仇敌,唯患相毙之不速。今道子既执大权,与国宝相为表里,其所黜夺,莫敢不从。孝伯居元舅之地,尚未敢害。君为先帝识拔,超居大任,人情不附,彼若假托帝诏,征君为中书令,君将何以辞之?如是,则荆州失而君危矣!"仲堪曰:"吾正忧之,计将安出?"玄曰:"孝伯疾恶深至,切齿诸奸。君宜潜与之约,兴晋阳之甲,以除君侧之恶。东西齐举,玄虽不肖,愿帅荆、楚豪杰,荷戈先驱。此桓、文①之勋也,君岂可坐而失之?"仲堪然其计,即与共谋军事。

却说王恭自还镇后,深恶国宝所为,正欲举兵诛之。一日,致书于仲堪曰:"国宝等乱政益甚,终为国祸。愿与君并力除之。"仲堪得书,以示桓玄。玄曰:"恭有是心,正君之大幸也!乌可不从?"于是仲堪复书王恭,殷、王遂深相结,连名抗表,罪状国宝,举二州之兵,同时向阙。国宝闻王、殷兵起,恇惧②不知所为。命其弟王绪率数百人,戍竹里以伺动静。夜遇风雨,人各散归。道子召国宝谋之,国宝茫无以对,但云内外已经戒严。国宝退,王廞、车胤入见。道子向二人问计,廞曰:"王、殷与相王,素无深怨,所竞不过势利之间耳。"道子曰:"得无曹爽③我乎?"廞曰:"是何言与?大王宁有爽之罪,孝伯岂宣帝之俦④耶?"道子曰:"国宝兄弟劝吾挟天子以征讨,卿等以为然否?"车胤曰:"昔桓宣武伐寿阳,弥时乃克。今朝廷遣兵,恭必拒守。若京口未拔,而上流奄至,不识何以待之?"道子曰:"然则若何而可?"二人曰:"今有一计,恐相王未必能行。若能行之,

---

① 桓、文——春秋五霸中的齐桓公和晋文公。

② 恇(kuāng)惧——恐慌不安。

③ 曹爽——三国曹操之族孙。曹芳时为大将军,与司马懿同辅政,后被司马懿用计诛死,夷三族。

④ 俦(chóu)——同伴,伴侣。

兵可立退。"道子急问何计。二人曰:"王恭、殷仲堪所欲讨者国宝耳,于相王无与也。若正国宝之罪,诛之以谢二藩,则二藩有不稽首归顺者哉?"道子默然良久,曰:"苟得无事,吾何惜一国宝。"遂命骠骑将军谯王尚之收国宝,付廷尉,赐死。并斩其弟王绪。遣使诣恭,深谢愆失,恭遂罢兵还镇。仲堪亦还荆州。

桓玄又谓仲堪曰:"今虽罢兵,干戈正未戢①也。荆州兵旅尚弱,玄请为君集众以自强。"仲堪许之。玄于是招募武勇,广置军旅,阴养敢死之士为己爪牙。令行禁止,士民畏之,过于仲堪,虽仲堪亦惮之矣。今且按下不表。

且说一代将终,必有一代开创之主应运而兴。此人姓刘,名裕,字德舆,小字寄奴。汉楚元王二十一世孙,世居晋陵郡丹徒县京口里。祖名靖,为东安太守,父名翘,为郡功曹。母赵氏。裕生于晋哀帝元年三月壬寅夜。数日前,屋上红光烛天,邻里疑其家失火,往视则无有。将产之夕,甘露降于屋上。人皆谓是儿必贵。哪知生未三日,赵氏旋卒,家贫不能雇人乳,父将弃之。裕有从母张氏,生子怀敬未期,闻将弃儿,奔往救之,抱以归,断怀敬乳而乳之,儿得无恙。及长,风骨奇特,勇健绝伦。粗识文字,落拓嗜酒。事继母萧氏以孝闻。俄而父卒,家益贫,萧氏善织履,卖以给用,亦令裕为之。裕曰:"昔刘先主②卖履为业,终为蜀帝。裕何人斯,而敢不为?"同里皆贱之,而裕意气自若。居常行动,时见二小龙左右附翼,樵渔于山泽间,同侣亦或见之,咸叹为异。及后所见,龙形渐大。家乏薪,每日伐获新洲,给薪火用。一日,持斧往伐,有大蛇数十丈,盘跨洲中,头大如斛,见者惊走。裕有家藏弓箭,归取射之。大蛇伤,忽失所在。明日复往,闻有杵臼声从荻中出,迹而寻之,见童子数人,皆衣青衣,捣药其间。问何用,童子对曰:"吾王神也,昨游于此,为刘寄奴所伤,故捣药敷之。"裕曰:"既为神人,何不杀之?"对曰:"寄奴王者,不死,不可杀。"裕以为妄,厉声叱之,忽不见,乃取其药而返。尝至下邳,遇一沙门③,端视之曰:"江表寻当丧乱,能拯之者君也。"见裕有手创,指之曰:"此何不治?"

---

① 戢(jí)——停息。

② 刘先主——指三国时刘备。

③ 沙门——指和尚。

裕曰："患之积年,犹未获愈。"沙门笑曰："此手正要用他,岂可患此?"出怀中黄散一包,曰："此创难治,非此药不能瘳①也。"授药后,沙门遂失所在。裕取药敷之,创果立愈。其后凡遇金创,将所存黄散及童子所捣之药,治之皆验。偶过孔靖宅,靖正昼卧,忽有金甲神人促之曰："起,起!天子在门。"靖惊起,遽出视,绝无他人,独裕徘徊门外。因延入设酒相待,倍致殷勤。裕讶其礼待太过,问曰："君何为若此?"靖执其手曰："君必大贵,愿以身家为托,异日无忘今日之言。"裕曰："恐君言未必确耳,裕何敢忘?"相笑而别。

有昌姬者,开酒肆于里中,尝闻裕多怪瑞,心异之。裕至肆中饮酒,每不计值。一日,裕索饮,姬曰："室内有酒,刘郎自入饮之。"裕入室,即饮于盎侧,不觉过醉,倒卧于地。适司徒王谧遣其门人至丹徒,过京口里,走路辛苦,至肆中沽饮。姬曰："请容内坐,送酒来。"其人入室,惊惧奔出,谓姬曰："汝室中何为有此异物?"姬曰："刘郎在内饮酒,有何异处?"其人曰："现有一物,五色斑斓,如蛟龙状,蹲踞在地,不见刘郎也。"姬入,裕已觉,起立谓姬曰："饮酒过多,醉倒莫怪。"姬笑而出。

其人问裕姓氏,略饮数杯便去,心窃讶之,归以告谧。谧曰："我知其人久矣。吾前游京口竹林寺,乍及门,见一人从内走出,容貌奇伟,器宇不凡。询之旁人,乃知为刘寄奴也。入寺,郡僧哗然称异。予问其故,僧曰:'刻有刘寄奴醉卧讲堂禅榻上,隐隐有五色龙章覆其体。众目皆见,及觉,光始散。故众以为异。'予疑僧言为妄,据子所见,僧言不虚。此非池中物也。"因戒门人勿言,阴欲与裕结纳。

一日,谧以公事赴丹徒,便道访裕。带从者数人,步行至京口里,适过刁逵门口,只见徒众纷纷,缚一人大树上。刁逵在旁,大声喝打。谧视之,乃寄奴也,大惊,喝住众人,谓刁逵曰："汝何无礼于寄奴?"逵曰："寄奴日来呼卢②,负我社钱三万,屡讨不还,故执而笞之。"谧曰："三万钱小事,我代寄奴偿汝,可速去其缚。"刁逵遂释寄奴。谧执裕手曰："吾正访君,不意遇君于此。"裕便邀谧至家,拜谢救解之惠。谧曰："此何足谢,君乃当代豪杰,何不奋志功名,而甘守穷困,致受小人之侮?"裕曰："吾有志四方

① 瘳(chōu)——病愈。
② 呼卢——古时的一种赌博。

久矣,苦无门路可投。"谧曰:"前将军刘牢之,开镇江北,号曰北府,广招才武之士,以君投之,必获重用,何患功业不建。吾写书为君先容,何如?"裕拜谢。谧即修书一封付裕自投,便将三万钱还了刁逵,厚赠其资而去。裕从此怨逵而德谧。但未识裕去投军,果得牢之重用否,且俟后文再讲。

第 二 卷

刘寄奴灭寇立功 王孝伯称兵受戮

话说刘牢之字道坚,彭城人。面紫赤色,生有神力,沉毅多智。太元初,谢玄北镇广陵,多募劲勇,牢之以骁猛应选。谢玄任之为将,领精锐为先锋,所往无敌。淮、淝之役,苻坚攻陷寿阳,牢之以五千兵拒之,杀敌万余人,尽收其器械。坚兵失势,大败而归。以功封振威将军,开镇于江北,号曰"北府"。王恭倚为腹心。牢之亦广招劲旅,大积粮储,为恭声援。军府之盛,诸镇莫及。故王谧荐裕,投其麾下。

裕从谧言,安顿家口,径投江北而来。行至辕门,见规模严肃,甲仗整齐,果然威风赫赫,比众不同。方欲上前,将书投递,忽有两少年,随着仆从数十,昂然乘马而来。到府下骑欲入,见裕手持书帖,伫立阶下,便向前问曰:"君姓甚名谁,到此何干?"裕见问,知是府中人,对曰:"小子姓刘,名裕。有王司徒书,引荐到来,欲投帅府效用。"少年曰:"莫非丹徒刘寄奴乎?"裕曰:"是也。"少年喜曰:"闻名久矣。取书帖来,我即代君通报。君且少待,刻即传请也。"说罢便入。要知两位少年不是别人,一即牢之子敬宣,一为牢之甥何无忌,出外访友而归。敬宣见裕一表非凡,故下骑相问,知是寄奴,心益喜。不上一回,内即传请。裕振衣而入,行近堂阶,敬宣慌忙趋出,谓裕曰:"家父此时不暇,明日请会。屈兄书斋小坐。"二人携手进内,施礼罢,知是主君公子。少顷,无忌相见,又知是主君的甥。裕暗暗欢喜。未几,设宴上来,敬宣就请赴席,裕亦不辞。三杯之后,彼此谈心,情投意合,殊恨相见之晚。敬宣谓裕曰:"以君之才,他日功名,定出吾二人之上。今幸相遇,愿结义为兄弟,君意可否?"裕大喜。序齿①,裕最长,无忌次之,敬宣又次之。对天下拜,共誓生死不相背负。结义毕,重复入席饮酒。怀抱益开,饮至更深方歇。是夜,裕即宿于府内。明日,进见牢之,相与慷慨论事,雄才大略,时露言表。牢之起立曰:"君位当出

---

① 序齿——排列年岁。

吾上,今屈君以参军之职,共襄军事。"裕再拜受命。裕遂迎其母弟,共居江北。

时东莞有臧俊者,善相人,为郡功曹。生一女,名爱亲,其母叔孙氏,梦吞月而孕。容貌端严,举动修整。俊贵其女,谓他日必母仪天下,故不轻许人,年二十,尚待字闺中。一日,俊至北府,见裕奇之,遂自诣门请曰:"闻君未娶,家有弱息①,愿奉箕帚②。"裕曰:"吾功业未就,志在驱驰,未暇有室也。"其母在内闻之,呼裕入曰:"吾闻臧女甚贤,汝不可却。"裕遂娶之,即武敬臧皇后也。

当是时,北府人才济济,若刘毅、孟昶、高雅之、诸葛长民等,皆一时豪俊,无不乐与裕游。裕益广结纳,敦意气,以故远近之士,皆归心焉。一日,牢之召裕谓曰:"吾厢三吴之地,近遭海寇作乱,郡邑皆失。吾欲讨之而无朝命,奈何?"裕曰:"拜表即行可耳。"表未发,俄而诏至,命牢之都督吴郡诸军事,引兵进讨。牢之接诏大喜,遂会集诸将,下令曰:"军之勇怯,在于前锋。谁能当此任者?"裕应声而出,愿为前部。牢之即命为先锋,领兵三千,先日起发,然后大军继进。

你道海贼从何而起? 先是,琅琊人孙泰,师事钱塘杜子恭。子恭有秘术,尝就人借瓜刀一把,其主向索。子恭曰:"当即相还耳。"既而借刀者行至嘉兴,有鱼跃入船中,破鱼腹,得一刀,视之,即子恭所借者。其神效类如此,以故人争信之。子恭死,泰传其术,诳诱百姓。奉其教者,竭资产,进男女以求福。王蕴为钱塘守,治其妖妄之罪,流之广州。其后王雅悦其术,荐之孝武,云知养性之方。孝武召语,大悦,授以内职,后迁新安太守。泰知晋祚将终,收合徒众,聚货巨亿,将谋不轨。三吴之人多从之。会稽内史谢辅发其罪,朝廷诛之。其侄孙恩逃入海中,愚民犹以为泰实未死,登仙去矣,就海中资给恩,恩乃聚合亡命,得百余人,出没海边。时东土饥馑,盗贼窃发。恩乘民心骚动,率其党自海岛突入,杀上虞令,旬日之间,有众数万。于是进攻会稽。会稽内史王凝之,右军羲之子也。妻谢道韫,安西将军谢奕之女。幼聪悟,有才辨,叔安石爱之。七八岁时,安问

---

① 弱息——指女儿。

② 愿奉箕帚——愿意把(女儿)嫁给(他)。

《毛诗》①何句最佳,道韫称"吉甫作颂,穆如清风"数句。安叹其有雅人深致。又遇雪下,安问此何所似,其兄子朗曰:"散盐空中差可拟。"道韫曰:"未若柳絮因风起。"安深叹赏。及长,适凝之。以凝之少文,常厌薄之,归宁,意甚不乐。安慰之曰:"王郎,逸少子,亦不恶,汝何恨也?"答曰:"一门叔父则有阿大、中郎,群从兄弟复有封、胡、羯、末,不意天壤之间乃有王郎!"封谓谢韶,胡谓谢朗,羯谓谢玄,末谓谢川,皆其小字也。后凝之为会稽内史,一家同到治所。凝之弟献之,尝与宾客谈论,词理将屈。道韫遣婢谓献之曰:"请为小郎解围。"乃设青绫步障自蔽,与客复申前议,客不能屈。由是才名四播。及孙恩作乱,人心惶惶,而凝之世奉天师道,不发一兵,亦不设备。日在道室,稽颡②跪祝。官属请出兵御寇,凝之曰:"我已请于大道,供鬼兵百万,各守津要,贼不足忧也。"俄而贼兵渐近,乃听出兵,恩已破关而入,会稽遂陷。凝之仓皇出走,恩执而杀之,并及诸子。道韫闻乱,举措自若。既而知夫与子皆为贼害,乃拥健婢数人,抽刀出门。贼至,挺身迎敌,手斩数贼,力尽被执。其外孙刘涛年数岁,贼将杀之,道韫呼曰:"事在王门,何关他族?必若此,宁先见杀!"词气慷慨,声情激厉。恩虽毒虐,为之改容,遂释之,亦不害道韫。

　　孙恩既据会稽,自称征东将军,逼使人士为官属,有不从者,戮其全家,死者什七八。号其党曰"长生",遣兵四出,醢③诸县令之肉,以食其妻、子,不肯食者,辄支解之。所过城邑,焚掠一空,单留强壮者编入队伍。妇女老弱皆投诸水中,曰:"贺汝先登仙堂。"于是一时豪暴之徒,有吴郡陆瓌、吴兴丘尪、临海周胄、永嘉张永,以及东阳、新安等处乱民,皆结党聚众,杀长吏以应恩。三吴八郡,皆为贼据。朝廷大恐,命牢之进讨。

　　于是牢之率领精骑,转斗而前,击斩贼将许允之等,所向皆克,直渡钱塘,谋复山阴等处。牢之谓裕曰:"贼徒尚盛,未审虚实如何,卿可潜往探之。"裕即领命,率数十骑以往。那知孙恩闻官军将至,遣大将姚盛,统领步骑五千,前来迎敌。裕正行之次,忽见贼兵漫山塞野而来。众惧欲退,裕曰:"贼众我寡,今走,彼以劲骑追击,吾众立尽,不如战也。与其走而

---

①　《毛诗》——即《诗经》。以其书为汉毛公所传,故名。

②　颡(sǎng)——额。稽颡即叩头。

③　醢(hǎi)——剁成肉酱。

死,毋宁战而死。"遂奋大刀,直前进击,众从之,杀贼数百。贼初疑西来游骑,见敌必走,懈不设备。及见来将勇猛,姚盛挥众共击,裕从骑皆死,独挺身迎战。俄而马蹶,坠于岸下。贼众临岸,以长枪刺之。裕大喊一声,一跃而上,贼人马皆惊,退下数步。裕趋前,复砍杀数十人。姚盛大怒,喝令众将,四面围住,莫教放走。裕全无畏怯,抵死相拒。势正危急,忽有一支军马,大呼杀入,勇锐无比。贼兵纷纷四散,斩获无数,裕始得脱重围。及视来将,乃刘敬宣也。裕曰:"非弟来援,吾命休矣。"敬宣曰:"弟在军,怪兄久不返,故引兵来寻。见前面尘头起处,有喊杀之声,知有贼兵猖獗,兄必被困。急急赶来,果见兄奋大刀,独战数千人。兄之勇,虽关、张不及。今贼已败去,兄且归营少休。"裕曰:"贼胆已落,速往击之。破竹之势,不可失也。"敬宣从之。遂进兵,贼见裕至,无不畏惧,于是连战皆捷,遂复山阴。牢之得报大喜。

话分两头。孙恩初破会稽,八郡响应,谓其属曰:"天下无复事矣,当与诸君朝服至建康。"既而闻牢之兵至,颇有惧心,但曰:"我割浙江以东,亦不失作句践①也。"及牢之兵过钱塘,击灭诸贼,渐复郡县,恩大惧,曰:"孤不羞走,今且避之。"遂驱男女二十余万口东走,复入海岛,自是疆土悉复。人皆谓牢之宜镇会稽,而晋朝首重门第,乃诏以谢琰为会稽内史,镇守浙东,牢之复还江北。

原来谢琰素无将略,朝廷以资望迁擢,使开方面。到任后,日与宾客饮酒赋诗,谓贼不复来,全无防御。诸将咸谏曰:"贼近在海浦,伺人形便,宜修武事,潜为之备。前凝之以疏防失守,愿勿复然。"琰怒曰:"苻坚之众百万,尚送死淮南。孙恩小贼,败逃入海,何能复出!若其果来,是天欲杀之也。"于是谈咏如故。那知恩在海岛息兵一年,仍复入寇,据余姚,破上虞,进及邢浦,杀得官军大败,长驱直至会稽。琰方食,闻报,投箸而起曰:"要当灭此而后食。"跨马出战,兵败,为贼所杀。会稽复陷。牢之闻之,星夜来救,与贼战于城下,大破之,贼始退走。乃以大军屯上虞,使刘裕戍句章。句章城墙卑小,战士不盈数百,为贼出入要路,屡被攻围,守城者朝不保夕。裕至,率众固守。贼来犯,辄败之。恩知城不可拔,乃舍

_____

① 句践——春秋时越国国君。越国为吴国所败,句践求和,亲到吴国为佣,后卧薪尝胆,发愤图强,终于消灭了吴国。也作勾践。

之北去,由海盐进兵,裕尾而追之,筑城于海盐故治,贼将姚盛来攻,裕开城出战,谓盛曰:"汝识我乎,敢来送死耶?"盛见裕,心已怯,强斗数合,手足慌乱,裕大喝一声,斩之马下。贼众皆溃。恩闻盛死,大怒,悉起大队来攻。裕选敢死士三百人,脱甲胄,执短刀,鼓噪而出。劲捷若飞,贼不能御,又大败。明日,复来索战,裕不出。至夜,偃旗息鼓,若已遁者。明晨开门,使羸疾①数人立城上,贼见之,遥问:"刘裕何在?"曰:"夜已走矣。"贼闻裕走,争入城。裕猝起奋击。贼大骇,皆弃甲抛戈而走。乘势追击,斩获无数。恩知裕不可克,乃改计引兵向沪渎。裕复弃城追之,海盐令鲍陋遣其子嗣之帅吴兵一千,请为前驱。裕曰:"贼锋甚锐,吴人不习战,若前驱失利,必败我军。可在后为声势。"嗣之不服,恃勇先进。裕知其必败,乃多伏旗鼓于左右。前驱既交,诸伏皆起,举旗鸣鼓,声震山谷,贼以为四面有兵,遂退,故得不败。嗣之益自喜,率军追之。裕止之不及,全军尽没。后阵丧气,亦大败。裕走,贼追之急,裕忽停骑,令左右脱死人衣,以示闲暇。贼见当走反止,疑犹有伏,不敢逼。裕乃徐收散卒,结阵而还。

却说贼将卢循谓恩曰:"自吾起兵海隅,朝廷专以浙东为事,强兵猛将,悉聚于此,建康必虚。不若罄吾全力,溯长江而进,直捣京师,倾其根本,诸路自服。若专在此用兵,时得时失,非长计也。"恩从之,敛兵出海口,悉起其众,合战士十余万,楼船千余艘,浮海溯江,奄至丹徒,建康大震。牢之闻之,乃使裕自海盐入援,身率大军继进。时裕兵不满千人,倍道兼行,尽皆劳疲。及至丹徒,贼方率众登蒜山,扬旗鼓噪,居民惶惶,皆荷担而立。裕欲击之,人以为众寡不敌,必无克理,裕怒气如雷,身先士卒,上山奋击。众皆鼓勇而进,呼声震地,无不一当百。贼大溃,投岸赴水,死者弥满江口。恩狼狈还船,遂不攻丹徒,整兵直向建康。牢之至,见裕已胜,大喜,谓裕曰:"今虽胜之,而贼势甚强,彼船高大,吾战舰小,不能御之,奈何?"裕曰:"楼船非风不进,近日风静,未能即至建康。君以重兵拒之于前,吾以舟师尾之于后,以火攻之,无忧不克也。"牢之从其计,驰至石头,严兵以待。裕装火船廿只,亲自押后,乘夜风便,一齐点着,径向楼船冲去。贼见火至,方欲扑灭,楼船已被烧着。风烈火猛,当之者皆焦头烂额。于是不依队伍,四路乱窜。牢之望见火起,遂出舟师击之。前

---

① 羸疾——羸疾之人,指老弱病残者。

后夹攻,贼众大败。是役也,贼丧师徒数万,楼船几尽,登陆者又被官军随处截击。恩左右皆尽,所存残兵,不及十之一二,遂自浃口远窜入海。三吴乃宁。牢之上裕功,诏以裕为建武将军、下邳太守,仍参牢之军事。裕是时方受命于朝。今且按下。

且说道子世子元显,年十六,性聪警,颇涉文义,志气果锐。常以朝廷受制外藩,必成后患,屡劝其父早为之计。道子乃拜元显骠骑将军,以其卫府甲士及徐州文武隶之,使参国政。元显既当大任,以谯王尚之及其弟休之为心腹,张法顺为谋主,以司马王愉为江州刺史,兼督豫州四郡,用为形援。时庾楷领豫州,闻之不乐,上疏言:江州内地,而西府北带寇戎,不应割其四郡,使愉分督。朝廷不许。楷大怒,知王恭与道子有隙,乃遣使说恭曰:“尚之兄弟复秉几衡①,过于国宝,欲假朝权,削弱藩镇,惩艾前事,为祸不小。及其谋议未成,宜早图之。”恭自诛国宝后,自谓威无不克,遂许之,以告仲堪、桓玄。二人欣然听命,推恭为盟主,克期向阙。牢之闻之,来谏恭曰:“将军,国之元舅,会稽王,天子叔父也。会稽王又当国秉政,向为将军戮其所爱国宝兄弟,其深服将军多矣。顷所授者,虽未允惬,亦非大失。割庾楷四郡以配王愉,于将军何损?晋阳之甲,岂可数兴乎!”恭不从,坚邀共事。牢之不得已许之。

再说仲堪多疑少决,旦应恭命,而兵不遽起。其时南郡相杨佺期为仲堪心腹,有勇名,自谓汉太尉杨震之后,祖父皆为贵臣。矜其门第,江左莫及,而时流以其晚过江,婚宦失类,常排抑之。佺期每慷慨切齿,欲因事际以逞其志,力劝仲堪速发。仲堪于是勒兵,使佺期率舟师五千为前锋,桓玄次之,己又次之。合兵三万,相继东下。

元显闻变,知衅由庾楷,乃以道子书遗之曰:

昔我与卿恩如骨肉,帐中之饮,结带之言,可谓亲矣。卿今弃旧交,结新援,忘王恭昔日陵侮之言乎?若欲委体而臣之,使恭得志,必以卿为反复之人,安肯深相亲信?首领且不可保,况富贵乎?

时楷已应恭檄,征集士马,寻难中止。乃复书曰:

王孝伯昔赴山陵,相王忧惧无计。我知事急,勒兵而至,恭不敢发。去年之事,我亦俟命而动。我事相王,无相负者。相王不能拒

────────────

①　几衡——几案之间公牍文书之事。秉几衡,即掌握朝政。

恭,反杀国宝,自尔已来,谁敢复为相王尽力? 庾楷实不能以百口助人屠灭也。

书返,道子不知所为,谓元显曰:"国家事,任汝为之,我不与矣。"于是元显自为征讨大都督,遣卫将军王蓥、右将军王雅将兵讨恭,谯王尚之将兵讨庾楷。己亥,尚之大破庾楷于牛渚,楷单骑奔去。尚之乘胜,遂与西军战于横江,谁知杀得大败,所领水军尽没。元显大恐,问计于僚左。张法顺曰:"北来诸将,吾皆得其情矣。王恭素以才地陵物①,人皆恶其傲,既杀国宝,其志益骄。仗牢之为爪牙,而仍以部曲将遇之,牢之负其才,深怀耻恨。今与同反,非其本心。若以辩士说之,使取王恭,许事成即以恭之位号授之。牢之必喜而叛恭,倒戈相向,摧王恭之众如拉朽矣。首恶既除,余党自解,何惧之有?"元显从之,乃致书牢之,为陈祸福,密相要结。牢之心动,谓其子敬宣曰:"王恭昔受先帝大恩,今为元舅,不能翼戴王室,自恃其强,举兵频向京师。吾未审其志,事捷之日,必能为天子相王下乎? 吾欲奉国威,以顺讨逆,何如?"敬宣曰:"大人言是也。朝廷虽无成、康②之美,亦无幽、厉③之恶,而恭恃其兵威,暴蔑王室。大人亲非骨肉,义非君臣,虽共事少时,意好不协,今日讨之,于情义何有?"牢之意遂决,以书报元显,许为之应。

时恭有参军何澹至牢之营,相语久之,归谓恭曰:"吾观牢之,颇有异志,宜深防之。"恭不信,置酒请牢之,结为兄弟。悉取军中坚甲利兵配之,使帐下督颜延为前锋,与之俱进,且命速发。牢之至竹里,诱颜延入帐斩之,下令还兵袭恭。是时,恭方出城耀兵,甲仗鲜明,行阵肃穆,观者环堵。敬宣突至,纵骑横击之,喊曰:"奉诏诛王恭,降者勿杀!"一军大乱。恭不意有变,惶急无措,回骑入城,门已闭。牢之婿高雅之从城上射之,矢下如雨,左右皆散,恭进退无路,单骑而逃。又素不习马,行至曲阿,髀肉生疮,呼船求载,为人所执。送至京师,元显斩之于倪塘。恭临刑,犹理须鬓,神色自若,谓监刑者曰:"我暗于信人,所以至此。原其本心,岂不忠于朝廷乎? 但令百世之下,知有王恭耳。"其子弟党与皆死。诏以牢之代

---

① 陵物——凌驾、侵侮人物。
② 成、康——周成王诵与周康王钊,有名的仁德之君。
③ 幽、厉——周幽王宫湦与周厉王胡,有名的暴君。

其任,镇京口。

　　仲堪闻恭死,大惊,急与杨、桓二人谋之。二人曰:"彼以既杀王恭,吾军必惧而退走。今若遽退,是示以怯也,必为所乘。不若出其不意,长驱向阙①,大张兵势以摄之,庶进退有据。"仲堪从之。于是中军屯于芜湖,前锋直取石头。声言为恭报仇,乞诛刘牢之、司马尚之等,然后罢兵。军伍充斥郊畿,征鼓达于内阙,人情大惧。元显本意,恭死则大事立定,不虞西军大上,反肆猖獗,亟集群臣问计。或曰:"急召牢之入援,彼势自沮。"或曰:"遣使求解于仲堪,玄与佺期自退。"议论不一。只见一人出而言曰:"吾有一计,能使杨、桓二人,俯首听命,仲堪束手无策,管取朝廷无事,社稷永安。"众视之,乃桓冲之子桓修,现居左卫将军之职,即玄从兄也。元显大喜,拱手请教,众皆侧耳以听。但未识其计若何,且俟下卷再讲。

---

①　阙——此指皇宫。

第 三 卷
杨佺期演武招婚　桓敬道兴师拓境

　　话说桓修进计于元显曰:"殷、桓之下,专恃王恭。恭既破灭,西师必恐。玄及佺期,非有报复之心,唯望节钺,专制一方,若以重利啖①之,二人必内喜,可使倒戈取仲堪矣。"元显从之,乃下诏桓玄为江州刺史,杨佺期为雍州刺史,黜仲堪为广州刺史,桓修领荆州之职,遣牢之以兵千人,送修之镇,敕令罢兵,各赴所任。仲堪得诏大怒,忙催杨、桓进战。而二人喜于朝命,欲受之,因回军蔡州。仲堪闻之,怒曰:"奴辈欲负我耶?"遽即引兵南归,遣使到蔡州,谕军士曰:"有不散归者,吾至江陵,当尽灭其家。"于是众心离散,佺期部将刘系率二千人先归。玄等大惧,狼狈亦还,追仲堪于寻阳,及之,深自谢罪曰:"虽有朝命,实不欲受。所以回泊蔡州者,欲俟大师之至,相与并力,非有他意也。"是时,仲堪失职,必倚二人为援;玄等兵力尚寡,必藉仲堪声势。虽内怀疑忌,其势不得不合。乃以子弟交质,互相歃②血,盟于寻阳。上表申理王恭,乞还荆土。朝廷欲图苟安,乃罢桓修,仍以荆州还仲堪。优诏慰谕,仲堪等乃各受诏还镇。从此建康解严,内外稍安。今且不表。

　　却说杨佺期有女名琼玉,美而勇,虽怯弱身材,生有神力,能挽强弓,有百步穿杨之技。手下女兵百人,皆能临阵御敌,贵家子弟争欲得之为室。而佺期自矜族望,必得王、谢③门第,方肯结婚,故女年十八,尚未受聘。时仲堪有子,名道护,字荆生,年少多才,兼善骑射。一日,路径襄阳,见一队女兵在山下打猎,内一女将色甚艳,驰马如飞,射无不中。访之,知为佺期女也。心甚慕之,归禀于父,欲求为室。斯时,仲堪正与杨、桓不睦,欲图修好,因即遣使襄阳,求其女为妇。佺期已有允意,恰值其时,桓

---

　　① 啖(dàn)——拿利益引诱人。
　　② 歃(shà)——用嘴吸取。歃血,为古人盟誓一种形式。
　　③ 王、谢——魏晋时期两大姓,为当时名门望族。

玄亦遣使来为其子升求婚。升字麟儿，少在江陵，曾与荆生同学，才貌风流，彼此相仿。玄欲结好佺期，故求婚焉。两家一齐来说，佺期转无定见，因念殷、桓相等，皆堪为婿。但此系女子终身大事，不若令其自择。遂对殷、桓二使道："两家公子，我皆爱之。欲屈公子到此，面试其能，如中吾意，便可在此成婚。归语尔主，未识可否？"使各领命回报。仲堪许之，便命其子来谒佺期。玄闻之曰："佺期亦大作难。但吾子不往，是弱于殷儿也。"亦令束装前往。

一日，俱到襄阳，各就馆室。二子本素相识，明日并骑诣府，殷谓桓曰："吾与子逐鹿中原，未识鹿归谁手？"桓亦谓殷曰："杨柳齐作花，未知花落谁家？"相与马上大笑。俄而至门，佺期忙即传请登堂。相见毕，留入书斋叙话。见二子翩翩风度，仪貌甚都，正是不相上下。佺期曰："久慕二君英名，特邀一叙，承赐降临，不胜欣快。"二子亦谦让一回。至夜，设宴内堂，邀请入席。二子徐步而入，见堂上灯彩辉煌，阶前笙歌并奏。正中二席，请二子上坐，佺期主席相陪。琼玉垂帘以观，侍女见者无不啧啧称羡。宴罢，二子告退，佺期进谓女曰："殷、桓并佳，儿以为谁可，不妨直说。"琼玉曰："二子文雅相仿，未识武艺若何。明日儿欲带领女兵，随父同往教场操演，使二子各呈其能，方定去取。"佺期正欲夸耀其女武艺，闻言大喜，便即传令三军，明晨齐集教场演武。差人到殷、桓两处，请她共观。二子闻女自往比试，先得观其容貌，正中下怀，皆欣然领命。

话分两头。琼玉要往教场择配，隔夜打点已定。明日绝早起身，听见辕门外发炮三声，知父亲已往。随即上马，领了一队女兵，来至教场。其时，佺期已高坐将台，殷、桓二人旁坐于侧。将士齐列台前听令。琼玉不即上前，勒马于旗门等候。但见：

　　枪刀森列，密密层层；甲仗鲜明，威威武武。虎帐中三通鼓起，将士如负严霜；铃阁内一令传来，旌旗为之变色。兵演八阵，极纵横驰骤之奇；形变长蛇，多进退盘旋之势。金一声，各归队伍；旗三展，又奋干戈。左右交攻，人人争胜；东西相敌，个个当先。拍马来迎，各显平生手段；挺枪接战，共夸本事高强。大将台前，涌出一团杀气；演武场上，凝成万道寒光。正是：久练之师，不让孙吴①节制；如云之众，

　　① 孙吴——指春秋战国时期著名军事家孙武与吴起。

何异貔虎①成群。

琼玉此时亦看得眼花缭乱，俟诸将演罢，然后带领女兵，直到台前请令。佺期吩咐竖起一竿，竿上设一红心，先令女兵先射。于是女兵得令，无不挽弓搭箭，驰骤如飞，弓弦开处，也有中的，也有不中的。一一射毕，方是琼玉出马。你道她若何打扮：

　　头戴紫金冠，辉光灿灿；身穿红绣甲，彩色纷纷。耳垂八宝珠环，胸护一轮明镜。玉颜添好，闺中丰韵堪怜；柳眼生姣，马上风流可爱。娟娟玉手，高举丝鞭；怯怯纤腰，斜悬宝剑。跑一匹五花马，势若游龙；开一张百石弓，形如满月。箭无虚发，三中红心；鼓不停声，万人喝彩。正是：女中豪杰，生成落雁之容；闺②内将军，练就穿杨之技。

斯时，殷、桓二子坐在将台上，看见琼玉容颜绝世，武艺又高，神魂飞越，巴不得即刻结成花烛。俄而琼玉上台缴令，风流体态，益觉动人，各各看得呆了。佺期顾谓二子曰："贤契皆将家子，定通武艺，亦令老夫一观何如？"二人连声答应。麟儿自恃艺高，即起身上马，驰入教场，连发三矢，中了一箭。荆生技痒已久，随亦上马开弓，连发三矢，俱中在红心上面。众人齐声喝彩。射罢上台，佺期各赞了几句，二子告退。军中打起得胜鼓，放炮起身，归至府中。父女相见，谓女曰："儿意何属？"琼玉曰："中红心者可也。"佺期知女意属于殷，遂招荆生为婿，择日成婚。桓失意而去。合卺③之夕，荆生谓女曰："卿何愿归于我？"女微笑曰："以子能中红心也。"殷笑曰："今夜才中红心耳。"遂各解衣就寝。正是女貌郎才，一双两好，其得意处，不必细说。

且说麟儿回至江州，正如不第举子归家，垂头丧气。玄见婚姻不就，且怒且惧，谓卜范之曰："佺期不就吾婚，此亦小事，但荆、雍相结，必有图我之意，不可不防。敢问若何制之？"范之曰："江州地隘民穷，兵食不足，此时先宜厚结执政，求广所统，地大则兵强。虽殷、杨交攻，御之有余矣。"玄从之，上表求广所统。时执政者正恶三人结党为患，欲从中交构，使之自相攻击，乃加玄都督荆州四郡军事。又夺杨广南蛮校尉之职，以授

----

① 貔(pí)虎——貔，传说中一种似熊的野兽。比喻勇猛的军队。

② 闺(kǔn)——妇女居住的内室。

③ 合卺(jǐn)——旧时夫妇成婚的一种仪式。

桓伟。佺期闻之大怒，嘱广不要受代，勒兵建牙，欲与仲堪共击桓玄。仲堪志图宁静，因迁广为宜都太守，使让桓伟，力止佺期罢兵。

是岁，荆州大水，平地数丈，田禾尽没，饥民满道。仲堪竭仓廪赈之，军食尽耗。参军罗企生谏曰："救荒诚急，但军无现粮，一旦有急，将何以济？"仲堪不听。玄闻之喜曰："此天亡之也，取之正在今日。"乃勒兵西上，闻巴陵有积谷，袭而据之，以断荆州粮运。仲堪闻玄起兵，执其兄桓伟，使作书与玄，劝其罢兵，辞甚苦至。玄曰："仲堪为人无决，常怀成败之计，为儿女作虑，必不敢害我兄也。"兵自西上不止。仲堪因帅水军七千，拒玄于西江口，一战大败。时城中乏食，以胡麻给军士，故兵无斗志。玄遂乘胜，直至零口，去江陵十里。仲堪惶急，求援于佺期。佺期曰："江陵无粮，何以待敌？可来就我，共守襄阳。"仲堪志在全军保境，乃诈谓佺期曰："比来收集，已有粮矣。"佺期信之，留其女琼玉守襄阳，荆生随往，率精骑八千来援。及至江陵，仲堪一无犒赍①，唯以麦饭饷军。佺期大怒曰："殷侯误我，今兹败矣！"遂不见仲堪，遽自披甲上马，出城讨战。玄将郭铨拍马相迎，那里是佺期敌手，战数合，败而走。玄畏其勇，退军马头，坚壁不出。桓谦、桓振进曰："来军方忧无食，若运襄阳之粟以济其乏，胜负未可知矣。请绘精骑三千，分伏左右。交战时，大军佯退，佺期有勇无谋，必长驱直进。吾等从旁击之，彼师必败。佺期之首，可枭于麾下。"玄从之，遂进战，兵交即退，佺期以为走也，引兵直前，两伏齐起，左右夹攻，玄回军复战，襄阳兵大败。佺期见势急，夺路走，桓谦射中其马，马蹶堕地，遂为谦杀。杨广单骑奔襄阳。仲堪闻佺期死，大惧，将数百人弃城走。玄将冯该追及之，众散被杀。

先是仲堪之走也，文武官吏无一送者，唯罗企生从之。路过家门，弟遵生邀之曰："作如此分离，何不一执手？"企生回马授手。遵生有勇力，便牵其手下马，谓曰："家有老母，去将何之？"企生挥泪曰："今日之事，我必死之，汝等奉养，不失子道。一门之内，有忠有孝，亦复何恨！"遵生抱之愈急。仲堪于路待之，企生遥呼曰："生死是同，愿少见待。"仲堪见企生无脱理，策马而去。及玄入荆州，诛仲堪一家，士大夫畏其威，无不诣者。企生独不往，而殡殓仲堪眷属。玄遣人谓之曰："若谢我，当释汝。"

---

①　赍(lài)——赐、给。

企生曰："吾为荆州吏,荆州败,不能救,死已晚矣,尚何谢为?"玄乃收之,临刑,引企生于前曰："吾待子前情不薄,何以见负?今者死矣,欲何言乎?"企生曰："使君既兴晋阳之甲,军次寻阳,并奉王命,各还所镇。升坛盟誓,口血未干,而旋相屠灭。自伤力劣,不能救主于危,吾负殷侯,非负使君。但文帝杀嵇康①,其子嵇绍为晋忠臣,从公乞一弟以养母。言毕于此,他何云云。"玄乃杀之,而赦其弟。

却说杨广逃至襄阳,泣谓琼玉曰："兄死战场,全军尽没,汝夫家尽遭杀害。襄阳孤城,恐不能守,奈何?"琼玉一闻此信,惊得魂飞天外,哭倒于地。忽报桓谦领大兵数万,来取襄阳,将次到城。杨广忙即上城守护。琼玉咬牙切齿,誓不与桓俱生,随即披甲上骑,率领军士五百,女兵百人,出城迎敌。桓谦乘破竹之势,长驱而来,只道襄阳守将非降即逃,莫敢相抗,将近城池,却有一女将拦路,便排开阵势,出马问曰："女将何名?"琼玉答曰："吾乃杨使君之女琼玉是也。桓贼杀我父、夫,恨不食其肉,寝其皮。汝何人,敢来送死耶?"谦怒曰："汝一女子,死在目前,尚敢摇唇鼓舌!"喝使副将擒之。琼玉直趋副将,手起一刀,斩于马下。谦大怒,挺枪便刺。琼玉架开枪,举刀便砍,狠战数合。琼玉力怯。回马而走。谦喝道:"哪里去!"纵马追下。琼玉取出一箭,回身射来,谦急闪避,已中左臂,遂退不追。琼玉入城,广迎谓之曰:"侄女虽勇,但来军甚锐,只宜坚守,切勿轻敌。"琼玉含泪归府。

却说桓谦虽中一箭,幸甲厚不至深伤。明日,大军齐至城下,四面攻击,自早至午,城不能克。乃退军十里,便命军中连夜造云梯百架,限在天晓取城。时交五鼓,兵衔枚②,马摘铃,直抵城下。架起云梯,挥众蚁附而登。杨广知有兵至,正立城上率众迎拒,忽一流矢飞来,贯胸而死。军士大乱,谦遂破关而入。琼玉闻城破,急领女兵挺刃出门。府前士马纵横,皆是桓家旗号,不得出,遂挟女兵登屋,以箭射之,进者辄死。众不敢前。及明矢尽,下屋力战,左右皆死,遂拔剑自刎而亡。桓谦重其义,厚殓之。

桓玄既吞江陵,复并襄阳,奏凯京师,诏加都督荆、雍等七州军事。志

① 嵇康——魏晋时人,"竹林七贤"之一,为司马昭所杀。
② 衔枚——古代秘密行军时,为了不使军士发出声响,让军士每人口中含一形如筷子之物,称衔枚。

犹未厌，仍请江州，诏亦与之，自是统据八郡。自谓有晋国三分之二，遂萌异志，擅改制度，上斥国政，凡所陈奏，语多不逊。朝廷忧其朝夕为乱，然亦无如之何。

却说庾楷乃一反复之徒，前投桓玄，玄仅以南昌太守处之，郁郁不乐。至是玄令镇于夏口，楷意不满，复欲败玄，遣使致书元显曰："玄在荆州，大失物情，众不为用。若朝廷遣将来讨，楷当内应，以覆其军。"元显得书，谓张法顺曰："玄可图乎？"法顺曰："玄承籍世资，少有豪气，既并殷、杨，专有荆州，兵日强盛，纵其奸凶，必为国祸。今乘其初得荆州，人情未附，使刘牢之为先锋，大军继之。庾楷反于内，朝廷攻于外，玄之首可枭也。"元显然之，使法顺报于牢之，牢之以为难。法顺还，谓元显曰："观牢之言色，必有二心。不如召入杀之，以杜后患。"元显曰："我方倚以灭玄，乌可先事诛之？且牢之与玄有仇，不我叛也。"乃于元兴元年正月，下诏罪玄。发京旅一万为中军，命牢之帅北府之众为前锋，大治战舰，克期进发。玄闻朝廷讨己，大惊，欲为自守之计，完聚众力，专保江陵。卞范之曰："明公英威震于远近，元显口尚乳臭，刘牢之大失军心，若起兵进临近畿，示以祸福，土崩之势可翘足而待，何有延敌入境而自取穷蹙乎？"玄从之，乃留桓伟守江陵，抗表传檄，罪状元显，举兵东下。斯时，犹惧不克，常为西还之计。及过寻阳，不见有兵，心始喜，将士之气亦振。庾楷专待官军一到，使为内应。适有双婢私相苟合，楷撞见之，欲治其罪。其奴逃至玄所，发其谋，玄遂收楷轩之。丁卯，玄至姑孰，遣大将冯该进兵攻历阳，守将司马休之出战而败，弃城走。又司马尚之以步卒九千，屯于横江，其将杨秋以偏师降玄，尚之众溃，为玄所执。

元显闻两路兵败，大惧，所仗者唯牢之，屡催进战，不应。原来牢之自诛王恭以后，谓功名莫出其右，而元显遇之不加礼。既为军锋，数诣元显门不得见，因是怨之。又恐玄既灭，己之功名益盛，不为所容，故欲假玄以除执政，复伺玄隙而取之，按兵不动，存一坐观成败之意。斯时，玄虽屡胜，犹惧牢之，不敢遽犯京阙。卞范之曰："吾观牢之拥劲兵数万，军于溧州，而徘徊不进者，其心必二于元显。若卑礼厚币以结之，与之连和，取元显如拾芥矣。"玄从其计，因问谁堪往者。有从事何穆，与牢之有旧，请往说之。玄乃使穆潜往，而致书于牢之曰：

自古戴震主之威，挟不赏之功，而能自全者谁耶？越之文种①，秦之白起②，汉之韩信，皆事明主，为之尽力，功成之日，犹不免诛夷。况为凶愚者用乎？君如今日战胜则倾宗，战败则覆族。欲以此安归乎？不若翻然改图，则可以长享富贵矣。古人射钩③斩祛④，犹不害为辅佐，况玄与君无宿昔之怨乎！

牢之见书不语。穆曰："桓之遣仆来者，实布腹心于君，事成共享其福，君何疑焉？"牢之遂许与和。刘裕、何无忌切谏，牢之不听。敬宣亦谏曰："国家衰危，天下之重，在大人与玄。玄借父叔之资，据有全楚，已割晋国三分之二。一朝纵之，使陵朝廷，威望既成，恐难图也。董卓之变，将在今矣。"牢之怒曰："我岂不知今日取桓如反掌？但平桓之后，令我奈骠骑何？"遂遣敬宣诣桓请和。玄闻敬宣至，大开辕门，出营相接，深自谦抑。宴饮之次，陈名画观之，谓敬宣曰："归语尊公，事成之日，朝政悉以相付，吾当仍守外藩也。"敬宣拜辞，玄送出辕门，珍重而别。或问玄曰："公何敬之若此？"玄曰："牢之已在吾掌中矣，不如此不足坚其意也。"敬宣归述玄言，牢之大喜，退兵班渎。

玄闻牢之退，引军直趋新亭。元显见之失色，弃船就岸，陈师宣阳门外。继知牢之叛已，益惧，欲还宫自守。师方动，玄之前驱已至。拔兵随后，大呼曰："放仗，京旅皆溃。"元显单骑走，驰至东府，见道子曰："养兵数载，竟无一人拒敌者，奈何？"父子相抱大哭。俄而兵至，皆束手就缚。元显执至新亭，玄立之舫前而数之曰："乳臭小子，何不自揣，而妄欲图我！"元显曰："为张法顺所误耳！"壬申，玄入京师，百官拜迎于道。诏加玄大丞相，总百揆⑤，都督中外诸军事。以桓伟为荆州刺史，桓谦为尚书左仆射，桓修为徐、兖二州刺史，镇京口。余皆居职如故。赐道子死，斩元

---

① 文种——春秋时越国大夫，与越王句践共患难，出计灭吴，功成，被句践赐剑自杀。

② 白起——战国时秦将，善用兵，为秦立下累累战功，后被迫自杀。

③ 射钩——春秋时齐国纠与小白争为国君，管仲辅助纠，曾用箭射中小白衣带钩。后小白为国君（即齐桓公），不记前仇，任管仲为相，遂为霸主。

④ 斩祛——祛，衣袖。《左传·僖公五年》记载，晋文公重耳出走时，被寺人披斩其祛。后用斩祛代指旧怨。

⑤ 百揆（kuí）——古代总领国政的长官。

显、谯王尚之、张法顺等于市。由是大权一归于玄，内外莫不畏服。

　　且说牢之退兵以来，物情大去，威望顿减，心甚悔之。一日诏下，以牢之为会稽内史，大惧曰："始尔便夺我兵，祸其至矣。"时敬宣在京，玄恐牢之不受命，使归谕之。敬宣归，谓其父曰："桓玄志不可测，深忌大人功名，必不见容。为之奈何？"牢之曰："吾受其愚矣。今且据江北以图事，汝往京口速取眷属以来。"敬宣受命而去。牢之日夜忧疑，谓刘裕曰："前日不听子言，悔之无及。今事急，意欲就高雅之于广陵，举兵以匡社稷，卿能从我行乎？"裕曰："将军以劲卒数万，望风降服，彼新得志，威震天下，朝野人情，皆已去矣。广陵岂足成事耶？裕当返服还京口，不能从公行也。"牢之默然。裕退，无忌问曰："我将何之？"裕曰："吾观镇北必不免，卿何与之俱死？可随我还京口，徐观时势。桓玄若守臣节，当与卿事之。不然，当与卿图之。"无忌曰："善。"二人遂不告而去。牢之知裕与无忌去，恐军心有变，乃大集僚佐，告之曰："桓玄志图篡逆，吾将勒兵渡江，就此举事。愿与诸君共此功名。"一座愕然。参军刘袭曰："事之不可者，莫大于反。将军往年反王兖州，近日反司马郎君，今又反桓公，一人三反，何以自立？"语毕趋出。佐吏多散走。牢之不能禁。又敬宣失期不至，军中讹言事泄已被害。牢之益惶急，乃率部曲北走。军士随路奔散，至新州，仅存亲卒数人。牢之知不免，仰天叹曰："吾亦无颜渡江矣！"遂缢而死。后人有诗悼之曰：

　　　江北江南无路投，大军百万丧荒陬①。当时若把桓玄灭，北府勋名孰与侔②？

　　却说敬宣迎了眷属，回至班渎，师已北走。随即赶往，行未廿里，只见一人飞骑而来，乃是牢之随身亲卒。见了敬宣，大哭曰："三军尽散，将军已经自缢。闻朝廷遣将，又来拿捉家属。公子速投江北，避难要紧。"敬宣一闻此信，魂胆俱丧，也顾不得奔丧大事，星夜渡江，往广陵进发，幸得关口尚无拿获移文，于路无阻。一日，到了广陵，向高雅之哭诉前事，俗图报复。雅之曰："若要复仇，必须厚集兵力，徒恃广陵之众，恐不足以济事。现在北府旧将，在北者甚多，可约之举事。"于是遣使四方，广招同

　　① 荒陬（zōu）——荒远之地。
　　② 侔（móu）——相等，等同。

志,一时从之者,有刘轨、刘寿、司马休之、袁虔之、高长庆、郭恭等。皆至广陵,推敬宣为盟主,共据山阳,相与起兵讨玄。消息传入京师,玄闻之怒曰:"鼠辈敢尔!"便命大将郭铨起兵一万,带领勇将数员,浩浩荡荡,飞奔而来。斯时山阳军旅未备,虽有数千人马,半皆乌合。未识何以拒之,且听下回分解。

第 四 卷

京口镇群雄聚义　建康城伪主潜逃

话说刘敬宣占据山阳，聚众方图报复，闻有大军来讨，忙同众人整顿人马迎敌。无如兵未素练，人无斗志，战阵方合，四散奔走，进不能战，退不能守，只得弃城而逃。于是敬宣、休之、刘轨奔燕，高雅之、袁虔之等奔秦，今且按下不表。

却说何无忌闻牢之自缢，敬宣出奔，不胜感悼，谓裕曰："北府旧将，半遭杀戮，吾侪恐终不免，奈何？"裕曰："无害。玄方矫情饰诈①，必将复用吾辈，子姑待之。"俄而桓修镇丹徒，引裕为参军，何无忌为从事。二人皆就其职。一日，修入朝，裕与无忌随往。玄见裕，谓王谧曰："刘裕风骨不凡，盖人杰也。"谧曰："公欲平天下，非裕莫可任者。"玄曰："然。"因屡召入宴，以示亲密。玄妻刘氏有智鉴②，谓玄曰："刘裕龙行虎步，视瞻不凡，恐终不为人下，宜早除之。"玄曰："我方平荡中原，非裕莫济。俟关陇平定，然后议之未晚。"时玄已封楚王，用天子礼乐，妃为王后，子为太子。殷仲文、卞范之阴撰九锡册命等文，朝臣争相劝进。桓谦私问裕曰："楚王勋德隆重，朝野之情，咸谓宜代晋祚，卿以为何如？"裕曰："楚王，宣武之子，勋德盖世。晋室微弱，民望久移，乘运禅代，有何不可！"谦喜曰："卿谓之可即可耳。"谦以裕言告玄，玄亦喜。因诈言钱塘临平湖开，江州甘露降，使百僚集贺，为受命之符。又以前世禅代，皆有高隐之士，耻于当时独无，乃求得西朝隐士皇甫谧六世孙，名希之，给其资用，使隐居山林。屡加征召不至，诏旌其闾，号曰"高士"。时人谓之"充隐"。元兴二年十二月丁丑，群臣入朝，请帝临轩，手书禅诏，遣司徒王谧奉玺绶禅位于楚。帝即避位，逊居永安宫。百官诣楚王府朝贺。庚寅朔，筑坛于九里山北，即皇帝位，建号大楚，改元永始。玄入建康宫，将登御座，而床忽陷。群下

---

① 饰诈——掩饰行诈。

② 智鉴——指见识高，善于观察人物。

失色,玄亦愕然,殷仲文趋进曰:"将由圣德高厚,地不能载。"玄大悦,追尊父温为宣武皇帝,母司马氏为宣武皇后。以祖彝①而上,名位不显,不复追尊立庙。或谏之,不听。卞承之曰:"宗庙之祭,上不及祖,有以知楚德之不长矣。"

玄自即位,心常不自安。一夜,风雨大作,江涛拥入石头,平地水数丈。人户漂流,喧哗震天。玄闻之惧曰:"奴辈作矣!"后知江水发,乃安。性复贪鄙,闻朝士有法书名画,必假樗蒲②得之。玩弄珠玉,刻不离手。主者奏事,或一字谬误,必加纠摘,以示聪明。制作纷纭,朝换夕改,人无所从。当是时,三吴大饥,户口减半,会稽郡死者什三四。临海、永嘉等县,人民饿死殆尽。富室衣罗纨,怀金玉,闭门相守饿死,而玄不加恤。更缮宫室,土木并兴,督迫严促。由是中外失望,朝野骚然。秘书监王元德同弟仲德,一日来见裕曰:"自古革命,诚非一族。然今之起者,恐不足以成大事。异日安天下者,必君也。"裕久有建义意,因答曰:"此言吾何敢当?倘有事变,愿同协力。"仲德曰:"吾兄弟岂肯助逆者哉?君如有命,定效驰驱。"于是密相订约而去。

时桓弘镇青州,遣主簿孟昶至建康,玄见而悦之,谓参军刘迈曰:"吾于素士中得一尚书郎,与卿共乡里,曾相识否?"迈问:"何人?"曰:"孟昶。"迈素与昶不睦,对曰:"臣在京口,唯闻其父子纷纭,更相赠诗耳。"玄笑而止。昶闻而恨之。桓修将还镇,裕当共返,托以金创疾动,不能乘骑,乃与无忌同船共载,密定匡复之计。既至京口,会孟昶还家,亦来候裕。裕谓之曰:"草间当有英雄起,卿闻之乎?"昶曰:"今日英雄有谁?正当是卿耳。"裕大笑,相与共定大计。密结义勇,一时同志者,有刘毅、魏咏之、诸葛长民、檀凭之、王元德、王仲德、辛扈兴、童厚之、毅兄迈、裕弟道规等二十七人,愿从者百有余人,皆推裕为盟主。裕乃命孟昶曰:"吾弟道规为桓弘参军,卿为主簿,可在青州举事。吾使希乐共往助之,杀弘收兵,据广陵。"希乐,刘毅字也。又谓魏咏之曰:"长民为刁逵参军,卿往助之,杀逵收兵,据历阳。"谓辛扈兴、童厚之曰:"卿二人速往京师,助刘迈、王元德兄弟,临时为内应。吾与无忌在京口,杀桓修,收兵讨玄。"约定同日齐

———————————

① 祖彝——即祖父。

② 樗(chū)蒲——古代的一种博戏。

发,不可迟误。众人受命,分头而往。

且说孟昶妻周氏,富于财,贤而有智。昶归语其妻曰:"刘迈毁我于桓公,使我一生沦陷,我决当作贼,卿幸早自离绝,脱得富贵,相迎不晚也。"周氏曰:"君父母在堂,欲建非常之业,岂妇人所当止。事若不成,当于牢狱中奉养舅姑,义无归志也。"昶怆然久之而起,周氏追昶还坐,曰:"观君作事,非谋及妇人者,不过欲得财物耳。"因指怀中儿示之曰:"此儿可卖,亦当不惜,况财物乎!"昶曰:"果如卿言,此时济用颇紧,苦无所措。"妻乃倾囊与之。昶弟颖,其妇即周氏之妹,周氏诈谓之曰:"昨夜梦殊不祥,门内绛色物,悉取以来为厌胜①之具。"其妹与之,遂尽缝以为战士袍。又何无忌将举事,恐家人知之,夜于屏风后作檄文。其母刘氏,牢之姊也,登高处密窥之,知讨桓玄,大喜,呼而谓之曰:"吾不及东海吕母②明矣,汝能为此,吾复何恨!"问所写同谋者何人,曰:"刘裕。"母益喜,为言玄必败,裕必成,无忌气益壮。

乙卯,裕及无忌托言出猎,收合徒众百余人。诘旦,京口城门开,无忌着传诏服,称敕使居前,徒众随之而入。桓修方坐堂上,无忌突至堂阶,称有密事欲白,乞屏退左右。修挥左右退,问何语。无忌出不意,拔剑斩之,大呼,徒众并至,挺刃乱击,左右皆惊窜,遂持其首诣裕。裕大喜,以首号令城上。时司马刁弘闻变,率文武官吏来攻裕。裕登城谓之曰:"郭江州已奉乘舆反正于寻阳,我等并受密诏,诛除逆党,今日贼玄之首,已枭于大航矣。诸君非大晋之臣乎?尚欲助逆耶?"众信之,一时并散,遂杀刁弘。

当是时,义旗初建,百务纷如。裕问无忌曰:"此时急须一主簿,何由得之?"无忌曰:"无过刘穆之。"裕曰:"然,非此人不可。"遂驰信召焉。原来穆之世居京口,为人多闻强记,能五官并用,不爽③一事。曾为琅琊府主簿,弃官归。是夜,梦与裕乘大风泛海,惊涛骇浪,舟行如驶。俯视船旁,有二白龙夹船以行。既而至一山,山峰耸秀,树木葱茏。携手而登,其上皆瑶台璇室,有玉女数人,向裕迎拜。裕上坐,己旁坐,闻呼进宴,佳肴

---

① 厌胜——古代迷信称能用诅咒制胜。
② 吕母——《汉书·王莽传》载,吕母之子被县官冤杀,吕母散家财,聚兵起义,破城杀官。
③ 不爽——不出差错,不违背。

异馔,罗列满前,皆非人世间味。及觉,口中若有余香,心甚异之。晨起,闻京口有喧噪声,出陌头观望,直视不言者久之。返室,命家人坏布裳为袴,而裕使适至,遂往见裕。裕曰:"始举大义,方造艰难,须一军吏甚急。卿谓谁堪其任?"穆之曰:"仓促之际,当无逾于仆者。"裕笑曰:"卿能自屈,吾事济矣。"即于座上署为主簿。

话分两头。是日,孟昶在青州劝桓弘出猎,弘许之。天未明,开门出猎人,昶与刘毅、道规帅壮士数十人,乘间直入。弘方啖粥,见毅等至,放箸欲起,道规直前斩之。左右大乱,击杀数人,方止。毅持其首,出狥①于众曰:"奉诏诛逆党,违者立死!"军士披甲欲战,道规摇首止之曰:"朝廷大军旋至,卿等勿同族灭。"青州军士素畏服道规,遂散走。乃留道规守广陵,收众过江,与裕军合。

丁巳,裕率二州之众一千七百人军于竹里,移檄远近,共讨桓玄。玄闻京口难作,怒曰:"无端草贼,速击杀之。"继问首谋者何人,左右曰:"刘裕。"不觉失色,又问其次,曰:"刘毅、何无忌。"恐惧殊甚。左右曰:"裕等乌合微弱,势必无成,陛下何虑之深?"玄曰:"刘裕足为一世之雄,刘毅家无担石之储,樗蒲一掷百万,何无忌酷似其舅,共举大事,何谓无成!"乃命桓谦为征讨大都督,屯军于覆舟山待之,戒勿轻进。

却说王元德等探得外已举事,谋俟京旅出征,夜伏壮士于关内,纵火烧其宫室,乘乱攻之,可以杀玄。刘迈狐疑不敢发,事泄,迈及元德、扈兴、厚之皆死,仲德逃免。桓谦请进兵击裕,玄曰:"彼兵锐甚,计出万死,若有蹉跌,则彼气成,吾事去矣。彼空行二百里无所得,锐气已挫,忽见大军,必相惊愕。我按兵坚阵,勿与交锋,彼求战不得,自然散走。此策之上也。"谦曰:"贼兵初起,扑之易灭。缓则养成其势,图之转难矣。宜急击勿失。"玄不得已从之,乃遣左卫将军吴甫之、右卫将军皇甫敷,引兵相继北上。二人皆玄之勇将,素号万人敌者,故用为军锋。

却说甫之进至江乘,与裕军相遇。甫之兵多裕数倍,甲骑连营,干戈耀日,裕众皆恐。裕曰:"今日之战,有进无退,成败在此一决。诸君勉之。"乃身先士卒,手执长刀,大呼以冲之。敌皆披靡。甫之迎战,裕突至马前,甫之方举刀,头已落地。西军争奋,东军大败。皇甫敷闻前军失利,

────────

① 狥(xùn)——同"巡"。

分兵作两路来援。裕与檀凭之亦分兵御之。凭之冲入敌军，奋力乱砍。一将从旁刺之，中其要害，大叫一声而死。军少却。裕见事急，进战弥厉。敷合两军夹攻，围之数重。裕战久刀折，见路旁一大树，遂拔以挺战。敷喝曰："刘寄奴，汝欲作何死！"援戟刺之，刃不及者数寸。裕瞋目叱之，敷觉眼前似有一道红光冲来，人马辟易①。其时无忌率众杀入，不见裕，问裕何在。军士指曰："在兵厚处。"乃直透重围救之。射敷，中其额，敷踣于地。裕弃树取刀，向前砍之。敷将死，谓裕曰："君有天命，愿以子孙为托。"遂斩其首。众见主将死，皆乱窜。裕大呼曰："降者勿杀！"于是降者过半。获其资粮甲胄无数。裕归营，抚凭之尸而哭之。先是，义旗初建，有善相者，相众人皆大贵，其应甚近，独相凭之不贵。裕私谓无忌曰："吾徒既为同事，理无偏异，凭之不应独贱。"深不解相者之言。至是，凭之战没，裕悲其死，而知大事必成。乃以孟昶为长史，守京口，尽合其众，往建康进发。

　　玄闻二将死，大惧，问群臣曰："吾其败乎？"吏部郎曹靖之对曰："民怨神怒，臣实惧焉。"玄曰："民怨有之，神何怒焉？"对曰："晋氏宗庙，飘泊江滨。兴楚之际，上不及祖，神焉得无怒！"玄曰："卿何不谏？"对曰："辇上君子，皆以为尧舜之世，臣何敢言？"玄默然。时敌信日急，玄悉起京师劲旅，付桓谦将之。使何澹之一军屯东陵，卞承之一军屯覆舟山西，众合三万。庾颐之率精卒一万，为左右救援。乙未，裕军至覆舟山东，先使羸弱登山，张旗帜为疑兵，布满山谷，使敌人望之，不测多少。诘旦，传餐毕，悉弃资粮，与刘毅分兵为数队，进突敌阵。裕与毅以身先之，将士皆殊死战，无不一当百，呼声动天地。时东北风急，裕乘风纵火，烟焰涨天，鼓噪之音，震动京阙。桓谦股栗，诸将不知所为。又颐之所将多北府人，素畏服裕，见裕临阵，皆不战而走，军遂大溃。先是，玄惧不胜，走意已决。潜令殷仲文具舟石头，而轻舸载服玩书画。仲文问其故，玄曰："兵凶战危，脱有意外之变，当使轻而易运。"及闻大军一败，率亲卒数千人，声言赴战，上挟乘舆，下带家室，出南掖门以走。胡藩执马鞬谏曰："今羽林射手尚有八百，皆是精锐。且百人受累世之恩，不驱一战，一旦舍此，欲安之乎？"玄不答，鞭马急奔，西趋石头，与仲文等浮江南走。

──────────

　　① 辟易——因受惊而退却。

斯时,京中无主,百官开门迎裕。裕乃整旅入建康,下令军士不许扰及民间,百姓安堵如故。庚申,屯石头城,立留台百官,焚桓温神主于正阳门外,尽诛其宗族之在建康者。一面遣诸将追玄,一面命臧熹入宫,收图籍器物,封闭府库。有金饰乐器一具,裕问熹曰:"卿欲此乎?"熹正色对曰:"皇上幽逼,播越非所,将军首建大义,勤劳王家,熹虽不肖,实无情于乐。"裕笑曰:"聊以戏卿耳。"壬申,群臣推裕领扬州,裕感王谧恩,使领扬州报之。于是推裕为大将军,都督扬、徐、兖、豫、青、冀、幽、并八州军事。以刘毅为青州刺史,何无忌为琅琊内史,孟昶为丹阳尹,诸大处分,皆委于穆之,仓促立定,无不毕具。穆之谓裕曰:"晋自隆安以来,政事宽弛,纲纪不立,豪族陵纵,小民穷蹙。元显政令违舛,桓玄科条繁细,皆失为治之道。公欲治天下,非力矫从前之失不可。"裕乃躬行节俭,以身范物。内外百官皆肃然奉职。不盈旬日,风俗顿改。一日,长民槛送刁逵至京,报豫州已平,裕大喜。原来长民、魏咏之,本约在历阳举事,为刁逵所觉,收兵到门,咏之走脱,长民被执,囚送建康。行至当利而玄败,送人破槛出之,长民结众还袭豫州,遂执刁逵以献。裕怒斩之,及其子侄无少长皆弃市,以报昔日之辱。后人有诗叹之曰:

王谧为公刁氏族,平生恩怨别秋毫。

回思雍齿封侯事,大度千秋仰汉高①。

却说刘敬宣逃奔南燕,燕主慕容德待之甚厚。敬宣素晓天文,一夜仰瞻星象,谓休之曰:"晋将复兴,此地终为晋有。"乃结青州大姓,谋据南燕。推休之为主,克日垂发。时刘轨为燕司空,大被委任,不欲叛燕,遂发其谋。敬宣、休之知事泄,连夜急走,仅而得免。逃至淮、泗间,尚未知南朝消息。敬宣夜得一兆,梦见丸土而吞之,觉而喜曰:"丸者桓也。桓既吞矣,吾复本土乎?"俄而,裕自京师以手书召之。敬宣接书,示左右曰:"刘寄奴果不我负也!"便与休之驰还。既至建康,裕接入,大喜,谓敬宣曰:"今者卿归,不唯济国难,兼当报父仇也。"敬宣泣而受命。裕乃以敬宣为晋陵太守,休之为荆州刺史。

且说桓玄奔至寻阳,郭昶之给其器用兵力,军旅少振,及闻何无忌、刘毅、刘道规三将来追,留何澹之守湓口,而挟帝西上。至江陵,桓石以兵迎

———————

① 汉高——汉高祖刘邦。

之。玄入城，更署置百官，以卞范之为尚书仆射，专事威猛，慑服群下。殷仲文微言不可，玄怒曰："今以诸将失律，还都旧楚，而群小纷纷，妄兴异议。方当纠之以猛，未可施之以宽也。"时荆、江诸郡闻玄败归，有上表奔问起居者，玄皆却之，令群下贺迁新都。时无忌等已至桑落州，何澹之引舟师迎战。澹之常所乘舫，羽仪旗帜甚盛。无忌欲攻之，众曰："贼师必不在此，特诈我耳，攻之无益。"无忌曰："不然。今众寡不敌，战无全胜。澹之既不居此，舫中守卫必弱。我以锐兵进攻，必得之。得之，则彼势败而我气倍。因而薄之，破贼必矣。"道规曰："善。"遂往攻之，果得其舫，传呼曰："已获何澹之矣！"西军皆惊惧扰乱，东军乘之，斩获无数。澹之走免。遂克湓口，进据寻阳。是役也，胡藩所乘舟为东军所烧，藩带甲入水，潜行水底数百步，乃得登岸。欲还江陵，路绝不得通，乃奔豫章。裕闻而召之，遂降于裕。玄闻何澹之败，大惧，谋欲出兵拒之。乃以大将符宏领梁州兵为前锋，大军继进。

　　当是时，玄重设赏格，招集荆州人马，曾未三旬，有众数万，楼船器械俱备，军势甚盛。而东军兵不满万，颇惮之，议欲退保寻阳，再图后举。道规曰："不可。彼众我寡，今若畏懦不进，必为所乘。虽至寻阳，岂能自固？玄虽窃名雄豪，内实恇怯。加之已经奔败，众无固心。决机两阵，将勇者胜，不在众也。"说罢，披甲而出，麾众先进，矢石并发，西军皆闭舫户以避。诸将鼓勇从之，直出军后，纵火烧其辎重，西师大败。玄乘轻舸，西走江陵，郭铨临阵降毅。殷仲文已随玄走，半路而还，因迎何皇后及王皇后于巴陵，奉之至京。裕赦其罪不问。

　　再说玄至江陵，计点军士，散亡殆尽。而有嬖童丁仙期，美风姿，性柔婉，玄最亲昵，与之常同卧起。即朝臣论事，宾客宴集，时刻不离左右。食有佳味，必分甘与之。其时战败失散，玄思之涕泣不食，遣人寻觅，络绎载道，及归大喜，抚其背曰："三军可弃，卿不可弃也。"将士闻之，皆怒曰："吾等之命不及一嬖童，奚尽力为！"于是众志益离。冯该劝玄勒兵更战，玄不从。时桓希镇守汉中，有兵数万，玄欲往汉中就之，而人情乖阻，号令不行。夜中处分欲发，城内已乱，急与腹心数百人，乘马西走。行至城门，或从暗中斫之，不中。其徒更相杀害，前后交横，仅得至船。左右皆散，从者不满百人。恐有他变，急令进发。犹幸后无追师，船行无碍。一日，正行之次，忽有战船百号，蔽江而来。船上枪刀林立，旗号云屯。大船头上，立一少年将军,白铠银甲,手执令旗一面。旁立偏将数员,皆关西大汉。舟行相近,来将大喝曰:"来者何船?"船上答曰:"楚帝御舟。"说犹未了,来将把旗一挥,左右战舰一齐围裹上来,箭弩交加,矢下如雨。玄大惊,忙令退避,水手已被射倒,舱中已射死数人。丁仙期以身蔽玄,身中数箭而死。来将跳过船来,持刀向玄,玄曰:"汝何人,敢杀天子?"来将曰:"我杀天子之贼耳!"玄拔头上玉导①示之曰:"免吾,与汝玉导。"来将曰:"杀汝,玉导焉往?"遂斩之。悉诛其家属。但未识杀玄者何人,且听后文再述。

_____

① 玉导——魏晋时富贵人家用以引发入冠帻的一种玉器。

第 五 卷

扶晋室四方悦服　伐燕邦一举荡平

话说杀桓玄者,乃是益州刺史毛璩之侄毛眪之。方玄篡位,曾遣使益州,加璩为左将军。璩不受命,传檄远近,列玄罪状。及闻刘裕克复京师,遣其侄眪之率兵三千,迳趋江陵,以绝玄之归路。事有凑巧,恰好与玄相遇,遂击杀之。于是传首江陵,收兵而返。荆州太守王腾之,乃改府署为行宫,奉帝居之,以玄首驰送东军。无忌等大喜,以为贼首既除,大事已定,军心渐懈。又遇风阻,浃旬①未至江陵。

哪知桓玄虽死,诸桓各窜。桓谦匿沮泽中,桓振匿华容浦,各集余党,伺隙而动。探得东军未至,城内无备,乘夜来袭,逆党在内者从而应之,斩关而入,江陵复陷,王腾之等皆遇害。桓振见帝于行宫,跃马横戈,直至阶下,瞋目向帝曰:"臣门户何负国家,而屠灭若是?"帝弟德文下座谓曰:"此岂我兄弟意耶?"振欲杀帝,桓谦苦止之,乃下马敛容,再拜而出。明日,遂奉玺绶还帝曰:"主上法尧禅舜,今楚祚不终,复归于晋矣。"复晋年号。振为都督大将军、荆州刺史,谦为侍中、左卫将军。招集旧旅,附者四应。无忌等闻江陵复陷,大怒,星夜进兵,攻桓谦于马头,破之,欲乘胜势,即趋江陵。道规止之曰:"兵法屈伸有时,不可轻进。诸桓世居西楚,群小竭力,桓振勇冠三军,难与争锋。今桓谦败,彼益致死于我,未易克也。且暂息兵养锐,徐以计策縻之,庶无一失。"无忌曰:"残寇遗孽,一举可荡,君何怯焉?"遂进兵。桓振逆战于灵溪,分兵为左右翼,中军严守不动。及战急,亲率致死士八百,从中冲出。忽下马,各执短刀奋砍。东军不能支,遂大败,死者千余人。无忌等仍退保寻阳,上笺请罪。

先是,裕命敬宣为诸军后援,敬宣缮甲治兵,聚粮蓄财,日夜不息。故无忌等虽败退,赖以复振。停兵数旬,复自寻阳西上。至夏口,有兵守险不得前。时振遣其将冯该扼东岸,孟山图据鲁山城,桓仙客守偃月垒,众

---

① 浃旬———一旬,即十天。

合万人,水陆相援。毅与道规分兵向之:毅攻鲁山城,道规攻偃月垒,无忌以中军遏于中流。自辰至午,二城皆溃,生擒山图、仙客,进薄东岸,冯该之师亦溃。先是,毅恐江陵难下,致书于南阳太守鲁宗之曰:"贼徒虽败,尚据坚城,请举南阳之兵,以袭其后。首尾共击,庶易成功。"宗之遂进兵,击冯该于柞溪,斩之。振闻宗之兵将至,谓桓谦曰:"东军来攻,兄暂坚守,勿与交锋。俟吾先破南阳之兵,然后归而击之。"说罢,潜师以出。毅探得振不在城,进兵围之,昼夜攻击,将士肉薄①而登。谦不能拒,遂弃城走。桓振方与宗之相持,知城中危急,急引军还救,而城已陷。宗之追击,振军亦溃逃于涢川,刘怀肃追斩之。桓谦、桓蔚、何澹之俱奔秦。于是何无忌奉帝先还,毅及道规留屯夏口,经理荆、襄。甲午,帝至建康,百官诣阙待罪,诏令复职,大赦改元,惟桓氏一族不赦,以桓冲忠于王室,特宥其一孙继后。

却说殷仲文以丧乱之后,朝廷音乐未备,言于裕,请修治之。裕曰:"今不暇治,且性所不解。"仲文曰:"好之自解。"裕曰:"正以解则好之,故不求解耳。"仲文惭退。朝廷论建义功,进封裕为豫章郡公,毅为南平郡公,无忌为安城郡公,各领本职如故。余有功者,封赏有差。先是毅尝为北府从事,人或以雄杰许之。敬宣曰:"不然。夫非常之才,自有调度,岂得便以此君为人豪耶?此君外宽而内忌,自伐而尚人,若一旦遭遇,亦当以陵上取祸耳。"毅闻而恨之。至是裕以敬宣为江州刺史,毅言于裕曰:"敬宣不豫建义,猛将劳臣,方须叙报,如敬宣之比,宜令在后。若君不忘生平,正可为员外常侍耳。前日授郡,已为过优;今复命为江州,尤用骇愧。"敬宣闻而惧,固辞不就,乃迁为宣城内史。夏四月,裕请归藩,诏改授裕都督荆、司等十六州诸军事,移镇京口。

先是,桓玄受禅,王谧为司徒,亲解安帝玺绶奉于玄。及领扬州,诸臣皆以为太优,毅尤不服。一日,帝赐宴朝堂,百僚皆集,谧以重镇大臣,俨居首座。毅愤然作色曰:"前逆玄倡乱,天位下移。今幸王室重兴,吾侪得为大晋之臣,不至稽首贼廷,其荣多矣。"因问谧曰:"未识帝之玺绶,今在何处?"谧默然,汗流浃背,惶愧无地,勉强终席而散。归至家,郁郁以死,临殁,请解扬州之任授裕。而毅不欲裕入辅政,议以谢混代之。遣尚

---

① 薄——通"搏"。

书皮沈，至京口告裕。沈先见刘穆之，具道朝议。穆之伪起如厕，密报裕曰："皮沈之言，不可从也。"及沈见裕，裕令且退，呼穆之问之。穆之曰："晋政久失，天命已移。明公兴复皇祚，勋高位重。今日形势，岂得居谦，常为守藩之将耶？刘、孟诸公，与公俱起布衣，共立大义以取富贵。事有前后，故一时相推，非委体心服，宿定臣主之分也。力敌势均，终相吞噬。扬州根本所系，不可假人。前者以授王谧，事出权宜。今若复以他授，便尔受制于人。一失权柄，无由可得。今朝议如此，宜相酬答，必云在我，措辞又难。唯应云'神州治本，宰辅至重。此事既大，非可悬论。便暂入朝，共尽同异'。公至京邑，彼必不敢越公而授余人矣。"裕从之，使皮沈先返，己即表请入朝。朝廷共谕其意，即徵裕领扬州，录尚书事。

裕至建康，百僚无不畏服。一日，裕集群臣议曰："自古安内者必攘外。昔南燕后秦，利我有内难，侵夺我疆土。今内难虽平，而南乡等郡，尚为秦据；宿豫以北，尚为燕有。吾欲伐之，二者孰先？"朱龄石进曰："后秦姚兴，颇慕仁义，以礼结之，其地自还。燕自慕容德亡后，子超嗣位，国内日乱，可一举灭之。此时兵力未足，宜有待也。"裕从之，遣使修好于秦，且求南乡等郡。秦王兴许之，群臣咸以为不可。兴曰："天下之善一也。刘裕拔起细微，能讨桓玄，兴复晋室，内厘①庶政，外修封疆。吾何惜数郡，不以成其美乎？"因割南乡十二郡归于晋。于是秦、晋和好，终兴之世，裕不加伐。

却说南燕主慕容德，姊仕于秦，为张掖太守。母公孙氏，兄慕容纳，皆居张掖。淮南之役，德从苻坚入寇，留金刀与母别，谓母曰："乱离之世，别易会难。母见金刀，如见儿也。"后同慕容垂举兵叛秦，秦收其兄纳及诸子，皆杀之。公孙氏以老获免，纳妻段氏方娠，系狱未决。段氏在狱，终日悲啼，一狱吏私语之曰："夫人勿忧，吾当救汝出狱，与太夫人逃往他乡便了。"段氏曰："尔系何人，乃能救我？"狱吏曰："我姓呼延，名平，夫人家旧吏也。念故主之恩，愿挈家同往，以避此难。"段氏感谢。平先移家城外，接取公孙氏同往，然后乘间窃段氏出狱，逃于羌中。段氏受了惊恐，到未数日，即生一子，取名曰超。超年十岁，而公孙氏病，临卒，以金刀授超曰："汝得东归，当以此刀还汝叔也。"超尝佩之。及姚氏代秦，平以其母

---

① 厘——治理，整理。

子迁长安。俄而平卒,遗一女,段氏即娶为超妇。超既长,日夜思东归,恐为秦人所录,乃佯狂,行乞以自污。人皆贱之。东平公苻绍遇之途,奇其貌,询之,乃慕容超也。言于秦王兴曰:"慕容超姿干奇伟,殆非真狂。宜微加官爵以縻之,勿使逃于他国。"兴乃召见之。超呆立不跪,左右命之拜,乃拜。与之语,故为谬对,或问而不答。兴笑曰:"妍皮不裹痴骨,徒妄语耳。"乃斥不用。

　　一日,超行长安市中,见有卖卜者,东人口声。向之问卜,卜者问其姓名,曰:"慕容超。"卜者熟视良久,舍卜,招之僻处,问曰:"子果慕容超耶?"曰:"然。"卜者笑曰:"吾觅子久矣,不意今日得遇。子于夜静来晤,吾有密事语子,万勿爽约。"超心讶之,别去。等至更深,来诣卜所。卜者迎门以候,见之大喜,邀入座定,乃语之曰:"吾实告子,我非卜者,乃南燕右丞吴辩也。奉燕主之命,特来访君,今既获见,便请同往,稍迟,恐有泄漏,不能脱身矣。"超因是不敢告其母、妻,辄随辩走。在路变易姓名,并无阻碍。不一日,到了燕界。地方官先行奏知。燕王德闻其至,大喜,遣骑三百迎之。超至广固见德,以金刀献上。德见之,悲不自胜,与超相对恸哭。即封超为北海王,赐衣服车马无数。朝夕命侍左右,使参国政。盖德无子,欲以超为嗣也。越二载,德不豫,立超为太子。及卒,遗诏慕容锺、段宏为左右相,辅太子登极。

　　超既即位,厌为大臣所制,乃出锺、宏等于外,引用私人公孙五楼等,内参政事。尚书令封孚谏曰:"锺,国之旧臣;宏,外戚重望,正应参翼百揆。今锺等出藩,五楼在内,臣窃未安。"超不听。于是佞幸日进,刑赏任意,朝政渐乱。一日,念及母、妻,惨然下泪。五楼曰:"陛下不乐者,得毋以太后在秦,未获侍奉乎?"超曰:"然。"五楼曰:"何不通使于秦,以重赂结之,启请太后归国也?"超曰:"谁堪使者?"五楼曰:"中书令韩范与秦王有旧,若使之往,必得如志。"超乃遣范至秦,请归母、妻。秦王兴曰:"昔苻氏之败,太乐诸妓,皆入于燕。燕肯称藩送妓,或送吴口千人,乃可得也。"范归复命。超与群臣议之,段晖曰:"陛下嗣守社稷,不宜以私亲之故,辄降尊号。且太乐先代遗音,不可与也,不如掠吴口与之。"张华曰:"不可。侵掠邻邦,兵连祸结,此既能往,彼亦能来,非国家之福。陛下慈亲在念,岂可靳①惜虚名,不为之降屈乎?"超乃遣范复聘于秦,称藩奉表。兴谓范曰:"朕归燕主家属必矣。然今天时尚热,当俟秋凉,然后送归。"亦令韦宗聘于燕。宗至广固,欲令燕主北面受诏。段晖曰:"大燕七圣重光,奈何一旦屈节?"超曰:"我为太后屈,愿诸卿勿复言。"遂北面拜跪如仪,复献太乐妓一百二十人于秦,秦乃还其母、妻。超帅百官,迎于马耳关。母子相见,悲喜交集。于是备法驾,具仪卫,亲自引导,迎入广固。尊母段氏为皇太后,立妻呼延氏为皇后,大赦国中。

是冬,汝水竭,河冻皆合,而㴥水不冰。超问左右曰:"㴥水何独不冰?"嬖臣李宣曰:"良由带京城,近日月也。"超大悦,赐朝服一具。时祀南郊,有兽突至坛前,如鼠而赤,大如马。众方惊异,须臾大风扬沙,昼晦如夜,羽仪帷幄皆裂。超惧,以问太史令成公绥。绥曰:"此由陛下信任奸佞,刑政失均所致。"超乃黜公孙五楼。俄而五楼献美女十名,皆吴人,善歌舞。超大悦,复任五楼如故。一日临朝,谓群臣曰:"南人皆善音乐,今太乐不备,吾欲掠吴儿以补其数。谁堪当此任者?"群臣莫应。斛穀提、公孙归请曰:"愿得三千骑,保为陛下掠取之。"超喜,乃命斛穀提寇晋宿豫,拔其城,大掠而去。又命公孙归进寇济南,掠取千余人以献。超简男女二千五百,付太乐教之。重赏二人。当是时,裕蓄锐已久,本欲起师伐燕,闻之怒曰:"今不患师出无名矣。"遂抗表北伐。朝议皆以为不可,惟孟昶、臧熹以为必克,力劝裕行。裕以昶监中军留府事,遂发建康。差胡藩为先锋,王仲德、刘敬宣为左右翼,刘穆之为参谋。引舟师三万,自淮入泗。五月至下邳,留船舰辎重于后,率兵步进。所过要地,皆筑城留兵守之。或谓裕曰:"燕人若塞大岘之险,坚壁清野以待,军若深入,不唯无功,将不能自归,奈何?"裕曰:"吾虑之熟矣。彼主昏臣暗,不知远计。进利虏获,退惜禾苗。谓我孤军远入,不能持久。极其所长,不过进据临朐,退守广固而已。守险、清野之计,彼必不用。敢为诸君保之。"

却说超闻晋师至,自恃其强,全无惧意,谓群臣曰:"晋兵若果至此,当使匹马不返。"段晖曰:"吴兵轻果,利在速战,不可争锋。宜据大岘,使不得入,旷延时日,沮其锐气。然后徐简精骑三千,循海而南,绝其粮道。更命一将帅兖州之众,缘山东下,腹背击之,此上策也。各命守宰依险自

---

① 靳——吝惜,不肯给。

固,计其资储之外,余悉荡尽。芟①除禾苗,使敌无所资。军食既竭,求战不得,旬月之间,可以坐制,此中策也。纵敌入险,出城逆战,策之下也。"超曰:"卿之下策,乃是上策。今岁星居齐,以天道推之,不战自克。客主势殊,以人事言之,胜势在我。今据五州之地,拥富庶之民,铁骑万群,麦禾蔽野,奈何芟苗徙民,行自蹙②弱?不若纵使入岘,以精骑击之,何忧不捷!"桂林王慕容镇曰:"陛下必以骑兵利平地者,宜出大岘逆战,战而不胜,犹可退守。不宜自弃险固,纵之使入也。"超不从。镇出,谓段晖曰:"主上不能逆战却敌,又不肯徙民清野,酷似刘璋矣。今年国灭,吾必死之。"或以告超,超大怒,收镇下狱。

却说晋师过大岘,燕兵不出。裕坐马上,举手指天,喜形于色。左右曰:"公未见敌,何喜之甚?"裕曰:"兵已过险,士有必死之心。余粮栖亩,军无匮乏之忧。虏已入吾掌中矣。"及裕至东莞,超方遣公孙五楼、段晖,将步骑五万屯临朐,自将步骑四万为后援。裕将战,以车四千乘为两翼,方轨徐进,与燕兵战于临朐南。自早至日昃,胜负未决。胡藩言于裕曰:"燕悉兵出战,临朐城中,留守必寡。愿以奇兵从间道取其城,此韩信所以破赵也。"裕从其计,遣藩引兵五千,从小路抄出燕军之后,进攻临朐。兵至城下,城中果无备。副将向弥摽甲先登,大呼曰:"轻兵十万,从海道至矣!"军士随之而上,守城兵皆溃,遂克之。时燕军方与晋师交战,胜负未决,一闻临朐已失,众心皆乱。裕乘其乱,纵兵奋击,遂大胜之。斩段晖及大将十余人。超率余兵遁还广固。晋兵逐北,直抵广固城下,克其外城。超退保小城以守。裕筑长围守之,围高三丈,穿堑三重。超在围中惶惧无计,遣尚书令张纲,乞师于秦。赦桂林王镇于狱,引见谢之,问以御敌之策。镇曰:"百姓之心,系于一人。今陛下亲董③六师,奔败而还,求救于秦,恐不足恃。今散卒还者尚有数万,宜悉出金帛,悬重赏,与晋更决一战。若天命助我,必能破敌。如其不然,死亦为美。比于闭门待尽,不尤愈乎!"五楼曰:"晋兵乘胜,气势百倍。我以败军之卒当之,不亦难乎!秦与吾分据中土,势同唇齿,安得不来相救?但不遣大臣,则不能得重兵。

---

① 芟(shān)——除去。

② 蹙(cù)——同"蹙"。缩小、收敛。

③ 董——统率、统辖。

韩范素为秦重,宜遣乞师。"超乃遣范赴秦求救。哪知其时秦邦为夏人入寇,出师屡败,自顾不暇,张纲乞师,已徒劳而归。行至半途,为晋军所获,遂降于裕。裕使纲升楼车,周城大呼曰:"秦为夏王勃勃所破,不能出兵相救矣。"城中闻之,莫不丧气。又江南每发兵及遣使者至广固,裕潜遣精骑夜迎之,及明,张旗鸣鼓而至。城中益恐。

却说韩范至长安,苦恳救援。秦许出兵一万救之。先遣使谓裕曰:"慕容氏相与邻好,今晋攻之急,秦已发铁骑十万屯洛阳。晋军不还,当长驱而进。"裕呼使者谓曰:"语汝姚兴,我克燕之后,息兵三年,当取关洛。今能自送,便可速来。"刘穆之闻有秦使,驰入见裕。而秦使已去。裕以所言告之,穆之尤裕曰:"常日事无大小,必赐预谋。此宜细酌,奈何遽尔答之? 此语不足以威敌,适致敌人之怒。若广固未下,秦寇奄至,不审何以待之?"裕答曰:"此是兵机,非卿所解,故不相语耳。夫兵贵神速,彼若审能赴救,必畏我知,宁容先遣信命,逆设此言,是张大之辞也。晋师不出,为日久矣,今见伐燕,秦必内惧,自保不暇,何能救人!"穆之乃服。秦果兵出复止。韩范不能归燕,亦降于裕。由是燕之外援遂绝。

超每巡城,必挟宠姬魏夫人同登,见晋兵之盛,握手对泣。左右谏曰:"陛下遭否塞①之运,正当努力自强,以壮军心,而乃为儿女子泣乎?"超拭泪而止。城久闭,城中男女病脚弱者大半,出降者相继。尚书令悦寿曰:"今天助寇为虐,战士雕疲,独守穷城,外援无望。天时人事,概可知矣。苟历数有终,尧舜犹将避位,陛下岂可不思变通之计乎?"超叹曰:"废兴命也,吾宁奋剑而死,不能衔璧而生。"丁亥,裕集诸将命之曰:"贼智穷力绝,而城久不拔者,皆将士不用命之故。今日先登者有赏,退后者有刑。限在午时必克。"或曰:"今日往亡,不利行师。"裕曰:"我往彼亡,何为不利?"于是诸将鼓勇,四面并攻。但未识广固一城果能即下否,且俟后文再讲。

---

① 否(pǐ)塞——否,《易》卦名,表示天地不交。上下隔阂。闭塞不通。

第 六 卷
东寇乘虚危社稷　北师返国靖烽烟

话说晋攻广固，将士齐奋，自早至午，城遂破。燕王超领十数骑突围出走，晋军追获之，执以献裕。裕立之阶下，数以不降之罪。超神色自若，一无所言。时敬宣在侧，超顾而见之，曰："子非吾故人乎？愿以母为托。"盖敬宣前奔南燕，正值超为太子，同游甚得，故超云尔。其后敬宣厚养其母终身。

却说裕忿广固久不下，欲屠其民。韩范谏曰："晋室南迁，中原鼎沸，士民无援，强则附之。既为君臣，自应为之尽力。彼皆衣冠旧族，先帝遗民，今王师吊伐而尽屠灭之，窃恐西北之人，无复来苏之望矣。"裕改容谢之，斩公孙五楼等数十人，余无所诛。送超诣建康斩之。

话分两头。先是，妖贼孙恩扰乱三吴，进犯京口。裕屡击败之，所虏男女人口，死亡略尽，惧为官军所获，遂赴海死。其党及妓妾从死者以百数，人谓之水仙。而余众数千，复推恩妹夫卢循为主。循神采清秀，雅有才艺。少时有沙门惠远见之，曰："君虽体涉风素①，而志存不轨，奈何！"至是果为盗魁。循又有妹丈徐道覆，多智乐乱，为循谋主，蓄兵聚财，势日以大。桓玄篡晋，欲抚安东土，因加官爵以縻之，以循为番禺太守，道覆为始兴相。二人虽受朝命，为寇如故。及裕克复京师，循乃遣使贡献。时朝廷新定，未暇征讨，如其官命之。循遗裕益智粽，裕报以续命汤。于是惮裕之威，凶暴少戢。

再说海中有一鹿岛，方圆百有余里，地产鱼盐，为蜑户②所居。风俗强悍，居民鲜少。有大盗周吉据之，招集兵众，建设楼船，横行海中，自号飞虎大王。其妻罗氏，曾得异人传授，有呼风唤雨之能，走石扬沙之术。手舞双刀，能飞行水面，以故人皆畏之。昔孙恩在时，欲与结纳，常遣卢循

---

① 风素——指风度、神采。
② 蜑户——指居住船上，以捕猎海产品为生的船家。

奉命往来,罗氏见而悦之。其后吉死。罗氏代统其众,号令严明,群盗畏服。然孀居无耦,欲求良配,而手下头目等众,无一当其意者。因念卢循人物轩昂,可以为夫,遣人向循说合。循以有妻辞之。来人回报,罗氏笑而不言。一日,忽拥楼船百号,甲士数千,亲至番禺,邀循相见。循出见之,罗氏谓曰:"君乃当世英雄,吾亦女中豪杰,愿以身许君者,欲助君成大事也。君何不允?"循曰:"前妻不可弃;屈卿居下,又不敢耳。"罗氏笑曰:"君不能自主耶? 吾请与尊夫人当面决之。"遂与循并马入城,至府,循妻出接。方升堂,未交一语,罗氏即拔剑斩之,顾谓循曰:"今不可以生同室,死同穴乎!"众大骇,然惮其勇决,不敢动,循亦唯唯惟命。一面将尸首移置他处,厚加殡殓。一面即设花烛,堂上交拜焉。由是鹿岛之甲兵府库,悉归番禺,而循益强。一日,道覆自始兴来,谓循曰:"将军闻刘裕北伐乎?"循曰:"闻之。"道覆曰:"此可为将军贺也。"循曰:"何贺?"道覆曰:"本住岭外,岂以理极于此,传之子孙耶? 正以刘裕难敌故也。今裕顿兵坚城之下,未有还期。我以此思归死士,掩击何、刘之徒,如反掌矣。不乘此机,而苟求一日之安,朝廷常以将军为腹心之疾,若裕平齐之后,息甲岁余,自帅锐师过岭,虽以将军之神武,恐不能当也。今日之机,万不可失。若先克建康,倾其根本,裕虽南还,无能为也。此所以为将军贺也。"循大喜,罗氏亦力劝之,遂与道覆克期起兵。

　　先是,道覆在始兴,使人伐船材于南康山,至始兴贱卖之,居民争市,船材大积而人不疑。至是悉取以装舰,旬日而办。于是循寇长沙,道覆寇南康、庐陵、豫章等郡。守土者皆弃城走。时克燕之信未至,而贼势大盛,京师震恐。何无忌得报,大怒曰:"彼欺朝廷无人耶!"遂自寻阳起师拒之。长史邓潜之谏曰:"闻贼兵甚盛,又势居上流,逆战非便。宜决南塘之水,守城坚壁以待之,彼必不敢舍我远下。蓄力养锐,俟其疲老,然后击之,此万全之策也。"参军刘阐亦谏曰:"循所将之兵,皆三吴旧贼,百战余勇,始兴溪子,卷捷①善斗,又有妖妇助之,未易轻也。将军宜留屯豫章,征兵属城,兵至合战,亦未为晚。若以此众轻进,殆必有悔。"无忌不听。三月壬申,与贼军遇于豫章,率众进击。兵锋初交,大风猝起,吹沙蔽日,官军船舰皆为风水冲击,把持不定。无忌所乘大舟漂泊东岸,贼舟乘风逼

---

　　① 卷捷——卷通"拳"。敏捷、善于拳斗。

之,箭炮并发,无忌见事急,厉声曰:"取我苏武节来!"节至,执以督战。贼众云集,左右皆尽,无忌辞色无挠,握节而死。于是中外大震,廷臣皆惧,急以帝诏追裕还国。当是时,南燕既下,裕方屯兵广固,抚纳降附,采拔贤俊,经营三齐。忽有诏至,以海寇内犯,官军屡败,召使速还。大惊,乃以韩范为都督八郡军事,留守广固,班师还南。至下邳,以船载辎重,先帅精锐步归。至山阴,信益急,大虑京邑失守,卷甲兼行,与数十人奔至淮上。问行人以朝廷消息,行人曰:"贼尚未至建康,刘公若还,便可无忧。"裕心少安。将济江,遇大风,浪涌如山,船不得行。左右劝俟风息,裕曰:"若天命助国,风当自息。若其不然,覆溺何害?"即登舟,舟移而风止。过江至京口,士民见之,皆额手称庆。入朝,群臣皆来问计。裕曰:"今日守为上,战次之。毋惊惶,毋乱动,进退一唯吾命。诸君共体此意可耳!"时诸葛长民、刘藩、刘道规各率本道兵入卫建康,裕皆令严兵以守。

却说刘毅分镇姑孰,闻乱,即欲出兵讨贼,以疾作不果。及闻无忌败,力疾起师,来讨卢循。裕恐其轻敌,以书止之曰:

　　吾往时习击妖贼,晓其变态。贼新得志,其锋不可犯。今修船垂毕,当与弟协力同举。

　　克平之日,上流之任,皆以相委。此时尚宜有待。无忌既误于前,弟不可再误于后也。

书去,恐毅不听,又遣其弟刘藩往止之。毅怒谓藩曰:"往以一时之功相推,汝谓我真不及寄奴耶?"投书于地,决意行师。

先是,裕与毅协成大业,而功居其次,心常不服。又自负其才,以为当世莫敌,常云恨不遇刘、项,与之并争中原。又尝于东府会集僚友,大掷樗蒲,一判应至百万,余人皆败,惟裕与毅在后,未判胜负。毅举手一掷得雉①,大喜,攘衣绕床叫曰:"非不能卢②,无事此耳!"裕忿其言,因握五木于手,久之而后掷曰:"老兄试为卿答。"既而四子俱黑,内一子转跃未定,裕厉声喝之,即成卢,笑谓毅曰:"此手何如?"众俱喝彩。毅色变,徐曰:"亦知公不能以此见借也。"故常欲立奇功,以压裕望。今决意伐循,谓大功可立。遂帅舟师二万,即日进发。

----

①　②雉、卢——即"呼卢喝雉",古代一种赌博。削木为子,共五个,一子两面;一面涂黑,画牛,一面涂白,画雉。掷时五子俱黑面,称卢,则胜。

　　时循攻湘中诸郡，道覆进攻寻阳，闻毅将至，驰使报循曰："毅兵甚盛，成败之机，全系于此。当并力击之。若使克捷，天下无复事矣，不忧上面不平也。"循得报，即日发巴陵，与道覆合兵而下。五月戊午，两军相遇于桑落洲。贼兵回船却走，毅众争先，追下数里，忽见战船排开，一女将手舞双刀，飞行水面。众皆属目视之，霎时狂风大作，天地昏暗，卢循兵从左起，道覆兵从右起，两下夹攻，女将引兵当前冲击。四面八方，皆是贼兵，莫测多少。官军大溃，毅弃船登岸，以数百人步走得脱。所弃辎重山积，循皆获之，喜谓道覆曰："何、刘尽败，今可不烦兵刃而入建康矣。"军中置酒相贺。及闻裕已还朝，相顾失色，曰："彼来何速耶？"循欲退还寻阳，攻取江陵，据二州以抗朝廷。道覆不可，谓宜乘裕初返，未暇整备，攻之可克，迟则恐难胜也。循于是引兵径进。

　　时北师初还，将士多创病，建康战士不盈一万。毅败之后，贼势益强，战士十余万，舟车百里不绝，楼船高十二丈，败还者争言其强。京师人情籦[3]惧，皆虑难保。孟昶欲奉乘舆过江，裕不许。先是昶料无忌、刘毅兵必败，已而果然。至是又谓裕必不能抗循，人皆信之。王仲德言于裕曰："昶言徒乱人心耳。公以雄才作辅，新建大功，威震六合。妖贼乘虚入寇，既闻凯还，自当奔溃。若先自遁逃，势同匹夫，何以号令天下！此谋若立，仲德请从此辞。"裕曰："卿意正与吾同。"昶固请出避，裕曰："今重镇外倾，强寇内逼，人情危骇，莫有固志。若一旦迁动，便自土崩瓦解，江北亦岂可得至。设令得至，不过迁延日月耳。将士虽少，自足一战，若其克济，则臣主同休。苟厄运必至，我当横尸庙门，遂其由来以身许国之志，不能窜伏草间苟求存活也。我计决矣，卿勿复言。"昶忿其言不行，且以为必败，固请死。裕怒曰："卿且再申一战，死复何晚！"昶知言必不用，乃抗表自陈曰："臣裕北伐，众并不同，惟臣独赞其行，致使强贼乘间，社稷将倾，臣之罪也。谨引咎以谢天下。"封表毕，仰药而死。后人有诗讥之曰：

　　持乱扶危仗有人，将军何自遽亡身？

　　寄奴当日从君计，晋室江山化作尘。

　　裕闻昶死，虑人心不安，自屯石头，命诸将各守要处。其子义隆始四岁，使刘粹辅之，以镇京口。裕见民临水望贼，怪之，以问参军张邵。邵

曰:"若节越未反,民方奔散不暇,何能观望?今当无复恐耳。"裕然之。时贼信益急,裕谓诸将曰:"贼若于新亭直进,其锋不可当,宜且回避,胜负之事未可量也,若回泊西岸,此成禽耳。"众皆不解其故。及卢循兵至淮口,道覆请于新亭直趋白石,焚舟而上,分数道攻裕,则裕军必败。循欲以万全为计,谓道覆曰:"大军未至,孟昶望风自裁,以大势言之,自当计日溃乱。今决胜负于一朝,既非必克之道,而徒伤士卒,不如按兵待之。"道覆退而叹曰:"卢公多疑少决,我终为所误。使我得为英雄驱驰,天下不足定也。"裕登石头城望之,初见循军引向新亭,顾左右失色。既而回泊蔡洲,乃悦。刘毅经涉蛮晋,仅能自免,从者饥疲,死亡什七八,浃旬才至建康待罪。裕慰勉之,使知中外留事。丙寅,裕命沈林子、徐赤特筑寨南岸,断查浦之路,戒令坚守勿动。自引诸将,结营于南塘,遥为掎角之势。卢循引兵登岸,进攻查浦。徐赤特见其兵少,欲击之。林子曰:"此诱我耳,后必有继,不可击也。"赤特不从,遂出战。后队大至,赤特战死。林子据栅力战,势渐不支。裕命朱龄石急往救之,栅得不破。贼连攻三日,林子坚守不出。裕谓诸将曰:"贼专攻查浦,而不以兵向我者,懈吾备也。今夜月黑,且有妖妇助之,必来劫营,须为之防。"因令营前连夜掘成深堑,上铺木板,把沙土盖好。两旁设大弩百张,伏兵四面,俟营中号炮一响,齐出击之。诸将遵令而行。

却说卢循是夜欲令罗氏去劫大营,正好黑夜用法。道覆曰:"刘裕狡诈,大营岂肯无备?不如去劫查浦小寨,可以必胜。"循曰:"吾连日专攻小寨者,正为今夜用计耳。君何疑焉!"罗氏曰:"吾有神兵相助,以千人往,便足直破其垒。君等在后为援,俟吾胜时,四面截击可也。"循大喜。

等至更深,罗氏领兵前往,将近敌营,马上作法起来,狂风大作,黑雾迷天,空中有百千万人马护从。哪知才及寨门,忽如天崩地裂一声,把前面人马陷入堑里。罗氏收马不及,亦跌下去。营中一声炮响,两旁弓弩齐发,如雨点一般射来,罗氏身中数箭而死。伏兵四起,火把齐明。卢循领兵在后,知是中计,只得退下还船。检点前队,一千兵马皆被杀尽,又丧了爱妻,不胜大恸,谓道覆曰:"吾不能留此矣,且还寻阳,再图后举。汝引一支人马,进取江陵。"道覆从之。遂令范崇民以五千人断后,大军尽退。诸将见循兵退去,请裕追之。裕不应,大治水军,命孙处、沈田子二将,帅众三千,自海道袭番禺。众皆谓海道艰远,得至为难,且分撤见力,非目前之急。裕曰："大军十二月之交,定破妖贼,此时必先倾其巢穴,使彼走无所归,则可以歼尽丑类,免贻后日之忧。诸君特未见及此耳。"众皆称善。今且按下。

　　且说徐道覆来攻江陵,江陵守将刘道规,裕之弟也。初闻贼逼京邑,遣其将檀道济率兵三千入援。至寻阳,为贼将苟林所破。引师退归,林遂乘胜伐江陵,兵势甚盛。又其时谯纵反于蜀,桓谦自秦归之,引蜀师来寇。苟林屯于江津,桓谦军于枝江,二寇交逼,遥相呼应。加以江陵士庶,多桓氏义旧,并怀二心。道规乃会将士,告之曰:"桓谦今在近畿,闻人士颇怀去就之计。吾东来文武,足以济事,若欲去者,本不相禁。"因夜开城门,达晓不闭。众感其诚,莫有叛者。襄阳太守鲁宗之知江陵危急,率众来援。道规单骑迎入,遂以守城事委之,而自率诸将攻谦。或谏之曰:"今远出攻谦,胜未可必。苟林近在江津,伺人动静。若来攻城,宗之未必能固,脱有差跌,大势去矣。"道规曰:"诸君不识兵机耳。苟林庸才,无他奇计,以吾去未远,必不敢引兵向城。桓谦不虞吾至,攻之辄克。林闻谦败,则心胆俱破,岂暇得来!且宗之独守,何为不支数日!"于是率领兵马,水陆齐进,攻谦于枝江。谦果大败,单舸走。副将刘遵追斩之。还击苟林,林亦走,江陵得安。至是道覆率众三万,奄至破冢。或传卢循已平京邑,遣道覆来为荆州刺史。江汉士民无不畏惧。道规曰:"此未可纵之临城也。"于是筑垒于豫章口拒之,道覆屡攻不克。

　　话分两头。裕治水军半,以檀韶为前锋,击斩贼将范崇明于南陵。循惧,驰报道覆,曰勿争江陵,且还拒裕。于是道覆引军急还,与循军合。冬十二月,裕至雷池,贼众扬言不攻雷池,当乘流径向建康。裕谓诸将曰:"贼设此言,明日当来决战矣。吾军当严阵以待。"诘旦,果见贼舟蔽江而下,旗枪密布,金鼓震天,前后莫见舳舻之数。裕乃命步兵屯于西岸,先备火具,藏于岸侧。戒军士曰:"今日西风甚急,贼占上风,必泊西岸。可纵火烧之。"步兵领命而去。又令舟师悉出轻舰,分作数十队,列于东岸。船上各设大弓百张,戒之曰:"初则择利而战,进退自由。一闻中军鼓起,万众齐奋,退者立斩。"众将皆奉令行事。将战,贼舟果尽泊西岸,官军若迎若拒,东逐西走,西逐东走,势若游龙。俄而,贼阵中火焰冲起,裕命击之,鼓声大震,诸将无不奋勇杀入。后面火势愈盛,楼船大半被烧;前面万弩齐发,中者贯胸,贼兵大溃。岸上忽竖招降旗一面,上书"降者免死"。

于是贼兵得脱者，无不弃甲奔降。循与道覆见事急，遂收余兵东遁。先是裕挥众进战，所执麾竿忽折，幡沉于水。众皆失色，裕笑曰："往年覆舟山之战，幡竿亦折。今者复然，贼必平矣。"至是果大捷，所获士卒刍粮无数。诸将入贺，裕曰："贼今败去，必还番禺。斯时番禺，谅已为孙处等所据矣。然孤军无援，恐不足以制之。"乃命胡藩、孟怀玉率轻军五千，尾而追之，务歼尽丑类而止。

却说循与道覆，率领残兵星夜逃回番禺。那知孙处、沈田子二将奉了刘裕的将令，已于十二月之交，引兵袭据其城，戮其亲党，严兵以待。循在路不知其城已失，一到番禺，忙即整众入城。行至城下，见四门坚闭，城上遍插旌旗，一将全身披挂，立于城上，大喝曰："卢循！汝巢穴已失，今来何为？"循大惊，问曰："尔何人，敢据吾地？"城上将对曰："我振武将军孙处也，奉太尉之命，倾尔巢穴，绝尔后路。尔尚不知死活耶？"循顾道覆曰："此城若失，吾无容身之地矣！奈何！"道覆曰："事急矣，乘其孤军无援，速攻之，可克也。"于是挥令贼众，四面攻击。城中亦四面拒之，相持二十余日，渐不能支。孙处谓田子曰："救兵不至，矢石将竭，奈何？"田子曰："风色已转西北，不出三日，救兵必至矣。"一日，忽闻城外炮声如雷，贼兵纷纷退去，遥望海口，一支人马皆是官军旗号，在贼阵中左冲右突，贼兵抵死相敌。田子知救兵已至，遂留孙处守城，亲率兵众前来助战。两路夹击，贼众大败，卢循狼狈逃去，道覆欲走始兴，众散被杀。战罢，方知来援者，乃胡藩、孟怀玉也。相见大喜，田子请二将入城。胡藩谓田子曰："贼去未远，追之可获。君同孙将军抚戢地方，我同孟将军去擒贼徒便了。"说罢，分手而别。但未识官军追去，果能擒得贼徒否，且听下回分解。

第 七 卷

除异己暗袭江陵　剪强宗再伐荆楚

话说卢循大败而逃，仅存楼船数号，残兵数百。欲往交州，又遇风阻不得进。后面追兵渐渐赶上，自知不免，乃召其妓妾问曰："谁能从我死者？"或云鼠雀偷生，就死实难。或云官尚就死，何况我等！循乃释愿死者不杀，而杀诸辞死者，自投于海而死。追兵至，取其尸斩之，传首建康。

裕闻贼平大喜，以交州刺史杜慧度镇番禺，诏诸将班师。朝廷论平贼功，进封裕为宋公，诸将晋爵有差，独刘毅兵败无功，不获晋爵。裕念其旧勋，因命刘道规镇豫州，而以毅为荆州刺史。

且说毅自桑落败后，知物情去己，弥复愤激，虽居方镇，心常快快。又裕素不学，而毅颇涉文雅，故朝士有清望者多归之。与尚书谢混、丹阳尹郗僧施深相凭结，既据上流，阴有图裕之志。求兼督交、广二州，裕许之。又奏以郗僧施为南蛮校尉，裕亦许之。僧施既至江陵，毅谓之曰："昔刘先主得孔明，犹鱼之有水。今吾与足下，何以异此！"毅有祖墓在京口，表请省墓。裕往候之，会于倪塘，欢宴累日。胡藩私谓裕曰："公谓刘卫军终能为公下乎？"裕默然久之，曰："卿谓何如？"藩曰："连百万之众，攻必取，战必克，毅固以此服公。至于涉猎传记，一谈一咏，自许以为雄豪。于是缙绅白面之士，辐辏归之，恐终不为公下，不若乘其无备除之。"裕曰："吾与毅俱有克复之功，其过未彰，不可自相图也。"既而毅还荆州，变易守宰，擅改朝命，招集兵旅，反谋渐著。其弟藩为兖州刺史，欲引之共谋不轨。托言有病，表请移置江陵，佐己治事。裕知其将变，阳顺而阴图之，答书云：今已徵藩矣，俟其入朝后，即来江陵也。毅信之。九月己卯，藩自兖州入朝，裕执之，并收谢混于狱，同日赐死。于是会集诸将，谋攻江陵。诸将皆曰："荆土强固，士马众多，攻之非旦夕可下，须厚集兵力图之。"阶下走过一将，慷慨向裕曰："此行不劳大众，请给百舸为前驱，袭而取之，旦夕可克。刘毅之首，保即枭之麾下。"裕大喜，众视之，乃参军王镇恶也。

且说镇恶本秦人，丞相王猛孙。生于五月五日，家人以俗忌不利，欲令出继于外。猛见而奇之,曰:"此儿不凡。昔孟尝恶月生而相齐①,是儿亦将兴吾门矣。"故名之为镇恶。年十三而苻氏亡,关中乱,流寓崤、渑之间。尝寄食里人李方家,方厚待之。镇恶谓方曰:"若遭遇明主,得取万户侯,当厚相报。"方曰:"君丞相孙,人才如此,何患不富贵。得志日,愿勿忘今日足矣。"后奔江南,居荆州,读孙吴兵书,饶谋略,善果断,喜论军国大事。广固之役,裕求将才于四方,或以镇恶荐,裕召而与语,意略纵横,应对明敏。大悦,留与共宿,明旦,谓参佐曰:"吾闻将门有将,信然。"即以为中兵参军,至是请为前驱。裕命蒯恩佐之,将百舸先发,戒之曰:"若贼可击,则击之;不可,则烧其船舰,留水际以待我。"

镇恶领命,昼夜兼行,在路有问及者,诡云刘兖州往江陵省兄。其时人尚未知刘藩已诛,故皆信之。己未,至豫章口,去江陵城二十里。舍船步上,每舸各留一二人,对舸岸上各立六七旗,旗下置鼓,戒所留人曰:"计我将至城,便击鼓呐喊,尽烧江津船只,若后有大军状。"于是镇恶居前,蒯恩次之,径前袭城。正行之次,江陵将朱显之往江口,遇而问之。答以刘兖州至。显之曰:"刘兖州何在?"曰:"在后。"显之至军后,不见藩,而见军士担负战具。遥望江津,烟焰张天,鼓严之声甚盛。知有变,便跃马驰归,惊报毅曰:"外有急兵,垂至城矣,宜令闭门勿纳。"毅大骇,急下令闭门。关未及闭,镇恶已率众驰入,杀散守卒,进攻金城。金城者,毅所筑以卫其府者也,守卫士卒皆在焉。猝起不意,人不及甲,马不及鞍,仓皇出拒。大将赵蔡,毅手下第一勇将,素号无敌,才出格斗,中流矢而死。人益惶惧,自食时战至中晡②,城内兵皆溃。镇恶破之而入,遣人以诏及裕书示毅。毅烧不视,督厅事前士卒力战,逮夜,士卒略尽,毅见势不能支,帅左右三百许人,开北门突走。镇恶虑暗中自相伤犯,止而不追。初,长史谢纯将之府,闻兵至,左右欲引车归。纯叱之曰:"我人吏也,逃将安之?"遂驰入府,与毅共守。及毅走,同官毛修之谓纯曰:"吾侪亦可去矣。"纯不从,为乱兵所杀。毅出城,左右皆叛去,夜投牛牧佛寺。寺僧拒

---

① 孟尝恶月生而相齐——孟尝,孟尝君,战国时齐国贵族,姓田名文,曾为齐相。据传田文生于农历五月五日,此月为恶月,迷信认为生男要害父,生女要害母。事见《史记·孟尝君列传》。

② 晡(bū)——申时,即下午三时至五时。

之曰:"昔桓蔚之败,走投寺中,亡师匿之,为刘卫军所杀。今实不敢容留异人。"毅叹曰:"为法自弊,一至于此。"遂缢而死。明日,居人以告,镇恶收其尸斩之。后人有诗悼之曰:

> 盖世勋名转眼无,教夸刘项共驰驱。

> 呼卢已自输高手,岂有雄才胜寄奴。

先是,毅有季父镇之,闲居京口,不应辟召。尝谓毅与藩曰:"汝辈才器,足以得志,但恐不久耳。我不就尔求财位,亦不同尔受罪累。"每见毅导从到门,辄诟之。毅甚敬畏,未至宅数百步,悉屏仪卫,步行至门,方得见。及毅死,不涉于难。人皆高之。乙卯,裕至江陵,镇恶迎拜于马首曰:"仰仗大威,贼已授首,幸不辱命。"裕曰:"我知非卿不能了此事也。"荆州文武相率迎降。收郗僧施斩之,余皆不问。捷音至京,举朝相庆。

时诸葛长民已有异志,闻之不悦。先是裕将西讨,使长民监太尉留府事。又疑其不可独任,加穆之建武将军,配兵力以防之。以故长民益自疑,犹冀毅未即平,与裕相持于外,可以从中作难。及闻毅死,大失望,谓穆之曰:"昔年醢彭越①,今年杀韩信。吾与子皆同功共体者也,能无危乎?"穆之不答,密以其言报裕。裕乃潜为之防。以司马休之为荆州刺史,留镇江陵,而身还建康。大军将发,长史王诞请轻身先下。裕曰:"长民迩来颇怀异志,在朝文武恐不足以制之,卿讵宜先下。"诞曰:"长民知我蒙公垂盼,今轻身单下,必当以为无虞,乃可少安其意耳。"裕笑曰:"卿勇过贲、育②矣。"乃听先还。裕既登路,络绎遣辎重,兼程而下,云于某日必至。长民与公卿等,频日奉候于新亭,而裕淹留不还,辄爽其期,候者皆倦。乙丑晦,裕乘坚舟径进,潜入东府。公卿闻之,皆奔候府门,长民亦惊趋而至。裕先伏壮士丁旿于幔中,单引长民入,降座握手,殷勤慰劳。俄而置酒对饮,却人闲话,凡平生所不尽者,皆与之言。长民甚悦。酒半,裕伪起如厕,忽丁旿持刀从幔后出,长民惊起,而刃已及身,遂杀之。裕命舆尸付廷尉,并收其弟黎民。黎民有勇力,与众格斗而死。故时人语曰:"莫跋扈,付丁旿。"由是群臣恐惧,莫不悚息听命。

---

① 彭越——西汉昌邑人,字仲。秦末聚兵起义,后归刘邦,多建奇功,封梁王,不久被人告谋反,诛灭三族。

② 贲、育——即孟贲、夏育,俱为古时勇士。

　　再说朝廷相安未久，旋又生出事来，费却一番征讨，历久方平。你道此事从何而生？先是司马休之为荆州刺史，勤劳庶务，抚恤民情，大得江汉心。有长子文思，嗣其兄谯王尚之后，袭爵于朝，与弟文宝、文祖并留京师。文思性凶暴，好淫乐，手下多养侠士刺客。离城十里，建一座大花园，以为游观之所，而兼习骑射。一日，走马陌上，见隔岸柳阴之下，有一群妇女聚立观望，内有一女，年及十五六，容颜绝丽，体态风流。文思立马视之，目荡心摇，顾谓左右曰："此间何得有此丽人？"有识之者曰："此园邻宋家女也。"妇女见有人看她，旋即避去。文思归，思念不置。有宠奴张顺，性奸巧，善伺主人意。文思托他管理园务，认得宋家，因进曰："主人连日有思，得毋为宋姓女乎？如若爱之，何不纳之后房？"文思曰："吾实爱其美，但欲纳之，未识其家允否？"张顺曰："以主人势力求之，有何不允？"文思大喜，遂令张顺前去说合。

　　却说宋女小名玉娟，其父宋信已亡过三年，与母周氏同居，家中使唤止有一婢。父在时，已许字郎吏钱德之子，以年幼未嫁。宋姓虽非宦室，亦系清白人家。时值三春，随了邻近妇女，闲行陌上，观望春色，却被文思隔岸看见。当时母女归家，亦不在意。隔了一日，有人进门，口称司马府中差来，请周氏出见。周氏出来，问："有何事见谕？"其人曰："我姓张，系尊夫旧交。现在住居园中，又系近邻。今日此来，特为令爱作伐。"周氏曰："吾女已许字人矣，有辜盛意。"张顺愕然曰："果真许字人了？可惜送却一场富贵。宋大嫂，你道吾所说者何人？乃即府中王子也。王子慕令爱才貌，欲以金屋①置之，故遣吾来求。此令爱福星所照，如何错过？"周氏曰："小女福薄，说也无益。"便走过一边。张奴见事不谐，即忙走归，以周氏之言告知主人，文思怅然失望，谓张顺曰："你素称能干，更有何计可以图他到手？"张奴曰："计却有，但恐主人不肯行耳。"文思忙问："何计？"张奴曰："今日午后，竟以黄金彩缎，用盒送去，强下聘礼。晚间，点齐我们仆众，再用健妇数人，径自去娶。倘有不从，抢她归来，与主人成其好事。事成之后，她家纵有翻悔，已自迟了。"文思点头称善，遂命如计而行。

---

　　①　金屋——用"金屋藏娇"典故。传说汉武帝年少时，见表妹阿娇，说是日后愿娶其为妇，并建金屋给她居住。

　　却说周氏自张顺去后，叮嘱女儿，今后不可出门，被人看见。正谈论间，忽听叩门声急，唤婢出问。小婢开门出来，见有五六人，捧着盘盒，一拥而入。早上来的这人，亦在其内，便向他道：“请你大娘出来，当面有话。”周氏听见人声嘈杂，走出堂中。张顺一见，便作揖道：“大嫂恭喜，我家主人欲娶令爱，特送黄金百两，彩缎十端，以作聘礼。请即收进，今夜便要过门。”周氏大惊道：“我女已受人聘，你家虽有势力，如何强要人家女儿？快快收去，莫想我受！”张顺笑道：“受不受由你，我们自聘定的了。”遂将黄金彩缎，放在桌上，竟自去了。周氏急忙走出，喊叫四邻。邻人不多几家，又是村农，惧怕王府威势，谁敢管这闲事。周氏喊破喉咙，无人接应，痛哭进内，向女儿道：“彼既强聘，必来强娶，此事如何是好？”母女相对而哭。思欲逃避他方，又无处可避。况天又渐黑下来，愈加惶惧。才到黄昏，门外已有人走动，坐至更深，大门一片声响，尽行推倒。灯球火把，塞满庭中，照曜如同白日。玉娟战战兢兢，躲在房中床上。周氏拦住房门，大叫救人。走过妇女数人，将她拉在一边，竟到房中搂着玉娟，将新衣与她改换。玉娟不依，一妇道：“到了府中，与她梳妆便了。”遂将她拥出房门上轿。斯时，玉娟呼母，周氏呼女，众人皆置不理。人一登轿，鼓乐齐鸣，灯球簇拥而去。邻里皆闭门躲避，谁敢道个“不”字。花轿去后，方有邻人进来，见周氏痛哭不已，劝道，“人已抬去，哭也无益。”又有的道，“令爱此去，却也落了好处，劝你将错就错罢。”周氏道：“钱家要人，教我如何回答？”邻人道：“钱家若来要人，你实说被司马府中抢去，只要看他有力量，与司马府争执便了。”说了一回，邻人皆散，周氏独自凄惶。

　　话分两头。玉娟抬入府中，出轿后，妇女即拥入房。房内红烛高烧，器用铺设，皆极华美。走过数个妇女，即来与她梳洗。始初不肯，既而被劝不过，只得由她打扮。送进夜膳，亦略用了些。不上一刻，文思盛服进房，妇女即扶玉娟见礼。文思执其手曰：“陌上一见，常怀想念。今夜得遂良缘，卿勿忧不如意也。”玉娟低头不语，见文思风流体态，言语温存，当夜亦一一从命了。

　　却说周氏一到天明，即报知钱家，言其女被司马府抢去。钱德气愤不过，即同周氏赴建康县哭诉情由。县主姓陆，名微，东吴人。为人耿直，不畏强御。又值刘裕当国，朝廷清明，官吏畏法。接了状词，便即出票，先拿豪奴张顺审问。差人奉了县主之命，私下议道：“司马府中，如何敢去拿人?"有的道:"张顺住在郭外园里,早晚入城,吾们候在城门口拿他便了。"那知事有凑巧,差人行至城门,正值张顺骑马而来。差人走上,勒住马口道:"张大爷请下骑来,有话要说。"张顺下马道:"有何说话?"差人道:"我县主老爷请你讲话,现有朱票①在此。"张顺道:"此时府中传唤,我不得闲。"差人道:"官府中事,却由不得你,快去,快去!"张顺道:"去也何妨。"便同差人至县,县主闻报,便即升堂。张顺昂然而入,见了县主,立而不跪。县主道:"你不过司马家奴,如何哄诱主人,强抢民家闺女,大干法纪?见了本县,尚敢不跪么!"张顺道:"这件事求老爷莫管罢。"县主拍案大怒道:"朝廷委我为令,地方上事,我不管谁管!"喝令扯下重打四十。左右便将张顺按倒在地,打至二十,痛苦不过,只得求饶。县令道:"既要饶打,且从实供来。"张奴怕打,悉将强抢情由供出。县主录了口词,吩咐收监,候申详上司,请旨定夺。有人报知文思,文思不怕县令,却怕其事上闻,刘裕见责,玉娟必断归母家,如何舍得。数次央人到县说情,求他莫究。县令执法不依,文思计无所出。或谓之曰:"府中侠士甚众,县既不从,不如潜往杀之,其狱自解。"文思气愤不过,遂依其说。潜遣刺客入县,夜静时,悄悄将县令杀死。明日,县中亲随人等,见主人死得诧异,飞报上司。裕闻报道:"贼不在远。着严加搜缉。"既而踪迹渐露,访得贼在司马府中。遂命刘穆之悉收文思门下士拷问,尽得其实。裕大怒。从来说王子犯法,庶民同罪。遂收文思于狱,其强抢之女,发还母家,听行更嫁。奏过请旨,旨意下来,其党与皆斩,文思亦令加诛。休之闻之,上表求释,愿以己之官爵,赎其子罪。裕不许。然遽诛之,又碍休之面上,因将文思执送荆州,令休之自正其罪。休之不忍加诛,但表废其官,使之闲住江陵。裕怒曰:"休之不杀文思,以私废公,目无国法。此风何可长也!"因征休之来京,并欲黜之。

诏至江陵,休之欲就征,恐终不免;欲拒命,虑力不敌,忧惧不知所出。参军韩延之曰:"刘裕剪灭宗藩,志图篡晋。将军若去,必不为裕所容,如何遽就死亡?若不受命,大兵立至,荆州必危。我尝探得雍州刺史鲁宗之素不附裕,久怀异志。其子竟陵太守鲁轨勇冠三军。今若结之为援,并二州之力以拒朝廷,庶州土可保。"休之曰:"今烦卿往,为我结好于宗之。"

---

① 朱票——古代官府所用传票。

延之领命,往说宗之曰:"公谓刘裕可信乎?"宗之曰:"未可信也。"延之曰:"司马公无故见召,其意可知。次将及公,恐公亦不免于祸。今欲与公相约,并力抗裕,公其有意乎?"宗之曰:"吾忧之久矣。苦于势孤力弱,若得司马公为主,敢不执鞭以从。"延之请盟,于是宗之亲赴荆州,与休之面相盟约,誓生死不相背负。盟既定,连名上表罪裕。裕阅其表,大怒,遂杀休之次子文宝、文祖,下诏讨之。差将军檀道济将兵三万,攻襄阳一路。江夏太守刘虔之屯兵三连,立桥聚粮以待道济。又命徐逵之将兵一万为前锋,王允之、沈渊子、蒯恩佐之出江夏口。身统大军为后继,诸将皆从。先是韩延之曾为京口从事,与裕有旧。裕密以书招之。延之接书,呈示休之,即于座上作书答云:

> 承亲帅戎马,远履西畿,阖境士庶,莫不惶骇。何者? 莫知师出之名故也。今辱来疏,知以谯王前事,良增叹息。司马平西体国忠贞,款怀待物,当于古人中求之。以公有匡复之勋,家国蒙赖,推德委诚,每事询仰。谯王往以微事见劾,犹自表逊位,况以大过而当默然耶? 前以表奏废之,所不尽者命耳。推寄相与,正当如此。而遽兴甲兵,所谓"欲加之罪,其无辞乎"! 刘裕足下,海内之人,谁不见足下此心,而复欲欺诈国士! 来示云:"处怀期物,自有由来。"今伐人之君,啖人以利,真可谓"处怀期物,自有由来"者乎! 刘藩死于阊阖之门,诸葛毙于左右之手,甘言诓方伯,袭之以轻兵,遂使席上靡款怀之士,阃外无自信诸侯,以是为得算,良可耻也。贵府将吏及朝廷贤德,皆寄性命以过日,心企太平久矣。吾诚鄙劣,尝闻道于君子。以平西之至德,宁可无授命之臣乎! 必未能自投虎口,比迹郗僧施之徒明矣。假令天长丧乱,九流浑浊,当共臧洪游于地下。不复多言。

书竟,即付来使寄裕。裕视书叹息,以示将佐曰:"事人当如此矣。"其后,延之以裕父名翘,字显宗,乃更其字曰显宗,名其子曰翘,以示不臣刘氏。

　　却说休之知裕军将至,飞报宗之。宗之谓其子轨曰:"刘裕引大军攻江陵,道济以偏师取襄阳,汝引兵一万,去迎道济。吾同休之去迎刘裕。"轨奉命辄行,将次三连,探得道济军尚未至,虔之全不设备,遂乘夜袭之。虔之战死,一军尽没。轨既胜,便移兵来拒徐逵之等。逵之等闻虔之死,皆大怒欲战,蒯恩止之曰:"鲁轨,骁将也。今乘胜而来,其锋甚锐,不可轻敌。不如坚兵挫之,俟其力倦而退,然后击之,可以获胜。"逵之不从,遂出战,两军方交,鲁轨拍马直取遄之。遄之不能敌,被轨斩于马下。允之、渊子大呼来救,双马齐出,夹攻鲁轨。怎当轨有万夫不当之勇,二将皆非敌手,数合内,轨皆斩之。由是东军大败,蒯恩走免。斯时裕军于马头,闻前锋败,大怒,正议进兵,忽有飞报到来,言青州司马道赐反,刺史刘敬宣被害。裕闻之大恸,挥泪不止。

你道敬宣何以被害?先是裕虑荆、襄有变,故于青、齐、兖、冀数处,各用腹心镇守。时敬宣镇广固,其参军司马道赐,宗室之疏属也。闻休之反叛,潜与之通,密结敬宣亲将王猛子等,谋杀敬宣,据广固以应休之。一日,进见敬宣,言有密事,乞屏人语。左右皆出户,独猛子逡巡在后,取敬宣备身刀杀敬宣,道赐持其头以出,示众曰:"奉密诏诛敬宣,违者立死!"左右齐呼司马道赐反,外兵悉入,遂擒道赐及其党,皆斩之,乱始定。文武佐吏守广固以待命。裕知敬宣死,祸由休之,恨不立平江陵。一面遣将去守广固,一面会集诸将,克期济江。未识荆、雍之兵若何御之,且听下回分解。

第 八 卷

任诸将西秦复失　行内禅南宋聿兴

话说休之、宗之知东军大上，刘裕自来，遂合兵五万，临江岸置阵，以拒来师。岸高数丈。其壁如削。阵前枪刀密布，矢石列排，真如铜墙铁壁，无懈可击。裕驱兵直进，下令曰："先登者有赏。"于是众力同奋，那知登未及半，上面箭如雨下，纷纷俱坠，死者相继，无一能登岸者。裕怒，披甲欲自登，诸将劝止不从。主簿谢晦趋前，抱住不放。裕抽剑指晦曰："我斩卿。"晦曰："天下可无晦，不可无公。"裕乃止。时胡藩领游兵往来江津，裕呼之使登。藩有难色，不即遽上。裕大怒，厉声呼左右收来斩之。藩见左右持刀赶来，顾而谓曰："正欲击贼，不得奉教。"乃以刀头穿岸，少容足指，腾身而上。连杀数人，由是随之者稍多。大军因而乘之，遂皆登岸。呼声动地，无不一以当百，西军大溃。宗之、休之走，裕挥诸将追之。追下数里，忽见一支军喊杀而来，挡住去路。追者见有接应人马，便按兵不追。你道接应何人？乃是鲁轨在后，知前军交战，恐防有失，赶来相助，恰好救了败残人马。休之、宗之见鲁轨兵到，心下稍安，收集逃亡，再整军马，已丧十分之三。休之欲退保江陵，轨请再申一战，以决胜负，乃复结阵以待。

却说檀道济从别路出师，探得荆、襄之兵尽聚江上，本州无备，乃引兵突至江陵，命勇将薛彤、高进之乘夜扒城而入，一鼓下之。既克江陵，复进兵襄阳。襄阳守将李应之开门出降，于是荆、雍皆得。斯时休之方图再战，忽闻根本已倾，凉得魂不附体，谓左右曰："前有强敌，退无归路，若何而可？"左右劝其北走，遂同宗之焚营宵遁。行未数日，军士不乐北行，散亡殆尽。亏得休之平素爱民，民见其败，争为之卫送出境。王镇恶追之，不及而还。于是休之、宗之等，并降于魏。裕嘉道济之功，加号镇北将军，留守荆、雍，而班师以归。

当是时，裕功业日隆，强藩尽灭，凡宗室之有才望者皆惧见害，出奔异国。然裕意中欲俟关、陇平定，然后受禅，故犹存晋朔。一日，闻秦主姚兴死,子泓立,诸子构难,关中大乱。裕喜谓穆之曰:"吾今日举秦必矣。"乃下令戒严,以世子义符为中军将军,监太尉留府事,穆之为左仆射,入居东府,总摄内外,徐羡之副之。丁巳,裕发建康,命王镇恶将步军一万为前锋,自淮、泗向洛,檀道济及胡藩将兵趋阳城;沈田子与傅宏之将兵趋武关;沈林子同王仲德将水军出石门,自汴入河;身统大军为后继。穆之谓镇恶曰:"公今委卿以伐秦之任,卿其勉之。"镇恶曰:"此行不克关中,誓不复济江!"九月,诸将入秦境,所向皆捷。秦之诸屯守兵,皆望风降附。既而进攻洛阳,克之。引兵径前,直抵潼关。秦主惧,命姚绍为大将军,督步骑五万守潼关。镇恶等不得前。久之,军中乏食,众心危惧。或欲充辎重,还赴大军。沈林子按剑怒曰:"相公志清六合①,今许、洛已定,关右将平,事之济否,系于前锋。奈何沮乘胜之气,弃垂成之功乎?且大军在远,贼众尚强,虽欲求还,岂可得乎?下官授命不顾,今日之事,有进无退。未知二三君子,将何面目以见相公之旗鼓耶?"众闻其言,乃不敢退。镇恶亲至弘农,说谕百姓。百姓竞送义租,军食复振?进攻秦军,大破之,遂克潼关,姚绍奔还。十三年五月,裕大军至陕。沈田子、傅宏之亦克武关,入攻峣、柳。秦主欲自将拒裕,而恐田子等袭其后,欲先击灭田子,然后倾国东出。乃帅步骑数万,奄至青泥。田子欲战,傅宏之以众寡不敌止之。田子曰:"兵贵用奇,不必在众。且今众寡相悬,势不两立,若彼结围既固,则我无所逃矣。不如乘其始至,营阵未立,先往薄②之,可以有功。"遂率所领先进,傅宏之继之。秦兵合围数重,田子抚慰士卒曰:"诸君冒险远来,正求今日之战,死生一决,封侯之业,于此在矣。"士卒闻之,皆踊跃鼓噪,执短兵奋击,秦军大败。斩馘③万余级。秦主奔还,与姚丕共守灞上。

镇恶引军入渭,长趋长安,乘蒙冲小舰,行船者皆在舰内。秦人见舰进而无行船者,皆惊以为神。镇恶至渭桥,令军士食毕,持杖登岸,后登者斩。众毕登,镇恶暗使人悉断舰缆,渭水迅急,舰皆随流去,倏忽不知所在。时秦兵尚有数万,镇恶谕士卒曰:"吾属并家在江南,此为长安北门,去家万里,舟楫衣粮,皆已随流而去。今进胜则功名俱显,不胜则骸骨不

---

① 六合——天地四方。

② 薄——通"搏"。

③ 馘(guó)——割取耳朵。古代作战以割取敌方耳朵计功。

返，无他歧矣。卿等勉之！”乃身先士卒，进击秦军。众战士无不腾踊恐后，大破姚丕于渭桥。秦主泓引后军来援，反为败卒所蹂践，不战而溃。左右亲将皆死，单马还宫。镇恶乘胜驰入平朔门，进围其宫。泓涕泣无计，将出降。其子佛念年十一，谓父曰：“晋人将逞其欲，虽降必不免，不如引决。”泓怃然不应，佛念登宫墙自投而死。癸亥，泓率妻子群臣，诣镇恶垒门请降。镇恶收以属吏，城中夷①晋六万余户，镇恶以国恩抚慰，号令严肃，百姓安堵。七月，裕至长安，镇恶迎于灞上。裕劳之曰：“成吾霸业者，卿也。”镇恶再拜谢曰：“明公之威，诸将之力，镇恶何功之有！”裕入秦宫，收彝器②、浑天仪③、土圭④等，其余金玉、缯帛、珍宝，皆以颁赐将士。秦东平公姚赞帅其宗族诣裕降，裕皆杀之。送秦主姚泓至京师，斩于市。

　　裕既平秦，欲留长安，经略西北。一日，闻报刘穆之卒，如失左右手，谓诸将曰：“本欲与诸君共事中原，今根本无托，不得不归矣。”乃留次子义真镇关中，以王修、王镇恶、沈田子、毛德祖四人辅之，而身东还。时义真年十二也。

　　先是，夏王勃勃闻裕伐秦，谓群臣曰：“姚泓非裕敌也，且其兄弟内叛，安能拒人！裕取关中必矣。然裕不能久留，必将南归，留子弟及诸将守之，吾取之如拾芥耳。”乃秣马砺兵，进据安定。及闻裕还江南，奋袂大喜。即命其子赫连璝为前锋，帅骑二万向长安，身督大军为后继。沈田子出兵拒之，畏其众盛不敢进。王镇恶谓王修曰：“公以十岁儿付吾曹，当共思竭力，而拥兵不进，虏何由退！”请自出击。至军，责田子不进。田子素与镇恶不睦，以其恃功骄纵，恨之切齿，至是益怒。又军中讹言，镇恶欲尽杀南人，据关中反。乃托以议事，请至军中，斩之幕下，矫称受裕令诛之。报至长安，诸将皆大惊。义真与王修被甲登城，以察其变。俄而田子帅数十骑至，言镇恶反。修命执之，数以专戮罪斩之。夏兵至，修同傅宏之出拒，连战皆胜，赫连璝乃退。又义真年少，赏赐左右无节，王修每裁

---

①　夷——指当时东部的少数民族居民。

②　彝器——祭祀用的青铜祭器，如钟、鼎之类。

③　浑天仪——古代测天体位置的仪器，类似现在的天球仪。

④　土圭——古代用来测日影、正四时和测量土地的器具。

抑之。左右皆怨，乃谮修于义真曰："田子杀镇恶，坐以反罪杀之。今修杀田子，是亦反也。"义真信以为实，遂杀修。由是人情离骇，莫相统一。夏兵复来，义真悉召外兵入长安，闭门拒守。关中郡县悉降于夏。

　　裕初闻田子杀镇恶，王修杀田子，而义真又杀修，大骇；继闻勃勃进攻长安，料义真必不能守，乃命朱龄石赴长安代之，戒之曰："卿至，敕义真轻装速发。既出关，斯可徐行。若关右必不可守，可与俱归。"哪知龄石未至长安，义真已弃城而东。赫连璝率众三万追之。龄石遇之于途，谓义真曰："速行乃可以免。今载货宝辎重，日行不过十里，虏至何以待之！"义真不从。俄而，夏兵大至，傅宏之等断后，力战连日，至清泥大败，宏之、龄石及诸将皆死。会日暮，夏兵不穷追，义真左右殆尽，独逃草中。参军段宏单骑追寻，缘道①呼之。义真识其声，乃从草中出曰："君非段中兵耶？身在此，然不能归矣。可刎身头以南，使家君望绝。"宏泣曰："死生共之，下官不忍。"乃束义真于背，单马而归。裕闻青泥败，未识义真存亡，大怒，刻日北伐。谢晦谏曰："士卒雕敝，请俟他年。"不从。会得段宏启，知义真得免，乃止。

　　十四年冬十月，诏进宋公爵为王，增十郡，建宋王府于京口。自置相国以下官属，加殊礼，进萧太妃为太后，世子为太子。先是，王以谶言②云：昌明之后，尚有二帝。使侍郎王韶之结帝左右，密谋弑帝。帝即崩，乃称遗诏，奉琅琊王德文即皇帝位，改元元熙，是为恭帝。恭立一载，王欲受禅而又难于发言，乃集朝臣宴饮，从容言曰："桓玄篡位，鼎命③已移。我首倡大义，兴复帝室。南征北伐，平定四海。功成业著，遂荷九锡④。今年将衰暮，崇极如此，物忌盛满，非可久安。今欲奉还爵位，归老京师，卿等以为何如？"群臣盛称功德，莫喻其意。日晚坐散，中书令傅亮至外，恍然悟曰："王欲自帝矣，乌可不成其业！"遂复入，行至宫门，而门已闭。乃叩扉请见，王命开门见之。亮入，但曰："臣暂还都。"王解其意，无复他言，唯云："卿去，须几人相送？"亮曰："数十人可也。"即时奉辞，亮出，时

---

①　缘道——围绕着道路。
②　谶（chèn）言——指预言吉凶的言辞。
③　鼎命——指帝位。
④　九锡——传说古代帝王尊礼大臣所给的九种器物。

已二鼓,见长星竟天,拊髀叹曰:"吾尝不信天文,今始验矣。"夏四月,亮至建康,以内禅事谕群臣。群臣皆俯首听命。于是下诏征王入朝。

再说恭帝即位以来,明知此座不久,常怀疑惧。一日,傅亮叩阍来见,帝坐便殿见之。亮入再拜,启于帝曰:"宋王功德隆重,人心久归。愿陛下法尧禅舜,以应天命。"帝曰:"如是,当作禅文。"亮即袖中取草呈上,请帝自书。帝欣然操笔,谓左右曰:"桓玄之时,晋氏已无天下,重为刘公所延,将二十载。今日之事,本所甘心。"遂书赤书为诏。诏曰:

隆替①无常期,禅代非一族,贯之百王,由来尚矣。晋道陵迟②,仍世多故,爰③稽元兴,祸难既积。安皇播越,宗祀堕泯,则我宣、元之祚,已堕于地。相国宋王,天纵④圣德,灵武秀世,一匡颓运,再造区夏⑤,固以兴灭继绝矣。乃三孚伪主,开涤五都,雕颜卉服之乡,龙荒朔漠之长,莫不回首朝阳,沐浴玄泽。故四灵效瑞,川岳启图,嘉祥杂遝,休应炳著。玄象表革命之期,华夷著乐推之愿。代德之符,著于幽显。瞻乌爰止,允集明哲。夫岂延康有归,咸熙告谢而已哉。朕虽庸暗,昧于大道,永鉴废兴,为日已久。念四代之高义,稽天人之至望,予其逊位别宫,归禅于宋,一依唐虞、汉魏故事。

禅诏既下,群臣请帝出宫,以让新天子即位。帝曰:"天下犹非吾恋,况一宫乎!"

甲子,帝逊居于琅琊旧第,百官拜辞。秘书监徐广流涕哀恸,谢晦谓之曰:"徐公得毋过戚?"广曰:"君为宋朝佐命,身是晋室遗老,悲欢之事,固不同也。"丁卯,宋王裕至石头,群臣进玺绶,乃为坛于南郊,即皇帝位。文武百僚朝贺毕,自石头备法驾,入建康宫,临太极殿,建号大宋,改元永初。奉帝为零陵王,降褚后为妃。优崇之礼,皆依晋初故事。建宫于秣陵县,以兵守之。庚午,立七庙,追尊父翘为孝穆皇帝,妣赵氏为孝穆皇后。上事继母萧太后素谨,春秋已高,每旦入朝,未尝失时刻,及即位,尊为皇

---

① 隆替——指朝代的更替、迭换。

② 陵迟——衰落。

③ 爰(yuán)——于是。

④ 天纵——上天所赋予。

⑤ 区夏——诸夏之地,指中国。

太后。又大封功臣宗室,增赐从兄怀敬食邑五百户,报其母乳哺之恩也。傅亮、徐羡之、檀道济等,俱增位晋爵。追封已故左仆射刘穆之为南康郡公,左将军王镇恶为龙阳县侯。

上思念穆之不置,谓左右曰:"穆之不死,当助我治天下。可谓人之云亡,邦国殄瘁①。"又曰:"穆之死,人轻易我。"其子刘邕,虽袭父爵,而上不重用。左右或言于上,上曰:"吾岂不知邕为穆之儿? 但其人有奇癖,非人情不可近。"盖邕嗜食疮痂,以为味似鳆鱼。初为南康郡,其吏役二百许人,不问有罪无罪,鞭之见血,结痂必送进,取以供膳。尝诣孟灵休,灵休先患炙疮,痂落在床,邕取食之。灵休大惊,问:"何食此不洁?"邕曰:"吾性嗜此。"灵休因将痂之未落者,尽剥取以给之。邕去,因与友人书曰:"刘邕向顾见啖,遍体流血。"闻者皆以为笑,以故见恶于帝。

却说帝恐零陵尚存,人心未一,密以毒酒一瓶,授郎中令张伟,使往鸩之。伟叹曰:"鸩君以求生,不如死。"乃于道自饮而卒。先是零陵逊位,深虑祸及,与嫔妃共处一室,自煮食于床前。饮食所资,皆出褚妃之手,故宋人莫得伺其隙。侍中褚谈之,褚妃兄也。帝令谈之探妃,妃出别室,与兄相见。兵士遂逾垣而入,进药于王。王不肯饮,曰:"佛教自杀者,不复得人身。"兵入以被掩杀之。帝闻其死,率百官临朝堂三日,葬以帝礼,谥曰恭帝。后人有诗悼之曰:

> 虚号称尊仅一年,床前煮食剧堪怜。
>
> 晋家气数应当尽,一线如何许再延?

且说帝自受禅以来,勤于政事,力矫前代之弊,从此人民乐利,天下砥安。一日,帝视朝,百官皆集,问曰:"当今之事,何者宜先?"群臣请立太子以固国本,帝从之。乃先封诸子义真为庐陵王,义隆为宜都王,义康为彭城王,追谥故妃臧氏为敬皇后,而立义符为太子。初帝常在军中,战争无虚日,年近五十,尚无子。至晋义熙二年,始生太子于京口,得之甚喜。及长,有勇力,善骑射,解音律,常命刘穆之辅之。留守京师。然性好淫乐,多狎群小,帝以其长立之,屡戒不悛。因谓谢晦曰:"吾思神器②至重,不可使负荷非才。今太子多失,卿以为庐陵何如?"晦曰:"陛下既思存万

---

① 殄(tiǎn)瘁——困苦,困病。

② 神器——指帝位。

世,其事不可不慎,臣请往而观之。"出造庐陵,庐陵知晦从帝所来,殷勤相接,与之坐谈今古,议论风生,语纷纷不绝。晦默然相向,数问数不答。还谓帝曰:"德轻于才,非人主也。"帝乃止,储位得不易。未几,帝不豫,徐羡之、傅亮、谢晦、檀道济入侍汤药。越数月,帝疾甚,召太子诫之曰:"檀道济虽有干略,而无远志。徐羡之、傅亮当无异图。谢晦数从征伐,颇识机变,若有同异,必此人也。"又为手诏曰:"后世若有幼主,朝事委宰相,母后不许临朝。"徐、傅、谢、檀四人,同受顾命。癸亥,帝殂于西殿,享年六十七。

先是,帝居大位,节己爱人,严整有度,目不视珠玉,后廷无纨绮之服,丝竹之音。宁州献琥珀枕,光色灿丽,帝得之大喜。左右疑其爱之也。帝曰:"吾闻琥珀能治金创。"命捣而碎之,以给北征将士。平秦之日,得一美女,容貌绝佳,乃秦主兴从妹。帝纳之,宠爱无比。因之早卧宴起,颇废政事。一日,谢晦进见,时帝方拥美人共寝,内侍不敢报。晦屏立门外,候至日午,帝方起。晦因谏曰:"陛下一代英雄,平生不好女色,年近迟暮,而以有用之精神耗于无用之地,臣窃以为不可。"帝立悟,即时遣出。性尤坦易,出入仪卫甚简,常著木齿屐步出西掖门,幸徐羡之宅,左右从者不过十余人。又微时多符瑞,及贵,史官审以所闻,宜载之简策,以昭示来世,帝拒而不答。疾既重,群臣请祷上下神祇,不许,唯使侍中谢方明以疾告宗庙而已。其豁达大度,有类汉高,故能诛内靖外,功格宇宙,为宋高祖。

高祖既崩,群臣奉太子即位,是为少帝。大赦,尊皇太后为太皇太后,立妃司马氏为后,徐羡之、傅亮为左右仆射,谢晦为卫将军,同掌国政。时魏师南侵,命檀道济领南兖州刺史,镇广陵以拒之。是时,新主当阳,旧臣在位,纪纲法度,一遵永初之政。正是上下相安,天下从此可以无事。那知新主即位未几,又生出一番变动来,且听下回分剖。

第 九 卷
废昏庸更扶明主　杀大将自坏长城

话说少帝即位以后，全无君人之度，狎匿左右，游戏无节，时时使枪弄棒，鼓锄之声震于外庭。又在后园凿一大池，周围数里，号天渊池。造龙舟于中，日夕游宴为乐。高祖所积内库宝物，不上三月，耗费殆尽。群臣屡谏不从。徐羡之、傅亮深以为忧，谓谢晦曰："幼主所为如此，高祖之业必为堕坏，奈何？"晦曰："嗣子可辅则辅之，不可辅则废之。吾侪宁负嗣主，不负社稷。"羡之以为然，于是密谋废立。晦又曰："今若废帝，次立者应在庐陵。庐陵非守成之主，此不可不慎也。"

先是，庐陵性警悟，举动轻易，向执政多所求索，执政不与，庐陵深以为怨，数有不平之言。故诸臣不欲奉以为主，乘其与帝有隙，先表奏其罪恶，废为庶人，徙新安郡。义真既黜，徐、傅便欲废帝。以檀道济先朝旧将，同受顾命，且有兵众，威服殿省，必得与之共事，乃无后患。于是遣使兖州，征道济入朝。有中书郎邢安泰者，典宿卫兵，结之为内应。俄而道济至京，羡之等邀至第中，告以废立之事。道济曰："废之更何所奉？"羡之曰："宜都王素有令望，又多符瑞，可立也。"道济以为然。甲申，谢晦托以领军府败，起工修治，聚将士于府内，明晨举事。夜邀道济同宿，晦怀恐惧，反侧不得眠。道济则鼾呼而寝，晦因此服其胆量。诘旦，道济引兵居前，羡之等继后，入自云龙门，邢安泰先戒宿卫，莫有御者。直至内殿，问帝何在？宫人曰："昨帝于华林园为列肆①，亲自沽卖。夕游天渊池，即龙舟而寝。"众遂入园求帝，时帝未起。内侍报有兵至，帝大诧异，方下床，军士已跃入龙舟。杀二内侍，帝格之伤指。扶出船头，以兵卫之，拥入东阁。徐、傅等即矫称太后令，数帝过恶，收其玺绶，降为营阳王，送归故太子宫。群臣拜辞，后又迁帝于吴，使邢安泰弑之，并杀庐陵于新安，闻者悲之。

---

① 肆——店铺。

是时，九重无主，宜都王尚在荆州。羡之与亮欲先树外援，乃除谢晦都督荆、襄七州诸军事、荆州刺史，精兵旧将，悉配麾下。傅亮始率行台百官，奉法驾，迎宜都王于江陵，入承大统。亮行数日，遇蔡廓于途，问以时事。廓曰："营阳在吴，宜厚加供奉。倘一旦不幸，诸君有弑主之名。欲立于世，将可得耶？"时亮已与羡之议害营阳，不知其已弑也，亟驰信止之，已无及矣。羡之大怒曰："与人共计议，如何旋背，即卖恶于人耶？"既而亮至江陵，率百僚诣王第，上表进玺绶，行九叩礼。宜都王时年十八，下教曰：

猥①以不德，谬降大命，顾已惊悸，何以克堪。辄当暂归朝廷，展哀陵寝，并与贤彦，申写所怀。望体此心，勿为辞责。

继闻营阳、庐陵二王死，大惊，驾不敢发。司马王华曰："先帝有大功于天下，四海所服。虽嗣主不纲，人望未改。徐羡之中材寒士，傅亮布衣诸生，非有晋宣帝、王大将军之志明矣。受寄崇重，未容遽敢背德。畏庐陵严断，将来必不自容，故先废之。以殿下宽睿慈仁，远近所知，越次奉迎，冀以见德。又羡之等五人同功并位，孰肯相让？就怀不轨，势必不行。废主若存，虑其将来受祸，故此杀害。不过欲握权自固，以少主仰待耳。殿下但当长驱至京，以副②天人之心。"长史王昙首、南蛮校尉到彦之皆劝王行。王乃命王华留总后任，使到彦之将兵前驱。彦之曰："料彼不反，便应朝服顺流，若使有虞，已师既不足恃，反开嫌隙之端，非所以副远近之望也。"王乃止。令百官皆从行，而留彦之镇襄阳。是日，方引见傅亮，对之号泣，哀动左右。既而问及义真、少帝遭害本末，悲哭呜咽，侍侧者莫能仰视。亮局锢不宁，流汗沾背，不敢对而出。王于是就道，严兵自卫，台兵不得近步伍。行次大江，有黑龙跃负王舟，左右皆失色。王曰："此大禹所以受命也，我何德以堪之。"八月丙申，驾至建康，群臣迎拜于新亭。徐羡之私问傅亮曰："王可方③谁？"亮曰："晋文景以上人。"羡之曰："必能明我赤心。"亮摇首道："未必。"

丁酉，即皇帝位于中堂，是为文帝。备法驾入宫，御太极前殿，大赦，

---

①　猥（wěi）——骤然。

②　副——相称，相配。

③　方——比拟。

改元元嘉。文武赐位二等,诏复庐陵王先封,迎其枢还建康,徐、傅等大惧。诏谢晦赴任荆州。晦将行,与蔡廓别,屏人问曰:"吾其免乎?"廓曰:"卿受先帝顾命,任以社稷,废昏立明,义无不可。但杀人二兄,而以之北面,挟震主之威,据上流之重,以古推今,自免为难。"晦默然,然初惧不得去,既发,顾望石头城,喜曰:"今得脱矣。"时会稽孔宁子为帝谘议参军,及即位,以为步兵校尉,与侍中王华并有富贵之望。疾徐羡之、傅亮专权,构于帝曰:"徐、傅不除,大位终无安理。"帝本欲诛二人,并发兵讨晦,以其权尚重,故迟迟不发。闻二人言,益信。于是引用腹心,征到彦之于雍州,为中领军,委以戎政。彦之闻召,自襄阳南下。过荆州,谢晦虑其不过,已而彦之至杨口,步往江陵,深布诚款,留名马利剑以与晦,晦由此大安。

却说元嘉三年二月乙丑,帝已大权在握,乃下诏暴徐、傅、谢晦专杀二王之罪,命有司收之。且曰:"晦据有上流,若不服罪,朕当亲率六师,讨其不臣。"是日,黄门郎谢𠌯在朝闻之,飞报亮与羡之。羡之欲逃,乘内人问讯车出郭,步走至新林,知不免,入陶灶中自经死。亮乘车出郭门,为门者所执。上遣人以诏书示之,并谓曰:"以公江陵之诚,当使诸子无恙。"亮读诏书讫,曰:"亮受先帝布衣之眷,遂蒙顾托,黜昏立明,社稷之计也。欲加之罪,其何辞乎?"于是诛亮而徙其妻子于建安。戮羡之尸,杀其二子。收谢𠌯于狱。帝将讨晦,召道济于广陵。道济闻召即来,见帝于合殿。帝谓之曰:"弑逆之事,卿不豫谋,卿无惧焉。今欲委卿西伐,卿以为克否?"对曰:"臣昔与晦从先帝北征,入关十策,晦有其九。才略明练,殆为少敌;然未尝孤军决胜,戎事恐非其长。臣悉晦智,晦悉臣勇。今奉王命讨之,可未陈而擒也。"帝大悦。

却说谢晦闻徐、傅等诛,帝将讨己。于是先发二人哀,次发子弟凶问。既而自出射堂勒兵。晦从高祖征伐有年,指挥处分,莫不曲尽其宜。数日间,四远投集,得精兵三万,乃抗表上奏云:

> 故司徒徐羡之、故司空傅亮,忠贞自矢①,功在社稷。陛下不察,横加冤酷,疑臣同逆,又下诏讨臣。伏惟臣等若志欲窃权,不专为国,初废营阳,陛下在远,武皇之子尚有童幼,拥以号令,谁敢非之?岂得

---

① 矢——正直。

溯流三千里，虚馆①七旬，仰望鸾旗哉？故庐陵王义真本于营阳之之世，积怨犯上，自贻非命。不有所废，将何以兴？耿弇不以贼遗君父②，臣实效之，亦何负于宗室耶？此皆王华、王昙首等险躁猜忌，谗构成祸，今当举兵以除君侧之恶。

　　晦上表讫，以弟谢遁为竟陵内史，司马周超佐之，将万人留守，自统精兵二万发江陵。大列舟舰，自江津至于破冢，旗旌蔽日。叹曰："恨不以此为勤王之师也。"帝览表大怒，欲自讨之。乃命彭城王义康居守，亲统大军数万，以到彦之为前锋，檀道济继之，即日电发，络绎奔路。时谢晦在道，探得京军已发，谓其将庾登之曰："彼既西上，吾且俟其至而击之，何如？"登之曰："善。此乃反客为主计也。"晦乃停军江口，严阵以待。先是诸人为自全之计，以为晦据上流，道济镇广陵，各拥强兵，足制朝廷。羡之、亮秉权居中，可得持久。故到彦之军至，晦犹不以为意，及闻道济率众来，不觉失色，曰："道济何为来哉？"然犹恃其强，欲力战胜之。恰值西北风起，遂乘风帆而上。哪知行未数里，风势忽转，前后连亘，急令落帆掉桨，而西人离沮，无复斗心。道济亲立船头，挥众迎击，谓西军曰："所诛者一人，汝曹何为与之俱死？"西军素服道济，闻其言，皆不战而溃，晦见大军瓦解，慌急无措，单领心腹数人，乘小船急走，连夜逃归江陵。帝闻前师克捷，大喜。遂自芜湖东还，命到彦之率师追之。

　　却说晦至荆州，众散略尽，乃携其弟遁七骑北走。遁体肥壮，不能乘马，晦每缓辔待之，不得速发。追兵至，执之，槛送建康。到彦之收谢氏子弟及周超等皆斩之，余从逆者并受其降。晦至建康，帝命与谢馥同斩都市。临刑，馥赋诗曰：

　　　　伟哉横海鳞，壮矣垂天翼。
　　　　一旦失风水，翻为蝼蚁食。

晦亦续之曰：

　　　　功遂侔昔人，保退无智力。
　　　　既涉太行险，斯路信难陟。

---

①　虚馆——无人之馆。此指离家出征。
②　"耿弇"句——耿弇，东汉扶风茂陵人，辅助光武帝，征战有功，封好畤侯。耿弇追南逐北、扫清残敌，事见《后汉书·耿弇传》。

其女彭城王妃被发徒跣,抱晦而哭曰:"大丈夫当横尸战场,奈何狼藉都市?"晦有惭色。帝既诛晦,论平贼功,进道济为司空,封永修公、江州刺史,到彦之为南豫州刺史,以彭城王义康为侍中,委以国政。

　　义康帝之次弟,性聪察,曾为南徐州刺史。在州职事修治,与帝友爱尤笃。而帝自践祚以来,羸疾积年,心劳辄发,屡至危殆,义康尽心奉侍,药石非口所亲尝不进。或连夕不寝,总理内外,曲合帝心。故凡所陈奏,入无不可。方伯①以下,并令义康选用。生杀大事,或自断决,帝亦不怪。由是势倾远近,朝野辐辏。每旦,府门常有车数百乘,义康引身相接,未尝懈倦。复能强记,耳目所经,终身不忘。好于稠人广席间标题所记,以示聪明。尝谓左右曰:"王敬弘、王球之属碌碌庸才,坐取富贵,哪复可解!"然素无学术,不识大体。朝士有才用者,皆引入己府,私置僮仆六千余人。四方献馈,皆以上品荐义康,而以次者供御。帝尝冬月啖甘,叹其形味并劣,义康曰:"今年甘殊有佳者。"遣人还东府取之,大于供御者三寸。自谓兄弟至亲,不复存君臣形迹也。

　　先是,领军将军刘湛与仆射殷景仁素相莫逆,其进也,景仁实引之。湛既进,以景仁位遇本不逾己,而一旦居前,意甚愤愤。又以景仁专管内任,谓为间己,猜忌渐生。知帝信仗景仁,宠遇不可夺,遂阴与义康相结,欲因宰相之力以回上意,倾黜景仁,独当时务,屡使义康毁之于帝。景仁对亲旧叹曰:"引之令入,入便噬人,吾且避之。"乃称疾解职。帝不许,使停家养病。又湛与道济不睦,而道济功名日甚,宠命频加,益忌之。会帝久疾不愈,自惧危笃,使义康具顾命诏。义康之党皆谓宫车一日晏驾,大业当归彭城,而虑道济立异,湛于是说义康曰:"道济屡立奇功,威名甚重,其左右腹心并经百战,诸子又有才气,主上若崩,道济不可复制,非大王之福也。盍先除之以绝后患。"义康信之,乃言于帝,召道济入朝。

　　当是时,魏方入寇,道济出师拒之,前后与魏三十余战,所向皆捷。军至历城,魏纵轻骑邀其前后,焚烧谷草,道济军乏食,乃自历城引还。军人有亡降魏者,告以食尽,魏人追之,众恟惧将溃。道济夜唱筹量沙,以所余少米覆其上,魏军见之,谓道济资粮有余,以降者为妄而斩之。时敌人甚盛,骑士四合,道济命军士皆披甲,己白服乘舆。魏人疑有伏兵不敢击,稍

——————————

① 方伯——泛称地方长官。

稍引退,道济乃全军而返。归未逾月,忽有诏至,召之入京。其妻向氏曰:"高世之勋,自古所无,今无事相召,未识吉凶若何?"道济曰:"吾方全师保境,何负国家,而致患生不测!汝无虑焉。"遂行。既至建康,以帝疾未瘳,留之累月。会帝病稍间,召而见之,慰劳甚至,命即还镇。道济方出宫,帝忽昏迷不省人事。刘湛谓义康曰:"道济既召之来,未可纵之去也。"遂执之,下诏称道济潜散金货,招诱不逞之徒,因朕寝疾,规肆祸心,收付廷尉。道济见收,勃然忿怒,目光如炬,脱帻①投地曰:"乃坏汝万里长城。"遂死。并诛其子十一人,又杀其参军薛彤、高进之。二人皆道济腹心,有勇力,号万人敌,时人比之关、张者。魏人闻之喜曰:"道济死,吴儿辈不足复惮矣。"后人作长歌挽之曰:

> 寄奴崛起开鸿烈,四方猛士归心切。
> 风虎云龙会一朝,就中道济尤瑰杰。
> 身经百战立奇功,血痕染得征袍红。
> 慑服强邻镇西土,手麾旄钺摽雄风。
> 一朝谗口纷纷集,鸟尽弓藏从古说。
> 韩侯见执黥彭烹,千古冤魂同一辙。
> 目光如炬发冲冠,投帻狂呼白日寒。
> 自坏长城真可惜,徒令志士心为酸。
> 呜呼!长城自坏亦已矣,宋祚倾颓魏人喜。

道济既死,帝在病中未知。及疾瘳,义康奏之。帝深惋惜,谓义康曰:"尔何匆遽若此?"义康曰:"刘湛为臣言,不杀道济,后必有患,臣故诛之。"帝由是怒湛。

却说湛初入朝,帝悦其才辨,每与谈论,必竟日始退,习以为常。至是帝为左右曰:"向吾与刘班言,每视日早晚,唯恐其去。今与刘班言,吾亦视日早晚,唯恐其不去。"湛亦觉帝宠渐衰,乃欲使后日大业,终归义康。阴结廷臣刘斌、刘敬文、孔胤秀等为死党,伺察禁省,有不与己同者,必百方构陷之。推崇义康,无复人臣之礼。帝闻之益怒。殷景仁密言于帝曰:"相王权重,群小党附,非社稷计,宜少加裁抑。"帝深然之,于是决意黜义康而诛湛等。一日,以密旨召义康入宿,留止中书省。其夜帝出华林园,

---

① 帻(zé)——包头巾。

坐延贤堂,召殷景仁。景仁卧疾五年,虽不见上,而密函去来,日以十数,形迹周密,莫有窥其际者。至是闻召,犹称脚疾,坐小床舆入见。诛讨处分,帝皆委之。收刘湛付廷尉,下诏暴其罪恶,就狱诛之。并杀其三子,及其党刘斌、刘敬文、孔胤秀等八人。

先是骁骑将军徐湛之与义康尤亲厚,帝恶之,事败被收,罪当死。其母会稽公主,于兄弟为长嫡,素为帝所敬礼,家事大小,必咨而后行。高祖微时,有纳布衫袄,臧皇后手所作也。既贵,以付公主曰:"后世有骄奢不节者,可以此衣示之。"至是公主入宫,见上号哭,不复施臣妾之礼,以锦囊盛纳布袄,掷于帝前曰:"汝家本贫贱,此是吾母为汝父所作。今日得一饱餐,便欲杀我儿耶?"帝乃赦之。又吏部尚书王球,简淡有美名,为帝所重。其侄王履,贪利进取,深结义康、刘湛。球屡戒之,履不悛①。诛湛之夕,履恐祸及,屦②不及穿,仓皇奔至球所求救。球命左右取屦与之,饮以温酒,谓之曰:"常日语汝云何?"履怖惧不能答。球徐曰:"阿父在,汝亦何忧?"时帝本欲杀之,以球故,竟免其死,废于家。帝以湛等罪状示义康,义康叩头谢罪,上表求贬,乃出为江州刺史,幽之豫章。义康停省十余日,见帝拜辞。帝唯对之恸哭,余无所言。既发,帝遣沙门慧琳视之。义康曰:"弟子有还理否?"慧琳曰:"恨公不读数百卷书耳。"先是谢述累佐义康,数有规益,未几早卒,义康因叹曰:"昔谢述惟劝吾退,刘班惟劝吾进,今班存而述死,其败也宜哉!"及在安城读书,见淮南厉王长事③,废书叹曰:"自古有此,我乃不知,此慧公所以恨我不读书也。罪何以免?"今且按下。

再说义康既出,不数月,景仁亦死。帝旁无信臣,唯詹事范蔚宗以文学见知,然亦不甚委任。有散骑郎孔熙先者,博学文史,兼通数术。其父为广州刺史,以赃获罪,义康救之得免。及义康迁豫章,熙先密怀报效。且以天文图谶,帝必以非道晏驾,由骨肉相残,江州应出天子,因欲弑帝,立义康。见朝臣内惟范蔚宗志意不满,可引与同谋,乃结蔚宗甥谢综,以

---

① 悛(quān)——悔改,停止错误的举动。

② 屦(jù)——鞋子。

③ 淮南厉王长事——汉高祖刘长被封为淮南王,后因谋反,谪徙蜀郡,途中不食而死。

交蔚宗。熙先家饶于财,数与蔚宗博,故为拙行,以财输之。蔚宗既利其财,又爱其文艺,由是情好款洽。一日,二人偶谈时事,熙先连称可惜者再。蔚宗问何惜? 熙先曰:"吾惜文人以盖世之才,不立盖世之功耳。"蔚宗又问若何立功? 熙先乃说之曰:"彭城王英断聪敏,人神攸属①,失职南垂,天下愤怒。小人受先者遗命,以死报彭城之德。迩来人情骚动,天文舛错,此所谓时运之至,不可推移者也。丈人顺天人之心,结英豪之士,表里相应,发难于肘腋,然后诛除异己,崇奉明圣,号令天下,谁敢不从? 小人请以七尺之躯,三寸之舌,立功立事,而归诸丈人。丈人以为何如?"蔚宗愕然不应。熙先曰:"又有过于此者,愚则未敢道耳。"蔚宗曰:"何为也?"熙先曰:"丈人奕叶②清通,而不得连姻帝室。人以犬豕相遇,而丈人曾不耻之,欲硁硁③自守,不亦惑乎?"盖蔚宗门无内行,有中冓之羞④,为时鄙贱,故熙先以比激之。蔚宗果以为大戚,思欲建非常之事,一泄其辱,反意乃决。正是,狂言顿起萧墙祸⑤,治日偏多肘腋忧。但未识弑逆之计行于何时,且听下文再讲。

---

① 人神攸属——人与神相属。意谓彭城王具有神明特点。
② 奕叶——意即累世。
③ 硁硁(kēng)——固执。
④ 中冓(gòu)之羞——指妻子有外遇。
⑤ 萧墙祸——萧墙,照墙。发生在照墙里面的祸端。比喻祸患产生于内部。《论语·季氏》:"吾恐季孙之忧,不在颛臾,而在萧墙之内也。"

第 十 卷

急图位东宫不子　缓行诛合殿弑亲

话说蔚宗听了熙先一番言语,遂怀反意,密结其甥谢综。府史仲承祖、丹阳尹徐湛之及彭城旧时亲厚者十余人,又有道人法略、女尼法静,皆感彭城旧恩,愿以死报。法静有妹夫许耀,领队在台,许为内应。一日,探得帝将出游,燕群臣于武帐冈,耀领台兵侍卫,蔚宗、湛之等皆从。遂谋以是日作乱,约定宴饮之次,蔚宗托有密事奏帝,请屏左右,耀便进前弑帝,尽杀左右大臣,蔚宗入居朝堂,奉迎义康即位。谋既定,专待临期行事,各如所约。

哪知蔚宗是日侍饮,恐惧殊甚,耀在帝侧,扣刀挺立,屡目蔚宗,蔚宗垂首,默无一语。耀亦不敢动。俄而座散,徐湛之退而惧曰:"事无成矣,吾何与之同死!"密以其谋白帝。帝闻之大骇,急命有司收蔚宗、熙先、谢综等讯之。熙先望风吐款①,辞气不挠。蔚宗初犹抵赖,以熙先承认,亦不敢辨。乃并下狱待决。上奇熙先之才,责吏部尚书何尚之曰:"使孔熙先年将三十,作散骑郎,那不作贼!"蔚宗在狱为诗曰:"虽无嵇生琴②,庶同夏侯色③。"初意入狱即死,而帝穷治其狱,遂经二旬。狱吏戏之曰:"外传詹事或当长系。"蔚宗闻之惊喜,谢综、熙先笑之曰:"詹事平日攘袂瞋目,跃马顾盼,自以为一世之雄。今扰攘纷纭,畏死乃尔耶?"临刑,蔚宗母至市,涕泣责之,以手击其颈,色不怍。妹及妓妾来别,蔚宗悲涕流连。谢综诮之曰:"舅殊不及夏侯色。"蔚宗收泪而止。遂与综、熙先及其子弟党与同日并诛。有司奏治彭城之罪,帝初不许,后因魏师犯瓜步,帝虑不逞之人,奉其为乱,赐死安城。

且说帝初即位,立妃袁氏为后,后性贤明,帝待之恩礼甚笃。初生太

---

①　吐款——吐露真情。

②　嵇生琴——嵇生,魏晋时嵇康,为司马昭所杀。临刑之际犹在操琴。

③　夏侯色——夏侯,夏侯玄,魏晋时人,因谋杀司马师,被夷三族,临死无惧色。

子劭,后详视良久,使宫人驰告帝曰:"此儿形貌异常,必破国亡家,不可举。"帝闻之,狼狈奔赴,至后殿户外,以手拨幔禁之,乃止。先是袁氏家贫,后尝就帝,求钱帛给之。而帝性节俭,所赐钱不过三五万,帛不过三五十匹。及潘淑妃生始安王浚,宠倾后宫,所求无不得。一日,后向帝求钱,嫌所得不多。宫人曰:"后有求,帝不肯与。若使潘妃求之,虽多必获。"后欲验其言,因托潘妃代求三十万钱,信宿便得。因此深为恚恨,郁郁成疾。从此不复见帝。及疾笃,帝至床前执手流涕,问所欲言。后终不答,直视良久,以被覆面而崩。时年三十六。帝甚痛悼,所住徽音殿五间,设神位于中,其殿常闭,非有诏不许擅开。有张美人者,尝以非罪见责,应赐死,从后灵殿前过,流涕大言曰:"今日无罪就死,先后有灵,当知吾冤。"说声未了,殿忽豁然大开,窗牖俱辟。职掌者驰白于帝,帝惊往视之,其事果实,美人乃得释。人以为袁后阴灵所护也。

　　再说太子劭既长,美姿容,好读书,便弓马,喜延宾客。意之所欲,帝必从之。既居储位,帝以宗室强盛,虑有内难,特加东宫兵,使与羽林相若,至有实甲万人。初,以潘妃承宠,致后含恨而死,深恶潘妃及始安王浚。浚惧为将来之祸,乃由意事劭。劭更与之善,欢洽无间。有王鹦鹉者,东阳公主之婢,貌颇姣好。太子尝至主第,见而悦之,托言身倦,假寝后园,呼鹦鹉侍,遂与之私。鹦鹉狡而淫,苟合时,能曲尽太子欢,太子大喜。其后鹦鹉又与浚私,弟兄传袭之,公主弗禁也。劭与浚并多过失,数为上所诘责,常郁郁不快。一日,鹦鹉见太子色不豫,问其故。劭曰:"主上难事,吾安得早登大位,得遂所欲乎?"鹦鹉曰:"天子万福,太子岂能遽登大宝?莫若使女巫祈请天帝,使过不上闻,则太子可无忧矣。"劭深然之。你道女巫何人?此女姓严氏,名道育,吴兴人。初为妓家,有妖人常来留宿,授以采阳补阴、役使鬼物之术。后遂为巫,往来于富家巨室,其术颇有灵验,故东阳公主家亦得出入焉。鹦鹉尤与相善,常同床共宿,授以房中之术,故鹦鹉亦能蛊惑人,为太子所爱。一日,道育谓主曰:"天帝有宝物赐主,主后福无穷。"主初不信,其夜主卧于床,忽见流光若萤,飞入书简中,急起开视,得二青珠,大以为神,由是劭与浚亦惑之。遂使作法祈请,令过不上闻。道育曰:"上天已许我矣,太子等纵有过,决不泄露。"劭等益敬事之,号曰"天师"。其后又为巫蛊,琢玉为帝形像,埋于含章殿前,使宫车早早晏驾。共事者惟道育、鹦鹉、始安王浚,及东阳府奴陈天与、黄门陈庆国数人，余莫知也。

会东阳公主卒，鹦鹉例应出嫁，陈天与先与之通，欲得之。后鹦鹉又与浚之私人沈兴远交好，厌薄天与，遂嫁兴远。天与有怨言，鹦鹉唆劭杀之，陈庆国惧曰："巫蛊事，唯我与天与宣传往来，今天与死，我其危哉。且事久终泄，不如先自首也。"乃具以其事白帝。帝大惊，即遣收鹦鹉，封籍其家。劭惧，以书告浚。浚覆书曰："彼人所为如此，正可促其余命，或是大庆之渐耳。"

先是二人往来书札，常谓帝为彼人，或谓其人。谓江夏王义恭为佞人，皆咒诅巫蛊之言。其书并留鹦鹉处，至是皆被收去。又搜得含章殿所埋玉人，帝益怒，命有司穷治其事。道育亡命，捕之不获。时浚镇京口，已有命为荆州刺史，移镇江陵，将入朝而巫蛊事发。帝怅叹弥日，谓潘淑妃曰："太子图富贵，或祈我速崩。虎头复如此，非复思虑所及。汝母子岂可一日无我耶？"虎头，浚小字也。妃叩首求解，帝遣中使切责之，犹未忍加罪也。道育亡命后，变服为尼，匿于东宫，又逃之京口，匿于浚所。浚入朝，复载还东宫，欲与俱往江陵。道育偶过其戚张旿家，为人所告。帝遣人掩捕，得其二婢，云道育随始安王还都，今又逃往京口矣。帝方谓劭与浚已斥遣道育，今闻其犹相匿之，惆怅怅骇，乃与侍中王僧绰、仆射徐湛之、尚书江湛密谋废太子，赐始安王死。须俟道育捉到，面加检覆，方治二人之罪。

时帝诸子尚多，武陵王骏素无宠，故屡出外藩，不得留建康。南平王铄、建平王宏、随王诞皆为帝所爱，议择一人立之。而铄妃为江湛之妹，劝帝立铄。诞妃为徐湛之女，劝帝立诞。帝不能决。僧绰曰："建立之事，仰由圣怀。臣请唯宜速断，不可稽缓。当断不断，反受其乱。愿以义割恩，略去不忍之心，不尔便应坦怀如初，无烦疑论。宏机虽密，易致宣广，不可使难生虑表，取笑千载。"帝曰："卿可谓能断大事，然此事至重，不可不殷勤三思。且彭城始亡，人将谓我无复慈爱之道。"僧绰曰："臣恐千载之后，言陛下唯能裁弟，不能裁儿。"帝默然。既退，江湛谓僧绰曰："卿向所言，毋乃太伤切直。"僧绰曰："弟正恨君不直耳。"

帝自是每夜与湛之屏人语，或连日累夕，常使湛之自秉烛，绕壁检行，虑有窃听者。那知潘淑妃怪帝久不入宫，密密打听，已知帝有废太子、杀始安意，乃召浚入，抱之泣曰："汝前咒诅事发，犹冀刻意改过，何意更藏道育,帝怒不可解矣。我何用生为? 可送药来,当先自尽,不忍见汝祸败也。"浚奋衣起曰:"天下事寻当自判,愿小宽虑,必不上累。"遽驰报劭曰:"事急矣,须早图之。"劭乃密与腹心队主陈叔儿、斋师张超之等共谋弑帝。每夜飨将士,或亲自行酒。僧绰觉其异,密以启闻。帝以严道育尚未解至,故迟不发。

癸亥夜,劭诈为帝诏云:"鲁秀谋反,汝平明帅众入。"因使张超之召集东宫甲士,豫加部勒,云有所讨。夜呼右军长史萧斌、左卫率袁淑、积弩将军王正见等并入宫。劭流涕谓曰:"主上信谗,将见罪废。内省无过,不能受枉。明旦当行大事,望相与戮力。"因起遍拜之。众惊愕,莫敢对。良久,淑、斌皆曰:"自古无此,愿加三思。"劭怒变色,斌惧曰:"当竭身奉令。"淑叱之曰:"卿便谓殿下真有是耶? 殿下幼常患风,或是疾动耳。"劭愈怒,因纹淑:"事当克否?"淑曰:"居不疑之地,何患不克? 但既克之后,不为天地所容,大祸亦旋至耳。假有此谋,犹宜中止。"左右引淑出曰:"此何事而可中止耶?"淑还省,绕床行,至四更乃寝。甲子,宫门未开,劭以朱衣加戎服上,乘画轮车,与萧斌同载,卫从如常日入朝之仪。呼袁淑甚急,淑高卧不起,劭停车奉化门,络绎遣人催之。淑不得已徐起,至车后,劭呼之登车。又辞不上,乃命左右杀之。

俄而内城开,劭从万春门入。旧制东宫队不得入城,劭乃以伪诏示门卫曰:"受敕有所收讨。"呼令后队速来,门卫信之,不敢诘。张超之等数十人驰入云龙门,进及斋阁,直卫兵尚寝未起,门阶户席寂无一人。超之遂拔刃径上合殿。帝是夜与徐湛之屏人语,至旦烛犹未灭,见超之人,举几捍之。超之挥刃,帝五指皆落,遂趋前弑之。湛之惊起,急趋北户,户未及开,兵入杀之。后人有诗颂袁后之先见云:

　　天生枭獍①异常儿,何事君王不杀之?
　　羽翮养成行大逆,方知巾帼胜须眉。
劭进至合殿中间,闻帝已殂,出坐东堂,萧斌执刀侍立。呼中书舍人顾嘏,嘏震惧不即出。既至,劭问曰:"欲共见废,何不早启?"嘏未及答,即于座前斩之。江湛直宿上省,闻喧噪声,知有变,叹曰:"不用王僧绰言,以至

①　枭獍(jìng)——传说枭为恶鸟,生而吃母;獍为恶兽,生而吃父。因以比喻不忠不孝或忘恩负义之人。

于此。"乃匿旁屋中,兵士搜出杀之。宿卫罗训、徐罕,皆望风屈服。独左细仗主卜天与不暇被甲,疾呼左右出战。徐罕曰:"殿下入,汝欲何为?"天与骂曰:"殿下此来为何,汝尚作此语?"遂拔箭射劭于东堂,几中之。劭党奋击,断臂而死。其队将张泓之、朱道钦亦皆战死。劭遂杀潘淑妃及帝亲信左右数十人,急召始安王浚。

时浚在西州府,未得劭信,未识事之济否,恇扰不知所为。舍人朱法瑜奔告曰:"台前喧噪,宫门皆闭,道上传言太子反,未测祸变所至。"浚阳惊曰:"今当奈何?"法瑜劝入据石头,浚从之。将军王庆曰:"今宫内有变,未知主上安危,凡在臣子,当投袂赴难。凭城自守,非臣节也。"浚不听,乃从南门出,径向石头,从者千余人。俄而劭遣张超之驰马召浚,浚屏人问状,即戎服乘马而去。朱法瑜固止之,不从。王庆亦扣马谏曰:"太子反逆,天下怨愤。殿下但当坚闭城门,坐食积粟,不过三日,凶党自离。情事如此,今岂宜去?"浚大言曰:"皇太子令,敢有复阻者斩!"既入见劭,劭谓之曰:"潘淑妃为乱兵所害。"浚曰:"此是下情,由来所愿。"劭诈以帝诏,召大将军义恭、尚书何尚之,至则并拘于内。并召百官,至者才数十人,劭遽即位,改元太初。下诏曰:"徐湛之、江湛弑逆无状,吾勒兵入殿,已无所及,号恸崩衄,肝心破裂。今罪人斯得,元凶克殄,可大赦。"降诏毕,即称疾还永福省,不敢临丧,以白刃自守,夜则列灯不寝。以萧斌为尚书仆射、领军将军,何尚之为司空,诸逆徒拜官晋爵有差。青州刺史鲁秀将赴任,劭留之于京,使掌库队,谓之曰:"徐湛之常欲相危,我已为卿除之矣。"舍人董元嗣乘间奔浔阳,具言太子弑逆,其事始彰。是时沈庆之为武陵王司马,密谓腹心曰:"萧斌妇人,不足有为。其余将帅,皆易与耳。东宫同恶不过三十人,此外屈逼,必不为用。今辅顺讨逆,不忧不济也。"

先是劭不知王僧绰之谋,用为司徒。及检文帝巾箱,得僧绰所奏饷士启,大怒,杀之。因诬北第诸王侯,云与僧绰同反,遂杀长沙、临川、桂阳、新渝诸王侯等。密赐沈庆之手书,令杀武陵王骏。庆之得书,来见王。王惧,辞以疾。庆之突入,见王于中堂,以劭书示之。王泣求入内,与母诀别,庆之曰:"下官受先帝厚恩,今日之事,唯力是视,焉肯辅逆,殿下何见疑之深?"王起再拜曰:"家国安危,皆在将军。"庆之即命内外勒兵。主簿颜竣曰:"今四方未如义师之举,劭据有天府,若首尾不相应,此危道也。

宜待诸镇协谋,然后举事。"庆之厉声曰:"今举大事,而黄头小儿皆得参预,何得不败? 宜斩以徇众。"王令竣向庆之谢罪。庆之曰:"卿但任笔札事耳,勿预军机也。"王于是专委庆之处分。旬日之间,内外整办,人服其才。庚寅,武陵王戒严誓众,以沈庆之为主军元帅,襄阳太守柳元景为冠军将军,随郡太守宗悫为中兵将军,内史朱修之为平东将军,记室颜竣为咨议参军,移檄四方。于是各路州郡,闻之翕①然响应。第一路荆州刺史南谯王义宣;第二路雍州刺史臧质;第三路司州刺史鲁爽;第四路青州刺史萧思话;第五路冀州刺史垣护之。一时并起,举兵赴难。

单有随王诞镇东吴,有强兵数万,将受勃命。其参军沈正谏之不从,退立于宫门之外,泣谓司马顾琛曰:"国家此祸,开辟未有。今以江南骁锐之众,唱大义于天下,其谁不响应? 岂可使殿下北面凶逆,受其伪宠乎?"琛曰:"江南忘战日久,虽逆顺不同,然强弱亦异。当待四方有义举者,然后应之,不为晚也。"正曰:"天下未有无父无君之国,宁可自安仇耻,而责义四方乎? 今正以弑逆冤丑,义不共戴,举兵之日,岂必求全耶! 冯衍②有言:'大汉之贵臣,将不如荆齐之贱士乎?'况殿下义兼臣子,事关国家者哉!"琛乃与正复入说诞,诞遂不受勃命。闻武陵已建义,亦起兵应之。

先是文帝北拒魏师,勃常从军,自谓素习武事。及得志,语朝士曰:"卿等但助我理文书,勿措意戎旅,若有寇难,吾自当之。但恐贼虏不敢动耳。"及闻四方兵起,始忧惧戒严。

却说柳元景引兵先下,统领薛安都等十二军,发滠口,徐遗宝以荆州之众继之。丁未,武陵王驾发寻阳,沈庆之总中军以从。檄至建康,勃读之色变,以示太常颜延之曰:"此谁笔也?"延之曰:"颜竣笔也。"勃曰:"言辞何至于是?"延之曰:"竣尚不顾老臣,安能顾陛下!"勃怒稍解。勃欲尽杀从骏起兵者士民家口,何尚之曰:"凡举大事者不顾家,且多是驱逼,今忽诛其家室,正足坚彼意耳。"勃以为然,乃下诏一无所问。又疑旧臣不为己用,乃厚抚鲁秀、王罗汉,以军事委之。萧斌劝勃勒水军,自上决战,次之则保据梁山。江夏王义恭欲令勃败,恐义兵起于仓促,船舫陋小,不

---

① 翕(xī)——和,顺。

② 冯衍——东汉时京兆杜陵人,字敬通,居贫年老,卒于家。

利水战，乃佯为策曰："贼骏少年，未习军旅，远来疲弊，宜以逸待之。今远出梁山，则京都空弱，东军乘虚，或能为患。若分力两赴，则兵散势离，不如养锐待期，坐而观衅。割弃南岸，栅断石头，此先朝旧法，不忧贼不破也。"劭善其策，斌厉色曰："南中郎二十年少，能建如此大事，岂复可量。三方同恶，势据上流，沈庆之谙练军事，柳元景、宗悫久经战阵，形势如此，实非小敌。宜及人情未离，尚可决力一战。端坐台城，何由得久？"劭不听。或劝劭保石头城，劭曰："昔人所以固石头城者，待诸侯勤王耳。我若守此，谁当见救？唯应力战决之，不然不克。"于是日日自出行军，慰劳将士。悉焚淮水南岸民房，驱百姓咸渡水北，以为却敌之计。

话分两头。柳元景自发溢口，以舟舰不坚，恐水战不利，乃倍道兼行。兵至江宁，舍舟步上，使薛安都帅铁步数千，耀兵淮上。移书朝士，为陈逆顺，劭党大惧。先是王发寻阳有疾，不能见将士，唯颜竣出入卧内，拥王于膝。疾屡危笃，不任资稟，竣皆专决。军政之外，间以文教书檄，应接遝迟，昏晓临哭，若出一人。如是者累旬。虽舟中甲士，亦不知王疾之危也。行至南州，疾始愈，出见将士。将士无不踊跃。是时，元景潜至新亭，依山为垒，新降者皆劝元景速进。元景曰："不然。理顺难恃，同恶尚众，轻进无防，实启寇心。"于是坚立营寨，周蔽木石。劭见东军已在新亭，乃使萧斌统兵，褚湛之统水军，与鲁秀、王罗汉等合精兵三万，直攻其垒。自登朱雀门督战。元景将战，下令军中曰："鼓繁气易衰，叫数力易竭。但衔枚疾战，一听吾鼓声。"斯时劭之将士，怀劭重赏，皆殊死战。元景水陆受敌，麾下勇士悉遣出斗，左右唯留数人宣传。看看兵势将败，元景失色，忽闻敌军中连击退鼓，劭众遽止，于是军势复振。但未识击退鼓者何人，且听下回分解。

第十一卷

诛元凶武陵正位　听逆谋南郡兴兵

话说鲁秀虽为劭将,阴欲叛之。新亭之战,见劭兵将胜,故击退鼓以沮之,劭众果退。元景乃开垒鼓噪以逐之,劭军大溃,坠淮死者不可胜数。劭自执剑,手斩退者不能禁,将士半遭杀戮,萧斌身亦被伤。劭仅以身免,单骑还宫。鲁秀、褚湛之等,皆降于元景。丙寅,王至江宁,江夏王义恭乘间南奔,见王于新亭,相对痛哭。劭闻其走,杀其子十二人。戊辰,义恭、沈庆之等上表劝进,己巳,王即皇帝位,是为孝武帝。大赦,文武赐爵一等,从军者二等,改谥大行皇帝曰文庙,号太祖。是日,诸路之兵并集,劭于是缘淮树栅以守。鲁秀等率众攻之,王罗汉放仗降,缘淮守卒以次奔散,器仗鼓盖充塞路衢。是夜,劭闭守六门,于门内凿堑立栅,城中沸乱,文武将吏争逾城出降。萧斌见势不支,宣令所统皆使解甲,自石头戴白幡来降,以求免死。诏不许,斩于军门。劭欲载宝货逃入海,人情离散,不果行。未几,诸军克台城,各曰诸门入,会于前殿,获王正见斩之。张超之走至合殿御床之所,为军士所杀。刳肠割心,诸将脔①其肉,生啖之。建平等七王,号哭俱出。劭穿西垣,入武库井中。队主高禽执之,劭曰:“天子何在?”禽曰:“近在新亭。”至殿前,臧质见之曰:“奈何为此天地不容之事?”劭谓质曰:“可得为启,乞远徙否?”质曰:“主上近在航南,当有处分。”缚劭于马上,防送军门。时不见传国玺,问劭何在? 劭曰:“在严道育处。”搜得之,遂斩劭首,并诛其四子于牙下。浚率左右数十人,领其三子南走,遇义恭于越城。浚下马曰:“南中郎今何所作?”义恭曰:“上已君临万国。”又曰:“虎头来得号晚乎?”义恭曰:“殊当恨晚。”又曰:“故当不死耶?”义恭曰:“可诣行阙请罪。”又曰:“未审能赐一职自效否?”义恭曰:“此未可量。”勒与俱归,行至中道杀之,及其三子。枭二逆父子首于大

---

① 脔(luán)——切成小块肉。

航,暴尸于市,污潴①其所居斋,眷属皆赐死于狱。劭妃殷氏且死,谓狱吏曰:"彼自骨肉相残,何以枉杀无罪人?"狱吏曰:"受拜皇后,非罪而何?"殷氏曰:"此权时耳,事定,当以鹦鹉为后也。"严道育、王鹦鹉并都街鞭杀,血肉糜烂,焚尸扬灰于江。收殷冲、尹弘、王罗汉等并斩之。庚辰解严,帝如东府,百官请罪,皆释之。于是大封宗室功臣,进义恭为太尉、南徐州刺史,义宣为南郡王、荆州刺史,诞为竟陵王、扬州刺史,臧质为车骑将军、江州刺史,鲁爽为南豫州刺史,鲁秀为司州刺史,徐遗宝为兖州刺史,沈庆之为领军将军,柳元景、宗悫为左右卫将军,颜竣为侍中。追赠袁淑、徐湛之、江湛皆爵以公,王僧绰、卜天与皆爵以侯,张泓之等各赠郡守。或谓何尚之为劭司空,其子偃为侍中,并居权要,当与殷冲等同诛。而帝以其父子素有令望,且居劭朝,用智将迎,时有全脱。又城破后,尚之左右皆散,犹自洗黄阁,以迎新主,故任遇不改。今且按下慢表。

再说江州刺史臧质少轻薄无行,为时所轻。既而屡居名郡,涉猎文史,有气干,好言兵。立功前朝,自谓人才足为一世英雄。太子劭之乱,潜有异图,以南郡王义宣庸暗易制,欲奉以为帝。因而覆之。至江陵,即称臣拜义宣,义宣惊愕问故,质曰:"今日情势,大位合归于王。"义宣以奉武陵为王,故却,其计不行。及劭既诛,义宣与质功皆第一,由是益骄。义宣在荆州十年,财富兵强,朝廷所下制度,意有不合,事多专行。臧质到江州,巨舫千余,部伍前后百余里。帝方自揽威权,而质以少主轻之,政刑庆赏,不复谘禀。擅用溢口米万石,台符屡下诘责,渐致猜惧,因密结鲁爽、鲁秀、徐遗宝,以为推戴义宣之计。而义宣未之知也。先是义宣有女四人,幼养宫中,义宣赴荆州,其女仍留在宫。而帝性好淫,闺房之内不论尊卑长幼,皆与之乱,以故义宣诸女并为所污。其次女名楚江郡主,丽色巧笑,尤善迎合,帝爱之,誓不相舍。乃令冒姓殷氏,封为淑仪,以至丑声四布。义宣由是切齿,怨怒之色,时形于面。臧质欲激之使反,乃以书说之曰:

人臣负不赏之功,挟震主之威,自古能全者有几?今万物系心于王,声迹已著,见义不作,将为他人所先。若命徐遗宝、鲁爽驱西北精兵来屯江上,质率九江楼船,为王前驱,如是已得天下之半。王以八

_____

① 潴(zhū)——积聚。

州之众，徐进而临之，虽韩白①更生，不能为建康计矣。且少主失德，闻于道路，宫闱之丑，岂可三缄？沈、柳诸将亦我之故人，谁肯为少主尽力者？夫不可留者年也，不可失者时也。质常恐溘②先朝露，不得展其膂力③为王扫除，于时悔之何及？敢布腹心，惟王图之。

义宣得书，谋之左右。其将佐竺超民等咸怀富贵之望，欲倚质威名以成事，共劝义宣从其计，遂许之。质乃以义宣旨，密报鲁爽、鲁秀、徐遗宝，期以今秋举兵。使者至寿阳。爽方大醉，失义宣指，谓宜速发，遂窃造法服等物，自号建平元年，建牙起兵。义宣等闻爽已反，皆狼狈兴师，板爽为征北将军，爽亦板义宣等，其文曰："丞相刘，今补天子，名义宣。车骑臧，今补丞相，名质。"见者皆骇愕。鲁秀率兵赴江陵，见义宣略谈数语而出，拊膺叹曰："臧质误我，乃与痴人作贼，今年败矣。"当是时，义宣兼荆、江、兖、豫四州之力，帅众十万，发江津。舳舻数百里，以质为前锋，爽亦引兵直趋历阳，威震远近。

帝大惧，欲奉乘舆法物迎之。竟陵王诞曰："奈何持此座与人？"固执不可。帝乃命柳元景为抚军将军，统领诸将以讨义宣。元景进据梁山洲，于两岸筑偃月垒④，水陆待之。义宣移檄州郡，加进位号，使同发兵。雍州刺史朱修之伪许之，而遣使陈诚于帝。益州刺史刘秀之斩义宣使者，不受伪命，义宣乃使鲁秀将兵击之。王元谟闻秀不来，喜谓元景曰："若臧质独来，可坐而擒也。"冀州刺史垣护之，遗宝姐夫。邀之同反，护之不从。率众阴袭其城，克之。遗宝败，走奔鲁爽。爽至历阳，薛安都引兵拒之，败其前锋，爽不能进。又军中乏粮，引兵退。薛安都帅轻骑追之，及于小岘，爽勒兵还战，饮酒数斗，大醉，立马阵前，指挥兵众。安都望见，跃马大呼，直前刺之，应手而倒。兵士斩其首，爽众奔散。进攻寿阳，克之，并杀徐遗宝。是时，义宣至鹊头，元景送爽首示之。爽累世将家，骁勇善战，号万人敌，一旦死于安都之手，义宣与质皆骇惧，三军为之夺气。太傅义恭遣使与义宣书曰：

———————————

① 韩白——汉韩信、战国时秦白起。两人俱以善于用兵著称。

② 溘(kè)——忽然。

③ 膂(lǚ)力——膂，脊梁骨。体力、力量。

④ 偃月垒——古代作战部署为半月形的营垒。

往时仲堪假兵桓玄,寻害其族;孝伯推诚牢之,旋踵而败。臧质少无美行,弟所具悉,今借西楚之强力,图济其私,凶谋若果,恐非复池中物也。弟自思之,勿贻后悔。

义宣得书,颇怀疑虑。

甲辰,军至芜湖。质夜来军中,进计于义宣曰:"今以万人取南州,则梁山路绝;万人缀梁山,则玄谟不敢动。下官中流鼓棹,直趋石头,此上策也。"刘湛之密言于义宣曰:"质求前驱,此志难测,不如尽锐攻梁山,事克,然后长驱,此万安之计也。"义宣遂不用质计。质又请自攻东城,刘湛之曰:"质若复克东城,则大功尽归之矣。宜遣麾下自行。"义宣乃遣湛之与质俱进,顿兵两岸,夹攻东城。于是玄谟督诸军大战,薛安都帅突骑,先冲其阵之东南,陷之,斩湛之首。偏将刘季之、宗越又陷其西北,质兵亦败。垣护之纵火烧江中舟舰,烟焰弥天,延及西岸,营垒殆尽,全军皆溃。义宣单舸急走,闭户而泣,荆州人随之者犹百余舸。质欲见义宣计事,而义宣已去,只得弃军北走。其众或降或散,一时俱尽。质有妹丈羊冲为武昌郡,往投之。至则冲已为郡人所杀。质无所归,乃逃于南湖,掇莲实食之。追兵至,以荷覆头,自沉于水,出其鼻。军主郑俱儿望见,射之中心,兵刃乱下,肠胃萦水草,斩其首,送建康。

义宣走至江夏,闻巴陵已有军守,回向江陵,众尽散。与左右十余人,徒步而行,脚痛不能前,佣民露车自载。缘道求食,至江陵郭外,时竺超民留守城中,遣人报之。超民仍具羽仪兵众,迎之入城。城中甲士尚有万人。参军翟灵宝嘱其抚慰将士,授之言曰:"兹以臧质违指授之宜,用致失利。今当治兵缮甲,更为后图。昔汉高百败,终成大业。"而义宣忘灵宝之言,误云"项羽千败,终成大业",众将咸掩口笑。鲁秀犹欲收集余众,更图一决。而义宣昏沮,无复神守,入内不复出。左右腹心,稍稍离叛。既而闻鲁秀北走,欲随之去,乃携爱妾五人,着男子服相随。城中扰乱,白刃交横。义宣惧,坠马,遂步进。超民送至城外,以马与之,归而闭城。义宣求秀不得,左右尽弃之,还宿南郡空廨。旦日,官军至,执而囚之。义宣入狱,坐地叹曰:"臧质老奴误我。"五妾寻被遣出,义宣号泣,语狱吏曰:"常日非苦,今日分别,乃真苦耳。"鲁秀众散不能去,还向江陵。城上人射之,秀求入不得,赴水而死。朱修之入江陵,杀义宣并其子十六人,及同党竺超民、蔡超、颜乐之等。大军奏凯,柳元景、王玄谟、薛安都等,各授封赏。由是朝廷无事,天下稍安。今且按下慢表。

　　且说晋陵武进县。生一异人,姓萧,名道成,字绍伯,小字斗将,汉相国萧何二十四世孙也。父承之,字嗣伯,少有大志,才力过人。仕于宋,初为建威府参军,义熙中,平蜀贼谯纵,迁扬武将军、汶山郡太守。元嘉初,徙为济南太守。到彦之北伐魏,大败归,魏乘胜破青州诸郡,承之率数百人拒战。魏众大集,承之偃兵息众,大开城门。左右曰:“贼众我寡,何轻敌之甚?”承之曰:“今日悬守穷城,事已危急,若复示弱,必为所屠,唯当以强示之耳。”魏兵果疑有伏,遂引去。文帝以有全城之功,迁为中兵参军、员外郎。氐帅杨难当反于汉川,承之轻军前行,败其将薛健于黄金山。健既败去,承之即据之。难当引兵来攻,相拒四十余日。贼皆衣犀甲,刀箭不能伤。承之命军中造木槊,长数尺,以大斧捶其后,贼不能当,乃焚营退。梁州平,进为龙骧将军、南泰山太守。有惠政,封五等男,食邑三百四十户。及没,梁土士民思之,立庙于峨公山,春秋祭祀。道成其长子也,生于元嘉四年,资表英异,龙颡钟声,鳞文遍体。宅南有一大桑树,本高三丈,横生四枝,状如华盖。道成年数岁,常戏其下。从兄敬宗见之曰:“此树为汝生也。”年十三,儒士雷次山立学于鸡笼山,往而受业。治《礼记》及《左氏春秋》,过目辄晓。及长,仕为建康令,有能名。萧惠开有知人鉴,谓人曰:“昔魏武为洛阳比部时,人服其英俊。今看萧建康,但当过之耳。”及惠开镇襄阳,启道成自随。讨樊邓诸山蛮,破其聚落,进为左军中兵参军。孝建初,袭爵五等男,复以中兵参军为建康令。见朝事日非,宗室将衰,结纳四方豪杰,隐有澄清天下之志。尝梦上帝谓之曰:“汝是我第十九子。”觉而异之。盖自五帝三王已降,受命之次,至道成而第十九也。今且按下。

　　却说孝武在位八年,疏忌宗室,杀戮无度,与竟陵王诞不睦,诬以谋叛杀之。又疑大臣擅权,而腹心耳目多委寄近习。有戴法兴、戴明宝者,向为藩邸旧臣,甚见亲昵。及即位,皆以为南台御史,以预建义功,赐爵县男。又有巢尚之者,人士之末,涉猎文史,为帝所知,亦以为中书舍人。三人权重当时,大纳货贿,凡所荐达,言无不行。天下辐辏,门外成市。大臣义恭、柳元景、颜师伯等,皆畏罪避嫌,由是朝政日坏。俄而帝有疾,夏五月庚申殂于玉烛殿。群臣临丧,奉太子子业即位,时年十六。改年景和,是为废帝。尚书蔡兴宗上玺绶,太子受之,傲惰无戚容。兴宗出告人曰:

"昔鲁昭不哀,叔孙知其不终①。家国之祸,其在此乎?"乙卯,悉罢孝建以来所改制度,还依元嘉。兴宗慨然,谓义恭曰:"先帝虽非盛德之主,要以道始终,三年无改,古典所贵。今殡宫甫撤,山陵未远,而制度兴造,一皆刊削。虽当禅代,亦不至尔。天下有识,当以此窥人。"义恭不从。八月,王太后疾笃,使呼废帝,废帝曰:"病人间多鬼,哪可往?"召之再三不至。太后怒,谓侍者曰:"取刀来,剖我腹,那得生此宁馨儿!"乙丑,太后殂,帝不一视。性本狂暴,始犹难太后、大臣及戴法兴等,未敢自恣。太后既殂,内无所忌,欲有所为,法兴辄抑制之,谓曰:"官家所为如此,欲作营阳耶?"帝不能平。所幸阉人华愿儿,赐与无算,法兴常加裁减。愿儿恨之,谓帝曰:"道路皆言宫中有二天子,法兴为真天子,官家为赝天子。"且帝居深宫,与物不接,法兴与太宰颜柳相共为一体,往来门客恒有数百。法兴是孝武左右,久在宫闱。今与他人作一家,深恐此座非复帝有。帝遂召法兴入宫,立赐之死。

　　先是孝武之世,王公、大臣惧诛,重足屏息,莫敢妄相过从。及崩,义恭等皆相贺曰:"今日始免横死矣。"甫过山陵,柳元景、颜师伯等张乐酣饮,不舍昼夜。及法兴见杀,无不震慑,皆恐祸及。于是元景、师伯密欲废帝,日夜聚谋,而持疑不能决。元景泄其谋于沈庆之,庆之素与义恭不睦,又师伯专断朝事,不与庆之参决,每谓人曰:"沈公国之爪牙耳,安得豫政事!"庆之深以为恨,乃发其谋以白于帝。帝闻之,不及下诏,辄自帅羽林兵,掩至义恭宅杀之,并其四子。断绝义恭肢体,分裂肠胃,挑取眼睛,以蜜渍之,谓之"鬼目粽"。别遣使者召柳元景,以兵随之。左右奔告,元景知祸至,入辞其母,整朝服,乘车应召。其弟叔仁有勇力,被甲,帅左右壮士欲拒命,元景苦禁之。既出巷,军士大至。元景下车受戮,容色恬然,一门尽诛。获颜师伯于道,杀之。又杀廷尉刘德愿。自是公卿以下,皆被捶曳如奴隶矣。先是帝在东宫多过失,孝武欲废之。侍中袁顗盛称其美,孝武乃止。帝由是德之。既诛元景,以顗代其任。

<hr />

① "鲁昭不哀"句——鲁昭公,春秋时鲁国国君,鲁襄公之子,姬姓,名衤周;叔孙,鲁国大夫,名豹。鲁襄公卒,季武子欲立姬衤周,叔孙豹认为衤周非嫡嗣,且居丧不哀,嬉戏如孩童,不能立。季武子不听,后鲁昭公果然在位不终。事见《史记·鲁周公世家》。

　　有山阴公主者,名楚玉,帝之姊也。下嫁驸马都尉何戢,性淫纵,帝宠之,常与同辇出入。一日,谓帝曰:"妾与陛下男女虽殊,俱托体先帝,陛下六宫万数,而妾惟驸马一人,事大不均。"帝笑曰:"易耳。"乃选少壮男子三十人,号曰"面首",赐之以逞其欲。谓公主曰:"今而后,莫怨不均矣。"吏部郎褚渊,字彦回,风度修整,容貌如妇人好女。公主见而悦之,请于帝,欲以自随。帝命渊往侍公主。渊辞不往,曰:"臣唯一心事陛下,不敢私侍公主。"帝笑而置之。公主思念弥切,乃遣人要于路,拥之以归,闭之后房。谓渊曰:"吾阅人多矣,未有如卿之美者。愿同枕席之欢,无拂吾意。"遂起身就之。渊逡立一旁,拱手言曰:"名义至重,玷辱公主,即玷辱朝廷,不敢。"公主再三逼迫,渊抵死相拒。良久,事不就。公主走出,谓侍婢曰:"倔强乃尔,吾欲杀之,又不忍。若何使他心肯,以遂吾怀?"侍婢曰:"此是囊中物,主且耐心,何忧不谐。"公主欲乘其睡而逼之。渊至夜间,衣不解带,秉烛危坐。侍婢络绎相劝,且以危言怵之曰:"不从,将有性命忧。"渊曰:"吾宁死,不能为此事。"公主谓之曰:"卿须眉如戢,何无丈夫气耶?"相逼一日,渊卒不从。"面首"等恐夺其宠,皆劝纵之,曰:"留此人在,适败公主兴也。"公主遂纵渊归。后人有诗美之曰:

　　　　不贪淫欲守纲维,如戢须眉果足奇。

　　　　堪笑山阴人不识,彦回才是一男儿。

彦回既归,知其事者,皆钦敬之。但未识朝廷淫乱之风,作何底止,且听下回分解。

第 十 二 卷

子业凶狂遭弑逆　邓琬好乱起干戈

话说废帝无道日甚，尝入太庙，指高祖像曰："渠大英雄，生擒数天子。"指太祖像曰："渠亦不恶，但末年不免儿斫去头。"指世祖像曰："渠大齄①鼻，如何不齄？"立召画工齄之。又新安王子鸾，向为孝武宠爱。帝疾之，遣使赐死，又杀其母弟南海王子师，及其母妹。发殷贵妃墓，又欲掘景宁陵。太史以为不利于帝，乃止。帝舅王藻，尚世祖女临川公主。公主淫妒，不悦其夫。谮于帝，藻下狱死。太守孔灵符所至有政绩，近臣谮之，帝遣使鞭杀灵符，并诛其二子。袁顗始蒙帝宠，俄而失指，待遇顿衰。顗惧求出，乃以顗为雍州刺史。其舅蔡兴宗谓之曰："襄阳星恶，何可往？"顗曰："白刃交前，不救流矢，今者之行，唯愿生出虎口，遑顾其他。"时兴宗亦有南郡太守之命，兴宗辞不往。顗说之曰："朝廷形势，人所共见。在内大臣，朝不保夕。舅今出居峡西，为八州行事；顗在襄、沔，地胜兵强，去江陵咫尺，水陆流通。若朝廷有事，可以共立桓、文之功。岂比受制凶狂，临不测之祸乎？今得间不去，后复求出，岂可得耶！"兴宗曰："吾素门寒进，与主上甚疏，未容有患。宫省内外，人不自保，会应有变，若内难得弭，外衅未必可量。汝欲在外求全，我欲居中免难，各行其志，不亦善乎！"顗于是狼狈上路，犹虑见追，行至寻阳，喜曰："今得免矣。"时邓琬为寻阳内史，与顗人地本殊，顗与之款洽过常，每相聚论，必穷日夜，见者知其有异志矣。今且按下。

却说帝姑新蔡公主，名英媚，颜色美丽。下降宁朔将军何迈，夫妇亦极相得。一日，朝于宫中，帝见而爱之，遂留宴后宫，亲自陪饮，以酒劝之曰："卿吾姑也，今者之来，足令六宫无色。奈何？"公主会其意，徐曰："妾系陛下一本，名教攸关，无福消受帝恩。"帝曰："朕为天下主，何不可之有？"拥之求淫，公主笑而从之，事毕求归，帝曰："吾将立卿为妃，何言归

---

① 齄(zhā)——齇的异体字。俗称酒渣鼻。

也?"公主笑曰:"妾承陛下不弃,私相欢乐可耳。若以妾为妃,何以颁示天下?"帝曰:"朕自有计,可无妨也。"遂纳公主于后宫,谓之谢贵妃。旋拜为夫人,加鸾辂龙旗,出警入跸①以悦之。杀一宫婢,纳之棺中,载还迈第,令行丧礼。

却说迈素豪侠,公主入宫遽死,心已疑之。后闻谢贵嫔立,莫识其所自来,知必有中菁之丑,用以李代桃之计,于是大怒,因多养死士,谋俟帝驾出游,乘间弑之。哪知其谋未发,帝亦预防其变,一日亲领兵士,围其第杀之,合家尽死。

先是,沈庆之既发颜、柳之谋,自昵于帝,数尽言规谏,帝浸不悦。庆之惧,杜门不接宾客。蔡兴宗往亦不见,乃语其门下士范羡曰:"公闭户绝客,以避悠悠请托者耳,仆非有求于公者,何为见拒?"范羡以告,庆之遽见之。兴宗因说之曰:"主上比者所行,人伦道尽,率德改行,无可复望。今所忌惮,唯在于公。百姓喁喁,所仰望者,亦唯公一人。公威名素著,天下所服。今举朝皇皇,人怀危怖,指麾之日,谁不响应。如犹豫不断,欲坐观成败,岂惟旦暮及祸,四海重责,将何所归。仆蒙眷异常,故敢尽言,愿公详思其计。"庆之曰:"仆诚知今日忧危,不复自保。但尽忠奉国,始终以之,当委任天命耳。加以老退私门,兵力顿阙,虽欲为之,事亦无成。"兴宗曰:"当今怀谋忌奋者,非欲邀功赏富贵,正求脱旦夕之死耳。殿中将帅,唯听外间消息。若一人唱首,则俯仰可定。况公统戎累朝,旧日部曲布在宫省,受恩者多。沈攸之辈,皆公家子弟,何患不从?且公门徒义附,并三吴勇士。殿中将军陆攸之,公之乡人,今入东讨贼,大有铠仗,在青溪未发,公取其器仗,以配衣麾下,使陆攸之率以前驱,仆在尚书中自当帅百僚,案前世故事,更简贤明以奉社稷,天下之事定矣。又朝廷诸所施为,民间传言公悉豫之。公今不决,当有先公起事者,公亦不免从之祸。况闻车驾屡幸贵第,酣醉淹留,或屏左右,独入阁内,此万世一时,不可失也。"庆之不从。又青州刺史沈文秀,庆之侄,将之镇,帅部曲出屯白下,亦说庆之曰:"主上狂暴如此,祸乱不久。而一门受其宠任,万民皆谓与之同心。且若人爱憎无常,猜忍特甚,不测之祸,进退难免。今

---

① 出警入跸(bì)——警跸,帝王出行时清道、禁止行人来往,代指帝王出行的车驾、仪仗。

因此兵力图之，易于反掌，机会难值，愿公勿失。"文秀言之再三，至于流涕，庆之终不肯从。及帝诛何迈，量庆之必当入谏，先闭青溪诸桥以绝之。庆之不得进而还。俄而，帝使使者赐庆之药，庆之不肯饮，使者以被掩杀之，时年八十。庆之子文叔欲亡，恐如义恭被帝支解，谓其弟文季曰："我能死尔能报。"遂饮庆之药而死。文季挥刀驰马而去，追者不敢逼，遂得免。帝诈言庆之病死，赠太尉，谥曰忠武公，葬礼甚厚。

一日，帝梦王太后责之曰："汝不仁不义，罪恶贯盈，本无人君之福。加以汝父孝武，险虐灭道，怨结神人，儿子虽多，并无天命。大运所归，应还文帝之子。"觉而大怒，欲去太后神位，左右谏之乃止。由是益忌诸叔，恐其在外为患，皆聚之京师，拘于殿内，殴捶陵曳，无复人理。见湘东王彧、建安王休仁、山阳王休祐皆肥壮，为竹笼盛而秤之，以彧尤肥，谓之"猪王"，谓休仁为"杀王"，休祐为"贼王"。以三王年长，尤恶之，常录以自随，不使离左右。东海王祎性凡劣，谓之"驴王"。桂阳王休范、巴陵王休若年尚少，故待之略宽。尝以木槽盛饭，并杂食搅之，掘地为坑，实以泥水，使彧裸体匍匐坑中，以口就槽食之，用为笑乐。前后欲杀三王十余次，赖休仁多智数，每以谈笑佞谀解之，故得不死。彧尝忤旨，帝命缚其手足，贯之以杖，使人担付大官曰："今日屠猪。"休仁笑曰："猪未应死。"帝问其故，曰："待皇太子生，杀猪取其肝肠。"帝怒乃解，收付廷尉，一宿释之。盖帝无子，有少府刘矇妾怀孕将产，迎之入宫，俟其生男，当立为太子。故休仁言之以解其怒。尝召诸王妃主于前，除去妆束，身上寸丝不留，使左右乱交于前，身在旁指点嬉笑以为娱乐，违者立死。南平王妃江氏不从，帝怒，杀其三子，鞭江妃一百。建安王太妃陈氏年近不惑矣，而容颜尚少。帝命右卫将军刘道隆淫之，曰："尔形体强健，足以制此妇。"呼休仁从旁视。诫左右曰："俟休仁色变，即杀之。"太妃惧杀其子，只得赤体承受。道隆欲迎帝意，将太妃竭力舞弄，极诸般丑态，良久乃已。帝大悦，赏道隆酒。休仁目不他视，颜色无异，乃释之。

后更爱憎无常，稍一忤旨即杀。左右宿卫之士皆怀异志，唯直阁将军宗越、谭金、童太一等，以勇力为帝爪牙，赏赐美人金帛，充牣①其家，越等皆为尽力。怀异志者，惮之不敢发。一日，帝忽怒主衣寿寂之，见辄切齿，

---

① 充牣——牣通"仞"。充满，充实。

曰：“明日必杀之。”寂之惧，乃结主衣①阮佃夫、李道儿、内监王道隆、姜产之、钱蓝生、队主柳光世、樊僧整等十余人，阴谋弑之，奉湘东为帝。使钱蓝生密报三王。阮佃夫虑力少不济，更欲招合。寿寂之曰：“谋广或泄，不烦多人。且若人将南游，宗越等并听出外装束，今夜正好行事，勿忧不济也。”

先是帝游华林园竹林堂，使宫人裸体相逐，一人不从，杀之。夜梦在竹林堂，有女子骂曰：“汝悖虐不道，明年不及熟矣。”乃于宫中求得一人，似梦所见者，斩之。又梦所杀者骂曰：“我已诉上帝矣，汝死在目前。”于是巫言竹林堂有鬼，其夕悉屏侍卫，与群巫及彩女数百人，射鬼于竹林堂。事毕，将奏乐，寂之抽刀前入，姜产之次之，李道儿等皆随其后。时休仁在旁屋闻行声甚疾，谓休龄曰：“事作矣。”相随奔景阳山。帝见寂之至，引弓射之，不中。彩女皆迸走，帝亦走，大呼“寂，寂”者三，寂之追而弑之。宣令宿卫曰：“湘东王受太皇太后令，除狂主，今已平定矣。诸人其毋恐。”时事起仓促，殿省惶惑，未知所为。休仁引湘东王升西堂，登御座，召见诸大臣。王失履，跣足，犹着乌帽。坐定，休仁呼主衣以白帽代之。令备羽仪，乃宣太皇太后令，数废帝罪恶，命湘东王篡承皇极。丙寅，王即皇帝位，是为明帝。封寿寂之等十四人为县侯。先是宗越、谭金、童太一等为废帝所宠，及帝立，内不自安，因谋作乱。沈攸之以闻，皆下狱死。令攸之复入直阁。时刘道隆为中护军，建安王怨其无礼于太妃，求解职，不与同朝，乃赐道隆死。以建安王为司徒尚书令，一应昏制谬封，并皆刊削，中外皆欣欣望治矣。

话分两头。江州刺史晋安王子勋，孝武第三子也。年十一，长史邓琬辅之，镇寻阳。先是废帝恶之，遣左右朱景云以药赐子勋死。景云至湓口，停不进。子勋将吏闻之，驰告邓琬，惶惧请计。琬曰：“身南土寒士，蒙先帝殊恩，以爱子见托，岂得惜百口门户？誓当以死报效。且幼主昏暴，社稷将危，虽曰天子，事犹独夫。今便指帅文武，直造京邑，与群公卿士废昏立明矣。”乃称子勋教，令所部戒严，子勋戎服出听事。集僚佐，谕以起兵。参军陶亮首请效死前驱，众皆奉令。乃使亮为军事参军，太守沈怀宝等并为将帅。时校尉张悦犯事在狱，琬知其才，称子勋命，释其桎梏，

———————————

①　主衣——掌管皇帝服饰仪物的官吏。

用为司马,与之共掌内外军事。收集民丁器械,旬日之间,得甲士五千人。先遣别将断大雷之路。禁绝商旅以及公私使命。斯时尚未知废帝已弑也。及明帝即位,颁诏四方,各赐新命。加子勋为车骑将军,开府仪同三司。将吏得诏,皆大喜,共造邓琬曰:"暴乱既除,殿下又开黄阁,实为公私大庆。"而琬以晋阳次第居三,又在寻阳起事,与孝武同符,谓事必有成,因取诏书投地曰:"殿下当开端门,黄阁是吾徒事耳,此何足庆?"众愕然。琬乃更与陶亮等缮治器甲,简集士卒,寄书袁颛,嘱令举兵。颛亦诈称奉太皇太后令,使其入讨,任参军刘胡为大将,登坛誓众,奉表寻阳劝进。乙未,子勋即皇帝位于九江,改元义嘉。驰檄四方,指斥明帝"矫害明茂,篡窃天宝,干我昭穆①,寡我兄弟,藐孤同气,犹有十三,圣灵何辜,而当乏飨。"四方见檄,莫不举兵响应。当是时,郢州反了安陆王子绥,荆州反了临海王子顼,徐州反了刺史薛安都,冀州反了刺史崔道固,青州反了刺史沈文秀,而益州刺史萧惠开闻晋安起兵,集将佐谓曰:"湘东太祖之昭,晋安世祖之穆。其于当璧,并无不可。但景和虽昏,本是世祖之嗣,不任社稷,其次犹多,吾荷世祖之眷,当推奉九江。"乃遣其将费欣寿将兵五千东下。又广州刺史袁昙远、梁州刺史柳元怙、山阳太守程天祚,皆附于子勋。

却说朝廷闻西方皆反,又虑东土不靖,特遣侍郎孔璪入东慰劳。那知璪至会稽,反为叛计,说会稽长史孔颛曰:"建康虚弱必败,不如拥五郡以应袁、邓。"孔颛从之,遂驰檄各郡。于是吴郡太守顾琛、吴兴太守王昙生、义兴太守刘廷熙、晋陵太守袁标,皆据郡应之。是岁,四方贡献,皆归寻阳,朝廷所保,唯丹阳、淮南等数郡。其间诸县已有谋应子勋者。宫省危惧,帝集群臣问计,蔡兴宗曰:"今普天同叛,人尽异心,宜镇之以静,至信待人。叛者亲戚布在宫省,若绳之以法,则土崩立至。宜明罪不相及之义,物情既定,人有战心。六军精勇,器甲犀利,以待不习之兵,其势相万。愿陛下勿忧。"忽报豫州刺史殷琰亦叛附寻阳,帝益惧,谓兴宗曰:"诸处皆反,殷琰亦复同逆。顷日人情云何,事当济否?"兴宗曰:"逆与顺,臣无以辨。今商旅断绝,米甚丰贱,四方云合,而人情更安,以此卜之,清荡可

---

① 昭穆——古代宗法制度,宗庙或墓地中的辈次排列,位于始祖的左方称昭;右方称穆。此处指宗庙、家族。

必。但臣之所忧,更在事后,犹羊公言既平之后,方劳圣虑耳。"

　　先是帝使桓荣祖赴徐州,说薛安都归朝。安都曰:"今京师无百里地,不论攻围取胜,自可拍手笑杀,且我不欲负孝武。"荣祖曰:"孝武之行,足致余殃。今虽天下罾同,正是速死,无能为也。"安都不从。甲午,帝命建安王都督征讨诸军事,王玄谟副之。以沈攸之为前锋,将兵屯虎槛。又忧孔颉、殷琰二处为难,问群臣曰:"谁能为朕平此二处?"兴宗曰:"朝臣中萧道成智勇出众,可令吴喜助之,去讨会稽。刘勔素能御下,可令吴安国助之,去平寿阳。"帝从之,乃遣道成将兵三千,东讨孔颉;刘勔将兵三千,西讨殷琰。然自两路分讨,京师兵力益弱,屡遣人纠合四方,莫有应者。日夕计议,苦无良策。一日,帝方坐朝,忽有一臣出班奏曰:"臣保举一人,可使伐叛除逆。"众视之,乃司法参军葛僧韶也。帝曰:"卿所举者何人?"僧韶曰:"臣舅兖州刺史殷孝祖,手下将勇兵强,为人忠义自矢,若徵之入朝,定获其用。"帝曰:"孝祖若肯助顺固善,但恐徵之未必至耳。"僧韶曰:"臣请奉命往,以大义责之,彼必俯首来归也。"帝大喜,遂遣之。

　　时薛索儿兵据津径,要截行旅,僧韶几为所获,间行得免。既见孝祖,孝祖问以朝廷消息,近日情势若何。僧韶曰:"朝廷兵力非细,粮储亦足,特少担当任事之人。深知我舅智勇俱备,戎事素长,故欲委以全驱之任,特来相召。主上虚席①以等,愿舅速往。"孝祖犹豫,无赴召意。僧韶又曰:"从来天下之势,强弱无常,顺逆有定,助顺必昌,附逆终败,一定之势也。甥请为舅言之,景和凶狂,开辟未有,朝野危极,假命漏刻②。主上夷凶剪暴,更造天地。国乱朝危,宜立长君。而群迷相煽,构造无端,贪利幼弱,竞怀希望。假使天道助逆,群凶是申,则主幼事艰,权柄不一,兵难互起,岂有自容之地? 舅少有立功之志,若能控济、河义勇,还奉朝廷,非惟匡主静乱,乃可垂名竹帛。"孝祖奋然起曰:"子言良是,吾计决矣!"即日委妻子于瑕丘,帅文武将吏三千人,随僧韶还建康。时朝廷唯保丹阳一郡,内外忧危,咸欲奔散,而孝祖之众忽至,并伧楚壮士,甲仗鲜明,刀枪犀利,人情大安。帝赐宴殿前,殷勤慰接。孝祖亦慷慨自许,誓以死报。乃

―――――――――――

　　①　虚席——空出席位。

　　②　漏刻——顷刻。

进号冠军将军,假节,督前锋诸军事,进屯虎槛拒敌。

却说邓琬性本贪鄙,既执大权,父子卖官鬻爵,酣歌博弈,日夜不休。宾客到门,历旬不得一见。群小横行,士民忿怒,而自以四方响应,事必克济。遣大将孙冲之领兵一万为前锋,进据赭圻。冲之至赭圻,报琬曰:"舟楫已办,器械亦整,三军踊跃,人争效命。可以沿流挂帆,直取白下。愿速遣陶亮众军兼行相接。"琬信之,乃加陶亮右卫将军,统郢、荆、湘、梁、雍五州之兵,一时俱下建安。王闻之,急令殷孝祖、沈攸之进拒。那知孝祖负其诚节,陵轹①诸将,台军有父子兄弟在南者,悉欲推治。由是人情乖离,莫乐为用。亏得攸之内抚将士,外谐群帅,赖以得安。又孝祖每战,常以鼓盖自随,军中相谓曰:"殷统军可谓死将矣,今与贼交锋,而以羽仪自标显,若善射者十人共射之,欲不毙得乎!"于是众军水陆并发,进攻赭圻。陶亮引兵救之,孝祖突出奋击,手斩敌将数人,亮兵将退,忽有一枝流矢飞来,正中其喉而死。军皆惊溃,攸之亦退。

建安闻孝祖死,复遣宁朔将军江方兴,将五千人赴赭圻助攸之。攸之以为孝祖既死,敌有乘胜之心,明日若不进攻,则示之以弱。但方兴与己名位相亚,必不肯为己下,军政不一,致败之由。乃自帅诸军主来见方兴,曰:"今四方并反,国家所保,无复百里之地。唯有殷孝祖为朝廷所委赖,锋镝裁交,舆尸而反,文武丧气,朝野危心。事之济否,唯在明旦一战。战若不捷,则大事去矣。诘朝之事,诸人或谓吾应统之,自卜懦薄,干略不如卿,今辄推卿为统,一任指麾,但当相与戮力耳。"方兴大悦。攸之既出,诸将并尤之。攸之曰:"吾本以济国活家,岂计此之高下!且我能下彼,彼必不能下我,共济艰难,岂可自相同异?"诸将皆服。

却说孙冲之谓陶亮曰:"孝祖枭将,一战便死,天下事定矣。不须复战,便当直取京都。"亮曰:"沈攸之一军尚全,须再破之,方可长驱而进,此时未可遽也。"于是按兵不动。明日,方兴、攸之帅诸军进战,孙冲之凭城拒守,陶亮督众奋勇相敌,自早战至日中,兵交未已。正是:鼓�震处山河动,血肉飞时日月昏。未识两下胜败若何,且俟下回再讲。

---

①　陵轹(lì)——欺侮,压榨。

第 十 三 卷
计身后忍除同气　育螟蛉暗绝宗祧

话说攸之、方兴二将迸攻赭圻，战至日中，未分胜败。只见一支人马摇旗呐喊，飞奔而来，冲入攸军，势如破竹。攸军大败，纷纷退去。冲之惧，弃城走，遂拔赭圻。你道这支人马从何而来？乃建安王在后，闻报前军厮杀，恐其不胜，便差亲将郭季之、杜幼文、垣恭祖统领精兵三万，前来助战，果得其力，杀败敌兵，夺了赭圻城一座。邓琬知赭圻不守，乃请袁𫖮进兵。𫖮闻报，悉起雍州之兵赶来。楼船千艘，铁骑成群，军容甚盛。命刘胡帅众三万，东屯鹊尾，自引大军，与官兵相持于浓湖。今且按下慢讲。

却说萧道成同了吴喜，东讨孔觊，觊闻台军将至，遣其将孙昙瓘等军于晋陵九里，以扼官军，兵势甚壮。道成等所领寡弱，众虑不敌。其日天大寒，风雪甚猛，塘埭①决坏，士无固心，诸将欲退保破冈。道成宣令，敢言退者斩。众少定，乃筑垒息甲。明日，乘天气寒冷，出其不意，奋勇进击，遂大破之。先是吴喜数奉使东吴，性宽厚，所至人并怀之。百姓闻吴河东来，皆望风降散，故台军所向克捷。既克义兴，复拔晋陵，守将皆弃城走。孔璪屯军吴兴，闻台军已近，大惧堕床曰：“悬赏所购，唯我而已。今不遽走，将为人擒。”遂奔钱塘。大兵直至会稽，城中将士多奔亡，孔觊不能禁，乘夜帅数骑逃奔嵊山。于是官军入城，执孔璪杀之。俄而嵊山民缚孔觊以献，亦斩之。余将孙昙瓘、顾琛、王昙生、袁标悉诣官军降，道成皆宥不诛。诸郡悉平。捷闻，帝大喜。乃诏东征诸将，悉以兵赴赭圻，军势大振。不一日，又徕刘勔捷报，连胜殷琰数阵，夺得城池数处。琰婴城自守，不日可平。朝廷闻之益喜，乃合大军专伐寻阳。

却说诸军与袁𫖮相拒于浓湖，时𫖮众犹盛，胡又宿将，勇健多权略，连战数阵，官军不能胜，将士忧之。龙骧将军张兴世谓建安王曰：“贼据上流，兵强地胜。我虽持之有余，而制之不足。若以奇兵数千，潜出其上，因

---

① 埭(dài)——土坝。

险而壁,见利而动,使其首尾不能顾。中流既梗,粮运自艰,此制贼之一奇也。吾观上流形势,钱溪江岸最狭,去大军不远。下临洄洑,船下必来泊岸。又有横浦,可以藏船。千人守险,万夫不能过,冲要之地,莫过于此。"诸将并赞其策。乃选战士七千,轻舸二百,以配兴世。兴世帅其众,沂流西上,寻复退归,如是者累日。刘胡闻之笑曰:"我尚不敢越彼下取扬州,张兴世何物人,而欲暂据我上?"不为之备。一夕四更,值便风,兴世举帆直前,渡湖白,过鹊尾,胡大惊,乃遣其将胡灵秀将兵东岸,翼之而进。及夜,兴世宿景洪浦,灵秀亦留。兴世潜遣其将黄道标帅七十舸,径趋钱溪,立营寨。天明,引兵据之,灵秀不能制。刘胡闻兴世据钱溪,自将水步兵来攻。将士欲迎击之,兴世禁之曰:"贼来尚远,气盛而矢骤。骤既易尽,盛亦易衰,不如待之。"令将士筑城如故。俄而,胡来转近,船入洄洑,兴世乃命寿寂之、任农夫,帅壮士数百击之。众军相继并进,斩首数百。胡败走,收兵而下。

时攸之未知钱溪消息,恐袁𫖮并力攻之,城不得立,乃命吴喜、萧道成进攻浓湖,以分其势。是日,刘胡果率步卒二万,铁马一千,欲更攻兴世。未至钱溪数十里,袁𫖮以浓湖之急,遽追之还。钱溪城由此得立。胡既退归,遣人传唱钱溪已平,兴世被杀,众闻之惧。沈攸之曰:"是必不然,若钱溪实败,万人中岂无一人逃亡得还者?必是彼战失利,唱空声以惑众耳。"勒军中不得妄动。未几,钱溪捷报果至,众心乃安。兴世既据钱溪,梗其运粮之路,浓湖军乏食。𫖮令刘胡急攻钱溪,胡谓左右曰:"吾少习战,未娴水斗,若步战,恒在数万人中,水战在一舸之上。舸舸各进,不复相关,正在三十人中,此非万全之计,吾不为也。"乃托疟疾,住鹊头不进。谓𫖮曰:"兴世营寨已立,其城不可猝攻。昨日小战,未足为损,现有大雷诸军,共逼其上。大军在此鹊头,诸将又断其下流,兴世已堕围中,不足复虑。"𫖮怒曰:"今粮草鲠塞,当如之何?"胡曰:"彼尚得沂流越我而上。此运何以不得沿流越彼而下耶?"𫖮不得已,乃遣司马沈仲玉,将千人步趋南陵以迎粮。仲玉至南陵,载米三十万斛,钱布数十舫,竖榜为城,欲乘流突过。行至贵口,兴世进击,破之,悉掳其资实以归。仲玉单骑走还,𫖮大惧,谓胡曰:"贼入人肝脾里,何由得活?奈何按兵坐待!"盖𫖮本无将略,性又怯,在军中未尝戎服,语不及战阵,惟赋诗谈义,不复抚接诸将。即与胡论事,酬对亦简。由是大失物情,胡心亦离。至是胡阴谋遁去,诳𫖮道：“今帅步骑二万，上取钱溪，兼下大雷余运，誓不与兴世两立。”觊喜，悉以坚甲利兵配之。那知胡以兵往，舍钱溪不攻，径趋梅根，烧大雷诸城而走。至夜，觊方知之，大怒，骂曰：“今年为小子所误。”呼取常所乘善马飞燕，谓其众曰：“吾当自出追之。”因亦走。三军无主，一时皆溃。建安王勒兵入其营，纳降者十万。命攸之等追觊。

却说袁觊走至鹊头，与戍主薛伯珍谋向寻阳，夜止山间，杀马以劳将士。顾谓伯珍曰：“我非不能死，且欲一至寻阳，谢罪主上，然后自刎。”因慷慨叱左右索节，无复应者。及旦，伯珍请屏人言事，遂斩觊首，诣台将俞湛之降。湛之斩伯珍，送首以为己功。再表刘胡至寻阳，诈晋安王云袁觊已降，军皆散，唯己所领独全。宜速处分，为一战之资。当停军溢城，誓死不贰。邓琬信以为实，厚给军粮，令往溢城拒守。而胡至溢城，即拥兵远遁。邓琬闻胡又去，忧惶无计，不知所出。张悦欲诛之以为己功，乃诈称有疾，呼琬计事，令左右伏兵帐后，戒之曰：“若闻索酒，便出杀之。”琬既至，悦曰：“卿首唱此谋，今事已急，计将安出？”琬曰：“正当斩晋安王，封府库以谢罪耳。”悦曰：“今日宁可卖殿下求活耶？”因呼酒，伏发，遂斩之。连夜乘轻舸，赍琬首，诣建安王休仁降。于是寻阳城中大乱，共执晋安王子勋，囚之以待命。沈攸之军至，乃斩之，传首建康，时年十一。

庚子，建安王休仁至寻阳，遣吴喜、萧道成向荆州，张兴世、沈怀明向郢州，刘亮、张敬儿向雍州，孙超之向湘州，沈思仁、任农夫向豫章，平定余寇。刘胡逃至石城，捕得斩之。其在外诸王，诏并赐死。至是诸郡皆平，单有殷琰据寿阳、合肥未下。刘勔患之，召诸将会议，偏将王广之曰：“得将军所乘马，立平合肥。”皇甫肃曰：“广之敢夺节下马，可斩也。”勔笑曰：“观其意，必能立功。”即推鞍下马与之。广之往攻合肥，三日而克。勔嘉其功，擢为军主。广之谓肃曰：“将军若从卿言，何以平贼？卿不识才，乃至于此。”是时，帝以寿阳未平，使中书为诏，谕殷琰降。蔡兴宗曰：“天下既定，是琰思过之日。陛下宜赐手诏数行，以相慰引。今直中书为诏，彼必疑为非真，非所以安其心也。”帝不听。及琰得诏，果疑刘勔诈为之，不敢降，求附于魏。其主簿夏侯详谏曰：“今日之举，本效忠节，若社稷有奉,便当归身朝廷,何可北面左衽①! 且魏军近在淮次,官军未测吾之去就,若遣使归款,必厚相抚纳,岂止免罪而已。"琰乃使详出见勔,勔以帝命慰之。琰乃帅将佐出降,勔悉加慰抚,不戮一人。入城,约勒将士,百姓秋毫无犯,寿阳人大悦。时魏兵将救寿阳,闻琰已降,乃去。琰至朝,仍还旧职。

却说泰始二年,帝以南方既平,欲示威淮北,乃命镇东将军张永、中领军沈攸之,将甲士十五万,迎薛安都入朝。蔡兴宗谏曰:"安都归顺,此诚非虚,正须单使尺书,召之入朝。今以重兵迎之,势必疑惧,或能招引北虏,为患方深。若以叛国罪重,不可不诛,则向之所宥,亦已多矣。况安都外据大镇,密迩边陲,地险兵强,攻围难克。揆之国计,尤宜驯养,如其外叛,将为朝廷肝食②之忧。"上不从,谓萧道成曰:"吾今因此北讨,卿意以为何如?"对曰:"安都狡猾有余,今以兵逼之,恐非国家之利。"帝曰:"诸军猛锐,何往不克? 卿勿多言。"安都闻大兵北上,大惧,遣使乞降于魏,求以兵援。魏乃命大将军尉元,帅兵三万出东道救之。官军至彭城,魏兵与安都夹击之。尉元邀其前,安都乘其后,大破永等于吕梁之东,死者以万数,枕尸六十余里。委弃军资器械,不可胜计。永足指尽堕,与攸之仅以身免。帝闻之,召兴宗于前,以败书示之曰:"我愧卿甚。"由是尽失淮北四州,及豫州、淮西之地。

先是帝初即位,宽和有令誉,义嘉之党,多蒙宽宥,随才引用,有如旧臣,人情安之。其后淮、泗用兵,府藏空竭,内外百官并断俸禄。而帝奢侈无度,每造器用,必为正御、副御、次副各三十枚。嬖幸用事,货贿公行,性复猜忍,多忌讳,言语文书,有祸败凶丧,及疑似之言,应回避者数百千品,犯则必加罪戮。改"騧③"字为䯄,以其似"祸"字故也。左右忤意,往往有刳劙④者。时南兖州刺史萧道成在军中久,民间或言道成有异相,当为天子。帝疑之,征为黄门侍郎。道成惧诛,不欲内迁,而无计可留。参军

---

① 左衽(rèn)——衽,衣襟。我国古代少数民族服装,前襟向左,与中原人的右衽不同。此句指投靠北魏。

② 肝(gàn)食——晚食。指勤于政事。

③ 騧(guā)——身黄嘴黑的马。

④ 刳劙(kū zhuó)——斩杀。

荀伯玉献计曰："可使游骑数十入魏境，抄掠其居民，魏必出兵相逐。朝廷闻魏师入寇，必令复任御之。"道成如其计，魏果遣游骑数百，履行境上。道成以闻，帝果使复本位御之。又道成有祖墓，在武进县彭山。其山冈阜相属数百里，尝有五色云起，盖于墓之前后左右，人以为瑞。帝闻而恶之，潜使人以大铁钉长五六尺，钉墓四维，以为厌胜。

先是帝无子，密取诸王姬有孕者，纳之宫中，生男则杀其母，使宠姬子之。有陈贵妃者，名妙登，建康屠家女也，最得帝宠。尝谓之曰："得汝生子，我便以为太子。"久之无出。一日，李道儿侍侧，帝问曰："尔多男否？"对曰："臣一妻一妾，岁各生一，已有十男。"帝笑曰："卿可谓箭无虚发者矣。"及夜，与陈妃同寝；呼其小字曰："妙登，今夜一叙，明日将以卿赐李道儿，卿愿否？"妃大惊，曰："妾虽微贱，曾与陛下接体，奈何赐以与人？"帝曰："无害，不过借汝腹去度种耳，有孕便召卿归也。"妃曰："妾一失节，何颜再事陛下？"帝曰："宗嗣事大，失节事小，卿莫以是为嫌。"妃暗暗领命。明日，帝佯怒妃，责以失旨，命赐道儿。道儿入谢，嘱之曰："有孕便来报朕也。"于是道儿为之尽力，未几果有孕，帝便迎之还内，生苍梧王昱，立为太子。遂借他事，赐道儿死。后人有诗嘲陈妃云：

> 数载承恩作嫔嫱，无端别就合欢床。
>
> 只因欲觅人间种，那管刘郎与阮郎。

至是，帝以太子幼弱，深忌诸弟。晋平王休祐性刚狠，前后忤旨非一。一日，从游岩山射雉，左右从者并在仗后。日将暗，遣寿寂之等数人，逼休祐坠马，拉其胁杀之。传呼骠骑落马，上阳惊，遣御医络绎就视，比至，则气已绝。载其尸还第，追赠司空，葬之如礼。未几帝寝疾，与嬖臣杨运长等为身后之计，以建安王人望所归，欲除之以绝后患。运长等亦虑晏驾后，休仁秉政，己辈不得专权，劝帝诛之。一日，召休仁入内殿，坐语良久。既而谓曰："今夕不必还府，就尚书省宿，明早卿可早来。"其夜，休仁方就枕，见武士数人突至床前，呼之曰："王且起，天子有诏，赐王死。药在此，可速饮之。"休仁披衣而起，怒且骂曰："帝得天下，谁之力耶？孝武以诛锄兄弟，子孙灭绝，今复为尔，宋祚其能久乎！"帝虑有变，力疾乘舆，出端门，闻休仁死乃入。然帝与休仁素厚，虽杀之，每谓人曰："我与建安年相若，少便款狎，景和、泰始之间，勋诚实重，事计交切，不得不尔。"痛念之至，不能自已，因流涕不自胜。以其子伯融袭爵。又忌荆州刺史、巴陵王休若为人和厚,能谐物情,恐将来倾夺幼主,欲遣使赐死。虑不奉诏,乃令移镇江州,手书殷勤,命暂来京,共赴七月七日宴。休若至健康,赐死于第。赠侍中、司空。以桂阳王休范为江州刺史。

时帝诸弟俱尽,唯休范人才庸劣,幸而得全。或谮萧道成在淮阴,有二心于魏,帝封银壶酒,使吴喜持往淮阴,饮之,以验道成诚伪。道成惧,不敢饮。喜乃密告之曰:"帝无恶意,此酒可饮也。"先自饮之,道成亦饮,尽欢而散。喜还朝,保证道成无二,帝乃释然。俄而,征道成入朝,左右以朝廷方诛大臣,劝勿就征。道成曰:"诸卿殊不见事,主上自以太子稚弱,翦除诸弟,何关他人!今日惟应速发,若淹留顾望,必将见疑。且骨肉相残,自非灵长之祚,祸难将兴,方与卿等戮力耳。"遂星夜赴都。既至,拜散骑常侍、太子左卫率。先是帝在藩,与褚渊相善。及即位,深相委仗,至是疾甚。渊方为吴郡太守,急召之。渊既至,入见帝于寝殿。帝流涕谓曰:"吾近危笃,故召卿,欲使卿著黄裲①耳。"黄裲者,乳母之服,以托孤之任寄之也。渊惶惧受命。夏四月己亥,帝大渐,以桂阳王休范为司空、褚渊为左仆射、刘勔为右仆射,与尚书令袁粲、刘秉,并受顾命。渊素与道成相善,引荐于上,诏又以道成为右卫将军,与袁粲等共掌机事。是夕,帝见休仁执剑入内,惊问左右曰:"建安何以来?"左右答不见。继而连呼曰:"司徒宽我!司徒宽我!"遂崩。

庚子,太子昱即皇帝位,时年十岁。朝政皆委袁粲、褚渊。二人承明帝奢侈之后,务行节俭,而阮佃夫、杨运长等用事,货赂公行,不能禁也。一日,群臣在朝,方议国事,忽有大雷戍主驰檄到京,报称桂阳王休范反于江州,帅兵十万,昼夜东下。当是时,幼主初立,群情未附,武备废弛,忽闻休范作乱,人心皇皇,上下危惧。乃召在位大臣共集中书省,计议守战之事。众臣面面相视,茫无定见。道成慷慨言曰:"昔上流谋逆,皆因淹缓至败。休范必远征前失,轻兵急下,乘我无备,所谓疾雷不及掩耳也。今应变之术,不宜远出,若偏师失律,则大沮众心。宜顿兵新亭、白下,坚守宫城及东府石头,以待贼至。千里孤军,后无委积,求战不得,自然瓦解。我请顿新亭以当其锋。"顾谓张永曰:"征北守白下。"指刘勔曰:"领军屯宣阳门,为诸军节度。诸贵安坐殿中,不须竞出。我自破贼必矣。"因索

---

① 裲(luó)——女人上衣。

笔下议，众并注同。中书舍人孙千龄阴与休范通谋，独曰：“宜依旧法，遣军据梁山。”道成正色曰：“贼今已至近，梁山岂可得至？新亭既是兵冲①，所欲以死报国耳。常时乃可曲从，今不能也。”离坐起，执刘勔手曰：“领军既同鄙议，不可改易。勔许之。于是道成出顿新亭，张永屯白下，卫尉沈怀明戍石头，袁粲、褚渊入卫殿省。时仓促不暇授甲，开南北二武库，随将士所取。及道成至新亭，治营垒未毕，果报休范前军已至。

　　你道休范为何而反？盖休范素凡讷，少知解，不为诸兄所齿，物情亦不向之，故明帝之末，得免于祸。及苍梧即位，年在幼冲，素族秉政，近习用事，休范自谓尊亲莫二，立入为宰辅。既不如志，怨愤颇甚。其谋主许公舆，令休范折节下士，厚相资给。于是远近赴之，岁收万计，畜养才勇，缮治器械。会夏口阙镇，休范以为必属于己。朝廷又以晋熙王燮为郢州刺史，配以兵力，俾镇夏口。休范闻之益怒，密与许公舆谋袭建康。公舆以为“兵宜速进，朝廷即闻吾反，商议出兵，不能一时即决，而我兵已捣建康。建康一得，余郡自服。”休范从之，乃悉起江州之兵，使大将丁文豪、杜黑蠡为前锋，兼程而进。哪知已被道成料着。贼至新林，道成方解衣高卧，以安众心。徐索白虎幡，登西垣，督众拒守。休范有勇将萧惠朗，乘初至之锐，帅敢死士数百人突入东门，杀散守卒，直至射堂。城中皆避其锋，道成亲自上马，帅麾下搏战。偏将陈显达从后击之，惠朗乃退。许公舆又为休范谋曰：“我众敌寡，不必聚攻一处。王今留攻新亭，而遣丁文豪、杜黑蠡，各领精骑直趋建康。新亭破，则建康愈危；建康破，则新亭不攻自下。”休范从之。正是：兵临濠下威风大，将到城边战伐深。未识建康若何御之，且听下文分解。

---

① 兵冲——军事要地。

第 十 四 卷
辅幼主道成怀逆　殉国难袁粲捐身

　　话说休范自以大众攻新亭，而别遣文豪、黑蟊直捣建康。文豪大破台军于皂荚桥，时王道隆将羽林兵在朱雀门内，急召刘勔来助。勔至朱雀门南，命撤桁以折南军之势。道隆怒曰："贼至但当急击，奈何撤桁示弱？"勔亦愤，遂渡桁南，亲自搏战。那知战阵方合，被黑蟊一骑冲来，斩于马下。兵士散乱，道隆不能支，亦弃众走。黑蟊追杀之。黄门郎王蕴负重伤，踣于御沟之侧，或扶之以免。于是中外大震，白下、石头之众皆溃。张永、沈怀明逃还宫中，争传新亭亦陷。孙千龄开承明门出降。太后执帝手泣曰："天下败矣！"先是月犯右执法，太白犯上将，或劝刘勔避职。勔曰："吾执心行己，无愧幽明。若炎眚①必至，避岂得免？"又勔晚年颇慕高尚，立园宅，名为"东山"，遗落世务，罢遣部曲。道成曾谓之曰："将军受顾命，辅幼主，当此艰难之日，而深尚从容，废省羽翼，一朝事至，悔可追乎？"勔不从，而果败死。

　　话分两头。道成与休范拒战，自晡达旦，矢石不息。其夜大雨，鼓角不复相闻，将士积日不得寝食，军中马夜惊，城内乱走。道成秉烛危坐，厉声呼叱，如是者数四，乃定。明日复战，外势愈盛，众皆失色。道成曰："贼虽多而乱寻，当破矣。"其时麾下有勇将两员，一姓黄名回，一姓张名敬儿。敬儿，南阳人。少便弓马，有胆气，好射猛兽，发无不中。素无赖，家贫，佣于城东吴泰家。泰有爱婢，敬儿与之通。事发，泰欲杀之，逃于空棺中，以盖加上，乃免。后得志，诬泰通袁觊为逆，明帝杀泰，籍其家，僮役财货，敬儿皆有之。先所通婢，即以为妾。初，敬儿母卧于田中，梦犬子有角，舐其阴处，遂有孕而生敬儿。故初名狗儿。明帝嫌其名鄙俚，改为敬儿。时从道成守新亭，与黄回共立城上，望见休范白服乘肩舆，以数十人自卫，登城南观战。敬儿谓回曰："彼可诈而取也。"回曰："卿可取之，我

_____
①　炎眚(shěng)——灾祸。

誓不杀诸王。”敬儿以白道成，道成曰：“卿能办此，当以本州相赏。”敬儿
乃与回并出城南，放仗走，大呼称降。休范喜，召至舆前。黄回阳①至密
意，休范信之，置二人于左右，命进酒。饮至半酣，笑呼道成名曰：“尔腹
心已溃，何可乃尔！”回见休范无备，目敬儿，敬儿遂夺休范防身刀，斩休
范首。左右皆惊走。敬儿提头嫚骂，与回奔归新亭。道成得首，便差队主
陈灵宝持送建康。灵宝行至中道，恰逢西兵阻路，弃首于水，挺身到京，唱
云已平，而无以为验。众莫之信。休范将士亦不之知，进战愈力，俄而其
众知休范已死，稍欲退散。文豪厉声曰：“我独不能定天下乎！”因诈称休
范已杀道成，据新亭矣。士民惶惑，乘夜诣新亭垒，投刺者以千数，道成皆
焚之。登北城谓曰：“刘休范昨已就戮，尸在南冈下，身是萧平南，诸君谛
视之。名刺皆已焚，卿等勿怀忧惧也。”众皆愕然而散。道成知台军屡
败，急遣陈显达、张敬儿将兵自石头济淮，从承明门入卫宫省。于是台军
之气亦振，大破贼众，遂斩丁文豪、杜黑蠡于宣阳门，余皆窜走。斯时道成
在军，见大势已宁，亦即整旅还都。百姓缘道聚观，皆曰：“全社稷者，此
公也。”及入朝，拜为中领军、兖州刺史，留卫京师。与袁粲、褚渊、刘秉更
日入直，号为“四贵”。今且按下。

　　却说苍梧王之为太子也，年六岁，始就学，而惰业嬉戏，师不能禁。好
缘漆帐竿，去地丈余，久之乃下。年渐长，喜怒益乖。左右有失旨者，辄手
加扑打，蓬首跣足，蹲踞于地，以此为常。明帝屡敕陈太妃痛捶之。及即
位，内畏太后，外惮诸大臣，犹未敢纵逸。自加元服，变态百出，好出外游
行，太妃每乘青犊车，随路检摄，其后渐自放恣，太妃亦不能禁。始出宫，
犹整仪卫，俄而弃车骑，帅左右数人，或出郊野，或入市廛②，或往营署，与
嬖人解僧智、张五儿等恒相驰逐。夜开承明门以出，夕去晨返，晨出暮归。
从者并执戈矛，路逢行人男女及犬马牛驴，随手刺死，无一免者。民间扰
惧，商贩皆息，门户昼闭，行人道绝。至针椎凿锯之徒，不离左右。尝以铁
椎椎人阴囊，囊破裂，左右见之，有敛眉闭目者，苍梧大怒，令此人袒胛正
立，以矛刺之，洞胛而过。大内耀灵殿，本明帝临政之所，养驴数十头于
内。己所乘马，养于御床侧。又知己非帝子，为李道儿所生，每出入去来，

---

　①　阳——同“佯”。假装，假意。
　②　市廛(chán 音缠)——集市。

常自号"李将军"。京营有女子,年十五六,性痴憨,驾至不避,从旁嬉笑。苍梧便入其屋,不避左右,与之苟合。女亦全不愧惧,任其所为,遂大悦。自是往来无间,人谓之"路嫔墙妃",又性极好杀,一日不杀人,则惨惨不乐。殿省忧惶,食息不保。阮佃夫惧蹈不测,谋候其驾出游,称太后令,闭城门,执而废之,立安成王准。事觉,收佃夫诛死,寸斩其家属。或有告朝臣杜幼文、沈勃、孙超亦与佃夫同谋,遂帅卫士自掩三家,刳解脔割,婴孩不免。时沈勃居丧在庐,左右未至,帝挥刀独前,勃知不免,手搏其耳,唾骂之曰:"汝罪逾桀纣,屠戮无日,恨吾不获见之。"遂死。会端午,太后赐帝毛扇,怒其不华,令太医煮药,欲鸩太后。左右止之曰:"若行此事,陛下便应作孝子,岂复得出入狡狯?"帝曰:"汝语大有理。"乃止。凡诸鄙事,过目则能。锻炼金银,裁衣做帽,莫不精绝。未尝吹篪①,执管便韵。自造露车一乘,其上施篷,乘以出入,其捷如飞,羽仪追之不及。又各虑祸,不敢追寻,唯整部伍,别在一处瞻望。尝直入领军府,天时盛热,道成解衣袒腹,昼卧堂中。见帝至,仓皇起立。帝指曰:"好大腹。"遂命立于室内,画其腹为的,持弓引满射之。道成敛手曰:"老臣无罪。"左右王天恩曰:"领军腹大,是佳射堋②,一箭便死,后无复射,不如以骲箭③射之。"帝乃更以骲箭射,正中其脐,投弓大笑曰:"此手何如?"又尝自磨刀曰:"明日杀萧道成。"陈太妃骂之曰:"萧道成有功于国,若害之,谁复为汝尽力?"乃止。道成忧惧,密与袁粲、褚渊谋曰:"幼主所为如此,不惟吾等不免,社稷亦不可保。不先废之,后悔奚及。"粲曰:"主上幼年,微过易改。伊、霍之事,非季世所行。纵使功成,亦终无全地。"渊默然。功曹纪僧真言于道成曰:"今朝廷猖狂,人不自保。天下之望,不在袁、褚,公岂得坐受夷灭?"道成然之,寄书萧赜,令为之备。

却说赜字宣远,道成长子也。方生之夕,母陈氏梦有龙据屋上,故又字龙儿。即齐世祖武皇帝也。初为寻阳郡赣邑令,值晋安王反,赜不从,被执下狱。众皆散。门客桓康骁勇多力,装筐篮为担,一头坐了夫人裴氏,一头坐了两位公子,挑之以逃,匿深山中,继与萧欣祖会集旧伴四十余

---

① 篪(chí)——古代一种用竹管制成的乐器。
② 堋(péng)——此处作"靶"。
③ 骲(bào)箭——骨镞箭。

人，袭破郡城，救之出狱。及郡兵来追，桓康拒后力战，手斩其将，追兵乃退。及晋安既平，朝廷征颎入京，拜为尚书库部郎，至是为晋熙王长史，行郢州事。道成欲使以郢州兵为援，故报之。道成又欲出奔广陵起兵，使人密告冀州刺史刘善明、东海太守垣荣祖。荣祖，字华先，少好武，骑射绝伦，尤善弹。尝登西楼，见鸿鹄翔于云中，谓左右曰："吾当生取之。"弹其两翅，毛尽脱，鹄坠地，养其毛复长，纵之飞去，其妙如此。与刘善明皆道成腹心也。善明报以书曰："宋氏将亡，愚智共知。公神武高世，唯当静以待之，因机奋发，功业自定，不可远去根本，自贻后悔。"荣祖亦报曰："领府去台百步，公走人岂不知？若单骑轻行，广陵人闭门不受，公欲何之？公今动足下床，恐即有叩台门者，大事去矣。"道成虽得二人言，尚怀犹豫。纪僧真曰："二人之言是也。主上虽无道，国家累世之基，犹为安固。公百口北渡，必不得俱，纵得广陵城，天子居深宫，施号令，目公为逆，何以避之？此非万全之计也。况今幼主出入无常，每好单行道路，于此立计，易以成功。外州起兵，鲜有克捷。"道成乃止。

有王敬则者，临淮人，少贫贱。母为女巫，常谓人云："敬则生时，胞衣紫色，应得鸣鼓角。"人笑之曰："汝子得为人吹角可矣。"性倜傥不羁，好刀剑，尝与暨阳县吏斗，谓曰："我若得为暨阳令，当鞭汝小吏背。"吏唾其面曰："汝得暨阳县，我亦得司徒公矣。"平时善拍张①，以勇力补刀戟卫士。前废帝常使敬则跳刀，高出白虎幢五六尺，跳罢，仍抚髀拍张，儇捷②异常。后补暨阳令，昔日斗吏亡叛，勒令出见，曰："我得暨阳令，汝何时得司徒公耶？"其人叩头谢罪。敬则曰："尔亦壮士，吾不汝责也。"至是为越骑校尉，见帝无道，欲自结于道成。夜着青衣，扶匐路侧，听察帝之往来。复阴结内廷杨万年、陈奉伯等为内援，专伺得间，即便行事。

是时，苍梧荒淫益甚，每往来寺院中。城西有青园庵，乃女尼所居。房宇深邃，徒众数十。一日，帝突至其处，群尼仓皇跪接。帝视之曰："是皆秃耳。"见一幼尼尚未剃发，貌颇娟好，问之曰："尔在此何欲？"对曰："欲修行耳。"帝笑曰："恐所欲不在是。"便携之入室，裸而淫之。又令左右择尼中年少者，遍淫之，问曰："此举何如？"左右曰："此举是陛下大功

---

① 拍张——杂技名。表演者伸臂于空中接刀。
② 儇（xuǎn）捷——轻捷灵便的样子。

德。"遂大笑而散。又有一道人,名昙度,素无赖,与之亲善。一夜,行至领军府前,左右曰:"一府皆眠,帝何不缘墙而入,杀其一家?"帝曰:"我今夕欲与一处作耍,无暇为此,宜待明夕。"遂去。明日乘露车,与左右向台冈赌跳,仍往青园尼寺,留连半日,晚至新安寺偷狗,就昙度道人煮之,坐地而饮,酣醉如泥。左右扶之还宫,寝于仁寿殿内。有杨玉夫者,常得帝意,出入必与偕。至是忽憎之,见辄切齿,骂曰:"明日当杀此子,取肝肺,和狗肉食。"是夜为七月七日,临睡,吩咐玉夫曰:"汝于庭中伺织女度河,见即报我,不见则杀汝。"玉夫大惧,乃与杨万年、陈奉伯伺帝熟寝,潜取帝防身刀刎之,时年十五。

先是,帝出入无时,省内诸阁,夜皆不闭。群下畏相逢值,莫敢出走,宿卫并逃避,内外莫相禁摄。故帝虽被弑,无一觉者。乃令陈奉伯袖其首,依常行法开承明门出。遇王敬则于外朝,遂以首付之,使报道成。敬则驰诣领军府,叩门大呼曰:"大事已定,领军速即入朝。"道成犹虑苍梧诳之,不敢开门。敬则耸身墙上,投其首以示道成。道成洗视之,果帝首,大喜,便戎服乘马而出,偕敬则入宫。至承明门,诈称驾还。敬则恐内人觇见,以刀环塞门孔处,呼门甚急。门吏开门迎之,只道帝归,俱伏地震慑,不敢仰视。道成入殿,殿中惊骇,既而闻苍梧已死,咸称万岁。

及旦,道成整宿卫,出立殿庭槐树下,以太后令召袁粲、褚渊、刘秉,入朝会议。三人既至,闻帝已被弑,皆惊愕不敢发言。道成谓秉曰:"此使君家事,何以断之?"秉未答,道成须髯尽张,目光如电。秉惧曰:"尚书众事,可以见付,军旅处分,一委领军。"道成又让袁粲,粲亦不敢当。王敬则拔白刃,在殿前跳跃曰:"天下事,皆应关萧公,敢有开一言者,血染敬则刃!"手取白纱帽,加道成首,令即位,曰:"今日谁敢复动,事须及热。"道成正色呵之曰:"卿都不自解。"粲欲有言,敬则叱之,遂不出口。褚渊曰:"非萧公无以了此。"手取事状授道成。道成曰:"相与不肯,我安得辞。"乃下议立安成王为帝。作太后令曰:

昱以冢嗣①登皇统,庶其体识日宏,社稷有寄。岂意穷凶极悖,日月滋甚,加以犬马是狎,鹰隼是爱,单骑远郊,独宿深野,趋步阛

---

① 冢嗣——嫡长子,即太子。

阛①，酣歌垆肆，淫人子女，掠人财物，手挥矛铤，躬行刿斲。自昔辛、癸②，爰及幽、厉③，方之于此，未譬万分。民怨既深，神怒已积，七庙④阽危，四海褫气⑤。废昏立明，前代令范。况乃灭义反道，天人所弃者哉！故密令萧领军潜运明略，幽显协规，普天同泰。骠骑大将军安成王准体自太宗，地隆亲茂，皇历攸归。宜光奉祖宗，临享万国，便依旧典，以时奉行。

于是备法驾，诣东府，迎安成王准即皇帝位，时年十一，是为顺帝。降封昱为苍梧王，葬之郊坛西。自是军国大事，皆听道成处分。封杨玉夫等二十五人为侯。

先是刘秉初退朝，其从弟刘韫迎而问之曰："今日之事，当归兄否？"秉曰："吾等已让领军矣。"韫拊膺叹曰："兄肉中讵有血耶？今年族矣。"秉默然。然犹谓尚书一官，万机根本，以宗室居之，则天下庶可无变。既而道成当国，布置心膂，与夺自专。褚渊素相凭附，秉与袁粲，阁手仰成矣。

却说袁粲，字景倩，陈郡阳夏人。早丧父，祖母哀其孤幼，名之曰"愍孙"。少好学，有清才，不以权势为重。平素每有朝命，常固辞，逼切不得已，方就职。至是知道成有不臣之志，阴欲图之。诏使出镇石头，即时受命。又荆州刺史沈攸之在明帝时，与道成同直殿省，深相亲善。道成有女，攸之娶为子妇。其在荆州，有言其反者，道成力保其不反，攸之深以为感。及苍梧遇弑，道成遣其长子元琰，以苍梧刿繫之示之。攸之知道成将篡位，大怒，谓左右曰："吾宁为王陵⑥死，不为贾充⑦生。"然犹未暇举兵，乃上表称庆。时张敬儿为雍州刺史，素与攸之、司马刘攘兵善，疑攸之

---

① 阛阓（huán huì）——指市井。

② 辛、癸——商纣和夏桀。纣名受辛，桀名履癸，俱为历史上有名的暴君。

③ 幽、厉——周幽王和周厉王，暴君。

④ 七庙——指帝王供奉七代祖先的宗庙。

⑤ 褫（chǐ）气——丧失胆气。犹言夺气。

⑥ 王陵——西汉沛县人，汉高祖时官至右丞相。吕后欲封诸吕为王，王陵以为不可。后杜门不出，十年而卒。

⑦ 贾充——西晋大臣。曹魏时任大将军司马，参与司马氏代魏的密谋。晋时任司空、尚书令，以一女为太子妃，一女为齐王妃。

有异,密以问攘兵。攘兵无所言,寄敬儿马灯一只以示意。敬儿乃密为之
备。攸之有素书十数行,常藏于谱裆①角,云是明帝与己约誓,不忍坐视
国亡。其妾崔氏谏曰:"官年已老,那不为百口计?"攸之指谱裆角示之。
又会集诸将云:"顷太后使至,赐我以烛,剖之得太后手令,云社稷之事,
一以委公。吾不可负太后命,扶危定倾,愿与诸君任之。"众皆应命,乃遗
道成书曰:

> 少帝昏狂,宜与诸公密谋商议,共白太后,下令废之。奈何交结
> 左右,亲行弑逆? 乃至积日不殡,流虫在户,凡在臣下,谁不惋骇。又
> 移易朝旧,布置亲党,宫阁管籥②,悉关家人。吾不知子孟、孔明③之
> 遗训固如此乎? 足下既有贼宋之心,吾宁敢无包胥④之节耶!

书去,即建牙勒兵。盖攸之素蓄士马,资用充积,甲士十万,铁骑三
千,兵势甚盛。乃遣辅国将军孙同为前锋,余军相继东下。道成闻其兵
起,即自入守朝堂,命其子萧凝代镇东府,萧映出镇京口,内外戒严,以右
卫将军黄回为郢州刺史,督军讨之。先是道成以世子赜为晋熙王燮长史,
修治器械,以防他变。及徵燮为扬州,以赜为右卫将军,与燮俱下。命柳
世隆行郢州事。赜将行,谓世隆曰:"攸之一旦为变,焚夏口舟舰,沿流而
东,不可制也。若得攸之留攻郢城,君守于内,我攻于外,破之必矣。"世
隆领命。及攸之起兵,赜方行至湓口,欲敛兵守之。众将皆劝倍道趋建
康,赜曰:"湓口地居中流,密迩畿甸,若留屯湓口,内卫朝廷,外援夏口,
保据形胜,控制西南。今日至此,天所使也。"或疑城小难固,赜曰:"苟众
心齐一,江山皆城隍也,何患城小!"乃送晋熙王归郢州,而己则留镇湓
口,遣使密报道成。道成闻之,喜曰:"真吾子也。"乃以赜为西讨都督。

话分两头。湘州刺史王蕴遭母丧,罢归,路过巴陵,与攸之深相结。
还至京师,乃与袁粲、刘秉、刘韫谋诛道成,而黄回、孙昙权、卜伯兴等皆与

---

① 谱(liǎng)裆——古代衣饰,形似今之背心,前幅当胸,后幅当背,故名。
② 管籥(yuè)——锁匙。
③ 子孟、孔明——汉代的霍光与三国时诸葛亮。霍光,字子孟,受遗诏辅政;诸
　葛亮,字孔明,曾受刘备托孤之重。二人俱为辅幼主登位的佐命大臣。
④ 包胥——申包胥,春秋时楚国贵族。公元前506年,吴国破楚,申包胥赴秦
　求救,在宫廷痛哭七日七夜,终使秦发兵救楚。

通谋。当是时，刘韫为领军将军，入直门下省，卜伯兴为直阁，黄回出屯新亭，粲等定计，矫太后令，使韫与伯兴帅宿卫兵，攻道成于朝堂，黄回等为外应，刘秉等并走石头。谋既定，将以告褚渊，众谓渊与道成素善，不可告。粲曰："渊与彼虽善，岂容大作同异？今若不告，事定，便应除之。"乃以谋告渊。渊即告道成，道成闻之，乃使薛渊往石头，阳为助粲，阴实防之。薛渊涕泣拜辞。道成曰："卿近在石头，日夕去来，何悲之甚？"对曰："不审公能保袁公共为一家否？今往，与之同则负公，不同则立受祸。何得不悲？"道成曰："所以遣卿者，正谓能尽临事之宜，使我无西顾忧耳。但当努力，无复多言。"道成既遣薛渊防外，又恐内变难制，乃以王敬则为直阁，与卜伯兴共总禁旅。戒之曰："有变先杀伯兴、刘韫。"敬则领命而去。

是时，粲与诸人本期三申之夜，内外并发，而刘秉怯扰不知所为，才及晡后，即束行装，嗳羹写胸上，手振不自禁。日未暗，载妇女尽室奔石头，部曲数百，赫奕满道。既至见粲，粲惊曰："何事遽来？今败矣！"秉曰："得见公，万死无憾。"孙昙权闻之，亦奔石头，乃大露。道成密使人告敬则。时阁门已闭，敬则欲开阁出，卜伯兴严兵为备。敬则乃锯所止屋壁得出，至中书省，帅禁兵收韫。韫已戒严，列烛自照，见敬则猝至，惊起迎之曰："兄何夜顾？"敬则呵之曰："小子那敢作贼！"韫惶急，走抱敬则。敬则拳殴其颊，仆地，乃杀之。伯兴仓皇出，敬则亦迎而杀之。王蕴闻刘韫死，叹曰："事不成矣。"狼狈率部曲数百，向石头。薛渊据门射之，蕴谓粲已败，即散走。道成又遣其将戴僧静帅数百人向石头，自仓门入，与薛渊并力攻粲。孙昙权御之，殊死战，杀台军百人，僧静乃分兵攻府西门，纵火焚之。粲与秉在城东门，见火起，秉不顾粲，即逾城走。粲亦下城，欲还府，谓其子最曰："本知一木不能止大厦之崩，但以名义至重不忍负耳。"僧静乘暗独进，来杀袁粲。最在粲后，觉有追逐声，急以身卫父。僧静直前斫之，最仆地。粲谓最曰："我不失忠臣，汝不失孝子，亦何害？"遂父子俱死。百姓哀之，为之谣曰："可怜石头城，宁为袁粲死，不作诸渊生。"但未识粲死之后，宋事作何结局，且听下回分解。

第十五卷
沈攸之建义无成 萧绍伯开基代宋

话说袁粲死后，党与瓦解。刘秉走至额担湖，追兵斩之。王蕴、孙昙权皆被获诛死。唯黄回期于诘旦领兵为应，闻事泄，不敢发。道成抚之如旧。

粲有门生狄灵庆，平时解衣推食，待之甚厚。及粲死，一门尽诛，遗下一儿，仅数岁，乳母窃之以逃。念无可投者，唯灵庆一家，素受袁氏厚恩，携儿投之，求其庇护。灵庆曰："吾闻朝廷构袁氏儿，悬千金赏。今来吾家，富贵到矣。"因即抱儿出首。乳母呼曰："天乎！公昔有恩于汝，故冒死远投，汝奈何欲杀郎君以求重赏？若天地鬼神有知，我见汝灭族不久。"先是儿在时，常骑一大㺜狗①嬉戏，朝夕相随。死后，灵庆常见袁儿跳跃堂上，或怒目视，家中器物常颠倒。本期朝有重赏，那知道成亦薄其为人，绝不加赏。灵庆已失望。一日，忽见一狗走入其家，遇之于堂，猝起而噬其喉。灵庆仆地，狗至死不放，灵庆遂死。未几，妻与子相继没。此狗即儿所骑大㺜狗也。人以为灵庆之负恩，不若狗之报主云。今且按下不表。

再说沈攸之遣其将孙同以三万人为前驱，刘攘兵以二万继后，分兵出夏口，据鲁山，自恃兵强，颇有骄色。以郢城弱小，不劳攻取，遣人告柳世隆曰："被太后令，当暂还都，卿即相与奉国，相得此意。"世隆不答。其将宗俨之劝攻郢城，臧寅止之曰："不可。郢城虽小而地却险。攻守势异，非旬日可援。若不时举，徒然挫锐损威。今顺流长驱，计日可捷。既倾根本，则郢城岂能自固？"攸之从其计，留偏师攻郢城，自将大军东下。世隆欲诱之来攻，置阵于西渚挑战，又遣军士于城楼上大声肆骂，且秽辱之。攸之怒，改计攻城，令诸军登岸，烧郭邑，筑长围，昼夜攻战。世隆随宜拒应，攸之不能克。

---

① 㺜（néng）狗——多毛的狗。

　　是时，内难虽平，外患未已，道成昼夜忧惧，问于参军江淹曰："天下纷纷，君谓何如？"淹曰："成败在德，不在众寡。公雄武有奇略，一胜也。宽容而仁恕，二胜也。贤能毕力，三胜也。民望所归，四胜也。奉天子以伐叛逆，五胜也。攸之力锐而器小，一败也。有威而无恩，二败也。士卒解体，三败也。搢绅①不怀，四败也。悬兵数千里，而无同恶相济，五败也。虽豺狼十万，终为我获。"道成笑曰："君言过矣。"刘善明亦言于道成曰："攸之收众聚骑，造舟冶械，包藏祸心，于今十年。性既险阻，才非持重，而起逆累旬，迟回不进。一则暗于兵机，二则人情离怨，三则有掣肘之患，四则天夺其魄。本虑其剽勇轻速，掩袭未备，决于一战。而留攻郢城，以淹时日，今六师齐奋，诸侯同举，此笼中之鸟耳，不足虑也。窃以黄回素怀异志，假以强兵，恐劳公虑耳。"道成曰："其罪未彰，吾不忍废。且彼无能为也。"于是道成出屯新亭。

　　却说沈攸之尽锐攻郢城，柳世隆乘间屡破之。萧赜引兵据西塞，为世隆声援。时范云为郢府法曹，以事出城，为攸之军士所获。攸之使送书入城，饷世隆犊一羫②，鱼三十尾，皆去其首。城中欲杀之，云曰："老母弱弟，悬命沈氏，若违其命，祸必及亲。今日就戮，甘心如荠。"乃释之。先是攸之素失人情，但劫以威力，初发江陵，已有逃者。及攻郢城三十余日不拔，逃者稍多。攸之日夕乘马，历营抚慰，而去者不息。于是大怒，召诸将吩咐曰："我被太后令，建义下都。大事若克，诸君定获封侯之赏，白纱帽共著耳。如其不成，朝廷自诛我百口，不关余人事。近来军人叛散，皆卿等不以为意。我亦不能问叛身，自今军中有叛者，军主任其罪。"令一出，众皆疑惧。于是一人叛，遣人追之，亦去不返，莫敢发觉。刘攘兵虽为攸之将，心怀反复。一日，手下军人亦有逃去者，惧坐其罪，密以书射入城中请降。世隆约开门以候。是夜，攘兵烧营而去。军中见火起，争弃甲走，将帅不能禁。攸之闻之怒，衔须咀之，收攘兵侄刘天赐、女婿张平虏斩之。向旦，帅众过江，至鲁山，军遂大散，诸将皆走。臧寅曰："不听吾言，至有此日。但幸其成，而弃其败，吾不忍为也。"遂投水死。攸之犹有数十骑自随，宣令军中曰："荆州城中大有钱，可共还取以为资粮。"时郢城

①　搢(jìn)绅——官吏。
②　羫(qiāng)——量词，头。

尚无追军，而散军亦畏抄杀，更相聚结，可二万人，随攸之还江陵。那知张敬儿乘攸之东下，即起雍州之众，来袭其城。攸之子元不能抗，遂弃城走，为人所杀。其城已为敬儿所据。攸之士卒闻之，未至江陵百余里，皆散。攸之无所归，走至华容界，遂自缢。村民斩其首，送江陵。敬儿擎之以楯①，覆以青伞，狗②诸市郭，乃送建康；既而悉诛其亲党，收其财物数十万，皆以入私。

初，边荣为府录事所辱，攸之为荣鞭杀录事，荣感其恩，誓以死报。及敬儿兵来，荣为留府司马，或劝诣敬儿降。荣曰：“受沈公厚恩，共此大事。若一朝缓急，便易本心，吾不能也。”城破，军士执见敬儿，敬儿曰：“边公何不早来？”荣曰：“沈公见留守城，不忍委去。本不祈生，何须见问？”敬儿曰：“死何难得！”命斩之，荣欢笑而去。荣客程邕之见荣将斩，前抱之曰：“与边公同游，不忍见边公死，乞先见杀。”兵人不得行戮，以白敬儿。敬儿曰：“求死甚易，何为不许？”命先杀之，然后及荣。见者莫不垂泣曰：“奈何一日杀二义士？”

却说道成闻捷，还镇东府，下令解严。以柳世隆为尚书右仆射，萧赜为江州刺史，萧嶷为中领军，褚渊为中书监。凡朝廷要职，皆用腹心为之。单有黄回屡怀异志，至京之日，尚拥部曲数千人。道成欲收之，恐致乱，乃托以宴饮，召入东府，伏甲斩之。由是异己悉除，内外咸服，骎骎③乎有代宋之势矣。

且说南朝最重闻望，时长史谢𤅢负盛名，道成欲引之参赞大业。深夜召之，屏人与语，久之，𤅢无一言。唯二小儿执烛侍，道成虑𤅢难之，取烛置几上，遣儿出，挑之使言，𤅢又无语，乃呼左右，不乐而罢。右长史王俭知其指，他日请间，言于道成曰：“功高不赏，古今非一。以公今日位地，欲终北面得乎？”道成正色裁④之，而神采内和。俭因曰：“俭蒙公殊纹，所以吐所难吐，何赐拒之深？宋氏失德，非公岂复宁济。但人情浇薄，不能持久。若小复推迁，则人望去矣。岂惟大业永沦，七尺亦不可保。”道成

---

① 楯(dùn)——同“盾”，盾牌。
② 狗(xùn)——示众。
③ 骎骎(qīn)——进行得很快的样子。
④ 裁——制止。

曰:"卿言不无有理。"俭又曰:"公今名位,尚是经常宰相,宜体绝群后,微示变革。俭请衔命,先令褚公知之。"道成曰:"少日我当自往,卿不须去也。"俭乃退。

却说俭字仲宝,祖昙首,父僧绰。僧虔、僧达,皆其叔也。昙首暇日,尝集子孙于一堂,任其戏嬉。僧达跳下地,作彪子形。僧虔累围棋子十二,既不坠落,亦不复加。僧绰采蜡珠为凤凰,僧达夺取打坏,亦复不惜。昙首叹曰:"僧达俊爽,当不减人。然亡吾家者,必此子也。僧绰当羽仪王国,福泽之厚,终不如僧虔。"后皆如其言。俭生未期,而僧绰遇害,为僧虔所抚养。性笃学,手不释卷。年数岁,便有宰物之志,赋诗曰:"稷契匡虞夏①,伊吕翼商周②。"宾客咸称美,僧虔曰:"我不患此儿无名,政恐名太盛耳。"一日,袁粲见之曰:"此宰相种也。栝柏豫章③,虽小已有栋梁气矣,终当任人家国事。"僧虔尝有书诫俭曰:"重华无严父④,放勋无令子⑤,亦各由己耳。王家门中,优者龙凤,劣犹虎豹。祖宗不能为汝荫,政应自加努力。"俭因此益自励。至是为太尉右长史,知道成将代宋,欲辅成其业,以建不世之勋,故汲汲劝其受禅。

越一日,道成自造褚渊,携手入室,款语良久,乃谓曰:"我夜梦得官。"渊曰:"今授始尔,恐一二年间,未容便移。且吉梦未必应在旦夕。"道成还以告俭,俭曰:"褚是未达理耳。且褚虽位望隆重,不过一惜身保妻子之人,非有奇才异节。公有所为,彼必不敢立异,俭能保之。"乃倡议加道成重爵,体绝群臣,以议报渊,渊果无违异。丙午,诏进道成太傅、假黄钺、大都督中外诸军事,兼领扬州牧,剑履上殿,入朝不趋,赞拜不名。又道成心重谢瀹,必欲引参佐命,拜为左长史。尝置酒与论魏、晋故事,因

① 稷契匡虞夏——稷,后稷,传说为周的先祖,唐虞之时(即舜之时)为农官;契,传说中商的祖先,曾助夏禹治水有功。
② 伊吕翼商周——伊,伊尹,商初大臣,帮助商汤攻灭夏桀;吕,吕尚,即民间传说姜子牙,辅助周武王灭商。
③ 栝(guā)柏豫章——栝柏,桧树与柏树;豫章,树名,樟树之类。俱为栋梁之材。
④ 重华无严父——重华,虞舜名。舜不知有父,故曰无严父。
⑤ 放勋无令子——放勋,唐尧名。令子,优秀、杰出的儿子。

曰："石苞不早劝晋文①,死方恸哭,非知机也。"簪曰："晋文世事魏室,必将终身北面。借使魏依唐、虞故事,亦当三让弥高。"道成不悦,仍以簪为侍中,更以王俭为左长史。

三月甲辰,以太傅为相国,总百揆,封十郡,为齐公,加九锡,诏齐国官爵礼仪,并仿天朝。甲寅,齐公受策命,赦其境内,以石头为世子宫,一如东宫之制。褚渊求说于齐,引魏司徒何曾为晋丞相故事,求为齐官。齐公不许。以王俭为齐尚书右仆射,俭时年二十八也。四月壬申,进齐公爵为王;辛卯,宋顺帝下诏,禅位于齐。是时帝当临轩,不肯出,逃于后宫佛盖之下。王敬则勒兵殿廷,以板舆②入迎,拔刀指太后曰："帝何在?"太后惧,自率阉人搜得之,帝涕泣不已。敬则启簪③令出,引使登车。帝收泪,谓敬则曰："欲见杀乎?"敬则曰："无恐,出居别宫耳,官先取司马家亦如此。"帝泣而弹指曰："愿后世世世勿复生天王家。"宫中皆哭。帝拍敬则手曰："必无过虑,当饷辅国十万钱。"是日百僚陪位,侍中谢簪在直,当解玺绶,阳为不知,曰："有何公事?"传诏云："解玺绶授齐王。"簪曰："齐自应有侍中。"走至殿侧,引枕卧。传诏惧,使簪称疾。簪曰："我无疾,何所道?"遂朝服步出东掖门,登车还宅。乃以王俭权为侍中,解玺授。礼毕,顺帝乘画轮车,出东掖门,就东邸,问："今日何不奏鼓吹?"左右莫有应者。右光禄大夫王琨在晋世已为郎中,至是攀车后獭尾④,恸哭曰："人以寿为欢,老臣以寿为戚。既不能先驱蝼蚁,乃复频见此事。"呜咽不自胜,百官雨泣。褚渊率群臣奉玺授,诣齐宫劝进。渊从弟炤谓渊子贲曰："司空今日何在?"贲曰："奉玺授,在齐大司马门。"炤曰："不知汝家司空将一家物与一家,亦复何为?"

甲午,王即皇帝位于南郊,是为齐高帝。还宫大赦,改元建元。奉宋顺帝为汝阴王,优崇之礼,皆仿宋初。筑宫丹阳,置兵守之。诸王皆降为公,自非宣力齐室,余皆除国。以褚渊为司徒,宾客贺者满座。褚炤叹曰:

---

① "石苞不早劝晋文"句——石苞,字仲容,晋武帝时官至大司马。晋文,晋文帝司马昭。石苞不早劝司马昭替魏称帝,事见《晋书·石苞传》。
② 板舆——古代老人的一种代步工具。
③ 簪——晓谕。
④ 獭(tǎ)尾——獭,水獭。古代车后面可以站人的长条形脚踏板。

"彦回少立名行,何意披迁至此? 此门户不幸,复有今日之拜。向使彦回作中书郎而死,不当为一名士耶? 名德不昌,乃复有期颐之寿①。"渊固辞司徒之命,不拜,奉朝请。一日,渊入朝,以腰扇障目。有刘祥者,好文学,性气刚疏,轻言肆行,不避高下,从车侧过曰:"作如此举止,羞面见人,扇障何益?"渊曰:"寒士不逊。"祥曰:"不能杀袁、刘,安得免寒士?"指车前驴曰:"驴,汝好为之,如汝人才,可作三公。"渊顾仆曰:"速驱之! 速驱之! 毋听狂言。"时轻薄子,多以名节讥渊,以其眼多白精,谓之"白虹贯日",为宋氏亡征也。河东裴颙上奏,数帝过恶,挂冠径去。帝怒杀之。太子颐请杀谢赟,帝曰:"杀之适成其名,正应容之度外耳。"久之,因事废于家。沛国刘瓛为当时儒学冠,帝以为政之道问之,对曰:"政在《孝经》。凡宋氏所以亡,陛下所以得者,皆是也。陛下若戒前车之失,加之以宽厚,虽危可安。若循其覆辙,虽安必危。"帝叹曰:"儒者之言,可宝万世。"帝性节俭,即位后,不御精细之物,后宫器物栏槛,以铜为饰者,皆改为铁。内殿施黄纱帐,宫人著紫皮履,见主衣中有玉介导,命即打碎,曰:"留此政是兴长疾源。"每曰:"使我治天下十年,当使黄金与土同价。"由是奢侈悉汰,风俗一变。夏五月乙未,或走马过汝阴王之门,卫士恐有为乱者,奔入杀王而以疾闻。上不罪而赏之,并杀宋宗室诸王,无少长皆死。丙寅,追尊皇考曰"宣皇帝",皇妣陈氏曰"孝皇后"。封皇子嶷为豫章王,钧为衡阳王,映为临川王,晃为长沙王,晔为武陵王,詷为安成王,锵为鄱阳王,铄为桂阳王,鉴为广陵王,皇孙长懋为南郡王。立太子颐为皇太子。

却说太子少历艰难,功名素著,自以年长,与帝共创大业,朝事大小悉皆专断,多违制度,内外祗畏,莫敢有言者。侍中荀伯玉密启之,帝大怒,不见太子,欲废之而立豫章王嶷。太子闻之,忧惧称疾,月余不出。而帝怒不解,一日,昼卧太阳殿,王敬则直入叩头,启请驾往东宫,以慰太子。帝不语,敬则因大声宣旨往东宫,命装束。又敕大官设馔,密遣人报太子候驾。因呼左右索舆,帝了无动意。敬则索衣以披帝身,扶帝上舆,遂幸东宫,召诸王大臣宴饮。太子迎帝,游玄圃园。长沙王执华盖,临川王执雉尾扇,竟陵王子良持酒枪②,南郡王长懋行酒,太子与豫章王捧肴馔。

———————————

①　期颐之寿——古代称百岁以上寿命。
②　酒枪——古代暖酒的器具,即酒铛。

帝大悦,酒半,褚彦回弹琵琶,王僧虔弹琴,沈文季歌《子夜歌》①。王敬则脱朝服,去冠挽髻,奋臂拍张,叫动左右。帝笑曰:"岂有三公如此者?"对曰:"臣由拍张,故得三公。今日岂可忘拍张?"帝大笑,赐太子以下酒,并大醉尽欢,日暮乃散。是日微②敬则,太子几废。以故太子德敬则,而怨伯玉。

先是,伯玉少贫贱,卖卜为业。帝镇淮阴,用为参军,所谋皆合,甚见亲信。尝梦帝乘船在广陵北渚,两腋下有翅不飞。伯玉问翅何时飞,帝曰:"尚待三年。"伯玉于梦中叩首祝之,忽有龙出帝腋下,翅皆飞扬,醒以告帝,帝喜。后二年,帝破桂阳,威名大震;五年而废苍梧,大权在握,谓伯玉曰:"卿梦今日验矣。"至是因启太子之过,帝愈信其无欺,使掌军国密事,势倾朝野。每暂休外,轩盖填门。其母死,朝臣无不往吊。褚渊、王俭五鼓往,未到伯玉宅二里许,王侯卿士已拥塞盈巷,至下鼓尚未得前。及入门,又倚厅事久之,方得吊。比出,二人饥乏,气息啜③然,恨之切齿。明日入宫,言于帝云:"臣等所见二宫及斋阁以比伯玉宅,政可设雀罗。怪不得外人有言:'千敕万令,不如荀公一命。'"帝闻而笑之,宠任如故。后太子即位,遂赐死。初,伯玉微时,有善相摹者,谓其父曰:"君墓当出暴贵者,但不得久耳。又出失行女子。"伯玉闻之曰:"朝闻道,夕死可矣。"顷之,伯玉姊当出嫁,是夕,随人逃去,而伯玉卒至败亡。此是余话,今且不表。

却说帝得天下,年齿已高。自践祚以来,勤劳万几,宵旰不息,精神渐减。四年二月乙未,帝不豫;三月庚申,疾益甚,乃召司徒褚渊、左仆射王俭,授遗诏辅政。诏曰:

> 吾本布衣素族,念不到此,因藉时来,遂隆大业,遘疾弥留,至于大渐。公等事太子如事吾,当令敦穆亲戚,委任贤才,崇尚节俭,弘宣简惠,则天下之理尽矣。死生有命,夫复何言!

壬戌,帝崩于临光殿,年五十六。于是群臣奉太子即位,是为武帝。称遗诏,以司徒褚渊录尚书事,左仆射王俭为尚书令、车骑将军,丧礼悉从俭

---

① 《子夜歌》——南朝乐府歌曲。

② 微——倘若没有。

③ 啜(chuò)——疲困。

约，遵遗诏也。庚午，以豫章王嶷为太尉，领扬州牧。

　　武帝诸弟中，豫章最贤，常虑盛满难启，求解扬州。帝不许曰："毕汝一世，无所多言。"嶷尝过延陵季子庙，观沸井，有牛奔突部伍，左右欲执牛主推问，嶷不许。取绢一疋，横系牛角，放归其家。其为政宽厚类如此。时临川王映亦号贤王，帝问其居家何事，映曰："唯使刘献讲《礼》，顾则讲《易》，朱广之讲《庄》、《老》，臣与二三诸彦、兄弟友生，时复击赞，以此为乐。"帝大赏之。他日谓嶷曰："临川为善，遂至于斯。"嶷曰："此大司马公之次弟，安得不尔！"帝以玉如意指嶷曰："未若皇帝次弟，为善更多也。"相与大笑。时帝友爱甚笃，而太子长懋素忌诸叔，故诸王皆不愿与政。未几豫章卒，年四十九，帝甚哀之。王融为铭云："半岳摧峰，中河堕月。"帝见而流涕曰："此正吾所欲言也。"嶷死后，忽见形于沈文季曰："我患痈与痢，未应便死。皇太子于膏中加药数种，使痈不差①，复于汤中加药一种，使痢不断。吾已诉先帝，允帝许还东邸当判此事。向胸前出青纸文书，示文季曰：'与卿相好，为吾呈上。'"言讫不见。文季大惊，秘不敢言。但未识太子有何报应否，且听下回分解。

———————

　　① 差——同"瘥"，病愈。

第 十 六 卷

纵败礼宫闱淫乱　臣废君宗室摧残

话说豫章身故，人皆以得疾而卒，哪知太子暗行毒害。一灵不散，忽见形于沈文季，述其致死之由。文季知之，不敢告人。俄间太子疾，文季谓人曰："太子殆不起矣。"越数日，太子果卒。帝哀痛殊甚。时竟陵王子良好文学，有令望，为帝次子，人皆以储位之归，宜在子良。而帝卒以嫡嗣为重，不立太子而立太孙。

却说太孙名昭业，字元尚，文惠太子长子也。始高帝为宋相，镇东府，昭业年五岁，在床前戏。高帝方对镜，令左右拔白发，问之曰："儿谓我谁耶？"答曰："太翁。"高帝笑谓左右曰："岂有为人作曾祖而拔白发者乎？"即掷镜不拔。及长，美容止，工隶书，武帝特所钟爱，敕皇孙手书，不得妄出，以示贵重。性辨慧，进退音吐，皆有仪度。接对宾客，款曲周至。然矫情饰诈，阴怀鄙慝①。与左右无赖群小二十许人，共衣食，同卧起。当太子在日，每禁其起居，节其用度。昭业谓其妃何氏曰："阿婆，佛法言有福生帝王家。今知生帝王家，便是大罪，左右主帅，动见拘执，不如市边屠酤富儿，反得快意。"尝私就富人求钱，无敢不与。别作钥钩，夜开西州后阁，与左右至营署中淫宴。其师史仁祖、侍书胡天翼相谓曰："皇孙所为若此，若言之二宫，则其事非易。若于营署为异人所殴，岂唯罪止一身，亦当尽室及祸。年各七十，余生宁足吝耶！"数日相继自杀，二宫不知也。所爱左右，皆逆加官爵，书于黄纸，许南面之日，依此施行。侍太子疾，衣不解带。及居丧次，号泣不绝声，见者呜咽。裁②还私室，即欢笑酣饮。常令女巫杨氏祷祀，速求天位。及太子卒，谓由杨氏之力，倍加敬信。武帝往东宫临丧，昭业迎拜号恸，绝而后苏。帝自下舆抱持之，甚嘉其孝。帝以晚年丧子，郁郁不乐，未几有疾。太孙入侍，忧愁惨戚，言发泪下，每

---

① 鄙慝(tè)——卑鄙、邪恶。
② 裁——同"才"。

语及帝躬病重,辄哽咽不自胜,故帝益爱之。时何妃在西州,一日,得太孙手书,别无一语,中央作一大"喜"字,而作三十六小"喜"字绕之。妃知大庆在即,亦暗暗欢喜。俄而诏竟陵王子良,甲仗入延昌殿,侍医药。由是子良日夜在内,太孙间日参承。

却说中书郎王融,字元长,少而神明警慧,其叔王俭谓人曰:"此儿年至三十,名位自立。"常侍帝于芳林园禊宴①,为《曲水诗序》,人争称之。会魏使宋弁来聘,帝以融有才辨,使兼主客接之。弁见其年少,问:"主客年几?"对曰:"五十之年,久逾其半。"弁又云:"闻主客有《曲水诗序》甚佳,愿得一观。"融乃示之。弁读竟,叹曰:"昔观相如《封禅》②,以知汉武之德。今览王生《诗序》,用见齐主之盛。"融曰:"皇家盛明,岂直比踪汉武?更惭鄙制,无以远匹相如。"时称其善对。独其性躁于名利,自恃人地,三十内可望公辅。尝诣王僧岭,值沈昭略在座,不识融,问主人曰:"是何年少?"融闻而不平,谓曰:"仆出于扶桑③,入于旸④谷,照耀天下,谁云不知,而劳卿问!"其高自标置如此。及为中书郎,尝抚案叹曰:"为尔寂寂,邓禹⑤笑人。"又尝过朱雀桁⑥街,路人填塞,车不能行,乃捶车叹曰:"车中乃可无七尺,车前岂可乏八驺⑦。"素与竟陵王子良友好,于是乘帝不豫,为之图据大位。戊寅,帝疾亟暂绝,太孙未入,内外惶惧。融因欲矫诏立子良,及太孙来,融戎服绛衫,立于中书省阁口,断东宫仗不得进。顷之,帝复苏,问太孙何在,因召东宫器甲并入。太孙因见帝痛哭,帝以其必能负荷大业,谓之曰:"五年中一委宰相,汝勿措意。五年外,勿复委人。若自作无成,无所多恨。"临终,复执其手曰:"若忆翁当好作,诏子良善相毗辅。朝事大小,悉与左仆射、西昌侯鸾参怀。"遂殂。

却说鸾字景栖,高帝兄,始安王道生之子也。早孤,为高帝所养,恩过

---

① 禊(xì)宴——魏晋时以农历三月三日为修禊日,是时,人们欢聚水滨宴饮、洗濯,以消除不祥。

② 相如《封禅》——西汉司马相如撰《封禅书》。

③ 扶桑——神木名,传说日出于其下。

④ 旸(yáng)——日所出处。

⑤ 邓禹——东汉新野人,汉光武帝时为大司徒。

⑥ 朱雀桁(héng)——晋南北朝时建康正南朱雀门外的古浮桥。

⑦ 八驺(zōu)——古代贵族高官出行时,前面有八名驺卒喝道,叫八驺。

诸子。性俭素,车服仪从,同于素士,所居官有严能名。故武帝亦重之,以子良才弱,遗诏委以朝政。鸾闻诏,急驰至云龙门,融以子良兵禁之,不得进。鸾厉声曰:"有敕相召,谁敢拒我!"排之而入。既入,指麾部署,音响如钟,殿中无不从命。遂奉太孙登殿,即帝位。是为郁林王。融知大事不遂,释服还省,叹曰:"竟陵误我。"先是郁林王少养于子良妃袁氏,慈爱甚著。及王融有谋,并忌子良。时子良居中书省,虑其为变,使虎贲二百人屯太极西阶以防之。既成服,诸王皆出,子良乞停至山陵,不许。收王融于狱,赐死。融临死,叹曰:"我若不为百岁老母计,当吐一言。"盖欲指斥帝在东宫时过恶也。人谓融险躁轻狡,自取其死云。

却说郁林自即位后,大殓始毕,悉呼武帝诸伎,奏乐于前。所宠嬖臣綦毋珍之、朱隆之,直阁将军曹道刚、周奉叔,宦者徐龙驹等皆用事。珍之所论荐,事无不允。内外要职,皆先论价,旬日之间,家累巨万,擅取官物,不俟诏旨。有司至相语曰:"宁拒至尊敕,不可违舍人命。"徐龙驹为后阁主书,常居含章殿,著黄纶,被貂裘,南面向案,代帝书敕。左右侍直,与至尊不异。自山陵①之后,帝即与左右微服,游走市里。掷涂赌跳,作诸鄙戏。赏赐嬖宠,动至百数十万。每见钱曰:"我昔思汝一枚不得,今日得用汝未!"武帝聚钱,上库五亿万,斋库三亿万,金银财帛不可胜计。未满一年,所用垂尽。尝入主衣库,令何后及宠姬,以诸宝器相投击,破碎之,用为笑乐。

后字婧英,抚军将军何戢之女,性亦淫乱。初为太孙妃,太孙狎昵无赖之徒,后择美少者,皆与之私。及为后,淫荡如故。帝既好淫,后善于迎接,能曲畅其情。故帝宠爱特甚,恣其所为。有侍书人马澄,年少貌美,为帝弄童。后悦之,托以有巧思,令出入御内,绝见爱幸,尝着轻丝履,紫绨裘,与后同居处。后出素臂,与之斗腕角力,帝抚掌以为乐。又侍书杨珉之,年十五,姣好如美女,而有嫪毐具②,为帝所幸,常侍内廷。后尤爱之,私语宫人曰:"与杨郎一度,胜余人十度。"一日,帝往后宫,后正与珉拥抱未起。宫女急报驾至,后遽起见帝。冠发散乱,四体倦若无力。帝问何事

①　山陵——因山陵高而固,故比之帝王。
②　嫪毐(lào ǎi)具——嫪毐,战国末秦相吕不韦舍人,与秦太后私通,操纵朝政,据传生殖器颇硕大。具,指生殖器。

昼寝,后笑曰:"吾梦中方与陛下取乐,不意陛下适来,使妾余欢未尽。"帝笑曰:"阻卿梦中之兴,还卿实在之乐何如?"遂解衣共寝,恣为淫荡。武帝有宠姬霍氏,年少有殊色。帝欲烝①之,在后前极口称其美。后曰:"陛下既爱其美,何不纳之?"帝曰:"惧卿妒耳。"后曰:"陛下所爱,妾亦爱之,奚妒为?妾为陛下作媒何如?"帝大悦,是夕,与帝同辇,往霍姬宫。姬接入,后抚其背曰:"今夜送一新郎在此,卿善伴之。"说罢别去。帝遂就寝霍氏宫,深相宠爱,累日夜不离。哪知后亦为着自己,使帝在他处留连,正好与杨珉任意取乐,可以昼夜无间。斯时秽声狼藉。萧鸾深以为耻,尝谓帝曰:"外廷之事,臣得效力。宫禁之内,还期陛下肃清,无使取笑天下。"帝深恶之,遂不与相见。一日,谓鄱阳王锵曰:"公以鸾为何如人?"锵素和谨,对曰:"臣鸾于宗戚最长,且受寄先帝。臣等皆年少,朝廷所赖,唯鸾一人,愿陛下无以为虑。"帝默然,私谓徐龙驹曰:"我欲与锵定计取鸾,锵既不同,我亦不能独办矣。"鸾闻之惧,阴欲废帝,唯虑萧湛、萧坦之典宿卫重兵,为帝心腹。因谋之尚书王晏,晏曰:"此二人可以利害动也,请往说之,必得如志。"鸾因使晏密结二人,劝行废立。二人初犹未许,及见帝狂纵日甚,无复悛改,恐祸及己,乃回意附鸾,在内廷阴为鸾耳目。

先是,帝居深宫,群臣罕见其面,唯以谌与坦之为祖父旧人,尚加亲信,得出入后宫。凡亵狎宴游,二人在侧不忌。故鸾欲有所陈说,唯遣二人入告,乃得上达。一日,鸾以杨珉淫乱宫掖,尤无忌惮,遣坦之入奏诛珉。何后方对镜理妆,闻之,妆不及毕,急奔帝前,流涕覆面,曰:"杨郎好少年,无罪过,何可枉杀?"坦之拊帝耳语曰:"此事别有一意,不可令第二人闻。"帝平日每呼后为"阿奴",因呼后曰:"阿奴暂去片时。"后不得已,走入。坦之乃曰:"外间并云珉与后有别情,彰闻遐迩,不令赴台一讯,其事益信。"帝乃敕珉赴台。珉至台,鸾亦不问,即押赴建康市行刑,俄有敕原之,而珉已死。鸾又启诛徐龙驹,帝亦不能违,而心忌鸾益甚。

直阁将军周奉叔,帝之爪牙臣也。与其父盘龙,皆以勇力闻。先是魏攻淮阳,武帝敕盘龙往救。奉叔单马,率二百余人陷阵。魏军万余骑,张左右翼围之。一骑还报奉叔已没,盘龙方食,投箸而起,上马奋矟②,直奔

---

①　烝(zhēng)——以下淫上,指和母辈之人私通。

②　矟(shuò)——古代矛之类兵器。

魏军,自称"周公来"。魏人素畏盘龙骁勇,闻其名,莫不披靡。时奉叔已大杀魏军,得出在外,盘龙不知,乃东西冲击,杀伤无数。奉叔见其父久不出,复跃马入阵寻之,父子两骑,萦搅数万人中。魏军败走,父子并马而归。由是名播北国。其后奉叔给事东宫,帝尝从其学骑,尤见亲宠。即位后,迁为直阁将军。恃勇挟势,陵轹公卿。常以单刀二十口自随,出入禁闼,门卫不敢叱。每语人云:"周郎刀不识君。"鸾畏之,使坦之说帝曰:"奉叔才勇,可使出守外藩。"乃以为青州刺史。奉叔就帝求千户侯,帝许之,鸾以为不可。封曲江县男,食三百户。奉叔大怒,于众中攘刀厉色曰:"若不见与,周郎当就刀头取办耳。"鸾佯许之,及将之镇,部伍已出,鸾复以帝命召入,杀之省中。启云奉叔慢朝迁,当诛。帝不获已,可其奏。

当奉叔未诛时,侍读杜文谦恶鸾专政,谓綦毋珍之曰:"天下事概可知矣,灰尽粉灭,匪朝伊夕,不早为计,祸至何及?"珍之曰:"计将安出?"文谦曰:"先帝旧人多见摈斥,今召而使之,谁不慷慨从命。昨闻宿卫万灵会与王范共语,皆攘袂捶床,心怀不平。君其密报奉叔,使灵会杀萧谌,则宫内之兵,皆我用也。即勒兵入尚书省,斩萧令,两都伯力耳。今举大事亦死,不举事亦死,二死等耳,死社稷可乎?若迟疑不断,异日称敕赐死,父母为殉,在眼中矣。"珍之不能用,及鸾杀奉叔,并收珍之、文谦杀之。何后以杨珉之死,日夜切齿,劝帝杀鸾。

时萧谌、萧坦之握兵权,大臣徐孝嗣、王晏、陈显达、王广之、沈文季等,皆一心附鸾。帝左右无可与谋者,唯中书令何胤,后之从叔,近直殿省,欲以诛鸾之事任之,胤谢不能;乃谋出鸾于西州,中敕用事,不复关咨政府,胤亦难之,其事复止。鸾于是逆谋益急,日夕要结诸臣。骠骑录事乐豫谓徐孝嗣曰:"外传籍籍,似有伊、霍之举。君蒙武帝殊常之恩,荷托付之重,恐不得同人此举。人笑褚公,至今齿冷。"孝嗣心然之,而不能从。帝谓萧坦之曰:"人言镇军与萧谌欲共废我,似非虚传,卿所闻若何?"坦之曰:"天下宁当有此?谁乐无事废天子耶?朝贵不容造此论,当是诸尼姥言耳,岂可信乎?官若除此二人,谁敢自保?"帝信之。然逆谋渐泄,直阁将曹道刚、朱隆之等深为之防,鸾因谓萧谌曰:"废天子,古来大事。比闻内廷已相猜疑,明日若不举事,恐无所及。弟有百岁母,岂能坐听祸败,正应作余计耳。"谌惶遽从之。壬辰,鸾使萧谌先入,遇道刚、隆之于庭,皆杀之。直后徐僧亮见有变,大言于众曰:"吾等荷恩,今日当以死报。"又杀之。鸾引兵入云龙门，戎服加朱衣于上，比入门，三失履。王晏、徐孝嗣、萧坦之等，皆随其后。时帝在寿昌殿，裸身与霍姬相对坐，闻外有变，使闭内殿诸阁，令阉人登兴光楼望之。还报云："见一人戎服，从数百武士，在西钟楼下。"帝大惊曰："是何人也?"话未绝，谌已引兵入寿昌阁，帝见之，急趋霍姬旁。兵士争前执之，以帛缠颈，扶出延德殿。宿卫将士见帝出，皆叩刀欲奋。萧谌谓之曰："所取自有人，卿等不须动。"宿卫素隶服于谌，皆不敢发。行至西弄，遂弑之，舆尸出殡徐龙驹宅，霍姬及诸嬖幸皆斩之。鸾既弑帝，欲作太后令，晓示百官。徐孝嗣于袖中出而进之。鸾大悦，乃以太后令，废帝为郁林王，葬以王礼。废何后为王妃。迎立新安王昭文，丁酉，即皇帝位，大赦天下，改元延熙，是为海陵王。以鸾为骠骑大将军、录尚书事，进封宣城公，政事一禀宣城处分。

先是，郁林王之将废也，鄱阳王锵初不知谋，锵每诣鸾，鸾倒屣迎之，语及家国，言泪俱发，锵以此信之。及鸾势重，中外皆知其蓄不臣之志，宫台之内皆属意于锵，劝锵入宫，发兵辅政。长史谢粲说锵曰："王但乘油壁车①入宫，出天子坐朝堂，夹辅号令，粲等闭城门上仗，谁敢不同，东城人正共缚送萧令耳。"锵以上台兵力悉属东府，虑事不捷，意甚犹豫。队主刘巨，武帝旧人，叩头劝锵举事。锵命驾将入，复还内，与母陆太妃别，日暮不成行。典签知其谋，驰告鸾。鸾遣兵二千围锵第，杀锵，并杀谢粲、刘巨等。

江州刺史、晋安王子懋闻鄱阳死大惧，欲起兵，谓防阁陆超之、董僧惠曰："事成则宗庙获安，不成犹为义死。"二人曰："此州虽小，而孝武常用之。若举兵向阙，以请郁林之罪，谁能御之?"时太妃在建康，密遣书迎之。太妃有同母兄于瑶之，知其谋，遽以告鸾，鸾遂遣王元邈引兵讨子懋，又遣裴叔业、于瑶之先袭寻阳。叔业泝流直上，轻兵袭溢城，守将乐贲开门纳之。子懋闻溢城失守。帅府州兵力据城自守。部曲多雍州人，皆踊跃愿奋。叔业畏其锐，乃使于瑶之入城，说子懋曰："今还都必无过虑，正当作散官，不失富贵也。"子懋信之，遂不出兵。众情大沮。瑶之弟琳之在城中，说子懋重赂叔业，可以免祸。子懋使琳之往，琳之反说叔业取子懋。于是叔业遣兵四百，随琳之入城，僚佐皆奔散。琳之拔刃入斋，子懋

---

① 油壁车——古代妇女所乘之车，因车壁以油涂饰而得名。

骂曰："小人何忍行此！"琳之以袖障面，使人杀之。董僧惠被执，将杀，谓王元邈曰："晋安举义，仆实豫谋，得为主人死不恨。愿至大殓毕，退就鼎镬。"元邈义之，具以白鸾，得免死。子懋子昭基，年才九岁，被囚于狱。以方二寸绢为书，遗钱五百，使达僧惠。僧惠视之曰："郎君书也。"悲痛而卒。或劝陆超之逃亡，超之曰："人皆有死，此不足惧。吾若逃亡，非唯孤晋安之眷，亦恐田横客①笑人。"闭门端坐俟命。超之门生谓杀超之，当有厚赏，密自后斩之，头落而身不倒。元邈厚加殡殓，门生亦助举棺，棺坠，压其首，折颈而死，人皆快之。

时临海王昭秀为荆州刺史，鸾遣除元庆至江陵，以便宜从事。长史何昌寓曰："仆受朝廷重寄，翼辅外藩，殿下未有愆失，君以一介之使来，何容即以相付耶？若朝廷必须殿下，当自启闻，更听后旨。"昭秀由是得还建康。裴叔业自寻阳进向湘州，欲杀湘州刺史、南平王锐。防阁周伯玉大言于众曰："此非天子意，今斩叔业，举兵匡社稷，谁敢不从！"典签叱左右斩之，遂杀锐。又杀郢州刺史、晋熙王𫓧，南豫州刺史、宜都王铿。当时朝廷之上，以鸾有靖乱功，诏进鸾为太傅，加殊礼，封宣城王。鸾以兄子遥光为南郡太守，不之官。鸾有异志，遥光皆赞成之。凡大诛赏，无不豫谋，任为腹心之佐。先是王䯒上有赤志②，人以为贵征，以示晋寿太守王洪范曰："人言此是日月相，卿幸勿泄。"洪范曰："王日月在躯，如何可隐，当播告天下。"一日，桂阳王铄至东府，见鸾出，谓人曰："向录公见接殷勤，流连不能已，而面有惭色，此必欲杀我。"是夕果遇害。江夏王锋有才行，鸾尝与之言遥光才力可委，锋曰："遥光之于殿下，犹殿下之于高王，卫宗庙，安社稷。实有攸寄。"鸾失色，及杀诸王，锋又大言其非，鸾收而杀之。又遣人杀建安王子真，子真走匿床下，兵士手牵出之，叩头乞为奴，不许，杀之。遣茹法亮杀巴陵王子伦，子伦性英果，时为南兰陵太守，镇琅琊城，有守兵。法亮恐其不肯就死，以问典签华伯茂。伯茂曰："公若以兵取之，恐不可即办；若委伯茂，一夫力耳。"乃委之。伯茂手自执鸩，逼子伦

---

① 田横客——田横，战国时齐国田氏的后代，秦末，自立为齐王，带领五百人逃往海岛，汉高祖刘邦招降，田横往洛阳，未至二十里，羞为汉臣而自杀。留在海岛的部属听到此消息也全部自杀。客，即指田横的部属。

② 志——同"痣"。

饮。子伦正衣冠,坐堂上,谓法亮曰:"先朝昔灭刘氏,杀其子孙殆尽。今日之事,理数固然。君自身家旧人,今衔此使,当由事不获已。但此酒非劝酬之爵,只可独饮。"因仰之而死,时年十六。法亮及左右皆流涕。

　　盖齐制,诸王出镇,皆置典签,一方之事,悉以委之。时入奏事,刺史美恶,专系其口,故威行州郡,自刺史以下,莫不折节奉之。南海王子罕在晋琊,欲游东堂,典签姜秀不许,遂止。泣谓母曰:"儿欲移五步不得,与囚何异?"邵陵王子响尝求熊白①,厨人答典签不在,不敢与。及鸾诛诸王,皆令典签杀之,竟无一人能抗拒者。时孔圭闻之,流涕曰:"齐之衡阳、江夏最有意,而竟害之,若不立典签,故当不至于此。"其后宣城王亦知典签之弊,不许入都奏事,典签之任始轻。但未识宣城若何篡立,且听下文再剖。

———————————

　　①　熊白——熊背上的白脂,为珍贵佳肴。

第 十 七 卷

救义阳萧衍建绩　立宝卷六贵争权

话说宣城王志在窃国，惧宗室不服，先加杀害。于是朝纲独揽，群臣争先劝进。冬十月辛亥，乃假皇太后令曰：

嗣主冲幼，庶政多昧，且早樱尪疾①，弗克负荷。太傅宣城王胤体先皇，钟慈太祖，宜入承宝命，帝可降封为海陵王。

癸亥，鸾即帝位，是为齐明帝。改元建武，以王敬则为大司马，陈显达为太尉，王晏为左仆射，徐孝嗣为中领军，余皆晋爵有差。一日，诈称海陵有疾，数遣御医瞻视，因而殒之。先是文惠太子在日，素恶明帝，尝谓竟陵王子良曰："我意中殊不喜见此人，不解其故，当由其福薄故也。"子良为之解救，及帝得志，太子子孙无遗焉。今且按下不表。

且说明帝篡位之时，正当魏孝文迁都洛阳时候。孝文久有南侵之意，一闻海陵见废，明帝篡立，谓群臣曰："今日伐齐，不患无名矣。"乃命大将薛真度向襄阳，刘昶、王肃向义阳，拓跋衍向锺离，刘藻向南郑，自将大军趣寿阳。起兵四十万，分道并进。沿边州郡飞报入朝。帝闻魏师起。大惧，乃命左卫将军王广之督司州、右卫将军萧坦之督徐州、右仆射沈文季督豫州，发诸州之兵以拒魏。正月乙亥，魏主济淮，二月至寿阳，虎士成群，铁骑弥野。甲辰，登八公山赋诗，道遇大雨，命去盖，见军士病者，亲抚慰之。帅兵直临城下，遣使呼城中人出见。齐丰城公遥昌使参军崔庆远应之。庆远至军前，问师出何名，魏主曰："师当有故，卿欲我斥言之乎？欲我含垢依违乎？"庆远曰："未承来命，无所含垢。"魏主曰："齐主何故废立？"庆远曰："废昏立明，古今非一，未审何疑？"魏主曰："武王子孙，今皆安在？"庆远曰："七王同恶，已伏管、蔡之诛②。其余二十余王，或内列清

① 尪（wāng）疾——跛脚。
② 管、蔡之诛——管、蔡，管叔、蔡叔，周武王之弟。周成王时，二人叛乱，被周公平定，管叔被诛，蔡叔被放逐。

要，或外典方牧。"魏主曰："卿主若不忘忠义，何以不立近亲，如周公之辅成王，而自取之乎？"庆远曰："成王有亚圣之德，故周公得而辅相之。今近亲皆非成王之比，故不可。且霍光亦舍武帝近亲而立宣帝，唯其贤也。"魏主曰："霍光何以不自立？"庆远曰："非其类也，主上正可比宣帝，安得比霍光？若尔，武王伐纣，不立微子①而辅之，亦为苟贪天下乎？"魏主大笑曰："朕来问罪，如卿所言，便可释然。"庆远曰："见可而进，知难而退。圣人之师也。"魏主曰："卿欲和亲，抑不俗乎？"庆远曰："和亲则两国交欢，生民蒙福，否则两国交恶，生民涂炭。和亲与否，裁自圣衷。"魏主嘉其善对，赐以酒肴衣服而遣之。于是循淮而东。

时魏兵号二十万，堑栅②三重，并力攻义阳。城中负螳而立，势甚危急。齐将王广之引兵救之，去城百余里，畏魏强不敢进。诸将皆有惧意，一将奋袂起曰："义阳危困，朝不保夕，吾等奉命往救，卷甲疾趋犹恐不及，闻敌强而不进，义阳若失，何面目以见朝廷？公等不往，吾请独进。"辞气激烈，三军闻之，皆有奋意。

你道言者是谁？乃是一代开创之主，姓萧，名衍，字叔达，小字练儿。父名顺之，齐高帝族弟也。少相款狎，尝兵登金牛山，见路侧有枯骨纵横，齐高帝谓之曰："周文王以来几年，当复有掩此枯骨者乎？"言之憯然动色。顺之由此知高帝有大志，尝相随从。高帝每出征讨，顺之尝为军副。方宋顺帝末年，袁粲据石头，黄回与之通谋。顺之闻难作，率家丁据朱雀桥。回遣人觇望，还报曰："有一人戎服，英威毅然，坐胡床③南向。"回曰："此必萧顺之也。"遂不敢出。时微顺之，回必作难于内。方武帝在东宫，尝往问讯，及退，齐武手指顺之，谓豫章王嶷曰："非此翁，吾徒无以至今日。"其见重如此。及即位，深相忌惮，故不居台辅，以参豫佐命，封临湘侯。衍即其仲子也。生于秣陵县同夏里三桥宅，时宋孝武大明八年甲辰岁。母张氏怀孕时，忽见庭前菖蒲花光彩异常，以问侍者。侍者皆云不见，张氏曰："吾闻见菖蒲花者当大贵。"因取吞之，遂生萧衍。状貌奇特，

---

① 微子——周代宋国的姓祖，名启，商纣的庶兄。
② 堑栅——战壕与栏栅，作战时的防御工事。
③ 胡床——一种可以折叠的轻便坐具，由少数民族地区传入中原，故名。

日角①龙颜,重岳②虎头,项有白光,身映日无影。两鈚骈骨,额上隆起,有文在右手曰:武。为儿时,能蹈空而行,见者皆知其不凡。及长,博学多文,好筹略,有文武才干,始为巴陵王法曹参军。王俭一见,深相器异,谓人曰:"萧郎三十内当作侍中,过此则贵不可言。"时竟陵王子良开西邸,招文学,衍与沈约、谢朓、王融、萧琛、范云、任窻、陆翙并游焉,号为"八友"。王融尤敬异之,每谓所亲曰:"宰制天下,必在此人。"累迁咨议参军,寻以父艰③去职。隆昌初,明帝辅政,起为宁朔将军,镇寿春。服阕,除黄门侍郎,入直殿省,预定策勋,封建阳县男,食邑三百户。尝舟行牛渚,遇大风,入泊龙渎,有一老人衣冠甚伟,立于岸侧,谓之曰:"君龙行虎步,相当极贵,天下方乱,安之者其在君乎! 宜善自爱。"问其姓氏,忽然不见。衍既屡有征祥,心益自负。寻为司州刺史,在州大著威名。尝有饷以马者,不受,饷者系马于树而去,衍出见马,以答书缚之马首,令人驱出城外,马自还主。衍舅张弘策与衍年相若,恒同游处,每入衍室,尝觉有云气绕之,体自肃然,由此特加敬礼。一日,从衍饮酒,半酣,徙席星月之下,语及时事,谓衍曰:"子善天文,近日纬象若何? 国家故当无恙否?"衍曰:"其可言乎?"弘策请言其兆。衍曰:"汉北有失地气,浙东有急兵象。今冬之初,北魏兵必动,动则汉北必亡。其后便有乘机而起者,是亦无成,徒为王者驱除难耳。越二年,死人过于乱麻,齐之历数自兹尽矣。梁、楚、汉间,当有大英雄兴。"弘策曰:"今英雄何在? 其在朝庙乎? 在草泽乎?"衍笑曰:"汉光武有云,'安知非仆'。"弘策起曰:"今夜之言,是天意也,请定君臣之分。"衍曰:"舅欲效邓晨④乎?"相与大笑。

至是魏师围义阳,帝命王广之主中军,衍率偏师往救。众莫敢前,衍请先进。广之分麾下精兵配之。衍间道夜发,径上贤首山,去魏国数里。魏人出不意,未测多少,不敢逼。黎明,大风从西北起,阵云随之,直当魏营。俄而风回云转,还向西北。衍曰:"此所谓归气,魏师遁矣,急击勿

---

①　日角——额角中间隆起,形状如日,旧时认为是大贵之相。

②　重岳——高耸突出的样子。

③　父艰——指父亲去世。

④　邓晨——东汉南阳新野人,字伟卿,协助汉光武帝刘秀镇压河北各地农民起义军,历任中山、汝南太守。

失。"遂下令军中曰:"望麾而进,听鼓而动。"于是身先士卒,直奔魏军,扬麾鼓噪,响振山谷。敢死之士执短兵先登,长戟翼之。魏倾壁来拒,衍亲自搏战,无不披靡。城中见援兵至,亦出军攻魏栅,因风纵火,魏军表里受敌,因大溃。王肃、刘昶单骑走,斩获万计,流血盈野。义阳得全。

衍有兄懿,为梁州刺史。会魏将拓跋英引兵击汉中,懿出兵拒之,进战不利,攖城自守。魏兵围之数十日,城中粮将竭,众心汹惧。懿封题空仓数十,指示将士曰:"此中粟皆满,足支二年,但努力坚守,何患无食!"士民乃安。会魏主召英还,遣使与懿告别。懿以为诈,英去一日,犹不开门。二日,乃遣将追之。英与士卒下马交战,懿兵不敢逼,尾其后,四日四夜乃返。魏诸将请复攻义阳,魏主曰:"萧衍善用兵,今且勿与争锋,异日吾往禽之。"是役也,齐果失汉北诸郡,诸将概不加赏,独以萧衍有却敌功,除为雍州刺史。今且按下不表。

却说永泰元年春正月,帝有疾,以近亲寡弱,忌高、武子孙犹有十王,每朔望入朝,帝还后宫,辄叹息曰:"我及司徒诸子皆不长,高、武子孙日益长大,恐为后累,奈何!"因欲尽除高、武之族,以微言问陈显达,对曰:"此等岂足介意。"以问始安王遥光,遥光谓当以次施行。时遥光有足疾,帝常令乘舆,自望贤门入,每与帝屏人久语,语毕,帝索香火,呜咽流涕,明日必有所诛。会帝疾暴甚,绝而复苏,遥光遂行其策,杀河东王铉、临贺王子岳、西阳王子文、永阳王子峻、南康王子琳、衡阳王子珉、湘东王子建、南郡王子夏、桂阳王昭粲、巴陵王昭秀。铉等已死,乃使公卿奏其罪状请诛,下诏不许,再奏然后许之。侍读江泌哭子琳,泪尽继之以血,亲视殡葬毕乃去。

那时激恼了旧臣王敬则,以为天下本高、武之天下,帝既夺而有之,而又杀害其子孙,于心何忍,以故语及时事,怀怒切齿,屡发不平之语。时敬则为会稽刺史,帝虑其变,乃以张瓌为平东将军、吴郡太守,添置兵力以防之。敬则闻之,怒曰:"东今有谁,只是欲平我耳。东亦何易可平,吾终不受金罂①。"金罂,谓鸩也。于是举兵,以奉南康侯子恪为名,子恪惧祸,亡走未知所在。遥光劝帝尽诛高、武子孙,使后有叛者无所假名。帝从其策,乃悉召诸王侯入宫。命晋安王宝义、江陵公宝览等处中书省,高、武子

────────────

① 罂(yīng)——小口大腹的盛酒器具。

孙处西省，敕左右从者各带二人，过此依军法，孩幼者与乳母俱入。其夜，令太医煮椒二斛，内省办棺木数十具。至三更当尽杀之。时刻已至，而帝眠未起，中书舍人沈徽孚与内侍单景俊，共谋少留其事，以俟帝醒。恰好子恪徒跣自归，扣建阳门求入。门者以闻，景俊急至帝前，奏言子恪已至。帝惊问曰："未耶？未耶？"景俊曰："尚未行诛。"帝抚床曰："遥光几误人事。"乃赐王侯供馔，明日悉遣还第。以子恪为太子中庶子。

却说敬则帅实甲万人，过浙江，百姓担篙荷锸，随之者十余万人。帝遣大将左兴盛、崔恭祖、刘山阳、胡松等，筑垒于曲河长冈，又诏沈文季为持节都督，屯兵湖头，备京口路。敬则兵至，急攻兴盛、山阳二垒，台军不能敌，屡欲退走，而外围不开，遂各死战。胡松引骑兵突其后，白丁无器仗，皆惊走。敬则军大败。索马再上，不能得，崔恭祖刺之仆地，遂斩之。传首建康，戮及一门。

是时帝疾已笃，秋七月己酉，殂于正福殿。遗诏军政事委陈显达，内外诸事委徐孝嗣、遥光、坦之、江祏、江祀、刘暄参怀。先是萧谌自恃勋重，干豫朝政，一不如志，便患曰："见炊饭推以与人。"帝闻之大怒，召入省中，遣左右莫智明责之曰："隆昌之际，非卿无有今日。但一门二州，兄弟三封，朝廷相报已极。卿恒怀怨望，乃云'炊饭已熟，合甑①与人耶'！今赐卿死。"谌谓智明曰："天去人亦复不远，我与至尊杀高、武诸王，是卿传语来去。我今死，还是卿来传语，报应何速，但帝亦岂能久乎！"未数日，帝果崩。

群臣奉太子宝卷即位，是为东昏侯。东昏恶灵柩在太极殿，欲速葬。徐孝嗣固争，得逾月。帝每当哭，辄云喉痛。大中大夫羊阐入临，头秃无发，号恸俯仰，帻遂脱地。帝辍哭大笑，谓左右曰："秃鹙②啼来乎！"其在东宫，唯嬉戏无度。及即位，不与朝士相接，专亲信宦官及左右御刀应敕等。是时遥光、孝嗣、江祏、萧坦之、江祀、刘暄更直内省，分日画敕。萧衍闻之，谓张弘策曰："一国三公，国犹不堪，况六贵同朝，势必相图，乱将作矣。避祸图福，无如此州。但诸弟在都，恐罹世患，当更与益州图之耳。"乃密与弘策修武备，招聚骁勇，多伐材竹，沈之檀溪，积茅如冈阜。及闻萧

---

① 甑（zèng）——古代蒸饭的一种瓦器。

② 秃鹙（qiū）——头顶无毛的水鸟，也嘲称无发之人。

懿罢益州还，仍行郢州事，衍使弘策往说之曰："今六贵比肩，人自画敕，争权睚眦①，理相图灭。主上素无令誉，华近左右，际轻忍虐，安肯委政诸公，虚坐主诺？嫌忌已久，必大行诛戮。始安欲窥神器，形迹已见，然性猜量狭，徒为祸阶。坦之忌克陵人，孝嗣听人穿鼻②，江祏无断，刘暄暗弱。一朝祸发，中外土崩。吾兄弟幸守外藩，宜为身计，及今猜忌未生，当悉召诸弟，恐异时拔足无路。郢州控带荆、襄，雍州士马精强，世治则竭诚本朝，世乱则足以匡济，与时进退，此万全之策也。若不早图，后悔无及。"懿不从。弘策又说懿曰："以卿兄弟英武，天下无敌，据郢、雍二州，为百姓请命，废昏立明，易于反掌。此桓、文之业也，勿为竖子所欺，取笑身后。雍州揣之已熟，愿善图之。"懿卒不从。衍乃迎其弟萧伟、萧憺至襄阳。

　　初，明帝虽顾命群公，而腹心之寄，则在江祏兄弟，故二江更直殿内，动息关之。帝有所为，孝嗣等尚肯依违，而祏执制坚确，帝深忿之。嬖臣茹法珍、梅虫儿等亦切齿于祏。徐孝嗣谓祏曰："主上稍欲行意，讵可尽相禁制？"祏曰："但以见任，必无所忧。"其后帝失德弥彰，祏与诸臣议欲废之，立江夏王宝元。而刘暄曾为宝元行事，执法过刻，宝元尝恚曰："舅殊无渭阳③情。"暄由是深忌宝元，不同祏议。更欲立建安王宝寅，而亦未决。遥光自以年长，意欲为帝，私为祏曰："兄若立我，当与兄共富贵。"祏遂欲立之，以问萧坦之。坦之时居母丧，起复为领军将军，谓祏曰："明帝立已非次，天下至今不服。若复为此，恐四方瓦解，我期不敢言耳。"吏部郎谢朓知其谋，谓刘暄曰："始安一旦南面，则刘沨、刘晏居卿今地，徒以卿为反复人耳。"沨与晏，皆遥光腹心臣也。暄亦以遥光若立，已失元舅之尊，因从朓言，力阻缠议。遥光知之大怒，先奏谢朓煽动内外，妄贬乘舆，窃论宫禁，间谤亲贤，诏收廷尉，下狱赐死。

　　却说朓字玄晖，善草隶，长五言诗，沈约常云："二百年来无此诗也。"其妻王敬则女，有父风，朓告王敬则反，敬则死，妻常怀刃欲报父仇。朓每避之，不敢相见。及拜吏部，辞让再三。尚书郎范缜嘲之曰："卿人才无

----

① 睚眦(yá zì)——发怒瞪眼；怨恨。
② 听人穿鼻——即任人驱使之意。
③ 渭阳——《诗经·秦风·渭阳》："我送舅氏，曰至渭阳。"后以"渭阳"表示甥舅。

惭吏部，但恨不可刑于寡妻耳。"朓有愧色。及临诛，叹曰："天道其不昧乎！我虽不杀王公，王公由我而死，今日之死宜哉！"刘暄既与祏异，祏复再三言之，劝立遥光，暄卒不从。祏怒谓遥光曰："我意已决，奈刘暄不可何？"遥光于是深恨暄，密遣人刺之。一日，暄过青溪桥，有人持刀而前，若欲行刺。暄喝左右擒之。其人见救护者众，弃刀而逃。众大骇，莫测其所自来。暄以近来江祏与吾不合，故使来刺吾，因谓帝曰："江祏兄弟颇有异志，宜远之。"帝本恶祏，一闻暄言，即命收之。时江祀直内殿，疑有异，遣信报祏曰："刘暄当有异谋，今作何计？"祏曰："政当静以镇之，谅亦无奈我何也。"俄有诏召祏入见，与祀共停中书省。帝使袁文旷诛之。初，文旷以斩王敬则功，当封侯，祏执不与。乃以刀环筑其心曰："复能夺我封否？"并杀江祀。刘暄方昼寝，闻二江死，眠中大惊，投出户外，问左右："收至未？"良久意定还坐，大悲曰："非念二江，行自痛也。"盖暄虽恶祏，不意帝遽杀之，恐后日己亦不免，故惶惧若此。帝自是益无忌惮，日夜与近习在宫中鼓吹戏马，常以五更就寝，至晡乃起。群臣节朔①朝见，晡后方前，至暗始出，台阁案奏，数十日乃报。或不知所在。宦者裹鱼肉还家，并是五省黄案②。一日，走马后园，顾谓左右曰："江祏常禁我乘马，小子若在，吾岂能得此。"因问祏亲戚有谁，左右曰："郎中江祥。"遂于马上作敕赐祥死。

却说遥光初谋，本约其弟荆州刺史遥欣自江陵引兵东下为外应，而后据东府举兵以定京邑。克期将发，而遥欣病卒，二江被诛，于是大惧，阳狂号哭，称疾不复入朝。及遥欣丧还停东府前渚，荆州众力送者甚盛，其弟豫州刺史遥昌亦率其部曲来送，大有甲兵。遥光借此可以成事，乃于八月乙卯，收集二州部曲，屯于府之东门。召刘沨、刘晏，共谋作乱。是夜，破东冶出狱囚，开尚方取甲仗。召骁骑将军垣历生，命之为将。遣人掩取萧坦之于家。坦之露祖逾墙走，欲向台，道逢队主颜端执之，告以遥光反，不信。端自往问得实，乃以马与坦之，相随入台。历生劝遥光乘夜攻台，辇获烧城门，曰："公但乘舆在后，反掌可克。"遥光狐疑不敢出。天稍晓，遥光戎服出听事，命上仗登城，行赏赐。历生复劝出战，遥光专冀内廷有变。

可以不战而屈，不从历生言。

却说台中始闻乱，众情惶惑，向晓，徐孝嗣入，人心乃安。左将军沈约闻变，驰入西掖门，或劝戎服。约曰："台中方扰攘，见我戎服，或者谓同遥光。"乃朱衣而入。下诏徐孝嗣屯卫宫城；萧坦之帅台军讨遥光，屯湘宫寺，左兴盛屯东篱门；司马曹虎屯青溪大桥；纵火烧司徒府，并力攻之。遥光遣垣历生、参军萧畅、长史沈昭略从西门出战。畅及昭略一临阵，皆解甲降。众情大沮。历生见事无成，亦弃稍降曹虎，虎斩之。至晚，台军以火箭烧东北角楼，烟焰张天，城内兵大溃。遥光惶急，徒跣奔入小斋，令人反拒斋户，皆重关，穿戎服，坐帐中，秉烛自照。闻外兵至，灭烛，伏匍床下。左右并逾屋出走，台军排阖入，于暗中牵出斩之，十指俱断。刘沨、刘晏仓皇欲逃，皆为军人所杀。其乱始平。己巳，以徐孝嗣为司空，沈文季、萧坦之为左右仆射，刘暄为领军将军，曹虎为散骑常侍，赏平乱之功也。徐孝嗣谏曰："今者始安之变，幸天夺之魄，旋即败亡。不然，置陛下于何地！然皆陛下平日不以治国为事，而专事逸乐，以致衅生骨肉。愿陛下戒之慎之，一改从前之失，庶反侧不生，天位常固。"但未识东昏听与不听，且俟下文再述。

第十八卷
行乱政外藩屡叛　据雄封众士咸归

话说二江既败，始安又诛，左右捉刀应敕之徒，皆恣横用事，时人谓之"刀敕"。以萧坦之刚狠而专，劝帝杀之，帝便领兵围坦之宅，杀之。又潜刘暄有异志，帝曰："暄是我舅，岂应有此？"法珍曰："明帝乃武帝同堂，恩遇如此，犹灭武帝之后。舅焉可信耶！"遂召之入省，赐死。曹虎吝而富，有钱五千万，他物称是，帝利其财杀之。三人所除新爵，皆未及拜而死。

先是，明帝临终，戒帝曰："作事不可在人后。"故帝数与近习谋诛大臣，皆发于仓促，决意无疑。由是在位大臣，莫能自保。中郎将许准，孝嗣心腹也，陈说事机，劝行废立。孝嗣谓必无用干戈之理，须俟帝驾出游，闭城弗纳，然后召百僚集议废之。虽有此怀，而终不能决。诸嬖幸亦稍憎之。沈文季自托老疾，不豫朝权，以求免祸，仍为嬖幸所忌。其侄昭略谓文季曰："叔父行年六十，为员外仆射，欲求自免，岂可得乎？朝野所望，惟叔父与孝嗣两人，不行大事，岂唯身家不保，亦社稷何赖？"文季不应。一日，帝召孝嗣、文季、昭略并入，文季登车顾左右曰："此行恐不反。"及入，赐宴于华林园。省坐方定，忽见武士数人登阶而上。茹法珍持药酒前曰："有诏赐公等死，可饮此。"孝嗣、文季皆失色，昭略怒骂孝嗣曰："废昏立明，古今令典，宰相无才，致有今日。"以瓯掷其面曰："使作破面鬼。"三人皆饮药死。孝嗣二子亦坐诛。昭略弟昭光。闻收至，家人劝之逃，昭光不忍舍其母，入执母手悲泣，收者杀之。昭光侄昙亮逃，已得免。闻昭光死，叹曰："家门屠灭，何以生为！"绝吭①而死。

先是，陈显达自以高、武旧将，当明帝时已怀危惧，深自贬损。每乘朽敝车马，导从卤簿②止用羸弱数人。尝侍宴酒酣，启明帝借枕，明帝令与之。显达抚枕曰："臣年衰老，富贵已足，惟欠枕上一死，特就陛下乞之。"

----

① 吭——咽喉。
② 卤簿——帝王出入时的仪仗队。

明帝失色曰:"卿醉矣。"及东昏即位,显达弥不乐。在建康,得江州甚喜。常有疾不令治,既而自愈。及帝之屡诛大臣也,喧传当遣兵袭江州,显达闻之,叹曰:"死生有命,与其坐而待死,不若举事而死。"乃举兵于寻阳,致书朝贵,数帝过恶。帝闻其反,命胡松帅水军据梁山,左兴盛帅步骑屯杜姥宅。显达昼夜进兵,败胡松于采石。至新林,潜领精选夜渡江,直攻台城。诸军闻之,皆奔还。宫城大骇,台军出拒。显达执马稍,引数百步骑,亲自搏战,手杀数将,台军屡却。俄而稍折,台军继至。显达不能抗,退而走,马蹶坠地,为台军所杀。兵士见主将死,一时尽溃,大难立平。

　　然帝自诛显达后,益事骄恣,渐出游走,又不欲令人见之。每出,先驱斥道路,所过人家,唯置空宅。尉司击鼓蹋围,鼓声所闻,居人便奔走不暇,犯禁者应手格杀。一月凡二十余出,出则不言定所,东西南北,无处不驱。常以三四更后,鼓声四出,火光照天,幡戟横路。士民喧走,老小震惊,啼号塞道,处处禁绝,不知所过。四民①废业,樵苏②路断。甚至吉凶失时,乳妇寄远处生产,或舆病弃尸,不得殡葬。街衢巷陌,悉悬布幔为高障,置仗人防守,谓之"屏除",亦谓之"长围"。尝至沈公城,有一妇人临产不去,因剖视其腹,以验男女。又尝至定林寺,有沙门老病不能去,藏草间,命左右射之,百箭俱发。矢集其身如猬而死。又帝有膂力,牵弓至三斛五斗,好担白虎幢,幢高七丈五尺,于齿上担之跳跃,虽折齿不倦。侍卫满前,逞诸变态,曾无愧色。每乘马,身着软绣袍,头戴金薄帽,手执七宝稍。急装缚裤,凌冒雨雪,不避坑阱。驰骋渴乏,辄下马解取腰边蠡器③,酌水饮之,复上马驰去。又选无赖小儿善走者为逐马,左右五百人,常以自随,环回宛转,周遍城邑。或出郊射雉,置射场二百九十六处,奔走往来,略不休息。一日,行至西州,观显达坠马处,忽疑豫州刺史裴叔业有异志,声言必杀之。叔业兄子裴植为亘阁,闻之惧先及祸,潜奔寿阳,谓叔业曰:"朝廷将以轻兵来取公矣,宜早为计。"叔业忧之。乃遣人至襄阳,问萧衍以自全之策,曰:"天下大势可知,恐无复自存之理。不若回南向北,不失作河南公。"衍乃以书报之曰:

---

　　① 四民——即士、农、工、商。

　　② 樵苏——打柴割草的人。

　　③ 蠡(lí)器——瓠瓢之类盛水的器具。

承下问，大势诚可虑。但群小用事，岂能及远？计虑回惑，自无所成。唯应送家还都以安慰之。若意外相逼，当勒马步二万，直出横江以断其后，则天下之事，一举可定。若欲北向，彼必遣人相代，以河北一州相处，河南公宁可得耶？如此，则南归之望绝矣。敢布腹心，公善图之。

叔业得书，虽以衍言为是，然惧有兵来，孤城难保，仍致书魏将薛真度，陈归魏之意。真度劝其早降，曰："若事迫而来，则功微赏薄矣。"于是叔业通款于魏。

帝自裴植逃去，益怒叔业，乃命崔慧景将水军讨寿阳。帝设长围于晋琊城外，亲出送之。戎服坐楼上，召慧景单骑进围，无一人随之。慧景惧有变，裁数言，即拜辞而退。既得出，甚喜。兵过广陵，忽报叔业已卒，朝廷已有别旨。慧景乃召诸将谓曰："叔业卒，军可不往。吾荷三帝厚恩，当顾托之重。幼主昏狂，朝廷坏乱，危而不扶，责在今日。欲与诸君共建大功，以安社稷，何如？"众皆响应。乃以其子崔觉为前锋，还军向广陵。守将崔恭祖开门纳之。帝闻变，假左兴盛节，督军讨之。慧景停广陵二日，即收众济江，遣使京口，密奉宝玄为主。宝玄斩其使以闻，帝遣外监黄林夫助镇京口。及慧景至，宝玄又密与相应，杀黄林夫，开门纳之。遂率其众，随慧景向建康。

时台将张佛护引兵据竹里，筑城以拒，王莹引兵据湖头筑垒，上带蒋川西岩，实甲数万。宝玄遣使谓佛护曰："身自还朝，君何意苦相断遏？"佛护曰："小人荷国重恩，使于此创立小戍，殿下还朝，但自直过，岂敢断遏。"遂与慧景军战，各有斩获。而慧景军众，轻行不爨食，常以数舫载酒肉为军粮。每见台营中爨烟起，辄尽力攻之，台军不得食，以此饥困。崔恭祖进拔其城，杀佛护；又攻王莹垒，不克。或说慧景曰："今平路皆为台军所断，不可议进，宜从蒋山龙尾上。出其不意，下临城中，则诸军自溃。"慧景从之，乃于半夜率精兵数千，鱼贯上山，自西岩而下，黎明兵临城外，扬旗鼓噪。台军惊恐，即时奔散。慧景遂屯兵乐游园，引众围之。于是东府、石头、白下、新亭诸城皆溃。左兴盛逃匿荻舫中，慧景擒而杀之。斯时城中慌乱，单有卫尉萧畅屯南掖门，处分城内，随方应拒，众心稍安。先是竹里之捷，崔觉与恭祖争功，慧景不能决。恭祖怒，又劝慧景以火箭烧北掖楼。觉以大事垂克，后若更造，费用功多，阻其计不行。恭祖益不悦。

时萧懿将兵在小岘，帝遣使召之入援。懿方食，闻之投箸而起，帅数千人自采石济江，张旗帜于越城，举火相应。台中人望见，皆鼓手称庆。慧景遣崔觉将精卒数千人，渡南岸击懿军，大败而还。适遇一队东宫女伎，为恭祖所掠，觉见而夺之。恭祖积忿恨，遂帅众诣台降，军心大乱。懿军渡北岸，慧景军皆走，父子俱死。自围城至此，凡十二日而败。恭祖既降，帝亦斩之。

且说宝玄初至建康，士民多往投集。慧景败，收得朝野附逆人名，帝命烧之曰："江夏尚尔，何况余人。"宝玄逃亡，数日乃出。帝召入后堂，以步障裹之，令左右数十人鸣鼓角驰绕其外，遣人谓宝玄曰："汝近围我，亦如此耳。"放出斩之。自此以后，朝政益乱。帝所宠任左右，皆横行无忌。慧景余党已蒙诏赦，而嬖幸用事，不依诏书，无罪而家富者，皆诬为贼，杀而籍其赀。有直阁徐世鉩者，素为帝所委任，凡有杀戮皆在其手，亦嫌帝淫纵太过，密谓其党曰："何世天子无要人，但侬货主恶耳。"法珍以其言白帝，帝遣禁兵杀之，世鉩拒战而死。由是法珍、虫儿专用事，口称诏敕，人莫敢违。八月甲辰夜，后宫火，会帝驾未还，内人不得出，外人不敢入，比及门开，死者相枕，烧三千余间。时嬖幸之徒，皆号为"鬼"。内有赵鬼能读《西京赋》[1]，言于帝曰："柏梁[2]既灾，建章[3]是营。"帝乃大兴土木。

有潘妃者，号玉儿。体态轻盈，貌美而艳，最承宠幸。为起玉寿、芳乐等殿，以麝香涂壁，内作飞仙帐。四面绣绮，窗间尽画神仙，椽桷悉垂玲乱。服御之物，皆饰珍宝。凿金为莲花贴地，令妃行其上，曰:此步步生莲花也。"后人作《步步生金差赋》，以赞潘妃之美。其词曰：

彼美人兮，神侔秋水，状比芙蕖[4]。擅东昏之宠幸，驰南国之芳誉。雕饰则金应作屋，轻盈则步亦凌虚。摹花影于波心，天然绰约；度香风于舄[5]下，行自纤徐。尔其搜丽水之珍，出尚方之帑，镂错辉

---

① 《西京赋》——东汉张衡作，《二京赋》之一。
② 柏梁——柏梁台，汉武帝时建，故址在今陕西长安县。
③ 建章——建章宫，汉武帝时建，故址在今陕西长安县。
④ 芙蕖(qú)——即荷花。
⑤ 舄(xì)——鞋。

煌,精英晃朗。金在熔兮液流,莲布色兮花放。俪乐游之苑内千茎,
等太华之峰头十丈。信是依香①为国,欢征并蒂②之缘;本来解语如
花③,远结凌波之想④。妃乃启瑶阖,辟清厢,搴蕙幄,出芝房。乍踟
蹰而独立,旋彳亍而回徨。渺兮若仙风之吹下,翩兮若惊鸿⑤之将
翔。颤钗梁而不定,晕桃颊而分光。凫舄交时,化分飞之翡翠;凤头
迎处,想双宿之鸳鸯。袅袅兮裙罗,盈盈兮眼波。纤纤兮新月,历历
兮圆荷。忆西池之采摘,疑北渚之经过。点瓣而神光离合,萦花而舞
态婆娑。问太乙⑥之红船,游仙未可;笑窅娘⑦之素袜,蹑武如何。
君王于是睹之魂销,即之意下,乐且未央,欢真无价。秾华欲敛,是碧
窗小坐之时;芳气还留,应绣被横陈之夜。

　　且说帝宠潘妃,荒迷益甚。妃父宝庆,帝呼之为阿丈。一日,宝庆家
有吉庆事,往助其忙,躬自汲水助厨人作膳,以为笑乐。与其家人仆婢为
伍,全不知愧。宝庆恃势作奸,没入平民资产无数。有司不敢诘,百姓怨
之切齿。又有奄人⑧王宝孙,年十三,号伥子。善迎妃意,尤得帝宠,虽梅
虫儿之徒亦下之。控制大臣,移易诏敕,乃至骑马入殿,诋诃天子。公卿
见之,莫不惕息。其后朝廷费用日繁,征求愈迫,建康酒租,皆折使输金。
百姓困穷,号泣盈路,天下皆知齐必亡矣。

　　先是,萧懿之入援也,萧衍遣使谓之曰:"平乱之后,则有不赏之功,
当明君贤主,尚或难立,况于乱朝,何以自免? 若贼灭之后,勒兵入宫,行
伊、霍故事,此万世一时。若不欲尔,托以外拒为名,身归历阳,则威振内
外,谁敢不从? 一朝放兵,受其厚爵,高而无民,必生后悔。"长史徐曜亦
苦劝之,懿并不从。拜爵为尚书令,弟畅为卫尉,掌管籥。嬖臣茹法珍等

---

① 依香——即"衣香"。形容妇女服饰华丽。
② 并蒂——并蒂莲。并排地长在同一个茎上的两朵莲花。比喻夫妻恩爱。
③ 解语如花——解语花,比喻美人。
④ 凌波——形容女性走路时步履轻盈。曹植《洛神赋》:"凌波微步,罗袜生
　　尘。"
⑤ 惊鸿——形容妇女体态轻盈。曹植《洛神赋》:"翩若惊鸿,婉若游龙。"
⑥ 太乙——神名。
⑦ 窅(yǎo)娘——南唐李后主宫嫔,貌美善舞。
⑧ 奄(yān)人——宦官。

咸畏忌之，说帝曰："懿将行隆昌①故事，陛下命在晷刻②。"帝信之，将杀懿。懿将徐曜甫知之，密具舟江渚，劝懿西奔襄阳。懿曰："自古皆有死，岂有叛走尚书令耶？吾宁坐以待之耳。"俄而奉召入省，以药赐死。懿且死，但曰："家弟在雍，深为朝廷忧之。"诸弟皆亡匿于里巷，无人发之者，唯弟融捕得被杀。后人有诗赞懿之忠云：

　　定倾扶危纾③国忧，敢因祸至为身谋。

　　九泉遗恨难消处，只空干戈起雍州。

　　话分两头。萧衍在雍，深知齐祚将亡，日日延揽豪杰，厚集兵力，以图大举。于是四方智勇之士，相率来归。有一人姓吕，名僧珍，字元瑜，广陵人，家甚寒微。儿时从师读书，有相士至书塾，历观诸生，独指僧珍曰："此儿有奇声，封侯相也。"及长，智识宏通，身长七尺七寸，容貌伟然。司空陈显达出军沔北，见而呼坐，谓之曰："卿有贵相，名位当出我上。幸自爱。"方徐孝嗣当国，欲引与共事，僧珍知其不久必败，谢弗往。未几，孝嗣果败。衍临雍州，僧珍归之，为中兵参军。衍尝积竹木于檀溪，人不解其故。僧珍会其意，私具櫓数百张。及后起兵，取竹木以造战舰，独缺櫓，僧珍出以济用，人服其智。

　　又一人姓王，名茂，字茂先，太原人，好读兵书，通武略。齐武帝布衣时，见之叹曰："王茂先年少英俊，堂堂如此，异日必为公辅。"后为台郎，累年不调。见齐政日乱，求为边职，遂为雍州长史。衍一见，便以王佐许之，因结为兄弟，事无大小，皆与商酌。茂亦为之尽力。

　　又一人姓曹，名景宗，字子震，新野人。幼善骑射，好畋猎，常与少年数十人，逐群鹿于泽中。麚马相乱，景宗于众中射之，人皆惧中马足，而箭之所及，不爽分毫，鹿皆应弦而毙，以此为乐。尝乘匹马，将数十人于中路，逢蛮贼数百劫之。景宗身带百余箭，每箭杀蛮一人，蛮遂散走。因以胆勇闻。颇爱史书，读《穰苴》、《乐毅传》④，辄放卷叹息曰："大丈夫当如

　　① 隆昌——即齐萧昭业（郁林王）年号。

　　② 晷（guǐ）刻——晷，日影，引申为时间。晷刻意为不久、旦夕。

　　③ 纾（shū）——缓和，解除。

　　④ 《穰苴》、《乐毅传》——《史记》篇名。穰苴、乐毅俱为春秋、战国时期著名军事家。

是也!"衍镇雍州,景宗深自结附。衍举为竟陵太守,但性躁动,不能沉默。尝出行,于车中自开帷幔,左右顾望。或谏之曰:"太守隆重,当肃官仪,不宜如是。"景宗曰:"我在乡里骑快马如龙,与年少辈数十骑,拓弓弦作霹雳声,箭如饿鸱叫,平泽中逐獐鹿射之,渴饮其血,饥食其胃,甜如甘露浆。觉耳后生风,鼻头出火,此乐使人忘死。今为太守贵人,动转不得,路行开车幔,人辄以为不可。闭置车中,如三日新妇,如此邑邑,能不使人气尽。"而幕府勇将,则首推景宗焉。

又一人姓韦,名睿,字怀文,杜陵人。其伯父韦祖征常奇之。时同里王憕、杜恽,并有盛名。祖征谓之曰:"汝自谓何如二人?"睿谦不敢对。祖征曰:"汝文章或小减,学识当过之。佐国家,成功业,皆莫汝及也。"后为齐兴太守,知衍有大志,遣二子至雍,深相结纳。方显达、慧景频以兵逼建业,人心惶骇,西土人谋之于睿。睿曰:"陈虽旧将,非济世才。崔颇更事,懦而不武,事必无成。天下真人,其惟萧雍州乎?"于是弃职归衍。衍大喜,握其手曰:"得君来此,吾事可成矣。"

又一人姓柳,名庆远,字文和,元景之侄。将门子,有干略,为雍州别驾。私谓所亲曰:"天下方乱,能定大业者唯吾君耳。"因事衍不去。

又一人姓郑,名绍叔,字仲明,荥阳人。徐孝嗣尝见而异之,曰:"此祖逖①之流也。"衍临司州时,绍叔为中兵参军,相依如左右手。及衍罢州还,谢遣宾客,独请留。衍曰:"以卿之才,何往不得志?我今闲居,未能相益,宜更思他就。"绍叔曰:"吾阅人多矣,舍君谁可与共事者,固请留此。"及衍为雍州,遂补绍叔为扶风太守。

绍叔有兄植,勇力绝伦,官于京师。一日,来至雍州,候绍叔于家,绍叔见之问曰:"兄在天子左右,朝廷有何事,而遣兄至此?"植曰:"朝廷深忌雍州,托我以候汝为名,潜刺杀之。我岂肯害之哉?迫于朝命,不得不来。弟见雍州,密致此意。"绍叔遂以告衍。衍命置酒绍叔家,招植共饮。酒酣,戏谓植曰:"朝廷遣卿相图,今日闲宴,是可取良会也,何不取吾头去?"植曰:"使君豁达大度如汉高,仆何敢害。"相与大笑。饮罢,令植遍观城隍、府库、士马、器械、舟舰等项,植曰:"雍州实力,未易图也。"绍叔

---

① 祖逖——晋范阳道县人,字士稚,晋元帝时为豫州刺史。慷慨有大志,晋室乱,祖逖率部渡江,中流击楫设誓"祖逖不能清中原而复济者,有如大江!"

曰："兄还,具为天子言之。若取雍州,请以此战。"植曰:"吾复命后,朝廷必来征伐,时事可知矣。未识我与汝复得相见否?"弟兄洒泪而别。斯时雍州麾下,猛将如云,谋臣如雨,皆有攀麟附凤之意。眼见干戈即起,及闻懿死,衍益悲愤,恨不踏平建康,以诛无道。但未识雍州若何起兵,且俟下文再续。

第 十 九 卷

萧雍州运筹决胜　齐宝卷丧国亡身

话说萧衍素怀大志，又闻其兄萧懿被诛，且悲且怒，会集诸将，商议起兵。诸将无不踊跃从命。适有密报到来，朝廷遣辅国将军刘山阳统领三千人马，潜赴江陵，约会南康王行事萧颖胄，起荆州之兵，共袭襄阳。诸将请于半路截击之，衍曰："此不足虑，吾当以计制之。"乃使参军王天虎诣江陵，遍与州府书，声云"山阳西上，并袭荆、雍"。书去后，衍谓诸将曰："荆州素畏襄阳人，加以唇亡齿寒，能不与我为一？我合荆、雍之兵，鼓行而东，虽使韩、白复生，不能为建康计矣，况以昏主役刀敕之徒哉！"颖胄等得书，果大恐。越一日，衍乘山阳将到，复令天虎赍书于颖胄，余人皆无。又书中但作通候语，不涉时事，而云天虎口具。张弘策问故，衍曰："用兵之道。攻心为上。近遣天虎往荆州，人皆有书，今只有一函与颖胄，而云天虎口具。颖胄问天虎，天虎无所说，众问颖胄，颖胄亦无所说。众必谓颖胄与天虎共隐其事，则人人生疑，众口沸腾。山阳闻之，必疑不敢进，则颖胄进退无以自明，必入吾谋内。是驰一空函定一州矣。"

再说山阳至江安，闻衍有书连至江陵，果怀疑贰，迟回十余日不上。颖胄大惧，计无所出，乃夜呼参军席阐文、从事柳忱，闭斋定议。阐文曰："萧雍州蓄养士马，已非一日。江陵素畏襄阳之强，又众寡不敌，取之必不可制。就能制之，岁寒复不为朝廷所容。今若杀山阳，与雍州举事，立天子以令诸侯，则霸业成矣。山阳不进，是不信我，今斩送天虎，则彼疑可释。至而图之。罔不济矣。"忱亦曰："朝廷狂悖日滋，京师贵人莫不重足屏息。今幸在远，得暇日自安。雍州之事，且借以相毙耳，独不见萧令君乎？以精兵数千，破崔氏十万众，竟为群邪所陷，祸酷相寻。前事之不忘，后事之师也。且雍州士锐粮多，萧使君雄资冠世，必非山阳所能敌。若破山阳，荆州复受失律之责，进退无一而可，宜深虑之。"其弟颖达亦劝颖胄从阐文计。颖胄遂请天虎至府，谓之曰："卿与刘辅国相识，今不得不借卿头，以释其疑。"遂斩之，送首于山阳，曰："荆州之使已斩，速以兵来，商议进讨。"山阳大喜,单车白服,率数十人来会颖胄。颖胄伏兵城内,山阳入门,即于车中斩之,送其首于雍州。以南康王教假衍节,使都督前锋诸军事,衍大喜。于是建牙集众,得甲士万余人,马千余匹,船三千艘。命王茂为先锋,曹景宗副之,身统大军为后继。克日进发,报知颖胄,乞即兴师。颖胄以年月元利,须俟明年进兵,致书襄阳,戒勿遽动。衍复书曰:

> 来示兵当缓进,切以为不可。凡举大事,所藉者一时骁勇之心,事事相接,犹恐疑怠。若顿兵十旬,必生悔吝。且坐甲十万,粮用自竭,若童子立异,则大事不成。况处分已定,安可中息哉? 昔武王伐纣,行逆太岁①,岂复待年月乎? 幸奋同舟之力,毋贻后时之悔。

颖胄得书,乃亦起兵。命将军杨公则引兵向湘州,参军邓元起引众向夏口,与衍同伐建康。

其时,朝廷闻山阳死,知颖胄叛,发诏并讨荆、雍。遣骁骑将军薛元嗣运粮百四十船,送郢州刺史张冲,使拒西师。又敕台将房僧寄使守鲁山。冲恐鲁山难守,遣将孙乐祖将三千兵助之。二月甲申,衍次汉口,自冬积霾,不见日色,至是天光开霁,士卒大悦。诸将请并力围郢,分袭西阳、武昌。衍曰:"汉口相阔一里,箭道交至,房僧寄以重兵固守,与郢城为掎角。若悉众前进,僧寄必绝我军后,悔无所及。不若遣诸军济江,与荆州军合,以逼郢城,吾自围鲁山,以通沔、汉。使郢城、竟陵之粟,方舟而下,江陵、湘中之兵,相继而至,兵多食足,何忧两城之不拔? 天下事可以卧取之耳。"乃使王茂等帅众济江,逼郢城。张冲开门迎战,茂等进击,大破之。杀其偏将光静。光静,冲麾下勇将也,一战而没。冲大惧,撄城自守。曹景宗进据石桥浦,下临加湖。邓元起将荆州兵,会与夏首。于是衍筑汉口城以逼鲁山,遣张惠绍将兵遏江中,以绝郢、鲁二城之信。

又杨公则已克湘州,率众会于夏口。时有殿中直帅夏侯蚪,荆州司马夏侯详子也,自建康亡归江陵,称奉皇太后旨,令南康王纂承皇祚。南康遂即帝位,是为和帝。加萧衍征东大将军,都督征讨诸军事,假黄钺,军势益振。一日,衍在军中正议进兵,忽席阐文赍颖胄书来,谓衍曰:"今顿兵两岸,不并力图郢,定西阳、武昌,取江州,此机已失。莫若请救于魏,与北连和,犹为上策。"衍曰:"汉口路通荆、雍,控引秦、梁,粮运资储,仰此气

---

① 太岁——古代天文学中假设的星名,又称岁阴或太阴。

息,所以兵压汉口,连结数州。今若并军围郢,又分兵前进,鲁山之兵必阻沔路,搤①吾咽喉。近日邓元起欲以三千兵往取寻阳,吾力止之。盖彼若欢然知机,一说士足矣。脱拒王师,固非三千兵所能下也。进退无据,未见其可。至若西阳、武昌,取之即得。然既得之后,即应镇守。欲守两城,不减万人,粮储称是,卒无所出。脱东军有上者,以万人攻两城,两城势不得相救。若我分军应援,则首尾俱弱,如其不遣。孤城必陷。一城既没,诸城相次土崩,天下大事去矣。为今之计,且俟郢州既拔,席卷沿流,西阳、武昌,自然风靡。何遽分兵散众,自贻忧患乎?且丈夫举事,欲清天步,况拥数州之兵以诛群小,悬河注火,奚有不灭,岂容北面请救戎狄,以示弱于天下?况彼未必能信,徒取丑声,此乃下计,何谓上策?卿为我还语镇军,前途攻取,但以见付。事在目中,无患不克,但借镇军静镇之耳。"阐文归以告颖胄,异议乃息。

五月,东昏以陈伯之为江州刺史,都督前锋诸军事,西击荆、雍之师。伯之即命偏将吴子阳同其子虎牙,率兵三万救郢州。衍闻之,遂进军巴口,命其将梁天惠屯渔湖城,唐修期屯白杨垒,夹岸待之。子阳进军加湖,去郢三十里,傍山带水,筑垒自固,仅以烽火相应。张冲屡次求援,子阳不敢前。丁酉,冲忧愤成疾,临没,以后事托薛元嗣,命其子张孜共守。又鲁山乏粮,军人于矶头捕鱼供食。衍命王茂引师逼之,孙乐祖惧,率其众降,房僧寄自杀。郢城之势益孤。曹景宗乘水涨以舟师袭加湖,子阳、虎牙不能拒,弃军走。郢人大恐。是夜,守城者见有数万毛人逾堞而泣,走投黄鹄矶。识者以为此城之精也,精去不久必破矣。及旦,元嗣、张孜向衍乞降,开门纳其军。计郢城被围二百日,城中士民男女十万口,疾疫流肿死者十之八。积尸床下而寝其上,比屋皆满。既降,衍欲择一良有司治之,苦无其人。时韦睿在座,因顾之笑曰:"舍骐骥而不用,焉事皇皇而他索?"即以睿为江夏太守,行郢府事。睿收瘗②死者,而抚其生者,郢人遂安。

既得郢城,诸将请攻江州,衍曰:"用兵未必须实力,所听威声耳。今山阳兵败,虎牙狼狈奔寻阳,人情理当汹惧,可传檄而定也。"乃得伯之旧

---

① 搤(è)——同"扼"。扼守。把守,控制。
② 瘗(yì)——埋葬。

人苏隆之，使说伯之曰："如肯纳款，当用为江州刺史。"伯之即使隆之返命，但云愿降，而大军未须遽下。衍曰："伯之此言，意怀首鼠，及其犹豫，急往逼之，计无所出，势不得不降。"乃命邓元起引兵先下，杨公则径掩柴桑，衍与诸将以次进路。伯之闻军至，退保湖口，惺扰不知所为。既而亲诣军前，束甲请罪。衍厚纳之，乃留郑绍叔守寻阳，挟伯之东下。衍谓绍叔曰："卿吾之萧何、寇恂也。前途不捷，吾当其咎。粮运不继，卿任其责。"绍叔涕泣受命。以故江湘粮运，未尝乏绝。张弘策熟悉道路形势，绘图以献。自江口至建康，凡机浦村落，军行宿次等处，如在目中。故军士上道，不失寸刻。

却说东昏虽知荆、雍兵起，狂暴如故，作芳乐苑，山石皆涂五彩，跨池水，立飞阁，壁上皆画男女私亵之像。民家有好树美竹，则毁墙撤屋而徙之。时方盛暑，朝种夕死，死而复种，卒无一生。插叶装花，取玩俄顷。于苑中立市，使宫人宦者共相贩买。以潘贵妃为市令，自为市录事，小有差误，妃即与杖，伏地求饶，佯作畏惧状。又开渠立埭，身自引船，埭上设店，坐而屠肉。百姓歌云："阅武堂前种杨柳，至尊屠肉，潘妃沽酒。"又令宫人皆露裈，着绿丝屩①，每于僻处遇之，或按草地，或倚石畔，私相淫媾，以为大乐。故宫人求幸者，每潜身幽僻之处以候之。又好巫觋，内侍朱光尚诈云目能见鬼。一日，入乐游园，人马忽惊，以问光尚，对曰："向见先帝，甚怒陛下数出游外，故鞭马而马惊。"东昏大怒曰："死鬼何敢惊生天子！"乃拔刀与光尚寻之。既不见，缚菰②为高宗形，跪而斩之，悬首树上。群臣皆怀愤怒。

内史张欣泰谓军主胡松曰："昏人所为如是，吾侪受其荣宠，异日国亡，必将与之同戮，奈何？"松曰："吾亦忧之，但不举大事，祸必不免。近闻侍郎王灵秀、直阁将军鸿选皆有异志，不如密结二人，相与废之，立建康王宝寅，以主社稷，庶国安而身家亦保。"欣泰从之。乃密结灵秀、鸿选，共举大事。二人亦欣然应命。秋七月甲子，东昏遣宠臣冯元嗣出外监军，命茹法珍、梅虫儿、杨明泰及张欣泰等饯之中兴堂。欣泰等乃因以作乱，谋伏壮士于堂后，先杀元嗣、虫儿、法珍、明泰于座。欣泰则阳为告变，驰

---

① 屩（juē）——草鞋。
② 菰（gū）——菰草，多年生草本植物。

入宫中,与鸿选弑东昏。灵秀则往石头,迎建康王入宫。商议既定,各人照计行事。临期,元嗣等方入席,壮士突起,砍元嗣,头坠席上。又砍明泰,破其腹。虫儿、法珍急走,虫儿伤数创,手指尽落,卒与法珍走免。左右大呼,击杀数人,余皆走散。欣泰佯即驰入告变,灵秀遂诣石头,迎宝寅。帅城中将吏数百,去车轮以载之,唱警跸,向台城。百姓数千人皆空手随之。

且说欣泰之入也,冀法珍等在外,东昏必以城中处分见委,因得表里相应。那知法珍亦复驰入,下令闭门上仗,不配欣泰一兵。故鸿选在殿内,亦不敢发。又宝寅之众,皆乌合无纪律,欲攻城,日已暝。城上人发弩射之,死数人,余皆弃宝寅去。宝寅亦逃。三日后,诣宫门求见。东昏召入问之,宝寅涕泣以告曰:“迩日不知何人逼使上车,仍弃我去,制不自由。今始得归。”东昏笑,复其爵位。杀张欣泰、胡松、王灵秀、鸿选等于市。

先是郢、鲁既失,西师日进,有请东昏出师者。东昏谓茹法珍曰:“师远出不用命,须至白门前,当与一决。”及衍次近道,乃聚兵为固守之计。一日,问群臣曰:“谁能为朕杀贼者?众莫应。卫军李居士趋而进曰:“臣请得精骑三万,保为陛下一鼓破之,枭萧衍之首于阙下。”东昏大悦。遂命居士为前锋,率骑三万,据新亭;遣征虏将军王珍国将精兵十万,陈于朱雀航南。是日,萧衍前军至芜湖,姑孰守将弃城走,衍进据之,命诸将进师。

却说李居士屯兵新亭,望见一军前来,人马疲乏,器甲穿敝,笑谓左右曰:“人谓东军勇猛,此等兵何足畏!”因率兵士鼓噪前薄。那知此军主将乃是曹景宗,因师行久,器甲敝坏。今见敌军蜂涌杀上,景宗排开阵势,匹马直出,高叫曰:“来将何名?”居士答曰:“我乃前锋大将李居士也。快快下马受缚,免你一死。”景宗更不打话,持刀直奔居士。左右两将当先迎敌,被景宗一刀一个,尽斩马下。居士失弓而走,景宗挥众奋击,遂大破之。居士始知东军难敌,闭营不敢出。于是景宗进据皂荚桥,王茂进据越城,邓元起进据道士墩,陈伯之进据篱门,吕僧珍进据白板桥,征鼓之声,达于内阙。居士启请东昏烧南岸邑屋,以开战场,自大航以西、新亭以北皆尽。

甲戌,衍至新林,会集诸将,曰:“居士已败,城中所恃唯王珍国一军,尚拥精兵十万，陈于朱雀航南，并力破之，则建康不战自下矣。"遂进兵。东昏遣宦者王宝孙，持白虎幡临阵督战。珍国选精锐居前，老弱居后，严阵以待。东军击之不利，王茂怒，下马单刀直前，其甥韦欣庆执铁缠矟以翼之，冲击东军，应时而陷。曹景宗亦纵兵乘之，吕僧珍赍火具焚其营，将士皆殊死战，鼓噪震天地。珍国军不能抗。王宝孙切骂诸将，直阁将军席豪发愤突阵而死。豪素称万人敌，为一军所恃。既死，士卒土崩，赴淮死者无数，积尸与航等，后至者乘之以济。于是城外诸军非降即逃，李居士亦以兵降。衍纳之，遂长驱至宣阳门。建康大震，诸弟皆自城中逃出赴军。

壬午，衍分命诸将，各攻一门，筑长围守之。独陈伯之攻西明门，每城中有降人出，伯之辄呼与巨语。衍恐其复怀反复，恰值台将郑伯伦来降，衍使伯伦语之曰："城中甚忿卿举江州降，欲以封赏诱卿，归国当生割卿手足。若不降，当遣刺客杀卿，宜深为备。"伯之惧，自是始无异志。杨公则屯领军府，与南掖门相对。尝登高望战，城中遥见麾盖，以神锋弩射之，矢贯胡床，左右失色。公则曰："几中吾脚。"谈笑如初，城中夜选勇士攻公则栅，军中惊扰，公则坚卧不起，徐命击之，城中兵乃退。盖公则所领皆湘州人，素号懦怯。城中轻之，每出击，辄先犯公则垒。公则奖励军士，克获更多。先是衍兵趋建康，颖胄恐其不捷，郁郁成疾，至是遂卒。夏侯详秘之，密报于衍，衍亦秘之。及建康已危，诸处皆溃，乃发颖胄丧。以和帝诏，赠侍中、丞相，于是众望尽归于衍。

话分两头。建康有蒋子文神庙，东昏素信奉之。前慧景之乱，东昏祷于神求援，事平，封子文为钟山王。及衍逼建康，尊子文为灵帝，迎神像入大内，使巫日夕祷祀。城中军事，悉委王珍国，以卫军张稷为之副。时城中实甲，犹有七万人。东昏素好军阵，每与黄门刀敕之徒及宫人等，在华光殿互相战斗。诈作被创势，使人以板扛去，用为笑乐。昼眠夜起，一如平常。闻城外鼓角声，被六红袍，登景阳楼屋上望之，弩不及者数寸。又东昏与左右谋，以为陈显运一战即败，崔慧景围城寻走，谓衍兵亦然。但敕大官办樵米，为百日调而已。及大桁之败，众情汹惧，茹法珍等恐士民逃溃，闭门不复出兵。既而长围已立，堑栅严固，然后出荡，屡战不捷。

东昏尤惜金钱，不肯赏赐。法珍叩头请之，东昏曰："贼来独取我耶，何为就我求物？"后堂藏巨木数百榜，守城者启为城防。东昏欲留作殿，竟不与。又督责金银雕镂杂物，倍急于常，众皆怨怼，不为致力。城中咸思早亡，莫敢先发。茹法珍、梅虫儿说东昏曰："大臣不留意，使围不解，宜悉诛之。"王珍国、张稷闻之大惧，乃谋弑东昏，降西军。珍国密遣所亲献明镜于萧衍，衍断金以报之。中兵参军张齐、后阁舍人钱强、殿帅丰勇之、宦者黄泰平皆同谋。丙寅夜，钱强密令人开云龙门，以迎外兵。珍国、张稷引兵入殿，丰勇之为内应。时东昏在含德殿，吹笙歌作儿女子态，未寝，闻有兵人，趋北户，欲还后宫。门已闭，不得出，皇无所之。黄泰平从暗中以刀砍之，伤其膝，仆地。张齐趋前斩之。宫人皆走匿。珍国乃以诏召百官至，列坐于殿前西钟下。稷拥长刀遮之，告以故。百僚莫敢违，遂令署笺，以黄绸裹东昏首，遣国子博士范云送诣石头。右卫将军王志叹曰："冠虽敝，不可加足。"取庭中树叶塞口，伪闷不署名。云赍东昏首至衍军，军士闻东昏死，皆呼万岁。衍览百僚降笺，无王志名，心嘉之。云入见，衍携其手曰："卿吾故人也。"遂留参帷幄。俄而，百僚皆出见衍，衍谓左仆射王亮曰："吾至新林，诸臣皆间道送款，卿独无有，我不怪卿。但颠而不扶，焉用彼相？"亮曰："若其可扶，明公岂有今日之举？"衍大笑。城中出者或被劫剥，杨公则亲帅麾下，陈于东掖门，卫送公卿士民，故出者多归公则营焉。衍闻而善之，乃下令军中曰："士卒入城，有擅取民间一物者斩。"由是兵不扰民，民心大悦。但未识暴主虽除，衍将何以善后，且俟后文再讲。

第 二 十 卷
宝寅潜逃投北魏　任城经略伐南梁

话说东昏既弑,百官纷纷投降,迎接萧衍入城。衍一一抚慰,乃命张弘策先入清宫,封府库,收图籍。时城内珍宝委积,弘策禁勒部曲,秋毫无犯。收嬖臣茹法珍、梅虫儿等四十一人,皆属吏。己卯,衍振旅入城,居阅武堂。以宣德太后令,追废宝卷为东昏侯,葬以侯礼。褚后及太子诵,并降为庶人。凡昏制谬赋,淫刑滥役,悉皆除荡。斩嬖幸茹法珍等于市。以宫女二千分赉将士,人情大悦。壬申,报捷于江陵,和帝进衍位相国,总百揆,封十郡为梁公,自置梁国以下官属,识者皆知大业终归于梁矣。

先是衍围宫城,州部皆遣使请降,独吴兴太守袁昂拒境不受命。衍遣人传语昂曰:“根本既倾,枝叶安附? 今竭力昏主,未足为忠;家门屠灭,非所谓孝。岂若翻然改图,自招多福。”昂复书曰:

　三吴内地,非用兵之所。况以偏隅一郡,何能为役? 自承麾旆届止,莫不膝袒军门,唯仆一人敢后至者,政以内揆庸素,文武无施。虽欲献心,不增大师之勇;置其愚默,宁沮众军之威,幸藉将军含弘之大,可得从容以礼。窃以一餐微施,尚复投殒;况食人之禄,而顿忘一旦? 非唯物议不可,亦恐明公鄙之,所以踌躇,未遑荐璧。

衍得书叹息,深服其义。及建康平,衍使李元履巡抚东土,敕元履曰:“袁昂道素之门,世有忠节,天下须共容之,勿以兵威凌辱。”元履至吴兴,宣衍旨,昂不答。武康令傅映谓昂曰:“昔元嘉之末,开辟未有,故太尉杀身以明节。司徒当寄托之重,理无苟全,所以不顾夷险,以徇名义。今嗣主昏虐,自陷灭亡,雍州举事,势如破竹,天人之意可知。愿明府深思权变,无取后悔。”昂然之,然亦不请降,但开门撤备而已。

又豫州刺史马仙琕,方衍引师东下,拥兵不附。衍使其故人姚仲宾说之降,仙琕斩之以徇。又遣其叔马怀远说之,仙琕曰:“大义灭亲。”亦欲斩之,军中为之固请,乃免。及衍至新林,仙琕犹于江西,抄绝运船,杀害士卒。后闻台城不守,大兵将至,向南号泣,谓将士曰:“我受人任寄,义不容降。君等皆有父母,我为忠臣,君等为孝子,各行其志,不亦可乎!"悉遣城内兵出降,只拥壮士数十,闭门独守。俄兵入,围之数重,仙鸊令士皆持满,兵不敢近。日暮,仙鸊乃投弓于地,曰:"诸军但来见取,我义不降。"乃囚送石头。衍释之,使待袁昂至俱人,曰:"今天下见二义士。"及昂至,遂与仙鸊并马入朝。衍以礼见之,谓昂曰:"我所以不遽加兵者,以卿忠义之门也。卿知之乎?"昂顿首谢。又谓仙鸊曰:"射钩斩祛,昔人所美,卿勿以杀使断运自嫌。"仙鸊谢曰:"小人如失主犬,后主饲之,则复为用矣。"衍笑,皆厚遇之。潘妃有国色,衍欲留之,以问王茂。茂曰:"亡齐者此物,留之何益?"乃赐死于狱。

丙戌,衍入镇殿中,文武百僚莫不俯首听命。初,衍与范云、沈约、任窻以文学受知于竟陵王子良,同在西邸,意好敦密。至是引云为谘议参军,约为骠骑司马,窻为纪室参军,共参谋议。沈约隐知衍有受禅之志,而难于出口,一日微叩其端,衍不应。他日又叩之,衍曰:"卿以为何如?"对曰:"今与古异,公不可以淳风期物。士大夫攀龙附凤者,皆望有尺寸之功,以垂名竹帛。今儿童牧竖皆知齐祚将终,明公当乘其运。天文谶记,又复炳然。天心不可违,人情不可失。苟历数攸在,虽欲谦光,亦不可得已。"衍曰:"吾方思之。"约曰:"公初建牙襄阳,此时应思。今王业已成,何用复思? 若不早定大业,脱有一人立异,即损威德。且人非金石,时事难保,岂可以梁公十郡之封,遗之子孙耶? 若天子还都,公卿在位,则君臣分定,无复异心。君明于上,臣忠于下,岂复有人同公作贼!"衍心然之。约退,范云入见,衍以约语告之。云曰:"今日时势诚如约言,愿公勿疑。"衍曰:"智者所见,乃尔暗同耶? 明早,卿同休文更来。"云出语约,约曰:"卿必待我。"云许诺。及明,约不待云而先入,衍命草具其事。约乃出怀中诏书,并禅受仪文等事,衍初无所改。俄而云至,望殿门不得入,徘徊寿光阁外,但云"咄咄"。约出,云问曰:"何以见处?"约举手向左,云笑曰:"不乖所望。"有顷,衍召云入,极叹休文才智纵横,且曰:"我起兵于今三年矣,功臣诸将实有其劳,然成吾帝业者,卿与休文二人力也。"甲寅,诏梁公增封十郡,晋爵为王。选擢授职,悉依天朝之制。于是以沈约为吏部尚书,范云为侍中,今且按下慢讲。

却说明帝之子九人,其时诸王存者,唯邵陵王宝攸、晋熙王宝嵩、桂阳王宝贞、鄱阳王宝寅。见梁业将成,皆有自危之志。而鄱阳王识虑深沉,尤怀忧惧，私语内侍颜文智曰："吾闻破巢之下，必无完卵。萧衍即日篡齐，齐之子孙，必遭其害。吾欲投北以求全，未识济否？"文智曰："殿下留此，必不得免。投北诚为上策，但须急走，乘此防守尚疏，或可脱身。迟则无及矣。"是夜，宝寅遂与文智各易冠服，著乌布襦，腰系千许钱，穿墙而走。时正五更，挨至城门，恰好门开，遂出城，放步便行。恐后有追者，途中不敢稍停。将近江侧，宝寅谓文智曰："此番若得过江，便有生路。但二人同行，易招旁人耳目，不如分路渡江，在北岸相等。"文智曰："然。"二人遂分路走。

却说宝寅身居王爵，出入非车即马，从未步行路上。今处急难之际，蹀屧徒步，走了一日，足无完肤，不胜苦楚。及至江滨，举目一望，白茫茫都是江水，无船可渡。心已惶急，忽闻后面人喊马嘶，知有追兵到来，益发慌张，只得走入芦苇中藏躲。正在上天无路，入地无门时候，恰见一渔船泊在岸边钓鱼。忙以手招呼道："渔翁快快渡我过去，定当重谢。"那渔人把他仔细一看，便道："谢倒不必，但要与我说明，方好渡你。"宝寅道："吾实逃难者，后有兵马赶来，望速救援。"渔人便把船拢岸，扶宝寅下船，便道："你要我救，有笠帽破衣在此，须扮作渔人模样，同我坐在船上，执竿下钓，便令追者不疑。"宝寅从之，遂亦诈为钓者，随流上下。追者至，见江边并无一人，只有渔舟一只，离岸不远，便叫道："渔人曾见有少年男子，同着一人行过去么？"渔人道："此间是一条死港，无人行走的。"追者看着宝寅坐在船上，全不疑是宝寅，遂各退去。渔人始问宝寅何往，宝寅以实情告之。渔人道："原是一位殿下。但天色已昏，且请用些夜膳，待月色上升，送你过去。"俄而饭毕，月出东山，乃放船中流，渡至西岸。宝寅忙即谢别，渔人道："一直走去，便是往北大路了。"说罢，便回棹而去。

宝寅趁着月色，一步步向北而行，走到天明，不见颜文智来。怕一时错过，立在路旁暂歇，远远望见二人飞奔而来，行到近处，一人不认得，一人却是颜文智。文智见了宝寅，便道："天幸恰好遇着。"宝寅忙问："此位何人？"文智道："此乃义友华文荣也，曾充王府卫卒，见朝廷祸乱相寻，避居于此。昨夜臣过江，即投其家。告知殿下将到，故同来迎候。"文荣道："此间不是说话处，快请到家再商。"宝寅遂到文荣家，文荣延入内室，请宝寅坐定，便道："殿下投北，大路上怕有盘诘，不便行走。今有小路一条，可以抄出境外。亦只好昼伏夜行，方保无事。"文智曰："不识路径，奈何?"文荣曰:"吾随殿下同去便了。"宝寅感且泣道:"卿肯随我去,恩孰大焉。但此后我三人,总以弟兄相呼,切勿再称殿下。"二人点头应命。文荣进内,亦不向妻子说明,但云有别处公干,今夜即要起身。等至黄昏,三人饱餐夜膳,包裹内各带些干粮,随即起身,向僻路而走。也不管山径崎岖,路途劳顿,真是茫茫如丧家之犬,急急如漏网之鱼。幸向文荣熟识路径,不至错误。行了数日,来到一处,文荣道:"好了,此间已是北魏界上,前面即寿阳城了。"宝寅才得宽心。正行之间,忽有军士数人走过,喝道:"你三人从何而来? 敢是南方奸细么?"文荣道:"你想是大魏的军士了?好好,快去报与你戍主晓得,说有齐邦鄱阳王到此。"原来寿阳乃北朝第一重镇,特遣任城王元澄镇守其地,地界南北,各处皆有兵戍。当日戍主杜元伦闻报,一面接三人入营,问明来历。一面飞报任城王,任城即以车马侍卫迎之。时宝寅年十六,一路风霜劳苦,面目黄瘦,形容枯槁,见者皆以为掠至生口。澄见之,待以客礼。问及祸乱本末,宝寅泪流交迸,历诉情由,井井有序。澄深器之,因慰之曰:"子毋自苦,吾当奏知朝廷,为子报仇。"宝寅拜谢。澄给以服御器用,使处客馆。宝寅请丧君斩衰之服①,澄使服丧兄齐衰之服,帅百僚赴吊。宝寅居处有礼,一同极哀之节,人皆贤之。其后入见魏主,魏主赐以第宅,留之京中。今且按下不表。

却说梁王闻宝寅逃去,料他孑身独往,亦干不出什么事来,遂置不问。唯汲汲打算为帝,谓张弘策曰:"君臣争劝我受禅,但南康王将到,若何处之?"弘策曰:"王自发雍州,王所乘舟,恒有两龙导引,左右莫不见者,天意可知。百姓缘道奉迎,皆如挟纩,人情可知。南康虽来,何敢居王之上?不如乘其未至,而先下禅位之诏,则人心早定矣。"王大悦。乃使沈约迎帝。约至姑孰,正值和帝驾到。约以禅位意,遍谕侍从,群臣无不应命。于是下诏禅位于梁,诏至建康,假宣德太后令,遣太保王亮奉皇帝玺绶,诣梁宫劝进。丙寅,梁王即皇帝位于南郊,大赦天下,改元天监。追尊皇考为文皇帝,皇妣为献皇后,追赠兄懿为丞相,封长沙王。奉和帝为巴陵王,居于姑孰,优崇之礼,皆仿齐初。封文武功臣张弘策等十五人为公侯,立诸弟皆为王。帝欲以南海郡为巴陵国,徙巴陵王居之,以问范云,云俯首

---

① 斩衰之服——古代丧服。

未对。沈约曰："今古事殊，魏武①所云，不可慕虚名而受实祸。"帝闻之默然，乃遣亲臣郑伯禽诣姑孰，以生金进王。王曰："吾死不须金，醇酒足矣。"乃醉以酒而杀之，时年十五。先是文惠太子与才人共赋七言诗，末句辄云愁和帝，至是，其言方验。时诸王皆死，唯宝义幼有废疾，不能言语，故独得全。使为巴陵王，奉齐祀。

一日，齐南康侯子恪因事入见，帝从容谓曰："天下公器，非可力取，苟无期运，虽项籍之力，终亦败亡。宋孝武性猜忌，兄弟粗有令名者，皆杀之。朝臣以疑似枉杀者相继，然或疑而不能去，或不疑而卒为患。如卿祖以才略见疑，而无如之何。湘东以庸愚不疑，而子孙皆死于其手。我是时已生，彼岂知我应有今日？固知有天命者，非人所能害。我初平建康，人皆劝我除去卿辈。我于时依而行之，谁谓不可？正以江左以来，代谢之际，必相屠灭，感伤和气，所以国祚不长。又齐、梁虽云革命，事异前代，我与卿兄弟虽复绝服，宗属未远。齐业之初，亦共甘苦，情同一家，同可遽如行路之人？且建武涂炭卿门，我起义兵，非惟自雪门耻，亦为卿兄弟报仇。我自取天下于明帝，非取之于卿家也。昔曹志魏武帝之孙，为晋忠臣，况卿在今日，犹是宗室。我方坦然相期，卿无怀自外之意，日后当知我心。"子恪涕泣伏地谢。自是，子恪兄弟凡十六人，皆仕于梁，并以才能知名，历官清显，各以寿终。此是后话不表。

却说宝寅在魏，闻梁已篡齐，伏于魏阙之下，请兵伐梁，虽暴风大雨，终不暂移。魏主怜之，乃以宝寅为镇东将军，封齐王，配兵一万，屯东城，令自招募壮勇，以充军力，候秋冬大举。宝寅明当拜命。其夜恸哭至晨。既受命，以颜文智、华文荣皆为军主。六月，魏任城王澄进表云：

> 萧衍频断东关，欲令濼湖汎②溢，以灌淮南诸戍，且灌且掠，淮南之地，将非国有。寿阳去江五百余里，众庶惶惶，并惧水害。脱乘民之愿，攻敌之虚，豫勒诸州，纂集士马，首秋大集，应机经略，虽混一不能，江西自可无虞。

魏主从之，乃发冀、定、瀛、湘、并、济六州人马，令仲秋之中，毕会淮南，委澄经略。宝寅一军，亦受澄节度。又遣中山王元英引师攻义阳。

---

① 魏武——指魏武帝曹操。

② 汎(fǎn)——同"反"。

　　且说任城既受命,悉发寿阳兵,命将军党法宗、傅竖眼、王神念分路入寇,自以大军继其后,遂拔东关、颍川、大岘三城,余城皆溃。江淮大震。先是南梁太守冯道根戍阜陵,初到任,如敌将至,修城隍,远斥候,众颇笑之。道根曰:"怯防勇战,此之谓也。"城未毕,党法宗等率军二万,奄至城下。众皆失色,道根命大开门,缓服登城。选精锐三百人,出与魏兵战,破之。魏人见其意思安闲,战又不利,遂引退。梁将姜庆贞探得任城王兵皆南出,帮阳无备,遂从间道乘虚袭之,据其外郭。士民惶惧,皆无固志,孤城危如累卵。任城太妃孟氏自勒兵登陴,凭城拒守。时外兵已有登城者,太妃亲自搏战,手斩数人。将士见了,因各挺身致死,外兵稍退。俄而萧宝寅引兵来援,城中出兵合击。自四鼓战至下午,庆贞败走,城得不破。后人有诗赞太妃碑城之功云:

　　　　南将乘虚捣寿阳,仓皇无计保金汤。

　　　　闺中胆勇真无匹,击鼓凭城却敌强。

　　却说任城王初闻寿阳被困,欲引兵还救,继知敌兵已退,城池无恙,遂督元英进攻义阳。时城中兵不满五千人,食才支半岁,魏军攻之,昼夜不息。守将蔡道恭随方抗御,皆应手摧却,相持百余日,前后斩获不可胜计。魏军惮之,将退。会道恭疾笃,乃呼其从弟蔡灵恩及诸将,谓曰:"吾受国厚恩,不能攘灭寇贼,今所苦转笃,疾必不起。汝等当以死固节,无令吾没有遗恨。"众皆流涕受命。既卒,魏人闻之,攻益急。马仙鸦帅步骑三万救义阳,转战而前,兵势甚锐。元英结营于士雅山,分命诸将伏于四处,示之以弱。仙鸦乘胜,直抵长围,击魏军。英伪败以诱之,至平地,伏四起,纵兵奋击。老将傅雍摄甲执槊,单骑先入,偏将蔡山虎佐之。突阵横过,梁兵射雍,洞其左股,雍拔箭复入,仙鸦大败,一子战死,遂退走。英呼雍曰:"公伤矣,且还营。"雍曰:"昔汉祖扪足,不欲人知①。今下官虽微,亦国家一将,奈何使贼有伤将之名?"遂与诸军追之,尽夜而返。时年七十余矣,军中咸服其勇。仙鸦既退,整顿军马,复帅万余人,进救义阳,尽锐决战。一日三交,皆大败而返。城中见之胆落,灵恩势穷,以城降魏,三关戍将闻之。皆弃城走。魏乃置郢州于义阳,以司马悦为刺史。败信到京,

----

①　汉祖扪足,不欲人知——《史记·高祖本纪》载,项羽伏箭射中刘邦胸,刘邦为了不影响军心,扪摸足说:"虏中吾指。"

举朝大骇。帝谓左右曰："魏兵敢于南犯者,欺吾大业新建,未遑外务耳。今须大集兵力,直捣寿阳以挫之。不然,患未已也。"乃命临川王宏都督北伐诸军事,昌义之为前锋,诸将皆从军调遣。时宏以帝弟将兵,步骑十万,器械精利,甲仗鲜明。军容之盛。人以为百年所未有,魏人闻之,不敢轻进。

先是,韦睿镇豫州,引兵攻魏小岘,城未拔,亲行围间。魏出数百人陈于门外,睿欲击之,诸将皆曰:"向者轻来,未有战具,且还授甲,乃可进耳。"韦睿曰:"不然。城中有二千余人,足以拒守。今无故出兵门外,必其骁勇者也。苟能挫之,其城自拔。"众犹迟疑,睿指其节曰:"朝廷授此,非以为饰,军法不可犯也!"遂进击之,士皆殊死战,魏兵败走,遂拔其城。既而魏将杨灵胤率众五万奄至。众惧不敌,请启他处益兵。睿笑曰:"贼至城下,方求益兵,将何所及?且吾求益兵,彼亦益兵,兵贵用奇,岂在众也。"遂击灵胤,破之。睿体素羸,未尝跨马,每战常乘板舆,督厉将士,勇气无敌。昼接宾旅,夜半起算军书,张灯达署,抚循其众,常如不及,故士皆乐为之死。及至东临,有诏班师,诸将恐兵退之后,魏人必来追蹑。睿悉遣辎重居前,身乘小舆殿后。魏人惮睿威名,望之不敢逼,全军而还。

却说临川王宏军次洛口,前军昌义之已拔梁城,诸将请乘胜深入,宏性懦怯,不许。又闻魏将邢峦引兵度淮,与元英合攻梁城。传者争言魏师之盛,大惧欲退。于是会集者将,商议进止。但未识诸将若何议法,且俟下卷再讲。

第二十一卷

停洛口三军瓦解　救钟离一战成功

话说临川王宏闻魏兵大至，恐惧欲退，谓诸将曰："魏兵势大，此未可与争锋，不如全师而归，再图后举。诸君以为何如？"吕僧珍曰："见可而进，知难而退，亦行军之道。王以为难，不如旋师也。"柳惔曰："自我大众所临，何城不服？而以为难乎！"裴邃曰："是行也，以克敌为务。只宜决胜疆场，使敌人匹马不返，何难之避？"马仙琕曰："王安得亡国之言？天子扫境内以属王，宁前死一尺，无却生一寸。"时昌义之在座，怒气勃然，须髯尽张，大声言曰："吕僧珍可斩也！岂有百万之师，不经一战，望风遽退，何面目见主上乎！"朱僧勇拔剑击柱，曰："欲退自退，下官当向前取死。"斯时诸将各怀愤怒，纷争不已。宏别无一语，但云再商。议者罢出，僧珍谢诸将曰："我岂不知其不可，但殿下昨来风动，意不在军，深恐大致沮丧，故欲全师而返耳。"又进谓宏曰："众议不可违也。"宏乃不敢言退，只停军不前。魏人知其不武，遗以巾帼，且歌之曰："不畏萧娘与吕姥，但畏合肥有韦虎。"萧娘谓临川，吕姥谓僧珍，韦虎谓睿也。僧珍叹曰："若得始兴、吴平二王为帅而佐之，何至为敌人所侮若是？"因谓宏曰："王既不欲进战，不如大众停洛口，分遣裴邃一军去取寿阳，犹不至为敌所笑。"宏不听，下令军中曰："人马有前行者斩。"于是将士无不解体。

魏将杨大眼谓中山王英曰："梁将自克梁城已后，久不进军，其势可见，必畏我也。今若进兵洛水，彼自奔败不暇矣。"英曰："萧临川虽騃[1]，其下尚有良将韦、裴之徒，未可轻也。宜且徐观形势以待之。"于是彼此各不进兵。俄而，一夜洛口风雨大作，恍如千军万马，奔腾而来。临川以为魏军大至，惊得神魂飞越，从床上跳起，急呼左右备马，遂不暇告知诸将，带领数骑，潜从后营拔开鹿角，冒雨逃去。及将士知之，宏去已久。于是合营大乱，各鸟兽散，弃甲抛戈，填满道路。疾病羸老之属，不及奔走，

---

①　騃(ái)——傻。

狼藉而死者近五万人。宏乘小船连夜渡江，至白石垒，叩城门求入。时守城者临汝侯渊猷，登城谓之曰："百万之师，一朝鸟散，国之存亡，尚未可知。恐有奸人乘间为变，城不敢夜开。"宏无以对，腹中饥甚，向城求食，城上缒食馈之。及明门始开，宏乃入。时昌义之军梁城，张惠绍军下邳，闻洛口败，皆引兵退。魏人乘胜逐北，至马头垒，一鼓拔之，载其粮储归北。

帝闻师败，征宏还朝，敕昌义之守钟离，急修战守之备，命诸将各守要害，整旅以待。廷臣咸曰："魏克马头，运米北归，当不复南向。"帝曰："不然。此必欲进兵，特为诈计以愚我。不出十日，魏师必至。"冬十月，英果进围钟离。魏主恐不能克，复诏邢峦合兵攻之。峦以为非计，上表谏曰：

> 南军虽野战非敌而守有余，今尽锐攻钟离，得之则所利无几，不得则亏损甚大。且介在淮外，借使束手归顺，犹恐无粮难守，况杀士卒以攻之乎？若臣愚见，宜修复旧好，抚循诸州，以俟后举。江东之隙，不患其无。

书上，魏主不许，命速进军。峦又上表曰：

> 今中山王英进军钟离，实所未解。若为进取之计，出其不备，直袭广陵，克未可知。若止欲以八十日粮，取钟离城，臣未见其可也。彼坚城自守，不与人战，城堑水深，非可填塞。坐至来春，士卒自毙。且三军之众，不赍冬服，脱遇冰雪，何以用济？臣宁荷懦怯不进之责，不受败损空行之罪。

魏主不悦，乃召峦还，更命萧宝寅引兵会之。

却说钟离北阻淮水，地势险峻。英乃于邵阳洲两岸，树栅立桥，跨淮通道。英据南岸，杨大眼据北岸，萧宝寅从中接应，以通粮运。其时城中兵才三千人，昌义之督率将士，随方抗御。魏人填堑，使其众负土随之，严骑蹙其后，人有未及回者，与土同填堑内。俄而堑满，乃用冲车撞城。车之所及，声如霹雳，城墙辄颓。义之用泥补之，冲车虽入，而城卒不破。魏人昼夜急攻，分番相代，坠而复升，短兵相接，一日战数十合。前后杀伤万计，尸与城平，而义之勇气不衰。

先是，帝闻钟离被围，诏曹景宗督军二十万救之。时方各路调兵，命俟众军齐集，然后进发。景宗恃勇，欲专其功，违诏先进。行至中流，值暴风猝起，覆溺数舟。舟人大恐，只得退还旧处。帝闻之曰："景宗不进，皆天意也。若兵未大集,而以孤军独往,魏军乘之,必致狼狈。今破贼必矣。"至是更命韦睿将兵救钟离,授景宗节度。睿得诏,刻日起兵,由阴陵大泽行,凡遇涧谷,趣用飞桥以济,军无留顿。诸军畏魏兵之盛,皆劝睿缓行以观变。睿曰:"钟离被困,凿穴而处,负户而汲,朝不保夕。车驰卒奔,犹恐其后,而况缓乎?魏人已堕我腹中,卿曹勿忧也。"旬日至邵阳,与景宗军合。帝豫敕景宗曰:"韦睿,卿之乡望,宜善敬之。"景宗见睿,待之甚谨。遂共进兵,睿军居前,景宗居后。将近钟离,睿停军一日,即去魏城百余步,夜掘长堑,树鹿角,截洲为城。偏将冯道根走马步地,计马足多少,以立营垒,不失尺寸。比晓而城立,元英见之大惊,以杖击地曰:"是何神也?"是时梁军人马强壮,器甲精备,魏人望之夺气。景宗虑城中危惧,募人潜行水底,赍信入城。城中始知有外援,勇气百倍。

却说魏将杨大眼自恃其勇,将万余骑来战。睿结车为阵,大眼聚骑围之。睿以强弩二千,一时俱发,洞甲穿胸,矢贯大眼右臂而走。明旦,元英来战,睿乘素木舆,执白角如意以麾将卒。一日数战,左右壮士,皆遣出斗,勇气弥厉。英始退。俄而魏师乘夜来攻,飞矢如雨。或请睿下城以避箭,不许。军中惊窜,睿于城上厉声呵之乃定。魏兵亦退。初,梁军士过淮北伐刍藁①者,皆为大眼所擒。景宗募勇敢七千余人,筑垒于淮北,去大眼营数里。大眼来攻,景宗亲自搏战却之。垒成,使别将守之。魏军有抄掠者,皆擒以归。自后梁人始得纵刍牧。睿谓景宗曰:"敌所恃者,以桥跨淮,使首尾相应。今欲破其军,必先断其桥。"景宗然之,乃豫装高舰,使与桥等,为火攻之计。睿攻其南,景宗攻其北。计已定,闭垒不出。魏人莫测其故,疑为畏己,军心渐懈。时交三月,大雨连日,淮水暴涨丈余。睿下令,使冯道根、裴邃、李文钊三将各乘斗舰,同时竞进,别以小船载草,灌之以油,乘风纵火,以焚其桥。风怒火盛,烟焰蔽日,敢死之士拔栅斫桥,呼声动天,无不一当百。水又漂疾,倏忽之间,桥栅俱尽。英方攻城,见桥断,梁兵大至,戒令军士无动。忽见杨大眼匹马单枪,冒烟突火而至,呼曰:"军败矣,宝寅烧营遁矣。四面皆梁兵,不去恐为所擒。"言毕,鞭马疾走。英惧,亦脱身弃营遁。于是诸垒皆溃,悉弃甲仗于路。投淮水死者十余万。昌义之闻魏师败,不暇他语,但叫道:"更生!更生!"诸军

———————

① 刍藁(gǎo)——喂军马的草。

乘胜逐北,斩首无数。缘淮百余里,尸相枕藉。生擒万人,收其资粮器械牛马不可胜计。

捷闻,举朝相庆。帝喜谓群臣曰:"吾知二将和,师必济矣。"诏增景宗、韦睿、义之等爵邑有差。义之深感二将救援之德,因宴之于第。酒酣,设钱二十万,供二人呼卢费。景宗掷得雉,睿掷得卢,遽取一子反之,曰:"异事。"遂作塞。又战胜之后,景宗与群帅争先告捷。睿独居后,帝尤以此贤之。后人有诗美之曰:

　　疾扫强邻百万兵,孤城欢洽庆重生。

　　功高阃外①甘居下,大树风流属韦卿。

　　却说魏自败后,收兵北去,边将皆怀反侧。有悬瓠军主白早生,本南人,素有归梁之念,今乘魏师败北,据城以叛,遣使求援于梁将马仙琕。仙琕以闻,帝命援之。仙琕进军三关,遥为声援。魏闻早生叛,欲遣将击之。时元英、萧宝寅,皆以丧师罢职,于是复起用之。引兵伐悬瓠。二人昼夜疾进,早生不虞兵至,迎战大败。魏师直薄城下,一鼓拔之,遂斩白早生。于是乘胜前趋义阳。时马仙琕据三关,严兵拒守。英将取之,先与宝寅计曰:"三关相须如左右手,若克一关,两关不攻自破。攻难不如攻易,宜先攻东关。"又恐其并力于东,乃使宝寅帅步骑一万向西关,以分其势,自督诸军向东关,六日而拔,西关亦溃。仙琕见三关俱失,势不能敌,亦弃城走。先是帝遣韦睿为仙琕后援,睿至安陆,增筑城二丈余,开大堑,起高楼。众颇讥其怯,睿曰:"不然。为将者当有怯时,不可专勇。"元英急追仙琕,将复邵阳之耻,闻睿至,乃退。梁亦有诏罢兵,自是各守疆界。今且按下。

　　却说南海之外,有一干陀利国②,去中原不知几万里,从来未通中国。自国王以及臣民,皆崇奉三宝,敬信佛法。缁衣寺院,遍满国中。其王跋陀罗。事佛尤谨。忽于梁天监元年四月八日夜,梦一老僧谓之曰:"中国有圣主出,十年之中,大兴佛教。汝若遣使中国,称臣纳贡,则佛必佑之。土地丰乐,商旅百倍。若不信我,则境土不安。"陀罗初不之信,既而又梦此僧谓曰:"汝若不信我言,当与汝共往观之。"乃携之而往,足下冉冉生

---

①　阃(kǔn)外——指统兵在外。

②　干陀利国——即今印度国。

白云,倏忽之间,过大洋,至中国。见一处朝庙巍峨,宫阙壮丽,文武百官跄跄济济。一人端拱殿上,果然龙凤之姿,帝天之相。老僧指之曰:"此即圣主也。"不觉为之屈膝,跪而遥拜。既觉,心异之。陀罗本工画,乃写梦中所见梁帝容质,一应威仪气象。饰以丹青,遂遣使入朝,奉表纳贡,献玉盘等物,并所绘画本以为信。使者在路,历二载,始达建康。既进表,帝大骇,以为干陁利自古未通之国,今乃闻风向化,航海梯山而至,其王跋陀罗又于梦寐先觇我颜,验之画本一一相符,此真千古罕有之事,而佛法大兴之验也。遂礼待使者,厚加犒赉,另绘帝像一本赐之。使者大悦而去。帝自是崇信释典,建立寺院,招引高僧,朝夕持诵,以岭皇祚。佛法之兴,全由于此。那知佛法虽兴,只因一念不仁,生出一件事来,费了无数钱粮,害却无穷性命。究竟一败涂地,后悔无及。

你道事从何起?时有降臣王足,本仕魏为将,曾随邢峦伐汉中,为前部先锋,败梁将孔陵于深杭,鲁方达于南安,任僧褒于石周,所向推破。于是梁州十四郡,地东西七百里,南北千里,皆入于魏,自以为功劳莫大。而魏自胡太后当国,权贵用事,官以赂进,政以贿成。邢峦被诬见黜,足亦不录其功。于是心怀怨望,弃魏投梁。梁虽纳之,亦未获重用。常思建一奇策,以为进身之阶。然欲陈之而未有路。适一日,帝集群臣问及御边之策,足遂出班奏道:"前者魏取汉中,至今未复,实以鞭长不及,故挫于一朝。然臣料魏政不纲,武备日弛,虽得汉中,终必复失,安能与陛下相抗?臣今者委身明主,愿陈一计,可不劳攻伐,使敌人坐失千里之地。陛下失之于汉中,可取偿于淮北。愿陛下采纳臣言。"帝问计将安出?对曰:"寿阳去淮甚近,若堰淮水以灌其城,则寿阳不攻自破矣。"帝大奇其计。

先是,天监十二年,寿阳久雨,大水入城,庐舍皆没。刺史李崇勒兵泊于城上,水增未已,乘船附于女墙①,城不没者二板。将佐劝崇弃寿阳,保北山。崇曰:"忝守藩岳,德薄致灾。淮南万里,系于吾身。一旦动足,百姓瓦解。扬州之地,恐非国有。吾岂爱一身而误重任,但怜此士民,无辜同死,可结筏渡之,使就高处以图自脱。吾则誓与此城俱没,幸诸君勿言。"时有治中裴绚帅城中民数千家,泛舟南走,避水高原。只道崇已还北,寿阳无主,因自称豫州刺史,请降于梁。梁将马仙琕遣兵迎之,而崇不

---

① 女墙——城墙上面呈凹凸形状的小墙。

知其叛，遣使单舸召之。绚闻崇尚在镇，大悔恨，然惧见诛，不敢归。因报曰：“近缘大水颠沛，为众所推，今大计已尔，势不可追。恐民非公民，吏非公吏，愿公早行，无犯我锋。”崇乃遣从弟李坤，将水军讨之。绚败走，为村民所执，叹曰：“我何面目复见李公！”遂投水死。梁兵亦退。时淮南得以不失者，皆李崇之功也。原来崇为人沉深宽厚，饶有方略，能得士众心。在寿春十年，常养壮士数千人，与同甘苦，寇来无不摧破，梁人谓之“卧虎”。帝屡欲取寿阳，惮崇不敢犯。至是闻王足之计，谓筑堰可以制敌，遂欣然从之。使将军祖暅、水工陈承伯至淮上，相视地形。二人回奏淮内尽皆沙土，性不坚实，恐功不可就。帝弗从，群臣纷纷谏阻，帝亦不纳。太子统谏曰：“臣闻水有四渎①，所以宣天地之气，非人力可得而塞。今敝民力以塞之，就侥功成，亦非顺天之道。敌人纵受其害，内地亦未见其利。愿陛下熟思而深计之。”帝曰：“此功若成，是不战而屈人之兵也。兼并之业，基于此矣。岂可畏其难而不为？”统知帝志已坚，遂不敢再言。

且说统字德施，帝长子，即昭明太子也。生而聪睿，三岁受《孝经》、《论语》，五岁遍读《五经》，悉通大义。年十二，于内省见狱官将谳事，问左右曰：“是皂衣何为者？”左右曰：“是皆司狱之吏。”狱成，捧案来上，太子取其案视之，谓狱吏曰：“是皆可矜，我得判否？”狱吏以其年幼，随口应道：“可。”太子取笔判之，凡犯死罪者，皆署杖五十。吏见其判，大惧，只得以实奏帝。帝笑而从之。自是数使听讼，每有欲宽纵者，即使太子决之。母丁贵嫔薨，水浆不入口，体素壮，腰带十围，不数日，减削过半。每入朝，士庶见者莫不下泪。自加元服，帝使省理万机，内外百司奏事者，填塞于前，所奏稍涉谬误，立即辨析，示其可否，徐令改正，未尝弹纠一人。性宽和容众，喜愠不形于色。引纳才学之士，赏爱无倦。恒自讨论坟典，与学士商榷古今，文章著述，下笔便成。每一篇出，四方传美。东宫积书三万卷，名才并集，文学之盛，晋、宋以来所未有也。又爱山水，每遇幽泉怪石，则怡然自得。帝为太子建玄圃一所，穿池筑山，更立亭馆，令与朝士名流游处其中。尝泛舟后池，或称此中宜奏女乐，太子咏左思②《招隐诗》

---

① 四渎（dú）——古书称江、淮、河、济为四渎。

② 左思——西晋文学家，字太冲，山东临淄人。

云:"何必丝与竹,山水有清音。"其高致类如此。今闻淮堰将筑,知民必被困,故劝帝勿兴此役。而帝方锐意为之,全不一听。眼见万古长流从此断,两淮民命一时休。但未识淮堰之筑,若何起工,且听下文再述。

第二十二卷

筑淮堰徒害民生　崇佛教顿忘国计

话说梁武不纳诸臣之谏，欲筑淮堰，大兴功役。发徐、扬之民，四户一丁，县官迫促上道。使太子右卫率康绚都督淮上诸军事，专主其任。昌义之引兵监护堰作，统计役人以及战士，共二十余万。南起浮山，北抵硖石，依岸筑土，合脊于中流。违者以军法从事。于是军民昼夜赴工，莫敢停息。魏边诸戍飞报入朝。左仆射郭祚言于魏主曰："萧衍狂悖，谋断川渎，上反天道，下沸人心。役苦民劳，危亡已兆。宜命将出师，长驱扑讨。"魏主从之，乃诏平南将军杨大眼，督诸军镇荆山，以图进取。其时堰将成而复溃，两岸乞筑之土，皆随流漂没。康绚惧，或谓绚曰："下有蛟龙出没其际，故能破堰。蛟龙之性畏铁，必得铁以制之，始不为害。"绚以上闻，乃诏括国中铁器数千万斤，沉之水底，而波流冲击如故，仍不能合。绚于是伐树为井干，填以巨石，加土其上。缘淮百里内，水石无巨细皆尽。负担者肩上皆穿。夏日疾疫，死者相枕藉，蝇虫昼夜声合，见者惨目。帝不之省，及闻魏师起，虑妨堰作，先遣将军赵祖悦，袭魏西硖石，据之以逼寿阳。更筑外城，徙缘淮之民以实城内。将军田道龙等散攻诸戍，以扰乱魏疆。是冬寒甚，淮、泗尽冻。浮山堰士卒死者什七八。萧宝寅渡淮攻堰，一日破三垒，又败田道龙于淮北，进攻硖石，克其外城，斩祖悦，尽俘其众。而康绚外拒内治，为之愈力。十五年夏四月，淮堰成，长九里，下广一百四十余丈，上广四十五丈，高二十丈。两旁悉树杞柳，军垒列居其上，车马往来如履康庄。水之所及，夹淮方数百里，皆成巨浸。帝闻堰成，大喜。封康绚为侯，颁诏大赦。或谓绚曰："水久壅必溃，势太激难御。况淮为四渎之流，岂可久塞？若凿渫东注，则游波宽缓，堰得长久不坏。"绚从之，乃开渫东注，以杀其势。又纵反间于魏云："梁人不畏攻堰，惟畏开渫。"宝寅信之，凿山深五丈，开渫北注。然水虽日夜分流，而势仍不减。李崇作浮桥于硖石戍间，筑魏昌城于八公山之东南，以备寿阳城坏。居民散就冈垄。其水清澈，俯视庐舍冢墓，了然在下。见者无不望流而叹。

先是，徐州刺史张豹子，自负其才，宣言朝廷筑堰，必令己董其事。既而康绚以他官来治，又敕豹子受绚节度。豹子甚惭，遂贿嘱近臣，暗进谮言于帝，云绚有二心，暗与魏通。帝虽不纳其言，犹以事毕，征绚还朝。绚既归，堰不复修。九月乙丑，风雨大作，淮水暴涨，堰土决裂，其声若雷，闻三百余里。缘淮村落十余万口，皆漂入海。民有登高望之者，但见黑云迷漫，白浪拍天。其中如有千万鬼神，奇形怪状之属，踏浪而行。大鱼数十丈，跳跃激踊，接尾而下，不可胜纪。后人作长歌咏之曰：

> 梁王盛气吞全魏，虎攫龙挐奋神智。欲将淮水灌寿阳，千寻长堰中流峙。康绚威行淮上军，二十万众如云屯。南起浮山北巉石，银涛雪浪排昆仑。将成复败皆天意，浪说蛟龙风雨致。东西运铁沉水底，人工欲夺天工智。铁沉亿万功难成，植木填石如列城。荷担肩穿脚肿折，君王筑堰心如铁。疲劳残疾疫疠兴，死者如麻相枕藉。勤劳三载功初完，上尖下阔波中山。杞柳环遮作屏障，兵营土堡如严关。俯视洪流应痛哭，水清下见居民屋。市廛冢墓朗列眉，尽是前番溃流毒。八公山石高城墙，魏人堵筑防寿昌。涛势掀天宇宙黑，风狂倒日鼋鼍①翔。天地节宣赖四渎，天心那得随人欲。淮波瀑涨人尽鱼，天柱倾颓折坤轴。三百里外声若雷，城垣庐舍皆摧陨②。横冲直卷赴沧海，数十万口真哀哉。李平议论诚奇特，危堰无烦兵士力。一朝溃败势莫支，多智尚书传魏北。我今吊古增余悲，轻视民命知为谁？台城荷荷何足惜，淮流千古常如斯。

初，魏患淮堰，将以任城王澄为上将军，勒众十万，出徐州一路，前往攻堰。右仆射李平以为不假兵力，终当自坏。至是兵未行，而其堰果破，人皆服平之先见云。帝闻堰坏大惊，悔不听太子之言。因念军民枉死者众，心甚戚戚。遂延名僧，设无遮大会以救拔之。创同泰寺，开《涅槃经》，晨夕讲义。又敕太医不得以生类为药，锦绣绫罗禁织仙人鸟兽之形，以为裁剪割裂，有乖仁恕。臣民犯罪者，概从宽典，甚至谋反大逆，或涉及子弟，皆置不问。以故政宽民慢，上下泄泄，莫不偷安旦夕。一日，帝方视朝，与群臣谈论朝政。忽接边报，奏称豫章王综投奔北魏。举朝

---

① 鼋鼍（yuán tuó）——鼋，大龟；鼍，鼍龙，扬子鳄。
② 摧陨（tuí）——摧倒、摧毁。

大骇。

你道豫章王综，为何投魏？说来话长。初，综母吴淑媛在东昏宫，宠爱在潘妃之亚。帝既受禅，欲纳潘妃，以王茂一言，遂赐之死，而心常惜之。一日，闲步后宫，见有庭院一所，重门深闭，境极幽寂，问内侍何人所居，内侍对道是东昏旧妃吴淑媛所住。帝遂走入宫来，宫人忙报驾到，淑媛自东昏亡后，闲废在宫，即留得性命，只好长为宫人没世。欲图新主之欢，今生料不可得。忽闻驾到，惊出意外，亦不及更换衣饰，只得随身打扮，急急走出，俯伏阶前，口称："不知陛下驾临，妾该万死。"帝见其娇姿弱质，不让潘妃；浓妆素服，态有余妍。因命起，赐座于旁，问其入宫几载，承幸东昏几年。淑媛一一对答，娇啼婉转，愈觉可人。帝不觉情动，遂吩咐设宴上来，教他陪饮。淑妃斯时巴不得新天子宠爱，三杯之后，丢开满怀忧郁，露出旧日风流，殷勤劝酒。帝心大悦，是夜遂幸焉。哪知淑媛身怀六甲，已有三月。当时承幸之际，欲邀帝宠，不敢说出。阅七月，遂生豫章王综。宫中多疑之。时帝嗣育未广，得子甚以为喜。因于淑媛益加宠爱。至天监三年，综出居外宫，封为豫章郡王，食邑二千户。综既长，有才学，善属文，力能制奔马，帝甚爱之。及综年十六，常梦一少年，体极肥壮，穿衮服，自挈其首，与之相对。如此者非一次。自梦见之后，心惊不已，求解其故不得。其后帝尚佛教，断房欲，后宫罕见其面。淑媛宠衰，颇怀怨望。而综亦宠爱不及太子。母子皆以见疏为嫌。一夜，综在梦中，复如前者所见。且入宫，密问之母曰："儿梦如此，是何为者？"淑媛听其所述梦中少年形状，频类东昏，不觉泣下。综愈疑，固问之。淑媛因屏左右，密语之曰："汝七月儿，何得比太子诸王？不瞒汝说，当国亡时，吾已怀汝三月。当日欲全儿命，不敢言。但汝今太子次弟，幸保富贵，且延齐氏一线。"综于是抱其母泣曰："吾乃以仇人为父乎？"母掩其口，戒勿泄。综自是阴怀异志，每于内斋，闭户籍地，被发席藁。又布沙地上，终日跣行，足下生胝，日能行三百里。后为南徐州刺史，轻财好侠，招引术士，练习武勇，以伺朝廷有变。每有诏敕至徐，辄忿恚形于颜色。徐州境内所有练树，并令斩伐，以帝小字"练儿"故也。又春秋岁时，常于别室设席，祠齐氏七庙。又微行至曲阿，拜齐明帝陵。然犹无以自信，闻俗说以生者血沥死者骨上，血入骨肉，即为父子。乃遣人暗发东昏墓，贩其骨以归，割臂血沥之，血果入骨。又在西州生男，满月后，潜杀之。既葬，夜遣人发取其骨,又试之,皆验。内外臣僚皆知其所为,然事涉暗昧,臣下不敢轻言。凡综所行,帝皆弗之知也。会魏将元法僧以彭城来降,帝使综都督众军,权镇彭城。综潜遣人通书萧宝寅,呼为叔父,宝寅亦将信将疑。久之,有诏征还,综惧入朝之后,脱身更难,乃屏去左右,乘黑夜潜开北门,涉汴河,徒步奔萧城,自称队主。时魏安丰王元延明镇萧城,召而见之。综见延明而拜,延明坐受之。问其名氏不答,但曰:"殿下此间人,必有识我者,问之可也。"延明召众视之,有识之者曰:"此豫章王也。"延明大惊,急下座答拜,执其手而问曰:"殿下何为来此?"综以实告。延明曰:"奈父子何?"综曰:"吾避仇也,非逃父也。"延明见其语气激烈,心甚异之,遂具车马,送至洛阳。魏主召入见之,既退,拜宝寅为叔,改名缵,追服东昏斩衰之丧。魏主及群臣皆往吊焉。

话分两头。当夜豫章奔魏,彭城中无一知者。及旦,斋内诸阁犹闭,左右启户寻之,莫知所往。众皆骇异。及午,城外有数骑魏军高叫曰:"汝豫章王昨夜已来乞降,在我军中矣。汝辈留此何为?"说罢,大笑而去。众方知王已投魏,只得飞报建康。帝闻之大骇,然亦不测其故,访诸左右,始有密启其不法事者,方悟其逃去之故。既而叹曰:"不为天子儿,而甘为他人仆,愚孰甚焉!"乃敕吴淑媛,以综小时衣寄之,综亦不答。其后郁郁不得志,依宝寅而死。此是后话不表。

且说帝既崇信三宝①,屡幸寺院拈香,出入往来,仪卫甚简。斯时岁屡不登,人民失业,不逞之徒往往乘间作乱。一日,将幸光宅寺,有怀逆者伏路侧,将行不轨。帝方起驾,心忽动,命左右缘道检阅,果获一人,身怀利刃。严刑讯之,而诬为临川王宏所使。先是宏以洛口之败,罢职闲住,心常不满。都下每有窃发,辄以宏为名。盖知帝素友爱,涉及临川,有犯必赦也。至是帝对之泣曰:"我人才胜汝百倍,居此大位,犹兢兢恐坠。汝何为者,我岂不能诛汝? 念汝愚下,故常加宽宥。"宏伏地哭曰:"臣为天子弟,尊荣极矣。复有何望? 乞陛下察之。"帝感其诚,遂置不问。然宏虽无逆志,而恃介弟之贵,奢侈过度,修第拟于帝宫。后庭数十,皆极天下之选。所幸宠姬江无畏,服玩备极华美。一宝屧②,直价千万。又恣意

---

① 三宝——佛教以佛、法、僧为三宝。
② 屧(xiè)——木屐。

聚敛，有库室百间，在内堂之后，关籥甚严。若疑其内藏铠仗，密以上闻。帝虽素敦友爱，闻之不悦。欲自往勘，知其爱幸江氏，寝膳不离，乃赐以盛馔曰："当来就汝欢饮。"并令无畏分甘。驾既至，宏率江姬朝见，遂同侍饮。酒半，帝曰："吾欲至汝后房一行。"遂起身进内，径往库室，命悉开户。宏恐见其贿货，颜色怖惧，帝心愈疑。及开视室中，有钱百万一聚，悬一黄标；千万一库，悬一紫标，如此三千余标。帝屈指计之，见钱已有三亿余万。余屋贮积杂货皆满，不知多少。帝见并无铠仗，大悦，呼其小字曰："阿六，汝作如此生活，便无妨碍。"乃更入席剧饮，至夜而还。时诸王并尚文藻，而安成康王秀尤精心学术，搜集经纪。尝招学士平原刘孝标，使撰《类苑》，书未及毕，而已行于世。于时疾宏贪吝，以旧有《钱神论》未畅厥旨，更作《钱愚论》以讥之，贪鄙之形，形容曲尽。太子见之曰："文则美矣，其如不为临川地何。"劝安成毁之。帝闻之喜曰："太子居心厚，真吾子也。"

却说太子聪明仁孝，好学不倦，游嬉事绝不留心。时当五月，天气明媚，忽游后池，乘小舟，采摘芙蓉。有姬人荡舟，舟覆而太子溺于水。及出，伤股，恐贻帝忧，深诫不言，但以寝疾闻。帝敕内使看视太子，勉自起坐，力书手启。及笃，左右欲启闻于帝，太子不许，曰："奈何令至尊知我如此？"因便呜咽，未几而薨。时年三十一。帝闻之，临哭尽哀，敛以衮冕，谥曰："昭明"，葬于安宁陵。都下男女奔走陵所，号泣满路，四方氓庶①及疆徼②之人，闻丧者无不哀恸。帝既前星失曜，群臣上言，储位不可久虚，请立贤明以定国本。时昭明有三子：华容公欢、枝江公誉、曲阿公鮞，皆已长，议者谓上必立太孙。而帝以太子母弟晋安王纲有贤名，遂立之。朝野以为不顺，司议侍郎周宏正奏记于晋安曰：

伏惟谦让道废，多历年所，大王天挺③将圣，四海归仁。是以皇

① 氓（méng）庶——指黎民百姓。
② 疆徼（jiào）——边远。
③ 天挺——天资卓越。

上发德音,以大王为储副。意者愿闻殿下,抗目夷①上仁之义,执子臧②大贤之节。逃玉舆而弗乘,弃万乘其如屣。庶改浇竞③之俗,以大吴国之风。古有其人,今闻其语,能行之者,非殿下而谁?使无为之化,复盛于今世。让王之道,不坠于来兹。岂不盛欤!

王不能从。帝既立晋安为太子,乃使诸王子出守外藩。以邵陵王纶为南徐州刺史,湘东王绎为荆州刺史,武陵王纪为益州刺史。又以不立太孙而立太子,内常愧之。乃厚抚欢等。宠亚诸子。封欢为豫章王,誉为河东王,詧为岳阳王,各典大都。旋又以詧为雍州刺史。单说詧临雍州,以帝年渐老,朝多秕政④,欲为自强之计。蓄聚财货,招募勇敢,以襄阳形胜之地,梁业所基,遇乱可以图大功。乃克己为政,抚循士民,数施恩惠,延纳规谏,所部称治,帝闻之大喜。

当是时,北魏多故,盗贼蜂起。胡太后乱政于前,尔朱荣肆逆于后。朝无宁日,民不聊生。唯东南半壁,安若泰山。其后高欢诛尔朱,执国政,上陵朝廷。孝庄西奔,宇文泰抚定关中,与欢相抗。魏分东西,日夜治兵相攻,不暇南侵。梁自是国无外患,益得优游无事。朝政之暇,君若臣唯有讲习经典,崇尚虚无。既而帝益佞佛,舍身同泰寺,释御服,披法衣,升讲堂法座,为四部大众讲《涅槃经》义。群臣以钱一亿万,奉赎皇帝。咸诣寺中奉表,请帝还临宸极⑤。三请乃许。帝三答书,前后并称顿首。自是昼食一食,止于菜果。宗庙之祭,不用牲牢。识者以宗庙去牲,则为不复血食。又是岁都下讹言,天子取人肝以食天狗。大小相警,日晚便闭门持杖,以驱天狗,数月乃止。识者皆知不祥。时太子亦于玄圃自讲庄、老,宫僚环听。太子詹事何敬容谓人曰:"昔晋尚虚无,使中原沦丧,今东宫复尔,江南亦将为戎乎?"有隐士陶弘景,疾人士竞谈玄理,不习武事,尝为诗云:

---

① 目夷——春秋时宋国将领。宋楚泓水之战,目夷多次向宋襄公进言,利用有利时机,攻击楚军,均被宋襄公拒绝。
② 子臧——春秋时鲁国人,曹国君亡,众推子臧为君,子臧力辞。事见《左传·陈公二十二年》。
③ 浇竞——浮薄躁进。
④ 秕政——不善之政。
⑤ 宸(chén)极——北极星,比喻帝位。

夷甫①任散诞,平叔②坐谈空。不意昭阳殿③,化作单于④宫。

又天监中,有沙门宝志,帝甚敬之,问以国祚短长,尝为隐语曰:

掘尾狗子自发狂,当死未死啮人伤。

须臾之间自灭亡,起自沙际死三湘。

帝使周舍封记之,直至梁末皆验。此是后话,今且按下不表。

却说大同末年,帝临御已久,当时佐治之臣,若张弘策、王茂、韦睿、沈约、范云辈,相继去世;所任新进,率以迎合为事。有朱异者,字彦和,钱塘人。年数岁,其外祖顾欢兑之曰:"儿非常器,当大朱氏门户,然恐坏人家国事。"及长,折节读书,从五经博士明山宾游,学业日进,涉猎文史,兼通杂艺。博弈书算,罔不通晓。帝寻有诏广求异能之士,山宾以异荐。帝召见之,使说《孝经》、《周易》义甚悉,大悦之,谓左右曰:"朱异实俊才,明山宾所举殊得人。"乃除异为中书郎。拜命之日,时当秋日,有飞蝉集异武冠上,见者咸谓蝉珥⑤之兆。盖异容貌魁梧,举止闲都,虽出自诸生,甚悉军国故实。自周舍卒后,异代掌机密,一应诏诰敕书,帝并委之,权重一时。然贪财冒贿,每欺罔视听,以悦人主。起宅东陂,穷极华美,晚日下朝,酣饮彻夜。又恃帝宠,轻傲朝贤,不避贵戚。人或劝其谦下,异曰:"我寒士也,遭逢以至今日。诸贵皆恃枯骨见轻,我下之,则见蔑尤甚。我是以陵之。"司农卿傅岐尝谓之曰:"今圣上委政于君,安得每事从旨?"异曰:"当今天子圣明,我岂可以拂耳之言干犯天听?"以故声势所驱,熏灼内外,远近莫不愤疾,而帝信任益深。正是:圣明已被邪臣蔽,安乐那知祸事来。但未识内蠹已生,外患若何而起,且听下回再讲。

---

① 夷甫——晋王衍,字夷甫,官至尚书令、太尉,善玄言,好谈老庄之学。

② 平叔——三国魏玄学家何晏,字平叔,官至尚书。倡导玄学,竞事清谈。

③ 昭阳殿——宫殿名。汉武帝时有之,后世多以为皇后居住之宫殿。

④ 单于——匈奴首领。

⑤ 蝉珥——古代侍从之臣冠加貂蝉(即貂尾蝉绸之饰),以示显贵。

第二十三卷

伐东魏渊明被执　纳叛臣京阙遭殃

　　话说梁政日衰,江南将乱,朱异之奸,既足败人家国,哪知又来一乱贼,倾覆社稷。其人姓侯,名景,字万景,朔方人。自少不羁,为患乡里,及长,有勇多智。右足偏短,弓马非其长,而谋算出人。始随高欢起兵,屡立战功。尝言于欢,愿得精兵三万,西擒黑獭,南缚萧衍老公,以为太平寺主。欢使将兵十万,专制河南。及欢卒,与高澄不睦,遂据河南,叛归于梁。遣其将丁和奉表至建康,乞降于帝云:

　　　　臣与高澄有隙,请举函谷以东,瑕丘以西,豫、广、颍、荆、襄、兖等
　　十三州内附。惟青、徐数州,仅须折简。且黄河以南,皆臣所统,取之
　　易同反掌。若齐、宋一平,徐事燕、赵,臣当效力前驱,为陛下成此一
　　统之功。

帝得奏,召群臣廷议。群臣皆曰:“顷岁与魏通和,边境无事。今因高欢身故,遽纳其叛臣,弃从前之好,启将来之衅,窃谓非宜。”帝曰:“诸臣之言虽是,然得景则塞北可清,拒景则兼并无日。国家难得者,机也。不可失者,时也。机会之来,岂宜胶柱①?”群臣唯唯而退。

　　先是帝于正月乙卯,梦见中原牧守皆以地来降,举朝称庆。且见朱异告之,且曰:“我生平少梦,若有梦必验。”异曰:“此乃宇内混一之兆也,臣敢为陛下贺。”及丁和至,称景纳地之计,定于正月乙卯,帝愈神之。然意犹未决,尝谓左右大臣曰:“我国家如金瓯无一伤缺,今忽受景地,讵是事宜? 脱致纷纭,悔之何及。”朱异揣知上意,因进曰:“圣明御宇,南北归仰,正以事无机会,未获如志。今侯景分魏土之半以来,自非天诱其衷,人赞其谋,何以至此。若拒而不纳,恐绝后来之望。此诚易见,愿陛下勿疑。”帝曰:“卿言是也。”乃定议纳景。壬午,诏以景为大将军,封河南

---

　　① 胶柱——即胶柱鼓瑟。瑟,古乐器;柱,瑟上调节声音的短木。用胶把柱粘
　　住,柱不能动,音调则不能调整。后用之比喻拘泥固执,不知变通。

王，都督河南北诸军事。遣大将羊鸦仁，引兵三万趋悬瓠，运粮食以应接之。先是朝臣周宏正善占候，尝谓人曰："国家数年后，当有兵起，百姓流离死亡。"及闻纳景，叹曰："乱阶从此作矣。"

却说东魏闻景外叛，大举兵马讨之。景惧不敌，退保颍川，复割鲁阳、长社等四城，赂西魏求救。西魏恶其多诈，受其地而征之入朝。景不欲往，遂专意降梁。厚赂朱异，以求出兵相援。异言之帝，乃下诏起师五万，北伐东魏。命鄱阳王范为元帅，统领诸将前往。朱异与鄱阳不睦，遽入曰："鄱阳雄豪盖世，得人死力，然所至残暴，非吊民之才。且陛下昔登北顾亭以望，谓江右有反气，骨肉为戎首，今日之事，尤宜详择。"上曰："渊明可乎？"异曰："陛下得人矣。渊明宽厚，得众心，可使也。"帝遂不用鄱阳，而任渊明为都督。

却说真阳侯渊明，性素怯，御军无律。虽受命出师，常怀退志。军至寒山，欲堰泗水以灌彭城。俟得彭城，然后进兵悬瓠，与侯景为掎角之势。于是断流立堰，使侍中羊侃监之，再旬而成。当是时，魏遣大将慕容绍宗帅众十万来拒，日行三百里，将近彭城，军锋甚锐。羊侃谓渊明曰："敌兵远来，乘其营垒未定，进而击之，可以获胜。不然，未易克也。"渊明不从。及绍宗至，即引步骑万人，直攻渊明。渊明方醉卧不能起，将士扰乱，遂大败。渊明被虏，失亡士卒数万，独羊侃结阵徐还。一日，败书报到京中，帝方昼寝，宦者曰："朱异启事。"帝遽起，升舆至文德殿见异。异启曰："韩山失律矣。"帝闻之，恍惚将坠床，宦者扶定，乃叹曰："吾得无复有晋家乎？"异曰："胜败兵家之常，偶尔小挫，陛下何出此言？"帝不悦者良久。

却说绍宗乘胜，进击侯景，与景相持数月。景食尽，绍宗击之，景大败。众散且尽，乃自峡石济淮，收散卒，仅得步骑八百人。而羊鸦仁闻景败，魏军将至，亦弃悬瓠，走还义阳。东魏引师据之。是时，侯景进退无据，不知所适，谓左右曰："吾今无容足之地，以只身归梁，梁若不纳，奈何？"遂去寿阳城五十里，停军观望。忽有数骑奔至军前，乃是马头戍主刘神茂，特来迎候。景欣然接之，因问曰："寿阳去此不远，欲往投之，君以为不我据否？"神茂曰："朝廷近除鄱阳王为寿阳刺史，未至，韦黯权监府事。我与黯不协，故先来告王。王若驰至近郊，彼必出迎，因而执之，可以集事。得城之后，徐以启闻。朝廷喜王南归，必不责也。"景执其手曰："今者卿来，此天意也。"乃命神茂率步骑百人，先为乡导，而身随其后。

夜至寿阳城下,韦黯以为贼也,授甲登陴,将拒之。景遣其徒告曰:"河南战败来投,愿速开门。"黯曰:"既不奉敕,不敢闻命。"景谓神茂曰:"事不谐矣。"神茂曰:"黯懦而寡智,可说下也。"乃遣徐思玉入见黯曰:"河南王为朝廷所重,君所知也。今失利来投,何得不受?"黯曰:"我受命守城,则守城而已。河南自败,何预我事?"思玉曰:"国家付君以阃外之任,今君不肯开城,若魏兵追至,河南为魏所杀,君岂能独守?纵使或存,何颜以见朝廷!"黯乃许容其入。思玉出报,景大悦,曰:"活我者卿也。"于是黯乃开门,景便疾入,即遣其将分守四门,执黯至前,数其不即迎纳之罪,将斩之,既而抚手大笑,邀与共坐,置酒极欢。黯,韦睿子也。朝廷闻景败,未得实信。或云景与将士俱没,或云景弃军逃去,上下咸以为忧。侍中尚书何敬容诣东宫,太子曰:"淮北近更有信,侯景定得身免,不识然否?"敬容对曰:"侯景遂死,深为朝廷之福。"太子失色,问其故。对曰:"景反复叛臣,终当乱国。"太子不以为然。甲寅,景遣其将于子悦驰赴建康,奏言败状,并自求贬损。优诏不许,景告乏粮,复求资给。帝即以景为南豫州牧,本官如故。更以鄱阳王范为合州刺史,镇合肥。

时有光禄大夫萧介,知景必祸国,上表谏曰:

窃闻侯景以河阳败绩,只马归命。陛下不悔前祸,复敕容纳。臣闻凶人之性不移,天下之恶一也。昔吕布杀丁原以事董卓,终诛董而为贼;牢之反王恭以归晋,还背晋以构妖。何者?狼子野心,终无驯狎之性,养虎畜狼,必见饥噬之祸。侯景以凶狡之才,荷高欢卵翼之遇,位忝台司,任居方伯。然而高欢坟土未干,即还反噬,逆力不逮,乃复逃死关西。宇文不容,故复投身于此。陛下前者所以不逆细流,正欲比属国降胡,以讨匈奴,冀获一战之效耳。今既亡师失地,直是境上匹夫,陛下爱匹夫而弃与国,臣窃不取也。若国家犹待其更鸣之晨,岁暮之效,臣窃惟侯景必非岁暮之臣,弃乡国如脱屣,背君亲如遗芥,岂知远慕圣德,为江淮之纯臣乎!事迹显然,无可致惑。臣朽老疾寝,不应干预朝政,但楚囊将死,有城郢之忠①;卫鱼临亡,亦有尸

---

① "楚囊将死"句——楚囊,春秋楚国囊瓦,即令尹子常;郢,楚国都城。楚昭王时,吴国举兵伐楚,子常率楚军抵抗,后吴兵破郢,子常身负重伤将死。

谏之阻①。臣虽忝为宗室遗老，敢忘刘向②之忠，谨冒死以闻。
帝览表，叹息其忠。朱异忌之，竟不能用。

　　却说东魏既得悬瓠、项城，悉复旧境，而欲使侯景不安，数以书来求申前好。帝未之许。时贞阳侯渊明被虏在魏，澄以好言谓之曰："先王与梁主和好十有余年，闻彼礼佛，祝及魏主，并祝先王，此乃梁主美意。不谓一朝失信，致此纷扰。知非梁主本心，当是侯景扇动耳。卿宜密致此意。若梁主不忘旧好，吾亦不敢违先王之意，将诸人并即遣归。侯景家属，亦当同遣。"渊明从之。乃遣其私人夏侯僧辩驰往江南，奉启于帝，称勃海王宽厚长者，若更通好，当听渊明还国。帝得启流涕，集朝臣议之。朱异进曰："静寇息民，和实为便。彼既愿修前好，陛下不可不许。"傅岐曰："不然。高澄师徒克捷，国势方强，何事须和？必是设间。故命贞阳遣使，欲令侯景自疑。景意不安，必图祸乱。若许通好，正堕其计中。"群臣闻岐言，皆曰："事诚有之，不可不虑。"朱异独主宜和，谓东魏必无坏意。帝亦厌用兵，乃从异言，赐渊明书曰："知高大将军礼汝不薄，省启足以慰怀，当别遣行人，重郭邻睦。"

　　僧辩得诏，星夜还北。一日过寿阳，被景窃访知之，留住摄问，僧辩具以实告。景大恐，乃使王伟作启，陈于帝曰：

　　　　高氏心怀鸩毒，怨盈北土，欢身殒越，子澄嗣恶，讨灭待时。所以昧此一胜者，盖天荡澄心，以盈凶毒耳。澄苟腹心无疾，又何急急奉璧求和？岂不以秦兵扼其喉，胡骑追其背，故甘辞奉币，取安大国。臣闻一日纵敌，数世之患。何惜高澄一竖，以弃亿兆之心，使其假命强梁，以遗后世。非直愚臣扼腕，实亦志士痛心。昔伍相奔吴，楚邦

---

① "卫鱼临亡"句——卫鱼，春秋卫国大夫子鱼。子鱼临死时，嘱咐他儿子，不要把他尸体放在正堂上而放在侧室，因为他认为自己生前不能为国君进贤而退不肖，心里有愧。卫国国君听到此事，就把子鱼认为贤能的人提拔上去，把不肖的人贬黜。后人把子鱼的做法称为"尸谏"。
② 刘向——西汉经学家。汉皇族楚元王四世孙。曾任谏大夫、宗正等。用阴阳灾异附会时政，屡次上书劾奏外戚专权。

立灭①；陈平去项，刘氏用兴②。臣虽才劣古人，心同往事，诚知高澄
忌贾在狄，恶会居秦，求盟请和，冀除其患。若臣死有益，万殒无辞。
唯恐千载，有秽良史。愿纳臣言，则臣幸甚。
　　又致书于朱异，饷金三百两，令阻和议。异受金而不通其启。
　　二月乙卯，复遣使东魏，吊献武高王之丧。景又启称："臣与高氏衅
隙已深，今陛下复与高氏连和，使臣何地自处？乞申后战，宣畅皇威。"上
报之曰："朕与卿大义已定，岂有成而相纳，败而相弃乎？今高氏有使求
和，朕亦更思偃武，进退之宜，国有常制。卿但清净自居，无劳虑也。"景
疑上意叵测，欲试虚实，乃遣人诈为高澄使者，自邺中至建康，以书呈帝，
愿以渊明易景。帝将许之，傅岐曰："侯景以穷归义，弃之不祥。且百战
之余，宁肯束手受絷？"朱异笑道："景奔败之将，执之一使之力耳，敢有他
变！"帝从之，复书言贞阳旦至，侯景夕返。使者归寿阳，以书示景。景
曰："我知吴老公薄心肠，今固然矣。"顾王伟曰："计将安出？"伟曰："今坐
听亦死，举大事亦死，唯王图之。"于是反计乃决。又景初至寿阳，征求无
已，朝廷未尝拒绝。以妻子被羁在北，请娶于王、谢。帝以王、谢门高非
偶，可择朱、张已下配之。景恚曰："会将吴儿女配奴。"又启求锦万匹，为
军人作袍。朱异议以青布给之。又以台所给仗，多不能精，启请东冶锻
工，营造兵器，敕并给之。先是景反河南，请立元氏一人为主，以从人望。
诏以舍人元贞为咸阳王，资以兵力，使还北主魏。会景败而止，元贞遂留
景军。至是贞知景有异志，累启还朝。景谓曰："河北事虽不果，江南何
虑失之，那不小忍！"贞惧，与韦黯逃归建康，具以事闻。帝闻贞言，亦绝
不以景为意。盖朱异以景必不叛，唯忌之者众，故屡言其反，帝有先入之
言故也。今且按下一边。
　　且说临贺王正德，本帝弟靖惠王子。少而粗险，不拘礼节。初帝未有
嗣，养之为子。及帝践极，便希储贰。后立昭明太子，封正德为西丰侯。
自此怨望，恒怀不轨，睥睨两宫，觊幸灾变。普通六年，逃奔于魏。有司奏

————————

　①　"伍相奔吴"句——伍相，春秋时伍子胥，原楚国人。楚平王杀害伍子胥父
　　　兄，伍逃吴国，引吴兵灭楚。
　②　"陈平去项"句——陈平，秦末汉初人，原在项羽部下任都尉，后归刘邦，为
　　　其出谋献策，立下灭楚大功。

削封爵。七年，又自魏逃归。帝方敦亲亲之谊，以宽仁为度，不之罪也。复其封爵，仍除为信武将军，封临贺郡王。正德自是益骄，招聚亡命，阳养死士，储米积货，日为反计。特以孤掌难鸣，只得待时而动。一日，门上报进，有故人徐思玉来见。正德见之，问曰："卿从河南王在寿阳，何暇至此？"思玉曰："因有密事相报，乞屏左右言之。"正德邀入密室，促膝与语。思玉曰："今天子年尊，奸臣乱国，祸败之来，计日可待。大王属当储贰，今被废黜，四海业业，孰不归心大王。河南有志匡扶，实心推戴，欲助大王一臂之力，使主梁祀，以负苍生之望。知臣与大王有旧，特遣臣到此，密布腹心。"因呈景书示之。书中亦不过推他为帝，兵至近郊，求为内应等话。正德大喜，谓思玉曰："仆有心久矣。河南之意，暗与吾同，是天授我也。仆主其内，河南为其外，何忧不济？寄语河南，机事在速，今其时矣。思玉遂与订约而去，归告侯景，景大喜。

时鄱阳王范密启侯景将反，不早剪扑，祸及生民。而帝以边事专委朱异，异以为必无此理，下诏报范曰："景孤危寄命，譬如婴儿，仰人乳哺，以此事势，安能反乎？"范复请以合肥之众讨之，帝不许。异引范使至前，谓之曰："汝王竟不许朝廷有一客耶？"自是范有启，异皆匿不以上。景又邀羊鸦仁同反，鸦仁执其使以闻。异曰："景数百叛奴，何能为？"敕以使者付建康狱，俄解遣之。景由是益无所惮。又闻朝廷遣常侍徐陵聘于东魏，乃上言："高澄狡猾，宁可全信。陛下纳其诡语，求与连和，臣虽不武，宁堪粉骨，投命仇门。乞江西一境，受臣控督，如其不许，即帅甲骑临江，上向闽越，非唯朝廷自耻，亦恐三公肝食。"帝使朱异宣语景曰："譬如贫家畜十客，五客尚能得意，朕唯一客致有怨言，亦朕之失也。"由是中外皆知有变，而朝廷仍不提防。八月戊戌，景反于寿阳，以诛朱异为名，内外大骇。

先是，傅岐尝谓异曰："卿任参国钧，荣宠如此，比日所闻，鄙秽狼藉。若使圣主发悟，欲免得乎？"异曰："外间谤讟[1]，知之久矣。心苟无愧，何恤人言？"岐退谓人曰："朱彦和殆将死矣。恃诏以求容，肆辨以拒谏，闻难而不惧，知恶而不改。天夺其鉴，不死何待！"帝闻景反，笑曰："是何能为？我折棰笞之耳。"乃以鄱阳王范为南道都督，封山侯正表为北道都

---

① 讟(dú)——诽谤，怨言。

督,司州刺史柳仲礼为西道都督,散骑常侍裴之高为东道都督,邵陵王纶持节,督众军以讨景。

　　景闻台军讨之,颇惧,问策于王伟。伟曰:"邵陵若至,彼众我寡,必为所困。不如弃淮南,决志东向,帅轻骑直掩建康,临贺乱于中,大王攻其外,天下不足定也。兵贵巧速,宜即进路。"景从之,乃留其将王显贵守寿阳,身率步骑径进。阳声趣合肥,而实袭谯州。谯州将董绍先开城降之,执刺史丰城侯泰,进攻历阳。太守庄铁以城降,因说景曰:"国家承平日久,人不习战,闻大王举兵,内外震惧。宜乘此际,速趋建康,可兵不血刃而成大功。若使朝廷徐得为备,内外小安。遣羸兵千人,直据采石,大王虽有精兵百万,不得济矣。"景以为然,乃留其将田英、郭骆守历阳,以铁为先导,引兵临江。江上镇戍相次启闻,帝始叹曰:"景果反矣。"因问讨景之策于羊侃。侃请以二千兵急据采石,令邵陵王袭取寿阳,使景进不得前,退失巢穴,乌合之众,自然瓦解。朱异宣言于朝,谓景必无渡江之志,遂寝其议。

　　却说临贺王屯丹阳,闻景兵临江,无船可渡,潜遣大船数十艘,诈称载荻,密以济景。景乃自横江济采石,有马数百匹,兵八千人,遂袭姑孰,执太守交成侯宁。时南津校尉江子一见景渡江,帅舟师千余人,欲于下流邀之。副将董桃生以家在江北,兵未交,即与其徒先溃走。子一不能留,乃收余众,步还建康。太子见事急,戎服入见帝,禀受方略。帝曰:"此是汝事,何更问为?内外军事,悉以付汝。"太子乃停中书省,指挥军事。以宣城王大器为城内都督,羊侃为军师将军副之,诸王侯各守要地。是日景至板桥,欲观城内虚实,使徐思玉诈逃入城,请间陈事。帝召而问之,将屏左右,舍人高善宝曰:"思玉从贼中来,情伪难测,安可使独在殿上?"朱异侍坐曰:"徐思玉岂刺客耶?"思玉见上,遽出景表,言异等弄权,乞带甲入朝,除君侧之恶。异在旁,惶愧失色。高善宝请诛思玉,帝不许,命舍人贺季、郭宝亮随思玉同往,劳景于板桥。景北面受敕,贺季曰:"今者之举何名?"景曰:"欲为帝也。"王伟趋进曰:"侯王忠于朝廷,为朱异等乱政,除奸臣耳。"景既失辞,遂不放贺季归,独遣宝亮还宫。百姓闻贼至,竞奔入城,公私混乱,无复次第。羊侃区分防拟,皆以宗室间之。军人争入武库,自取器甲,所司不能禁。侃立斩数人方止。

　　是时梁兴四十七年,境内无事,在位公卿及闾里士大夫罕见甲兵,贼至猝迫,公私骇震。又宿将已尽,余皆后进少年,茫无主意。单有羊侃胆力俱壮,太子深仗之。辛亥,景至朱雀桁南,而朝廷犹未知正德之情,命守宣阳门。使东宫学士庾信,帅宫中文武三千余人,守朱雀门,营于桁北。太子命开桁以挫贼锋,正德曰:"百姓见开桁,必大惊骇,可且安物情。"太子从之。俄而贼至,信开桁击之,见贼军皆戴铁面,退隐于门口。方食蔗,有飞箭中门柱,其蔗应弦而落,遂弃军走。正德率众迎景于张侯桥,马上交揖,景军皆着青袍,正德军皆绛袍,既与景合,悉反其袍。于是城中喧言正德反,帝及太子闻之,皆叹息。但未识后事若何,且俟下卷再剖。

第二十四卷

羊侃竭忠守建业　韦粲大战死青塘

话说正德既从贼，白下、石头之师皆溃。景皆遣将据守，进兵直至阙下，绕台城三匝，幡旗皆黑，城中籧惧。羊侃诈称邵陵王、西昌侯援兵已至近路，众心稍安。景百道俱攻，鸣鼓吹角，喧声震地。纵火烧大司马府、东西华诸门，烟焰张天。羊侃使凿门上为窍，下水沃火。太子自奉银鞍，往赏战士。直阁将军朱思亲率壮士数人，逾城洒水，久之方灭。贼人作木驴数百攻城，城上投石碎之。贼更作尖项木驴来攻，石不能破。侃作雉尾炬，灌以膏蜡掷下，焚之立尽。贼又作登城楼，高十余丈，欲临射城中。侃曰："车高堑虚，彼来必倒。可卧而观之。"及车动果倒。当是时，景据公车府，正德据左卫府，贼将宋子仙据东宫，范桃棒据同泰寺，分番迭攻。侃随方抗御。贼不能克，乃筑长围以绝内外。

却说正德初意兵至建康，景即立之为帝。而景专事攻城，不相推奉，正德心怀疑虑，谋之左右曰："侯王许过江后，即奉我为帝。今置不问，必有所不足于我也。我欲结其欢心，若何而可？"左右曰："闻侯王子身南来，尚无妻室。前日求婚王、谢，未遂其志。王何不以女妻之，使谐伉俪之私，则其好永固，彼必助王为天子矣。"正德曰："善。"以幼女生得姣好，欲纳之景。其妻怜女幼小，不欲使为景妇。正德曰："吾方仗侯公取天下，何惜一女！"遂诣景营，谓之曰："公军中寂寞，仆有息女，性颇温淑，愿以侍公枕席。"景大喜曰："得王女为妇，当使长共富贵。"乃命设宴于东宫，即日成婚。东宫去城不远，其中动静，城上皆见。一日，忽见宫中悬灯挂彩，贼众皆披红往来，少顷鼓乐喧天，笙歌聒耳，莫测其故。旋有贼骑数十，来至濠边，指城上言曰："昔侯王欲娶王、谢家女，尚谓门高非偶。今临贺纳女于侯王矣，比王、谢何如？"太子闻之怒，遣人纵火烧东宫，殿台皆尽。景亦怒，纵火烧乘黄厩、上林馆、太府寺，皆成灰灭。戊午朔，景遂

奉正德为帝。下诏称普通已来，奸邪乱政，上病不豫①，社稷将危。河南
王景释位来朝，猥用朕躬，绍兹宝位，可大赦，改元正平。以景为丞相。

　　朱异闻正德僭号，劝上出兵击之。上问羊侃，侃曰："不可。出人若
少，不足破贼，徒挫锐气；若多，则一旦失利，门隘桥小，必大致失亡。"异
力劝击之，帝从其言，遂使千余人出战，锋未及交，即退走争桥，赴水死者
大半。侃子鹭为景所获，执至城下以示侃。侃曰："吾倾宗报国，犹恨不
足，岂计一子！幸早杀之。"数日复持来，侃谓鹭曰："久以汝为死矣，今犹
在耶？"引弓射之。贼以其忠义，亦不之杀，但声言帝已晏驾，城中亦以为
然。于是太子请帝巡城，以安众心。百姓闻警跸②声，皆鼓噪流涕，众心
粗安。先是江子一之败还也，上责之。子一拜谢曰："臣以身许国，常恐
不得其死。今所部皆弃臣去，臣以一夫，安能击贼？若贼遂能至此，臣誓
当碎身以赎前罪。不死医前，当死阙后。"至是子一启太子，愿与弟子四、
子五，帅所领百余人，开承明门出战，太子许之。子一直抵贼营，贼伏兵不
动。子一呼曰："贼辈何不速出？"久之，贼骑出阵。子一径前引槊刺贼，
连杀数人，从者莫之继，贼解其肩而死。子四、子五相谓曰："与兄俱出，
何面独归？"皆免胄赴贼。子四中稍，洞胸而死。子五伤胫，还至堑边，一
恸而绝。太子闻其死，伤悼久之。

　　却说侯景初至建康，谓朝夕可拔，号令严整，士卒不敢侵暴。及城久
不克，人心离阻。军中乏食，乃纵兵掠夺民米，及子女金帛。自后米一升
直七八万钱，人相食，饿死者十五六。乃更于城之东西两处，起土山，驱迫
士民，不限贵贱，皆充力役。疲羸者即杀以填山，号哭动地。城中亦筑土
山以拒之。太子、宣城王以下，皆亲负土，执畚锸。起层楼于山上，高四
丈，募敢死士二千人，厚衣袍铠，谓之"僧腾客"，分配二山，昼夜交战不
息。会大雨，城内土山崩，贼乘之垂入，苦战不能禁。侃令军士掷火为城，
以断其路，徐于内筑城，贼不能进。朱异有奴出降于贼，景即以为仪同三
司。奴乘良马，衣锦袍，循行城下，仰见异在城上，呼而谓曰："汝五十年
仕宦，方得中领军。吾始事侯王，已为仪同矣。"于是三日之中，群奴出降
者以千数。景皆厚抚以配军。人人感恩，为之致死。景又射书城上，遍谕

---

①　豫——安适。
②　警跸——谓皇帝出入经过的地方严加戒备，断绝行人。警，敬戒；跸，清道。

士民曰：

梁自近岁以来，权幸用事，割剥齐民，以供嗜欲。如曰不然，公等试观今日国家池苑，王公第宅，僧尼寺塔，及在位庶僚，姬姜百室，仆从数千，不耕不织，锦衣玉食，不夺百姓，从何得之？仆趋赴阙庭①，只诛权奸，非倾社稷。今城中指望四方入援，吾观王侯诸将志在全身，谁能竭力致死，与吾争胜负哉？长江天险，吾一苇②航之。景明气净，自非天人允协，何能如是！幸各三思，自求元吉。

当是时，勤王之诏四出，而各路藩镇皆怀观望，或据强城，按兵不发；或托言粮缺，而发又止；或仅遣偏师入援，大车不接。以故京师被围已久，而外援杳然。先是邵陵王闻变，昼夜兼行，引兵入援。及济大江，中流风起，人马溺者什一二。众请退，不许。遂帅西丰侯大春、新涂公大成、永安侯确、安南侯骏、谯州刺史赵伯超、武州刺史萧弄璋等，合步骑三万，自京口西上。景闻之，遣军迎拒。赵伯超谓纶曰："若从黄城大路进兵，必与贼遇。不如径趋钟山，突据广莫门，出贼不意，贼围必解矣。"纶从之。卷甲疾趋，夜行失道，迂二十余里，及旦，才达于蒋山。贼不虞③兵来，见之大骇，分兵三道攻纶，纶力战却之。会大雪，天寒甚，山巅不能立营，乃引军下山结寨。贼兵陈于覆舟山北，纶兵陈于玄武湖侧，与贼对阵相持。至暮不战，景伏兵于旁，佯退以诱之。安南侯骏见其退，以为贼将走，即率众追逐。景旋军与战，伏兵起，左右夹攻，骏大败而走。赵伯超望见亦退走，诸军皆溃。纶收余兵入天保寺，景纵火烧寺，纶率数骑逸去，士卒践冰雪，往往堕足。景悉收辎重，生擒西丰公大春，及纶将霍俊等而还。明旦，陈所获首虏铠仗及大春等于城下，使言曰："邵陵王已为乱军所杀。"霍俊独曰："王小失利，已全军还京口。城中但坚守，援军寻至。"贼以刀殴其背，俊辞色弥厉。遂杀之。于是城中益恐。

时朝野以侯景之祸，共尤朱异，异惭愤发疾死，人皆恨其死晚。而羊侃日夜守御，心劳力瘁，未几亦以疾卒。太子哀恸，如失左右手。于是人益危惧。景闻之喜曰："羊侃死，吾取城如拾芥矣。"乃复大造攻具，大车

---

① 阙庭——指朝廷。

② 一苇——小船的代称。

③ 虞——预料。

高数丈,一车二十轮,运土填堑,进焚台城东南楼,势甚迫。台将吴景献计太子,即于城内构地为楼,火才灭,新楼即立,贼以为神。又贼乘火起,于其下穿城而入。城中觉之,更筑迂城,状如却月以截之,贼不得进。贼更作土山以逼城,城内作地道以取其土,外山崩,压贼且尽。贼计穷,乃徇于众曰:"有能献计取城者,封万户侯。"时有贼将宋嶷献计于景曰:"决玄武湖以灌台城,则城立破矣。"景从之,连夜决湖,水尽灌入城中,阙前皆为洪流,百姓皆就高处避水。今且按下慢讲。

且说其时来援者,却有一位忠肝义胆、捐躯殉难的杰士,姓韦,名粲,字长蒨,车骑将军睿之孙、徐州刺史放之子也。粲少有父风,好学厉志。及壮,身长八尺,容貌魁伟,尝以步兵校尉入为东宫领直,与太子深相爱敬。后迁为衡州刺史,勤于政治。至是征为散骑常侍,还至庐陵。闻台城被围,怒曰:"堂堂天朝,为犬羊所困,要吾辈臣子何用?"因简阅部下,得精兵五千,倍道赴援。至豫章,以兵力尚弱,就内史刘孝仪谋之。孝仪曰:"必如此,当有敕。岂可轻信人言,妄自发兵,愿且少待。"乃置酒留饮。粲怒,以杯抵地,曰:"贼已渡江,便逼宫阙,水陆俱断,何暇有报?假令无敕,岂得自安!目今巨寇滔天,君父在难,凡属臣子,皆当致命。韦粲今日何情饮酒!"即驰出。会江州刺史、当阳公大心遣使邀粲,粲驰往见之,谓大心曰:"上游藩镇,江州去京最近,殿下情计,诚宜在前。但中流任重,当须接应,不可阙镇。今宜且张声势,移镇溢城,赐以一军相随,于事便足。"大心然之,乃遣中兵柳昕率兵二千人,随粲进援。行至南州,忽见一支人马,步骑约有万余,旆号鲜明,甲兵坚利,浩浩荡荡而来。问之,乃司州刺史柳仲礼军也。闻京师有难,亦来赴救。仲礼与粲,本外兄弟,相见大喜。粲即送粮仗给之,并出私财以赏其战士。是时,鄱阳王遣其世子嗣与西豫州刺史裴之高、建安太守赵凤举各将兵入援,军于蔡州,以待上流诸军。之高闻粲与仲礼兵至,遂自张公洲遣船渡之。未几,宣猛将军李孝钦、殷州刺史羊鸦仁、南陵太守陈文彻,各率众来会。又湘东世子方等将步骑一万,入援建康。竟陵太守王僧辩将舟师万人,出自汉川,载粮东下。于是援兵大集,共屯新林,商议破贼。粲谓:"将不一心,致败之道。必得一人为主,乃克号令画一。"因共议推仲礼为大都督,以主军政。独裴之高自以年位并尊,耻居其下,议累日不决。粲抗言于众曰:"今者同赴国难,义在除贼。所以推柳司州者,正以久捍边疆,先为侯景所惮。且士马精锐，无出其右。若论位次，柳在粲下；语其年齿，亦少于粲。直以社稷大计，不得复论官职高下。将贵在和，方克协力；若人心不同，大事去矣。裴公朝之旧德，岂应复挟私情以沮大计。粲请为诸君解之。”乃单舸至之高营，切让之曰：“今二营危逼，朝不保夕。臣子当戮力同心，岂可自相矛盾。豫州必欲立异，锋镝便有所归。”之高垂泣致谢，遂推仲礼为大都督，众将一禀指挥。合兵十余万，缘淮立栅。

景见援兵大集，亦树栅北岸以应之。先是景获之高家室，囚于营。至是临水陈兵，将其家室连锁，列于阵前，以鼎镬①刀锯随其后。谓曰：“裴公不降，今即烹矣。”之高召善射者，先射其子，再发皆不中。贼仍囚之。俄而景帅步骑万人，于后渚挑战。仲礼欲出击之，韦粲曰：“日晚我劳，未可战也。”仲礼乃坚壁不出。景亦引退。丙辰晦，仲礼将战，夜至韦粲营部分众军。时诸将各有据守，唯青塘无人守把，乃谓粲曰：“青塘当石头中路，贼必争之。此系要地，非兄不可。若疑兵少，当更遣军相助。”粲曰：“自分才弱，恐不足以当此任。然公有命，仆曷敢违！”仲礼乃遣其将刘叔胤助之。丁巳朔，仲礼自新亭徙营大桁，韦粲引兵往青塘，忽大雾，咫尺不相见，军迷失道。比及青塘，夜已过半。立栅未合，天已大明。侯景望见之，曰：“彼何人斯，而敢于此立寨？急击勿失。”遂亲帅锐卒来攻。粲使军主郑逸逆击之，命刘叔胤以舟师截其后。逸抵死相拒，久之贼来益众，矢下如雨，逸不能支。叔胤见贼盛，畏懦不敢进，逸遂败。景乘胜直入粲营。左右牵粲避贼，粲不动，叱子弟力战，亲自搏击。未几，一门皆为贼杀。军士飞报仲礼，言青塘被围，仲礼方食，投箸而起，被甲握矟，帅麾下百骑驰往救之。与景大战于青塘，所向披靡，斩首数百级，沉淮水死者千余人。景退走，仲礼挺矟刺之，刃将及景。景魂胆俱丧，而贼将支伯仁自后斫仲礼，中其肩。仲礼坠马，贼聚矟刺之，骑将郭山石见主将坠地，奋死往救，力斩贼将数人，贼稍退，乃扶仲礼上马，杀出重围。仲礼伤甚，至军中昏迷不省人事。亲将惠䶅为之吮疮断血，得不死。自是景不敢复济南岸，仲礼亦气衰，不复言战矣。后人有诗挽韦粲之死云：

　　吹唇②百万逞凶狂，赴难无人到建康。

---

①　鼎镬——古代的一种酷刑，用鼎镬烹人。鼎镬，古代煮东西的器物
②　吹唇——吹口哨。

耿耿孤忠悬日月,令人千载忆青塘。

却说邵陵王纶自战败之后,奔于朱方,复收散卒,与东扬刺史、临城公大连,新涂公大成,自东道并至,列营于桁南,亦推仲礼为大都督。时贼围甚严,内外水泄不通。台城与援军,信命久绝,或献策于太子,作纸鸥系以长绳,藏敕于内,乘风放去,冀达众军,题云"得鸥送援军,赏银百两"。太子自出太极殿前,乘西北风纵之。贼营望见,群以为怪,射而下之。援军亦募有能入城通信者,许重赏。有鄱阳将李朗应募,请先受鞭,诈为得罪,叛投贼营,从此可以入城。鄱阳鞭而遣之,朗即投贼,贼见其背有伤痕,信而纳之。于是乘间入城,城中方知援兵四集,举城鼓噪。帝以朗为直阁将军,使还报命。朗不敢复过贼营,乃缘钟山之后,夜行昼伏,积日乃达。诸将得敕,争请仲礼进兵。而仲礼自韦粲死后,神情傲狠,陵蔑诸将。邵陵王纶每日执鞭至门,亦移时弗见,由是与仲礼不睦。诸军互相猜阻,莫有战心。

先是,台城之闭也,公卿以食为念,男女贵贱并出负米,得四十万斛。又收钱帛五十万亿,并聚德阳堂,而不备薪刍鱼盐。至是坏尚书省为薪,撤荐剉①以饲马。御厨有干苔数十石,味酸咸,取以分给战士。其后米亦竭,军士或煮铠,或熏鼠、捕雀以为食。屠马于殿省间,杂以人肉,食者必死。而侯景之众亦饥,抄掠无所获。东城有米可支一年,援军断其路,又闻荆州兵将到,景甚患之。王伟曰:"今台城不可猝拔,援军日盛,我军乏食,未可与战。不如伪且求和,以缓其势。因求和之际,运东城米入石头,援军必不得动。然后休士息马,缮修器械,伺其懈怠击之,一举可取也。"景从之,遣其将任约、于子悦至城下,拜表求和,乞归旧镇。太子以城中饥困,请帝许之。帝怒曰:"和不如死!"太子固请曰:"侯景围逼已久,援军坐视不战,宜且许其和,更为后图。"帝迟回久之,乃曰:"汝自斟量,勿令取笑千载。"遂报许之。

景见朝廷受其和,乞割江右四州之地,并求宣城王大器出送,然后济江。傅岐固争曰:"岂有贼举兵围宫阙,而更与之和乎? 此特欲却援军耳。戎狄兽心,必不可信。且宣城王嫡嗣之重,国命所系,岂可为质?"太子不得已,乃以大器之弟石城公大款,出质于景。又敕诸军不得复进。下

---

①　荐剉(cuò)——草垫。

诏曰:"善兵不战,止戈为武。"以景为丞相、豫州牧、河南王如故。己亥,设坛于西华门外,遣仆射王克、吏部萧闿,与贼将于子悦、任约登坛共盟。又遣太子詹事柳津出西华门,与景相对数十步外,杀牲歃血。盟既毕,城中士民只道景即解围。久之,景了无去志,专修铠仗,托云无船不得即发,且欲遣石城公还台,求宣城王出送。太子虽觉其诈,犹依违从之。乙卯,景又启曰:"适有西岸信至,高澄已据寿阳,臣今无所投足,求借广陵及谯州,俟得寿阳,即奉还朝廷。"又云援军既在南岸,须于京口渡江。太子并许之。庚戌,景又启曰:"永安侯确、直阁赵威方,屡次隔棚见诟,云'天子自与汝盟,我终当破汝'。乞召二人入城,即当引路。"帝便使尚书张绾召二人入城,赵威方奉命,确固辞不入。邵陵王泣谓确曰:"围城既久,圣上忧危,臣子之情,切于汤火。故欲且盟而遣之,更申后计。成命已决,何得拒违?"时台使周石珍在纶所,确谓之曰:"侯景虽云欲去,而长围不解,意可见也。今召仆入城,何益于事?"石珍曰:"敕旨如此,郎那得辞?"确坚执如故。纶大怒,谓赵伯超曰:"谯州为我斩之,持其首去。"伯超挥刀眄①确曰:"伯超识君侯,刀不识也。"确乃流涕入城。

先是帝常蔬食断荤,及城围日久,御厨蔬茹皆绝,乃食鸡子。确入城,上鸡子数百枚。帝手自检点,歔欷哽咽,谓确曰:"绎在荆州,兵力最强,而竟不一致,何也?"确泣而不言。当是时,湘东王绎拥数万众,军于郢州之武城。河东王誉以湘州兵军于青草湖,桂阳王慥以信州兵军于西峡口。皆彼此观望,淹留不进。有萧贲者,骨鲠士也,为荆州参军,以绎不早下,心甚非之,常与绎双六②,食子未下,贲曰:"殿下都无下意。"绎知其讥己,甚忿其言。至是得帝敕,云与景盟,便欲旋师。贲谏曰:"景以人臣举兵向阙,今若放兵,未及渡江,童子能斩之矣,必不为也。大王以十万众,未见贼而退,窃为大王不取也。"绎益怒,未几因事杀之。

绎既先归,援军皆解严。景乘其际,尽运东城米归石头。既毕,谓王伟曰:"军食已足,计将安出?"伟曰:"王以人臣举兵围守宫阙,逼辱妃主,残秽宗庙,擢③王之发,不足数王之罪。今日持此,欲安所容身乎?背盟

---

① 眄(miǎn)——斜视。
② 双六——古代一种赌博游戏。也称"双陆"。
③ 擢(zhuó)——拔。此句比喻罪恶多得像头发那样,数也数不清。

而捷,自古多矣。愿且留此以观其变。"正德亦曰:"大功垂就,岂可弃去?"景曰:"是吾心也。"遂命王伟修启,历数朝廷之非,指帝十失以上之。但未识所指十失云何,且听下卷分解。

第二十五卷

侯景背誓破台城　诸王敛兵归旧镇

话说侯景军食既足,志在背盟,谋臣王伟力劝之,以为去必不克。于是数帝十失,上启于朝。其略云:

窃惟陛下,踵武①前王,光宅②江表,躬览万几,劬劳③治道。刊正周、孔之遗文,训释真如之秘奥。人君艺业,莫之与京④。臣所以踊跃一隅,望南风而叹息也。岂图名与实爽⑤,闻见不同,今为陛下陈之。陛下与高氏通和,岁逾一纪,必将分灾恤患,同休共戚。宁可纳臣一介之使,贪臣汝、颍之地,便绝和好。夫敌国相伐,闻丧则止,匹夫之交,托孤寄命,岂有万乘之君,见利忘义若此者哉? 其失一也。臣与高澄既有仇憾,义不同国。陛下授臣以上将,委臣以专征,臣受命不辞,实思报效。而陛下欲分其功,不使臣击河北,遣庸懦之贞阳,任骄贪之胡、赵,裁见旌旗,鸟散鱼溃。绍宗乘胜席卷涡阳,使臣狼狈失据,妻子为戮,斯实陛下负臣之深。其失二也。韦黯之守寿阳,众无一旅,魏兵凶锐,欲饮马长江,非臣退保淮南,势未可测。即而边境获宁,令臣作牧此州,以为蕃捍,方欲励兵秣马,克申后战,陛下反信贞阳谬启,复请通和。臣频谏阻,疑闭不听。反复若此,童子犹且羞之,况在人君,二三其德⑥。其失三也。夫畏懦逗留,军有常法,所以

---

① 踵武——武,足迹。喻继承前人事业。
② 光宅——充满,覆盖。
③ 劬(qú)劳——劳累。
④ 京——大。
⑤ 爽——不一致,违背。
⑥ 二三其德——三心二意,反复无常。《诗经·卫风·氓》:"士也罔极,二三其德。"

子玉小败①，见诛于楚；王恢失律②，受戮于汉。今贞阳以帝之犹子③，而面缚敌庭，实宜绝其属籍，以衅征鼓。陛下怜其苟存，欲以微臣相易。人君之法，当如是哉？其失四也。悬瓠大藩，古称汝、颍，臣举州内附，羊鸦仁无故弃之，陛下曾无嫌责，使还居北司。鸦仁弃之不为罪，臣得之不为功。其失五也。臣在寿春祇奉朝廷，而鸦仁自知弃州，内怀惭惧，遂启臣欲反。使臣果反，当有形迹，何所征验，诬陷顿尔，陛下曾不辨究，默而信纳。其失六也。赵伯超任居方伯，惟知渔猎百姓，韩山之役，女妓自随，裁闻敌鼓，与妾俱逝。以致只轮莫返，其罪应诛。而纳贿中人，还处州任。伯超无罪，臣功何论；赏罚无章，何以为国？其失七也。臣御下素严，裴之悌助戍在彼，惮臣严制，遂无故遁归，又启臣欲反，陛下不责违命离局，方受其浸润之谮，处臣如此，使何地自安？其失八也。臣归身有道，罄竭忠规，每有陈奏，恒被抑遏。朱异等皆明言求货，非利不行，臣无贿于中，恒被抑折。其失九也。鄱阳之镇合肥，与臣邻接，臣以皇室重臣，每相祗敬。而臣有使命，必加弹射，或声言臣反，陛下不察，任其见侮，臣何以堪于此哉？其失十也。臣是以兴晋阳之甲，乱长江而直济，愿得升赤墀④，践文石⑤，口陈枉直，指画臧否，诛君侧之恶臣，清国朝之枇政，则臣幸甚，天下幸甚。

帝览表，且惭且怒。城中以景违盟，举烽鼓噪。复诏援军进兵。

　　先是闭城之日，男女十余万，擐甲者二万余人。被围既久，人多身肿气急，死者什八九，乘城者不满四千人。率皆疲病，横尸满路，不及瘗埋。国势危如累卵，而柳仲礼身为都督，唯聚妓妾在营，置酒作乐。诸将日往

① "子玉小败"句——子玉，春秋时楚国将领。楚晋城濮之战，子玉领军作战，败，因无楚成王敕令而自杀。

② "王恢失律"句——王恢，汉武帝时为大行。汉兵三十万人伏于马邑旁谷，准备打击匈奴。王恢为将屯将军，奉命击匈奴辎重。匈奴发觉，引兵退走，王恢罢兵。武帝怒王恢不出兵，将其下狱，王恢自杀。事见《汉书·窦田灌韩传》。

③ 犹子——称兄弟之子。

④ 赤墀(chí)——指皇宫。因皇宫地涂丹漆，故名。

⑤ 文石——指宫室。

请战，不许。安南王骏说邵陵曰：“城危如此，而都督不救，其情可知。万一不虞，殿下何颜自立于世？今宜分军为三道，出其不意攻之，可以得志。”纶不能从。柳津遣人谓仲礼曰：“君父在难，不能竭力，百世之后，谓汝心为何？”仲礼亦不以为意。帝尝问津贼势若何，对曰：“陛下有邵陵，臣有仲礼，围何由解？”帝为之泪下。中丞沈浚愤贼背盟，请至景所，责以大义。帝遣之，浚见景，问之曰：“军何不退？”景曰：“今天时方热，军未可动，乞且留京师立效。”浚发愤责之，景怒，拔刀相向。曰：“我斩汝。”浚曰：“负恩亡义，违弃诅盟，固天地所不容。沈浚五十之年，常恐不得死所，何为以死相惧耶？”径去不顾，景以忠直舍之。于是决石阙前水，百道攻城，昼夜不息。

丁卯城陷，贼众皆从城西入。永安侯确力战不能却，乃排闼入见帝云：“城已陷。”帝安卧不动，曰：“犹可一战乎？”对曰：“众散矣。”帝叹曰：“自我得之，自我失之，亦复何恨！”因谓确曰：“汝速去语汝父，勿以二宫为念，且慰劳在外诸军。”确泣而退。俄而景入城，先遣王伟入文德殿奉谒。帝命左右褰①帘开户，引伟入。伟拜呈景启，帝问景何在，可召来。景遂入见，以甲士五百人自卫。稽颡殿下，典仪引就三公榻。帝神色不变，问曰：“卿在军中，无乃为劳？”景不敢仰视，汗流被面。又问：“卿何州人，而敢至此，妻子犹在北耶？”景皆不能对。任约从旁代对曰：“臣景妻子皆为高氏所屠，惟以一身归陛下。”帝又问：“初渡江有几人？”景曰：“千人。”“围台城几人？”曰：“十万。”“今有几人？”曰：“率土之内，莫非己有。”帝俯首不言，景即退。复至永福省见太子，太子亦无惧容，侍卫皆惊散，唯中庶子徐擒、舍人殷不害侍侧。景傲然登阶，擒谓景曰：“侯王当以礼见，何得如此？”景乃拜。太子与言，又不能答。景退，谓其党曰：“吾尝跨鞍对阵，矢刃交下，而意气安缓，了无怖心。今见萧公，使人自慑②，岂非天威难犯，吾不可以再见之。”于是悉撤两宫侍卫，纵兵入宫，尽掠乘舆服御宫人以出。使王伟守武德殿，于子悦屯太极殿堂，矫诏大赦。自加大丞相，都督中外诸军事。旋命石城公大款，以帝诏解外援军。

柳仲礼召众议之，邵陵王曰：“今日之命，委之将军。”仲礼直视不对。

---

① 褰（qiān）——提起，撩开。
② 慑（shè）——恐惧，害怕。

裴之高、王僧辩曰：“将军拥众百万，致宫阙沦没，正当悉力决战，以赎前愆，何用踌躇？”仲礼竟无一言。诸军见其无战意，乃各引兵还镇。柳仲礼及其弟敬礼、羊鸦仁、赵伯超并开营降。仲礼入城，先拜景而后见帝，帝不与言。退见其父津，津怃哭曰：“汝非我子，何劳相见？”是日景烧内积尸，病笃未绝者，亦聚而焚之。庚子，诏征镇牧守各复本任，朝臣皆还旧职。初，临贺王正德与景相约，平城之日，不得全帝与太子。故台城一破，正德即率众挥刀入宫。那知景已使人守定宫门，叱正德曰：“侯王有令，擅入者斩。”正德悚然而退。越一日，景令正德去帝号，迁为侍中、大司马，入朝于帝。正德入见，拜且泣，帝曰：“啜其泣矣，何嗟及矣。”正德自后常怀怨恨，未几景杀之。

且说帝为侯景所制，心甚不平，怒气时形于色。一日，景欲以宋子仙为司空，帝曰：“调和阴阳，安用此物？”景又请以其党为便殿主帅，帝不许。景不能强，心甚惮之。太子入见，泣且谏曰：“宗庙存亡，皆系景手，愿少忍之。”帝曰：“谁令汝来？若社稷有灵，犹当克复；如其不然，何惜一死而事流涕为！”一日，忽见省中有驱驴马，带弓剑，出入往来者。帝怪之，问左右曰：“往来者是何人？”直阁将周石珍曰：“侯丞相甲士。”帝大怒，叱石珍曰：“是侯景，何谓丞相！”左右皆俱。是后帝有所求，多不遂志，饮食亦为所裁节，忧愤成疾。五月丙辰，帝卧净居殿，口苦，索蜜不得，再呼荷荷而殂。年八十六，庙号高祖。景闻帝崩，秘不发丧，迁殡于昭阳殿，使王伟、陈庆迎太子于永福省，如常入朝。太子呜咽流涕，不敢泄声。殿外文武皆莫之知。辛巳，发高祖丧，升梓宫①于太极殿。是日，太子即皇帝位，群臣朝贺，改元大宝，是为简文帝。侯景出屯朝堂，分兵守卫。诰敕诏令，皆代为之。帝拱默而已。六月丁亥，立宣城王大器为太子。封皇子大心等七人皆为王。以郭元建为北道行台，总督江北诸军事，镇新秦。

却说景爱永安侯确之勇，常置左右。确曲意承合，使景不疑。时邵陵王纶在郢州，潜遣人呼之，确曰：“景轻佻，一夫力耳。我欲手刃之，尚恨未得其便。卿丞语家王，勿以吾为念。”一日，景游锺山，确与偕行。见一飞鸟，景命射之。一发乌落，又一鸟飞来，确弯弓持满，欲射景，箭将发而弦忽断。景觉其异，因叱曰：“汝何反？”确曰：“我欲杀反者，而天不助我，

———————

①　梓宫——指棺材。因用梓木做成，故名。

命也。"景遂杀之。

时东吴皆有兵守,景遣于子悦、侯子鉴等东略吴郡,所将兵甚少。新城戍主戴僧遇有精兵五千人,说太守袁君正曰:"贼今乏食,台中所得,不支一旬。若闭关拒守,立可饿死。愿公勿附于贼。"无如郡人皆恤身家,恐不能胜,而资产被掠,争劝君正迎降。君正于是具牛酒,出郊以迎子悦。子悦执之,而掠夺财物子女,东人大悔恨。沈浚避难东归,与吴兴太守张嵊合谋拒景。时吴兴兵力寡弱,嵊又书生,不娴军旅。或劝嵊效袁君正,以郡迎降。嵊叹曰:"袁氏世济忠贞,不意君正一旦隳之。吾岂不知吴郡既没,吴兴势难久全? 但以身许国,有死无二耳。"及子鉴军至,嵊率众与战,败还府,整朝服坐堂上,贼至不动。子鉴执送建康,景嘉其守节,欲活之。嵊曰:"吾参任专城,朝廷倾危,不能匡复,今日速死为幸。"景犹欲存其一子,嵊曰:"我一门已在鬼录,不就尔虏求生。"景怒,尽杀之。并杀沈浚。又贼将宋子仙攻钱塘,戴僧遇降之,遂乘胜至会稽。时会稽胜兵数万,粮仗山积,东人征侯景残虐,咸欲拒之。而刺史南郡王大连朝夕酣饮,不恤士卒,军事悉委司马留异。异隐与贼通,遂以众降。大连被执,送之建康,犹醉不之知。帝闻之,引帷自蔽,掩袂而泣。于是三吴尽没于景。

景志益骄,下令采选吴中淑女,收入府中,有容貌出众者,教之歌舞,以资声色之乐。贼党有言溧阳公主之美者,景即入宫,逼而见之。时溧阳年十四,芳姿弱质,果有沉鱼落雁之容。景一见,不胜惊喜,回顾左右曰:"我初以正德之女为美,今视公主之色,正德女不足数矣。因向溧阳曰:"公主深宫寂寞,此间无可快意,不如随吾回宫,共享荣华,与公主谐老何如?"溧阳羞惭满面,低声应曰:"承大王不弃,妾之愿也。"景大悦,遂备小舆,载之以归。是夕,召集贼臣,大排筵宴,以庆新婚。酒阑之后,与公主携手入房,共效于飞之乐。可怜娇花嫩蕊,狼藉于跋奴之手。帝闻之,封景为驸马,景益喜。三月三日,景请帝禊宴于乐游苑,帐饮连日,还宫后,景与公主共据御床,南面并坐。文武群臣列坐侍宴。越日,又请驾幸西州,帝御素辇,侍卫寥寥;景甲士数千,翼卫左右。帝闻丝竹之音,凄然泣下。酒半酣,景起舞,亦请帝起舞。帝亦为之盘折。宴罢,帝携景手曰:"我念丞相。"景曰:"臣亦念陛下,且臣得尚公主,则与陛下为至亲。陛下苟无异志,臣亦宁有变心? 请与陛下设誓可乎?"帝从之,因与帝登重云殿,礼佛为誓云:"自今君臣两无猜贰,共保始终。"盖景欲娱公主意,故与帝盟也。

当是时,江南连年旱蝗,江、扬犹甚。百姓流亡,相与采草根、木叶、菱芡①而食,死者蔽野。富贵之家,衣罗绮,怀金玉,俯伏床帷而死。千里绝烟,人迹罕见。白骨成聚,如丘陇焉。而景残酷益甚,立大碓于石头城,有犯法者,辄捣杀之。常戒诸将曰:"破栅平城,当尽杀之,使天下知我威名。"故诸将每战,专以焚掠为事,斩刈人如草芥,以资戏笑。又禁人偶语,犯者刑及外族。为其将帅者,悉称行台。来降附者,悉称开府。其亲寄隆重者,曰左右厢公。勇力兼人者,曰库直都督。今且按下不表。

再说湘东王绎,字世诚,高祖第七子也。初高祖梦一眇目僧,执香炉至殿前,口称托生皇宫,径往内走。高祖梦觉,而后宫适报皇子生。名之曰绎。少患眼疾,遂盲一目。高祖忆前所梦,弥加宠爱。及长,好学不倦,博极群书。高祖常问曰:"孙策在江东立业,年有几?"对曰:"十七。"高祖曰:"正是汝年。"遂封湘东王,出为荆州刺史。其在荆州,军书行檄,文章诗赋,点毫立就,常曰:"我韬于文字,愧于武夫。"人以为确论。性好矫饰,多猜忌,有胜己者,必加毁害。忌刘之遴才学,使人鸩之,如此者甚众。妃徐氏,有美色,嗜酒好淫,性又酷妒,见无宠之妾,便交杯接坐。才觉有娠者,即手加刀刃,以王眇一目,每知王将至,必为半面妆以俟,王见则大怒而出。王好读书,卷籍繁多,每不自执卷,令左右更番代执,昼夜无间。以故左右出入无忌,妃择其美者,常与之淫。有季江者,美姿容,尤为妃爱。季江每叹曰:"柏直狗虽老犹能猎,萧溧阳马虽老犹骏,徐娘虽老犹尚多情。"又有贺徽者,年少而貌美,妃尝往普贤寺礼佛,遇之心动,即令寺尼招之入内,遂与之私。意甚慊,书白角枕为诗,互相赠答。后事露,绎欲杀之,以其生世子方等,不忍,乃尽杀其所私者,而幽之后宫,更作《荡妇秋思赋》以刺之。其词曰:

> 荡子之别十年,倡妇之居自怜。登楼一望,惟见远树含烟。平原如此,不知道路几千?天与水兮相逼,山与云兮共色。山则苍苍入汉,水则涓涓不测。谁复堪见鸟飞,悲鸣只翼?秋何月而不清,月何秋而不明。况乃倡楼荡妇,对此伤情。于时露萎庭蕙,霜封阶砌,坐视带长,转看腰细。重以秋水文波,秋云似罗。日黯黯而将暮,风骚

---

① 芡(qiàn)——一年生水草,种子的仁可吃,可以制淀粉。

骚而渡河。妾怨回文之锦①,君悲出塞之歌②。相思相望,路远如何? 鬟③飘蓬而渐乱,心怀愁而转叹。愁萦翠眉敛,啼多红粉漫。已矣哉! 秋风起兮秋叶飞,春花落兮春日晖。春日迟迟犹可至,客子行行终不归。

世子方等见之,知为其母作也,且惭且惧。

原来方等有俊才,善骑射。台城被围,绎停军郢州,独遣方等帅步骑一万,援建康。每战亲犯矢石,以死节自任。及宫城陷,绎还荆州,方等亦收兵还,甚得众和。湘东始叹其能,又修筑城栅,以备不虞。既成,楼雉相望,周遮七十余里。湘东见之,大悦,然方等以母故,恒郁郁不乐。尝著论以见志云:

人生处世,如白驹过隙④耳。一壶之酒,足以养性;一箪⑤之食,足以怡形。生在蓬蒿,死葬沟壑。瓦棺石椁⑥,何以异兹。吾尝梦为鱼,因化为鸟。当其梦也,何乐如之。及其觉也,何忧及之。良由吾之不及鱼鸟者远矣。举手动触,摇足恐堕,若使吾终得与鱼鸟同游,则去人间如脱屣耳。

又尝谓所亲曰:"吾岂爱生,但恐死不获所耳。"今且按下慢讲。

且说其时贼据建业,凶势滔天。然方收集三吴,未遑经营江北,故京师虽破,外镇犹强。荆州则湘东王绎,襄阳则岳阳王詧,湘州则河东王誉,信州则桂阳王慥,益州则武陵王纪,而鄱阳镇合肥,邵陵据郢州,唯荆州地居形胜,兵力最强,特推为督府,各受节制。而湘东疑忌宗室,每与诸王不睦。先是太清三年,河东王誉移镇湘州,前刺史张缵恃其才望,轻誉少年,迎候有阙。誉怒,颇陵蔑之。缵恐为所害,轻舟夜遁。与湘东有旧,欲因之以杀誉兄弟,乃奔江陵,求昵于绎。恰值桂阳王将还信州,欲谒督府,停军以待。缵因说绎曰:"河东、岳阳,共谋不逞,欲袭荆州。桂阳留此,欲

---

① 回文之锦——此处用东晋时,前秦苏蕙因思念其夫窦滔,织《回文璇图诗》以寄典故。

② 出塞之歌——用王昭君嫁匈奴,写《怨诗》典故。

③ 鬟——同"鬓"。

④ 白驹过隙——白驹,原指马,后指日影。隙,空隙。形容时间过得很快。

⑤ 箪(dān)——古代盛饭的圆竹器。

⑥ 椁(guǒ)——棺材外面套的大棺材。

应誉、鲕。"湘东信之,遂杀憜。诸王由是不服。其后督粮于湘州,誉怒曰:"各自军府,何忽隶人?"使者三返,誉竟不与。绎怒,欲伐之。世子方等请行,绎乃给兵三千,使之往讨。誉出兵拒之,战于麻溪。方等匹马陷阵而死。湘东闻之怒曰:"河东敢杀吾子,此仇必报。"乃命大将鲍泉率骑一万进讨,王僧辩起竟陵之众助之,克日就道。僧辩因竟陵部下未尽至,欲俟众集然后行,求缓日期。绎疑僧辩观望,按剑厉声曰:"卿惮行拒命,欲同贼耶? 今唯有死耳。"因斫僧辩,中其左髀,闷绝倒地。久之方苏,即下于狱。泉在旁震怖不敢言。僧辩母闻之,徒行至宫,流涕入谢,自陈无训,伏地求免。绎意解,赐以良药,故得不死。泉独将兵击湘州,但未识湘州果得胜否,且听下回分解。

第二十六卷

陈霸先始兴举义　王僧辩江夏立功

　　话说鲍泉师至湘州,河东王誉引军迎之,连战皆败,退保长沙。鲍泉围之,誉告急于岳阳王鮞,鮞与左右谋曰:"欲解长沙之围,不如去伐江陵。江陵破,则其围自解。"乃留参军蔡大宝守襄阳,自帅精骑二万二千,来伐荆州。绎大惧,遣左右就狱中问计于僧辩。僧辩具陈方略,绎乃赦之,以为城中都督。先是鮞至江陵,作十三营以攻之。会大雨,平地水深四尺,鮞军气沮,绎将杜岸请以五百骑袭襄阳,则此围自解。绎许之,岸乃昼夜兼行,去襄阳三十里,城中始觉。蔡大宝奉鮞母龚太妃登城拒战,城得不破。鮞闻之,惧根本有失,连夜弃营遁去。江陵始安。

　　却说鲍泉围长沙,久不克,湘东怒之,以王僧辩代为都督,数泉十罪。泉闻僧辩来,愕然曰:"得王竟陵来助,贼不足平矣。"拂席待之。僧辩入营,背泉而坐曰:"鲍郎,卿有罪,令旨使我锁卿,卿勿以故情见期。"乃宣绎命,锁之床侧。令自作启,以谢淹缓之罪,上呈湘东,湘东怒解,遂释之。誉复求救于邵陵王纶,纶欲救之,而兵粮不足,乃致书于湘东曰:

　　　　从来天时地利,不如人和。况乎手足股肱,岂可相害?今社稷危耻,创巨痛深,唯应剖心尝胆,泣血枕戈,其余小忿,或宜容贳①。若外难未除,家祸仍构,料古访今,未或不亡。夫征战之理,唯求克胜,至于骨肉之战,愈胜愈酷。捷则非功,败则有丧,劳兵损义,亏失多矣。侯景之军,所以未窥江外者,良为藩屏盘固,宗室强密。弟若陷洞庭,不戢兵刃,雍州疑迫,何以自安?必引魏军以求形援,如是则家国去矣。唯望解湘州之围,存社稷之计。幸甚!幸甚!

绎得书,全不动念,复书于纶,但陈河东过恶,罪在不赦。且曰:"临湘旦平,暮便返旆。"纶见之,以书投地,慷慨流涕曰:"天下之事,一至于此。湘州若败,吾亡无日矣。"

---

　　① 贳(shì)——赦免,宽纵。

　　且说绎既不从纶言,命王僧辩急攻长沙,辛巳克之。遂斩河东王誉,传首江陵。绎反其首而葬之。以僧辩为左卫将军。斯时岳阳闻誉死,恐亦不能自存,乃遣使求援于魏,请为附庸之国。后湘东又遣柳仲礼镇竟陵以图之。岳阳益惧,乃遣妃王氏及世子岿为质于魏,乞出兵以击仲礼。时魏宇文泰正欲经略江汉,詧遣使来附甚喜,乃命杨忠为都督,击仲礼以援詧。忠选骑二千,衔枚夜进,大败仲礼于溠头,获其子弟,尽俘其众。仲礼狼狈遁归。于是义阳、安阳、竟陵三郡守将皆以城降。汉东之地,尽入于魏。忠遂乘胜,进逼江陵。湘东大惧,遣舍人庾恪说忠曰:"詧来伐叔,而魏助之,何以使天下归心? 如不助詧,愿以次子方略为质,乞和大国。"杨忠许之。绎乃与忠盟于石城曰:"魏以石城为封,梁以安陆为界,请同附庸,并送质子,贸迁有无,永敦邻好。"忠乃还。

　　却说邵陵王大修铠仗,将讨侯景,湘东恶之,使僧辩帅舟师一万,东趋江郢,声言迎纶还荆,授以湘州,其实袭之。军至鹦鹉州,纶以书责僧辩曰:"将军前年杀人之侄,今岁伐人之兄,而不闻一矢一旅加之于贼。以此求荣,恐天下不许。"僧辩送其书于江陵,绎命进军。纶料不能敌,乃集麾下于西园,涕泣言曰:"我本无它,志在灭贼。湘东尝谓与之争帝,遂尔见伐。今日欲守,则粮储交绝;欲战,则取笑天下。不容无事受缚,当于下流避之。"麾下争请出战,纶不从,自仓门登舟北出。僧辩入据郢州,绎以世子方诸为郢州刺史,王僧辩为领军将军。纶奔汝南,遣使请降于齐,欲图安陆,为西魏将所杀。时鄱阳王在溢城,见宗室相残,亦以忧死。由是贼未亡,而梁之宗室已死亡过半矣。后人有诗讥湘东曰:

　　　　君父之仇甘共天,摧残骨肉剧堪怜。

　　　诗书万卷虽能读,忘却风人唐棣篇[1]。
今且按下不表。

　　且说一代将终,必有一代开基之主,应运而兴。方天监二年,梁业正当隆盛,而代梁有天下者,已生世上。其人姓陈,名霸先,字兴国,小字法生,吴兴长城下若里人。汉太丘长陈实之后,世居颍川,实七世孙达,为长城令,爱其山水,遂家焉。尝谓所亲曰:"此地山川秀丽,当有王者兴,二

----

[1]　唐棣篇——即《诗经·小雅·常棣》。"常棣",逸诗作"唐棣"。为贵族统治者宴请兄弟之诗。后诗词中常用常棣比兄弟。

百年后，我子孙必锺斯运。"越八传，至文赞，遂生霸先。少时倜傥有大志，不事生产。既长，爱兵书，多武艺。身长七尺五寸，日角龙颜，垂手过膝。尝游义兴，馆于许氏，夜梦天开数丈，有朱衣四人，捧日而至，纳之于口，及觉，腹中犹热，霸先因自负。然困于贫贱，虽有冲天之志，无从施展。一日，闲坐在家，听见门前车马声喧，走出视之，乃是新喻侯萧映，为吴兴太守，今日走马到任。映坐舆中，望见霸先形貌非常，心甚异之。因呼左右，问其姓名而去。明日便邀霸先到署，谈论竟日，益叹服，指谓左右曰："此人胸藏经天纬地之才，济世安民之略，他日所就，正未可量。"及映为广州刺史，遂引霸先为参军，令招集士马，训练武勇，境内贼寇无不摧灭。

先是，交州刺史萧谘以残刻失众心，土豪李贲联结数州强勇，同时造反。台军讨之不克，贼将杜天合、杜僧明进寇广州，昼夜苦攻，州中大恐。时霸先在外为游军，率其众卷甲兼行以救之，屡战屡捷。天合中流矢死，贼众大溃。僧明乞降，霸先爱其勇，收为偏将。广州以安，萧映乃详列其功，奏于朝。帝深异焉，授为直阁将军，遣画工图其容貌而观之。霸先益自激励。其年冬，萧映卒，诏以霸先为交州司马，与刺史杨㻧南讨李贲。㻧见霸先麾下士卒勇敢，器械精利，喜曰："能克贼者，必陈兴国也。"悉以军事委之。时值萧勃为定州刺史，相遇于西江。勃知众惮远行，劝㻧勿进。㻧意犹豫。霸先谓㻧曰："交人叛乱，罪由宗室诸侯，不恤人民，以致乱靡有极。定州复欲昧利目前，不顾大计，节下奉辞伐罪，故当死生以之。岂可畏惮宗室，轻干国宪。今若违诏不前，何必交州讨贼？问罪之师，即有所指矣。"㻧从之，于是勒兵鼓行而进。军至交州，贲众数万，据苏历江口立栅，以拒官军。霸先为前锋，所向摧陷，贲大败，遁入典彻湖。其地已属屈獠①界，众军惮之。是夜江水暴起七丈，奔注湖中，霸先乘流先进，从军鼓噪而前。贼众大溃，遂擒李贲斩之。传首京师，以功除振远将军、西江督护。时太清元年也。

明年，侯景寇京师，霸先即欲率兵入援。会广州刺史元景仲阴与贼通，将以广州附贼。霸先知其谋，乃集义兵于南海，驰檄以讨景仲。景仲穷蹙自缢，霸先乃迎萧勃镇广州。又值兰裕等作乱，始兴十郡，皆从之反，勃令霸先讨之，悉擒裕等，勃因以霸先监始兴郡事。霸先乃厚结始兴豪

———
① 屈獠——古代对我国南方少数民族仡佬族的侮辱性称谓。

杰,同谋赴难。郡人侯安都、张䍐各率千余人来附。霸先皆署为将。及义军将发,萧勃遣使止之曰:"侯景骁勇,天下无敌。前者援军十万,士马精强,然而莫敢当锋,遂令羯贼得志。君以区区一旅,将何所之?况闻岭北王侯,又皆鼎沸,河东、桂阳,相次屠戮;岳阳、邵陵,亲寻干戈。以君疏外,讵可暗投,未若且住始兴,遥张声势,保太山之安也。"霸先泣谓使者曰:"仆本匹夫,荷国厚恩。往闻侯景渡江,即欲赴援,遭值兰裕作乱,梗我中道。今京都覆没,主上蒙尘,君辱臣死,谁敢爱命?君侯体则皇枝,任重方岳,不能摧锋万里,雪此冤痛。遣仆一军,犹贤乎已,乃更止之乎?仆行计决矣,非词说所能止也。"乃遣使间道往江陵,受湘东节度,星夜进兵。

　　至大庾岭,忽有一军挡住去路。霸先出马,高声喝道:"何处兵马,敢阻吾勤王之师?"话犹未绝,只见对阵中旗门开处,冲出一将,高声答道:"吾乃南康郡大将蔡路养也。奉萧使君之命,教我把守在此,不许一人一骑放过岭北。你是陈兴国,莫想过去,且还始兴去罢。"霸先大怒道:"谁为我擒此贼?"杜僧明一马冲出,只见路养身边闪出一员小将,年约十二三,手持大捍刀,身骑高头马,迎住僧明便战。枪来刀往,斗至数十合,不分胜负。霸先暗暗喝彩,便将鞭梢一指,大众一齐杀上。敌军披靡,一时大溃。路养脱身窜走,小将落后不能去,遂执而讯之,姓萧,名摩诃,乃路养妻侄。侯安都爱其勇,收而养之。于是义军进顿西昌。

　　且说南康一路,水道最艰。旧有二十四滩,滩多巨石,往来行旅,皆畏其险。霸先军至,滩水暴涨数丈,三百里间,巨石皆没。舟行如驶,一日遂达西昌。天空无云,有龙夭矫水滨,长五丈,五采鲜耀。军人观者数万人,莫不叹异。又军尝夜行,咫尺难辨。独霸先前后,若有神光照之,数十步外,并得相见。亲将赵知礼怪而问之,霸先笑而不答。由是远近闻之,皆归心焉。

　　今且按下霸先起兵。再讲侯景既集东吴,复思西侵,探得诸王侯同室操戈,互相屠灭,不胜大喜,遂自加宇宙大将军、都督六合诸军事,以诏文呈帝。帝惊曰:"将军乃有宇宙之号耶?"然不敢违,即其号授之。景乃命任约将兵三万,进寇西阳、武昌。恰值宁州太守徐文盛募兵数万,请讨侯景。湘东以为秦州刺史,使引兵东下,与任约遇于武昌。约不虞文盛兵至,初不为备。文盛进击,大破之,斩贼将数员,约狼狈走,丧亡不可胜计。明日,文盛进击,又大破之。景闻任约败大怒,遂自帅众西上。携太子大器从军，留王伟居守建康。自石头至新林，战船千艘，舳舻相接。行至中途，任约来谢丧师之罪。景曰："蕞尔贼何畏？汝看我破之。"至西阳，与文盛夹江筑垒。文盛曰："景自恃无敌，必有轻我心。若不先挫其锋，必为所乘。"于是策励将士，乘其初至攻之。士皆死战，杀其右丞库狄式和。景大败，退营五十里，集诸将问计。诸将请再战克之。景曰："彼气方锐，战未可必。吾闻郢州刺史萧方诸，湘东少子，不暗军旅，吾以轻兵袭之，可虏而获也。得江夏，文盛在吾围中，彼且奔走不暇矣。"诸将皆曰："善。"乃使宋子仙、任约帅轻骑四百，由淮内袭郢州。

却说方诸年十五，以行事鲍泉和弱，常狎侮之，或使伏于床中，骑其背为马。恃徐文盛在近，不复设备，日以蒲酒为乐。丙午，大风疾雨，天色晦冥。有登陴望见贼者，走告鲍泉。泉曰："徐文盛大军方胜，贼何因得至？当是王僧军人还耳。"盖僧率江夏兵五百，从文盛在外也。既而告者益众，始命闭门。而子仙等已驰入城，霎时杀进府中。方诸犹踞泉腹，以五色彩辫其髦，见子仙至，方诸迎拜。泉匿床下。子仙见有五色彩拖出床外，俯而窥之，乃鲍泉也，有彩辫在髦上。众大笑，遂杀之。江夏已拔，景乘便风，中江举帆，遂越文盛军，入江夏。文盛军闻之，不战而溃，文盛逃归江陵。王僧以家在江夏，降于景。

先是湘东以王僧辩为大都督，帅王琳、杜龛等东击景。军至巴陵，闻郢州已陷，因留戍之。湘东乃遗僧辩书曰："贼既乘胜，必将西下。不劳远击，但守巴丘，以逸待劳，无忧不克。"又谓僚佐曰："景若水步两道，直指江陵，此上策也，据夏首，积兵粮，中策也，悉力攻巴陵，下策也。巴陵城小而固，僧辩足可委任。景攻城不拔，野无所掠，暑疫时起，食尽兵疲，破之必矣。"乃命罗州刺史徐嗣徽，兵自岳阳往武州，刺史杜崱，兵自武陵往，共助僧辩拒景。

却说景在郢州，停兵三日，留其将丁和守之。使宋子仙将兵一万为前驱，趋巴陵。又遣任约将兵一万，声言直捣江陵。亲率大兵，水步并进。于是缘江城戍，望风皆溃。将次巴丘，僧辩乘城固守。偃旗卧鼓，寂若无人。景遣轻骑至城下，问城内守将为谁，答曰："王领军。"骑曰："何不早降？"僧辩使人对曰："大军但向荆州，此城自当非碍。"骑去，既而执王僧至城下，使说其弟王琳出降。琳曰："兄受命讨贼，不能死难，曾不内惭，反来诱我。"取弓射之，僧惭而退。景令军士肉薄攻城，百道俱进，城中鼓噪,矢石雨下。贼死甚众,乃退。僧辩又遣轻兵出战,凡十余返,所向皆捷。景怒,亲自披甲乘马,在城下督战。呼声动天地。僧辩缓服乘舆,奏鼓吹巡城。景望之,服其沮勇。

再说湘东闻任约西上,遣萧惠正将兵拒之,惠正谢不能,举胡僧祐自代。僧祐时坐忤旨系狱,绎即出之,拜为武猛将军,引兵前往,戒之曰:"贼若水战,但以大舰临之必克;若欲陆战,自可鼓棹直就巴丘,不须交锋也。"僧祐受命而行。军次湘浦,任约帅锐卒五千,据白塝以待之。僧祐由他路而上,约谓其畏己,率众追之。及于芊口,约呼僧祐曰:"吴儿何不早降,走何所之?"僧祐不应,潜引兵至赤沙亭,会信州刺史陆法和引兵亦至,相见大喜。原来法和有异术,先隐于江陵百里洲,衣食居处,一如苦行沙门,或豫言言凶多中,人莫能测。方景之围台城也,或问之曰:"事将如何?"法和曰:"凡人取果,宜待熟时,不撩自落。"固问之,法和曰:"亦克亦不克。"及闻约向江陵,请于绎曰:"愿假一旅,生擒此贼。"绎乃遣之,使助僧祐。法和至,遂与僧祐合军。是时任约自恃其强,全不以敌军为意,戒左右曰:"速攻之,勿更逸去。"遂直抵赤亭,法和谓僧祐曰:"今日进战,贼必败走西北,可伏数十骑邀之,其帅可擒也。吾与将军严阵待之,戒令军士勿为遥射,俟贼至栅前,听吾鼓声而起。"僧祐从之。临战,任约鼓噪而至,僧祐、法和伏不动。贼拔栅而入,中军鼓声忽起,于是万众齐奋,争先冲击,贼遂大溃。任约自出掠阵,以率退卒,不能止。见敌军纷纷杀来,只得单骑走西北,果遇伏兵,束手就缚。是役也,贼兵死亡殆尽。收获资粮器械无数。景闻之不敢进,留宋子仙、丁和守郢城,焚营夜遁。任约执至江陵,叩头乞降,愿杀贼立效以赎前愆。绎下之于狱,不遽诛。拜僧辩为征东将军,兼尚书令,胡僧祐等皆进位号,使进复江夏。陆法和请还江陵,既至,谓湘东曰:"侯景自然平矣。蜀寇将至,请往御之。"蜀寇,谓武陵王纪也。乃引兵屯峡口。

却说僧辩进攻郢州,辛酉,克其罗城,斩首千级。贼退据金城,四面起土山攻之,宋子仙穷蹙,乞输郢城,身还建康。僧辩伪许之,给船百艘,以安其意。子仙信之,浮舟将发,僧辩命杜崱帅精勇千人,攀堞而上,鼓噪奋进,以楼船截其去路。子仙且战且走,至白杨浦,大败,遂与丁和同时就擒。僧辩皆斩之。遂顿军寻阳,以为克复之计。

却说景方遁时,战舰前后相失,太子船入枞杨浦,船中腹心皆劝因此入北。太子曰:"自国家丧败,志不图生。主上蒙尘,宁忍远离左右? 吾今若去,乃是叛父,非避贼也。"因流泗呜咽,即命前进,遂返建康。

再讲景克京师,常言吴儿怯弱,易以掩取,当须拓定中原,然后为帝,故不急急于篡位。及兵败而归,猛将多死,不复以天下为意,专与溧阳公主日在温柔之乡,曲尽房帏之乐,朝夕欢娱,大废政事,王伟屡以为言景因入宫稍疏。溧阳不乐,怨恨形于颜色。景慰之曰:"近日入宫稍疏者,以王伟有言,暂相屈从,我二人恩爱如故也。"溧阳大怒曰:"王伟离间我夫妇,誓必杀之!"旋有以溧阳之言,报知王伟者。伟恐为所杀,因欲除帝,尽灭梁氏,以间其宠,乃谓景曰:"今兵挫于外,民怀观望,不早登大位,无以一人心。但自古移鼎必先废立,既示我威权,且绝彼民望。"景从之,乃使卫尉彭㒞,帅甲士二百人入殿,废帝为晋安王。

先是帝即位以来,防卫甚严,外人莫得进见,唯武陵侯谘、舍人殷不害,并以文弱得入卧内。其后武陵以疑见杀,帝自知不久,指所居殿,谓不害曰:"庞涓①当死此下。"至是幽于永福省,悉撤内外侍卫,使突骑左右守之。墙垣悉布枳棘,遂下诏禅位于豫章王栋。栋,昭明太子之孙,豫章王欢之子也。时被幽拘,廪气②甚薄,仰蔬茹为食。方与妃张氏锄葵,法驾奄至,栋惊愕不知所为,侍卫逼之,泣而升辇。遂即帝位于太极殿,改元天正。于是宗室王侯,在建康者二十余人,景皆杀之。并杀太子大器。太子神明端凝,于景党未尝屈意,所亲窃问之,太子曰:"贼若于事势未须见杀,我虽陵慢呵斥,终不敢害。若见杀时至,虽一日百拜,亦何所益?"或又曰:"殿下今居困阨,而神貌怡然,不异平日,何也?"太子曰:"我自度死日必在贼前,若诸叔能灭贼,贼必先见杀,然后就死。若其不然,贼亦杀我以取富贵。安能以必死之命,为无益之愁乎?"及被害时,颜色不变,徐曰:"久知此事,嗟其晚耳。"刑者将以衣带绞之,太子曰:"此不能见杀。"命取系帐绳绞之而绝。时郭元建在秦州,闻帝被废,驰还建康,谓景曰:"主上先帝太子,既无愆失,何得废之?"景曰:"王伟劝我云早除民望,吾故从之,以安天下。"元建曰:"吾挟天子令诸侯,犹惧不济,

---

① 庞涓——战国时魏将。在"马陵之战"中为孙膑率领齐军围困于马陵(今河南范县西南),自刎而死。

② 廪气——官府供给的粮食。

无故废之,乃所以自危,何安之有?"景大悔悟,曰:"今使复位,以栋为太孙可乎?"元建曰:"及今为之,犹愈已也。"但未识简文果得复位否,且听后文再讲。

第二十七卷
侯景分尸惩大恶　武陵争帝失成都

话说景听元建之言，复欲迎帝复位。王伟闻之，遽入谏曰："废立大事，岂可数改？且立豫章为帝者，岂真奉之耶，不过为大王受禅地耳，奈何自沮大计？"景喜曰："微子言，几鲍吾事。"于是遣使杀南海王大临于吴郡、南郡王大连于姑孰、安陆王大春于会稽、高唐王大壮于京口，以太子妃赐郭元建。元建曰："岂有皇太子妃乃为人妾乎？"竟不与相见，听使入道。景谓王伟曰："我今可以为帝乎？"伟请先弑简文以一众心。景曰："卿快为我了之。"伟乃与彭俊、王修纂进觞于帝曰："丞相以陛下幽忧已久，使臣等来此上寿。"帝笑曰："已禅帝位，何得复称陛下？此酒恐不尽此乎？"伟曰："实无他意，陛下勿疑。"于是俊等并赍酒肴，侍坐陪饮，伟弹曲项琵琶佐酒。帝知将见杀，乃尽酣，谓曰："不图为乐，一至于此。"先是帝梦吞土数升，明日以告殷不害。不害曰："昔重耳馈块①，卒反晋国。陛下所梦，将符是乎？"帝摇首曰："此梦恐别有应。"至是大醉而寝。俊以土囊覆其面，修纂坐其上而崩，果符吞土之梦。

帝既崩后，加景九锡。己丑，豫章王禅位于景，景即皇帝位于南郊，还登太极殿。其党数万，皆吹唇鼓噪而上。国号曰"汉"，改元太始，封栋为淮阴王，并其二弟锁之秘室。王伟请立七庙，景曰："何谓七庙？"伟曰："天子祭七世祖考，载其讳于主上。"景曰："前世吾不复记，唯记我父名讳。且彼在朔州，哪得来此噉饭？"众皆掩口而笑。其党有知景祖名乙羽周者，自外皆王伟造为之。追尊父讳为元皇帝。先是景以西州为府，文武无尊卑，皆被引接。及篡帝位，身居禁中，非故旧不得见，由是诸将多怨望。又好独乘小马，弹射飞鸟，王伟每禁止之，不容轻出。景郁郁不乐，谓左右曰："吾何乐为帝？竟与受摈不殊。"今且按下慢表。

---

① "重耳馈块"句——重耳，春秋晋文公。《左传·僖公二三年》载，重耳出亡时，向一农人乞食，农人给他土块。后来返回晋国做了国君。

　　却说霸先兵屯西昌,训练士马,以候荆州调遣。及闻侯景弑帝,已夺梁祚,不胜大怒。一面上表湘东,请早正大位,以系人心。一面即请进兵,克复京师。恰好湘东令旨到来,拜霸先为荡寇大将军,着往寻阳,与僧辩合军进讨。霸先受命,即统甲士三万,战舰二千,往寻阳进发。将次溢口,僧辩全军亦至,彼此相见大喜。僧辩曰:“得君来助,贼不足平矣。”停军一日,遂于白茅湾会集诸将,筑坛歃血,共读盟文。霸先流涕慷慨,誓不与此贼俱生,将士皆为感动。是日,僧辩使侯调袭南陵、鹊头二戍,克之。贼将侯子鉴奔还淮南。癸酉,军至芜湖,贼将张黑弃城走。景闻之惧,乃遣侯子鉴率兵三万,据姑孰以拒西军,戒子鉴曰:“西人善水战,勿与争锋。往年任约之败,良为此也。若得步骑一战,必获大胜。汝但结营岸上,引船入浦以待之。”子鉴乃舍舟登岸,闭营不出。僧辩与霸先计曰:“贼所以紧守不出者,欲劳我师也。我当示弱以诱之。”遂停军芜湖,十余日不进。贼党果以为怯,大喜,告景曰:“西师畏我之强,不敢直前,势将遁矣。不击且失之。”景乃复命子鉴为水战之备。丁丑,僧辩引军东下,直趋姑孰。子鉴乃率步骑,度过西州,于岸上挑战,以战船千艘,泊于水际,候官军上岸,水陆夹击。僧辩乃饬霸先以大舰夹泊两岸,身领细船佯退。贼兵望见,以为水军将走,悉众来追。追有里许,僧辩回船奋击,霸先以大舰横截其后。鼓噪大呼,合战中江,杀得贼兵大败,士卒赴水死者数千人。子鉴仅以身免,收散卒走还建康。官军遂入姑孰。僧辩曰:“贼人破胆矣。急击勿失。”于是不暇解甲,引兵而前,众军继进,历阳诸戍相率迎降。

　　景闻子鉴败大惧,涕下覆面,引衾而卧,良久方起,叹曰:“误杀乃公。”庚辰,僧辩督诸军至张公洲,乘潮入淮,直至禅灵寺前。侯景乃以大船运石,塞淮口,缘淮作城。自石头至朱雀街,十余里中,楼堞相接,处处以重兵守之。僧辩问霸先曰:“贼力尚强,何计破之?”霸先曰:“前柳仲礼拥数十万兵,隔水而坐,韦粲在青塘竟不度岸。贼登高望之,表里俱尽,故能覆我师徒。今围石头,必须引兵先度北岸,入其腹中,方克有济。诸将若不能当锋,霸先请先往立栅。”僧辩大喜,曰:“微兄言,几失制贼之术。”是夜,霸先帅轻步三千,先度北岸筑栅,众军依次连筑八城,直出石头西北。景恐西州路绝,亦帅侯子鉴等,于石头东北连筑五城,以遏大路。景登石头城,遥望官军,大言曰:“一把子人,何足打杀。”望见霸先栅,密谓左右曰:“此军上有紫气,不易胜也。”

丁亥,景帅精卒二万,铁骑八百余匹,陈于西州之西。霸先谓僧辩曰:"吾闻善用兵者,如常山之蛇,使救首救尾,彼此相应。今我众贼寡,宜分其兵势,以强制弱。何故聚锋锐于一处,令贼致死于我?"乃命诸将分路置兵。景见王僧志一军,众最寡弱,引兵先冲其阵。僧志小缩,霸先引弩手二千,横绝其后,每发一矢,辄贯其胸,景兵乃退。继又帅敢死士八百,弃稍执刀,冲霸先阵,阵不动。王琳、杜龛等以铁骑乘之,景殊死战,僧辩以大军继进,贼遂大溃。诸军乘胜逐北,霸先进破石头城,遂入据之。景至阙下,闻追兵已至西明门,不敢入台,召王伟至前,怒色责之曰:"尔令我为帝,今日误我。"伟不敢对。景遂策马欲走,伟执鞚谏曰:"自古岂有叛走天子耶?宫中卫士犹足一战,弃此将欲安之?"景曰:"我昔败贺拔胜,破葛荣,扬名河、朔,度江平台城,降柳仲礼如反掌。今日天亡我也。"先是景所乘白马,矫健异常,每战将胜,辄蹹躅嘶鸣,意气骏逸;其有奔衄①,必低头不前。及石头之败,精神沮丧,至是卧不肯动。景使左右拜请,或加棰②策,终不肯进。景乃易马,与腹心房世贵等,率百余骑东走,其党王传、侯子鉴等,皆仓皇遁去。

城内无主,王克率台中旧臣,迎僧辩于道。僧辩劳克曰:"卿良苦,朝夕拜手贼廷。"克惭不能对。又问:"玺绶何在?"良久曰:"赵平原持去。"僧辩曰:"王氏百世卿族,可惜一朝而坠。"遂入台城,迎简文梓宫,升朝堂,帅百官哭踊如礼。先是僧辩之发江陵也,启湘东王曰:"平贼之后,倘嗣君尚在,未审何以为礼?"王曰:"六门之内,自极兵威。"僧辩曰:"讨贼之谋,臣当其任。成济之事,请别使人。"王乃密谕将军朱买臣,使为之所。及景败,简文及太子已殂,唯豫章王栋兄弟尚锁密室。至是相扶而出,逢杜崱于道,为去其锁。二弟曰:"今日始免横死矣。"栋曰:"倚伏难知,吾犹有惧。"路遇朱买臣,呼之就船共饮。饮未竟,船忽坏,并沉于水。闻者悲之。

话分两头。侯景奔至晋陵,田迁引兵迎之,遂驱掠居民,东趋吴郡。时谢答仁据富阳,赵伯超据钱塘,知其败,皆叛之。景至嘉兴,闻其叛,不敢进,乃退入于吴。僧辩命侯调率精骑五千追景,及于松江,景犹有船二

---

① 奔衄(nǜ)——行军打仗中的挫折。

② 棰(chuí)——鞭打。

百艘,众数千人。调进击,六败之,擒贼将彭俊、田迁、房世贵等。调素恨彭俊,生剖其腹,抽其肠。俊犹未死,手自取肠,斩其首乃绝。景帅数十人单舸走,将入海,向蒙山。有羊侃之子羊鹍,景纳其妹为小妻,以鹍为库直都督,随景东走。乃结同兵王元礼、谢葳蕤等,密图之,众并许诺。乘景昼寝舱中,密嘱舟师回船到京口。景觉大惊,问曰:"何故至此?"鹍曰:"欲送汝头入建康耳。"遂拔刀砍之,景倒船中,宛转未死。众并以长矟刺杀之,恐尸易烂,乃以五斗盐纳景腹中,送其尸于建康。

　　先是,景未败时,有僧通道人者,心志若狂,饮酒食肉,不异凡人,言人吉凶多中,景甚信之。一日,景召使侍宴,僧通取肉拌盐以进,问景曰:"好否?"景曰:"太咸。"僧通曰:"不咸即烂,何以供人食?"当时莫解其所谓,至景死乃验。尸至建康,僧辩暨诸将皆贺,斩其首,遣羊鹍送之江陵;截一手,使谢葳蕤送于齐。暴尸于市,士民争取食之,并骨皆尽。其遗下妃属,并斩于市,溧阳公主亦与焉。

　　时郭元建尚据南兖州,遣使乞降于僧辩。僧辩遣霸先向广陵,受其降。会侯子鉴逃至广陵,谓元建曰:"我曹、梁之深仇,何颜复见其主?不若投北,可保爵位。"元建从之,遂以城降齐。霸先至,闻元建复叛,齐将辛述已据广陵,遂引军还。行至半途,军士绑缚一人解至军前,云是王伟,见其躲匿草间,故执之。盖伟自建业逃后,诸郡皆已反正,无地容身,正欲越境投北,恰值霸先军来,恐被擒获,故匿草间,不意为军人所执。霸先囚送建康,僧辩坐而见之。左右喝令下拜,伟曰:"各为人臣,奚拜为?"僧辩曰:"卿为贼相,败不能死,而求活草间,可耻孰甚?"伟曰:"废兴命也,侯王早从伟言,明公岂有今日?"僧辩命书贼臣王伟于背,遍殉六门以辱之。伟曰:"昨行八十里,足力疲极,愿借一驴代步。"僧辩曰:"汝头方行万里,何八十里哉?"尚书左丞虞鲣尝为伟所辱,乃唾其面,伟曰:"君不读书,不足与语。"鲣曰:"汝读书,乃为作贼地耶?"时赵伯超、谢答仁亦降,僧辩囚之,与王伟并送江陵。

　　丁巳,湘东王下令解严,枭侯景之首于市,煮而漆之,以付武库;下王伟等于狱。伟在狱尚望生全,作诗赠王左右要人,以求援手。其诗曰:

赵壹能为赋①，邹阳解献书②。何惜西江水，不救辙中鱼③。
又上五百字诗于王，王爱其才，将舍之。朝士多恶其人，乃言于王曰："前日伟作檄文，其书更佳。"王构而视之，内有云："项羽重瞳④，尚有乌江之败；湘东一目，宁为赤县⑤所归。"王大怒，立即狱中取出，钉其舌于柱，剜腹脔肉而杀之。乙酉，尽诛逆臣吕季略、周石珍等于市。赵伯超赐死于狱。以谢答仁不失礼于简文，特宥之。于是公卿藩镇皆上表劝进。十一月丙子，湘东即帝位于江陵，改元承圣，是为元帝。乙卯，立王太子方矩为皇太子，王子方智为晋安王，方略为始安王。方等之子庄为永嘉王。论平贼功，大封功臣，以僧辩为司徒，封永宁公，镇建康；霸先为征虏将军，封长城县侯，镇京口。其余晋爵有差。

却说湘东虽即大位，颇怀忧惧，尝谓群臣曰："国家自遭景乱，州郡半失。长江以外，皆入于齐。荆州之界，北尽武宁，西拒硖石，余郡皆为周有。岭南一路，又萧勃据之。诏令所行，不过千里。民户著籍者，不盈三万。今欲自强，何者宜先？"侍郎周弘正请还旧京，以一人心。帝从之，乃下诏迁都建康。时大臣胡僧祐、黄罗汉、宗懔等，多荆州人，不乐东行，进谏曰："建业王气已尽，与虏只隔一江，若有不虞，虽悔无及。且古老相传云，荆州洲数满百，当出天子。今枝江生洲，百数已满。陛下龙飞，是其应也。何用他迁？"帝令与朝臣议之。周弘正曰："今百姓未见舆驾入都，谓是列国诸王，无以慰四海之望。愿陛下速还建康，勿惑人言。"宗懔曰："弘正东人也，志愿东下，恐非良计。"弘正面折之曰："东人劝东，谓非良计。君等西人欲西，岂是长策？"上笑而止，明日又议于后堂，会者五百人。上问之曰："吾欲还京，诸卿以为何如？"众莫敢先对。上曰："劝我去者左祖⑥，劝吾留者右祖。"一时左者过半。武昌太守朱买臣言于上曰：

① 赵壹能为赋——赵壹，东汉辞赋家。其《刺世疾邪赋》对当时豪强贵族专横肆虐，表示了极度的愤慨，反映了当时政治的黑暗与腐败。
② 邹阳解献书——邹阳，西汉文学家，曾被谗下狱，狱中写《狱中上梁王书》，申诉冤屈。后释放为梁王上客。
③ 辙中鱼——车辙中的鱼，比喻穷困失所。典出《庄子·外物》。
④ 重瞳——称目中有二瞳子。
⑤ 赤县——赤县神州的略称，指中国。
⑥ 左祖——脱左袖，露出左臂。

"金陵旧都,山陵所在。荆镇边疆,非王者之宅。愿陛下勿疑,以致后悔。臣家在荆州,岂不愿陛下留止？但恐是臣富贵,非陛下富贵耳。"帝乃使术士杜景豪卜之,对曰:"留此不吉,但陛下欲去不果。"退而谓人曰:"此兆为鬼贼所留也。"帝亦以建康雕残,江陵全盛,不乐东下,卒从僧祐等议。

一日,帝正视朝,忽报益州刺史、武陵王纪僭称帝号,举兵大下,欲夺江陵。帝闻之大惧。你道武陵王纪为何而反？纪字世询,高祖少子,最承宠爱。始命为益州刺史,以路远固辞。高祖曰:"天下方乱,唯蜀地可免,故以处汝,汝其勉之。"纪歔欷而去。性勤敏,颇有武略。在蜀十七年,南开宁州、越巂,西通资陵、吐谷浑,内修耕桑盐铁之政,外通商贾远方之利。财用饶多,器甲盈积。当台城被围,直兵参军徐怦劝其发兵入援,纪不应。及闻武帝凶问,遂有自帝之心。或报湘东王兴师进讨,呼其小字曰:"七官文士,焉能匡济？"左右谀之曰:"他日主天下者,非殿下而谁！"纪大喜。一日,内殿柏木柱绕节生花,其茎四十有六,靡丽可爱,状如芙蕖。遍召诸将视之,皆云主有大吉。纪遂以为受命之符,乃于承圣元年四月,即皇帝位。立子圆照为皇太子,圆正等皆为王。以永丰侯㧑为征西大将军、益州刺史。徐怦苦口固谏。纪大怒,其后诬以谋反,执之至殿,谓曰:"尔罪当诛,以卿旧情,当使诸子无恙。"怦对曰:"生儿悉如殿下,留之何益？"纪乃尽诛之,枭首于市。永丰侯㧑叹曰:"王事不成矣。善人,国之纪也,今先杀之,不亡何待！"纪既僭号,未即举兵入犯。时太子圆照镇巴东,启纪云,侯景未平,荆镇已为贼破,宜急进兵。纪信之,遂留永丰侯㧑及其子圆肃守成都,亲率大众,由外水东下,舳舻蔽川,军容甚盛。将至巴东,知侯景已平,颇自悔,召圆照责之。照曰:"景贼虽除,江陵未服。陛下既称尊号,岂可复居人下？"纪以为然,遂进兵。

陆法和豫知蜀兵必来,筑二城于硖石,两岸运石填江,以铁锁断之。纪不得前,乃遣其将侯睿引众七千,攻绝铁锁。法和不能拒,遣使告急。时任约在狱待决,帝赦而出之,以为司马,使助法和拒纪,谓之曰:"汝罪不容诛,我不杀汝者,本为今日。"因撤禁兵配之,又使将军刘棻与之俱。帝尝与纪书云:"地拟孙、刘,各安疆境;情深鲁、卫,书信恒通。"纪不答。至是又复与书云:

　　甚苦吾弟,季月烦暑,流金铄石①,聚蚊成雷,以兹玉体,辛苦行阵,乃眷西顾,我忧如何。自獯丑凭陵②,侯景叛换,吾年为一日之长,属有平乱之功,膺此乐推,事归当璧。弟还西蜀,专制一方,我不禁也;如曰不然,于此投笔。友于兄弟,分形共气。兄肥弟瘦③,无复相见之期;让枣推梨④,永罢欢愉之日。上林静拱,闻四鸟之哀鸣;宣室披图,嗟万始之长逝。心乎爱矣,书不尽言。

纪亦不报。

　　先是,帝患蜀兵难御,遣使求援于西魏曰:"子纠,亲也,请君讨之。"时西魏宇文泰,本有图蜀之心,喜曰:"取蜀制梁,在兹一举矣。"乃命大将尉迟回统领精卒二万、骑万匹,自散关进兵伐蜀,直攻剑阁。守将杨乾运闻魏师至,叹曰:"木朽不雕,世衰难佐。国家巨寇初平,不思同心协力,保国安民,而兄弟寻戈,此自亡之道也。我奚以御魏哉?"遂开关降。回乃长驱直前,进袭成都。时成都见兵不满万人,仓库空竭。永丰侯出战,大败入城,回遣人招之,遂与宜都王圆肃帅文武诣军门降。成都遂失。

　　却说纪在军中,以黄金一斤为饼,饼百为篚,银五倍之,锦彩称是。每战,悬示将士,而不以为赏。其将陈智祖请散之以募勇士,弗听,由是士卒解体。及闻魏寇深入,成都孤危,欲前则根本将倾,欲退恐东军乘之,忧懑不知所为。乃遣其子江安侯圆正诣荆州求和,请依前旨还蜀。帝知其将败,不许,下圆正于狱。密敕王琳截其后,任约攻其前,于是前后夹攻,拔其三垒,两岸十四城俱降。纪不获退,只得顺流东下,将士稍稍逃亡,将军樊猛追之,众大溃。纪以数舰自保,猛围而守之。帝闻纪败,密敕猛曰:"生还不成功也。"猛乃引兵直犯纪舟。纪在舟中绕床而行,见猛登舟,以金一囊付之,曰:"用此雇卿,送我一见七官。"猛曰:"天子何由可见?杀足下,金将安之?"遂斩纪及其幻子圆满。陆法和收太子圆照送江陵,帝

----

① 流金铄石——极言天气炎热,金石也被销熔。

② 獯(xūn)丑凭陵——獯丑,指我国北方少数民族,此特指北魏。凭陵,侵犯,侵凌。

③ 兄肥弟瘦——传说东汉赵孝之弟赵礼被匪盗掳去,赵孝赶去,说"兄肥弟瘦",愿意代替弟弟。后常用之表示兄弟情谊深厚。

④ 让枣推梨——比喻兄弟友爱。让枣,出南朝王泰让枣典故;推梨,出东汉孔融让梨典故。

绝纪属籍,赐姓饕餮氏。纪正闻败,号哭不绝声。及见圆照入狱,责之曰："兄何乱人骨肉,使痛酷若比?"圆照唯云计误。帝命并绝其食,至啮臂相啖,十三日而死。远近闻而悲之。斯时蜀患既除,境内咸服,江陵可谓安枕。但未识从此以后,果得相安无事否,且俟下文再述。

第二十八卷

魏连萧鮞取江陵　齐纳渊明图建业

话说岳阳王鮞闻武陵被杀,诸子皆饿死狱中,叹曰:"高祖子孙尽矣,唯我尚在,彼岂能容我乎?"因乞援于魏,而身自入朝,告丞相泰曰:"荆州所恃,不过僧辩、霸先,今镇守南方,精兵猛将皆隶其麾下,国内空虚。且绎自僭号以来,性更猜忌,专行杀戮,人心不附。大国若遣一旅之众,直指江陵,仆率襄阳步骑会之,则反掌可克。大国可以拓土开疆,仆亦得纾己难,唯公鉴之。"泰犹未许,乃遣使聘梁,以觇虚实。会齐亦有使至,帝接魏使不及齐使,且请据旧图,定疆境,辞颇不逊。使归告泰,泰曰:"古人有言,天之所弃,谁能兴之? 其萧绎之谓乎!"乃遣常山公于谨、中山公宇文护、大将军杨忠,将兵五万入寇。临发,泰问谨曰:"为萧绎之计若何?"谨曰:"耀兵汉沔,席卷渡江,直据丹阳,上策也。移郭内民居,退保子城,峻其陴堞①,以待援军,中策也。若难于移动,据守罗郭,下策也。"泰曰:"揣绎定出何策?"谨曰:"下策。"泰曰:"何故?"谨曰:"萧氏保据江东,绵历数纪,属中原多故,未遑外略。又以我有齐氏之患,必力不能分。且绎懦而无谋,多疑少断,愚民难与虑始,皆恋邑居。所以知其定出下策。"泰曰:"善。"

却说武宁太守宗均闻魏师动,飞报入朝。帝召群臣议之。胡僧祐、黄罗汉皆曰:"三国通好,未有嫌隙,必无此理。"乃复遣侍中王琛使魏。琛至石梵,未见魏军,驰书报黄罗汉曰:"吾至石梵,境上帖然,前言皆儿戏耳。"散骑郎庾季才言于帝曰:"去年八月丙申,月犯中星②;今月丙戌,赤气干北斗。心为大王,丙主楚分,臣恐建子之月③,有大兵入江陵。陛下宜留重臣镇江陵,整饰还都,以避其患。假令魏虏侵蹙,止失荆、湘,在于

---

① 陴堞(pí dié)——陴,城垛子;堞,城墙上如齿状的矮墙。指城墙。
② 中星——二十八宿按一定轨道运转,顺次每月在天中的星称中星。
③ 建子之月——十一月的代称。

社稷,犹得无虑。无贪目前之安,而上违天意也。"帝素晓天文,亦知楚地有灾,叹曰:"祸福在天,避之何益?"丙寅,忽报魏军至樊邓,岳阳王率师助之。帝始大惧,命内外戒严,征王僧辩为大都督、荆州刺史,又征王琳于广州,使引兵入援。

先是,琳本兵家子,其姊妹皆入王宫。琳少侍帝左右,有勇略,帝以为将。能倾身下士,所得赏赐,不以入家。麾下万人,多江、淮群盗。从王僧辩平侯景,功居第一。帝使镇湘州,既而疑其部众强盛,又得众心,欲使居远,乃迁为广州刺史。琳私谓主书李膺曰:"琳小人也,蒙官家拔擢至此。今天下未定,迁琳岭南,如有不虞,安得琳力?窃揆官意,不过疑琳。琳分望有限,岂与官家争为帝乎?卿日在帝侧,何不一言于上,以琳为雍州刺史,镇武宁。琳自放兵作田,为国御捍。"膺然其言而弗敢启。至是帝闻魏师将至,乃征琳为湘州刺史。

陆法和朝夕登郢州城楼,望北而叹,乃引兵入汉口,将赴江陵。帝以郢州重地,不可无兵守把,乃使人止之曰:"此处自能破贼,但镇郢州,不须动也。"法和还州,垩①其城门,着衰绖②,坐苇席终日,乃脱之。十一月甲戌,帝大阅于津阳门外,步骑交集,行阵方列,忽大风暴雨从北而来,旗镳皆折,军士不能存立。遂乘轻辇还宫,群臣皆冒雨各散。是夜,帝登凤凰阁,徙倚叹息曰:"客星入翼轸③,今必败矣。"连呼"奈何"者三。嫔御皆泣。癸未,魏军济汉,宇文护帅精骑五千,先据江津以断东路,进拔武宁,执太守宗均。是日,帝自乘马出城,行栅插木,周围六十余里,以胡僧祐都督城东诸军事,尚书张绾为之副;王褒都督城西诸军事,侍郎元景亮为之副。王公以下,各有所守。命太子巡行城楼,令居人助运木石。其时魏军去江陵四十里,将到栅下。帝集群臣方议出兵,忽报栅内失火,急令救之,已延烧数千余家,焚城楼二十五所。帝乃自巡城上,临所焚楼处望之,但见魏师济江,千帆翔集,乘风直进,舟行如驶,叹曰:"长江天险,彼稳渡中流若此耶?"四顾歔欷。是夜遂止宫外,宿民家,裂帛为书,趣王僧辩曰:"吾忍死待公,可以至矣。"于谨进兵城下,筑长围守之,由是中外信

①　垩(è)——用白土涂饰。
②　衰绖(dié)——指丧服。
③　翼轸(zhěn)——翼星与轸星,各为二十八宿之一。

命始绝。胡僧祐请出荡长围，帝许之，乃引精骑三千，开门出击。于谨伏兵营内，俟其至，弓弩并发，军不得进。杨忠从旁横击之，大败走还。帝益惧，集群臣于长沙寺问计。朱买臣按剑进曰："今日惟斩宗懔、黄罗汉，可以谢天下。"帝曰："襄实吾意，宗、黄何罪？"二人退入众中。

　　却说王琳闻诏，昼夜进军，行至长沙，前有敌兵阻路，乃遣长史裴政从间道赴江陵报信。政至百里洲，为魏人所获。岳阳王呼而谓之曰："我武皇帝之孙也，不可为尔君乎？若从我计，贵及子孙；如曰不然，腰领分矣。"政诡曰："唯命。"鲥锁之至城下，使谓曰："王僧辩闻荆州被围，已自为帝。王琳孤弱，不复能至，城中人无与俱死。"政不从，反告城上曰："援兵大至，各思自勉。吾以间使被执，情愿碎身报国，不敢附逆。"监者击其口，政曰："吾头可断，吾口不可改。"鲥命杀之，参军蔡大业趋前曰："此民望也，杀之则荆州不可下矣。"乃释之。

　　时征兵四方，皆未至。魏人百道攻城，飞矢雨集。城中负户而汲，蒙楯而行。胡僧祐亲当矢石，昼夜督战，鼓励将士。众咸致死，所向摧殄，城不至破。俄而僧祐中流矢死，内外大骇。魏乘人心恐惧，悉众急攻，遂破东门而入。帝率太子群臣退保金城，叹曰："今欲救死，不得不屈膝于魏矣。"乃使汝南王大封、晋熙王大圆诣魏军，请于于谨曰："大国若念旧好，肯延梁氏一线，情愿称臣纳贡，长为附庸之邦。望敛军威，勿迫人于险。"于谨不许，二王大哭而返。时东南虽破，城北诸将犹致死苦战，日暝闻城陷，乃弃甲散。帝入东阁竹殿，舍人高善宝侍侧，命取古今图书十四万卷，焚之于前，将自赴火，善宝抱止之。乃以宝剑击柱曰："文武之道，今夜尽矣。"谢答仁、朱买臣进曰："城中兵众犹强，乘间突围而出，贼必惊。因而薄之，可度江就任约。"帝素不便走马，曰："事必无成，祇增辱耳。"答仁请自护以行，谓必得脱。王褒私语帝曰："答仁，侯景之党，岂足可信？成彼之勋，不如降也。"答仁又请守子城，收兵可得五千人。帝然之，即授城中大都督，既而召王褒谋之，褒又以为不可。答仁屡请不许，大恸欧①血而去。

　　于谨扎营于子城口，索太子为质。帝使王褒送之，褒至周营，匍匐乞怜。谨子以褒善书，给之纸笔，褒书于后曰："柱国常山公家奴王褒。"识

————

　　①　欧——同"呕"。

者鄙之。

斯是，外围益急，群臣相继出降。帝左右渐散，遂去羽仪法物，白马素衣出东门，抽剑击阖曰："萧世诚一至此乎？"魏军见帝出，相率奔至马前，牵其辔以行。至白马寺北，夺其所乘骏马，以驽马代之。遣长壮军人，手扼其背以行。逢于谨于道，军人牵使帝拜，不胜屈辱。俄而岳阳王至，使铁骑拥之入营，囚于乌幔之下，面数之曰："桂阳无辜见杀，河东阖门受诛。武陵既败，暂首舟中，诸子啖臂，饿死狱底。汝心何忍，而戕贼诸王若此？向者人为汝食，今亦为人噬耶？"命左右食以草具，以困辱之。至夕，于谨遣人使帝为书，召王僧辩。帝不可，使者逼之曰："王至今日，岂得自由？"帝曰："我既不自由，僧辩亦不由我。"或问何意焚书，帝曰："读书万卷，犹有今日，不焚何待？"鮞既囚帝，请于谨曰："绎杀人多矣，愿绝其命，以慰冤魂。"谨即使鮞监刑，遂以土囊陨之，殓以蒲席，束以白茅，葬之于津阳门外。并杀太子元良，及始安王大略、桂阳王大成等。盖帝性残忍，且惩高祖宽纵之弊，故为政尚严。城方围时，狱中尚有死囚数千，有司释之，以充战士。帝不许，悉令菀杀之，事未成而城陷，故其死也，人莫之惜。后人有诗讥之曰：

> 摧残骨肉疾如仇，半壁江山要独收。
>
> 剩有岳阳心未服，统兵百万下荆州。

且说魏既诛帝，尽俘王公以下，悉收府库珍宝、宫妃彩女，送之长安。群臣降者，亦归关中授职。乃立鮞为梁主，取其雍州旧封，资以荆州之地，延袤三百里，居江陵东城。魏将王悦将兵居西城，外示助鮞备御，内实防之。又选百姓男女数万口为奴婢，分赏三军，驱归长安。小弱者皆杀之。得免者三百余家，而人马所践，及冻死者什之二三。由是荆人不胜其毒，而皆归咎于鮞。先是鮞将尹德毅说鮞曰："魏虏贪婪，肆其残忍，杀掠士民，不可胜纪。江东之人，涂炭至此，咸谓殿下为之。殿下既杀人父兄，孤人子弟，人尽仇也，谁与为国？今魏之精锐尽萃于此，若殿下为设享会，请于谨等为欢，预伏壮士，因而毙之，分命诸将，掩其营垒，大歼群丑，俾无遗类。收江陵百姓，抚而安之，文武群僚，随材铨授。魏人慑息，未敢送死，王僧辩之徒，折简可致。然后朝服济江，入践皇极，晷刻之间，大功可立。古人云：'天与不取，反受其咎。'愿陛下恢弘远略，勿怀匹夫之行。"鮞曰："此策固善，然魏人待我厚，未可背德。若如卿计，人将不食我余！"既而合城长幼被虏，又失襄阳，䅣乃叹曰："悔不用尹德毅之言。"魏师既还，䅣乃即皇帝位于江陵，改元大定。追尊昭明太子为昭明皇帝，尊其母龚氏为皇太后，立子岿为皇太子。赏刑制度，并同王者。唯上表于魏则称臣，奉其正朔①。至于官爵，仍依梁氏之旧。以蔡大宝为侍中仆射，王㽙为五兵尚书。大宝严整有智，雅达政事，文辞瞻远，梁主推心任之，以为谋主，比之诸葛武侯。㽙亦亚之。故能外睦强邻，内抚遗庶。今且按下不表。

却说僧辩初闻江陵被围，乃命霸先移镇扬州，使侯调、程灵先等为前军，杜僧明、吴明彻等为后军，亲自入援。未至而荆州陷，欲救无及。及闻元帝凶问，退守姑孰，以书寄霸先曰：

> 国家新破，故主云亡，朝无六尺之孤，野乏半年之积。人心渐散，宗社将倾，不有所奉，何以立国？意唯于宗室中，选立贤明以主梁祀，庶三吴旧业借以相延，万里长江不至失守。然立君谅有同心，临事尚期协力，愿展分阃之才，以济同舟之急。

霸先见书，痛哭报僧辩云：

> 身为人臣，不能救主于危，万死奚赎。足下既怀殉国之忠，仆何敢昧捐躯之报？兴灭继绝，在斯时矣。定倾扶危，是所望焉。今孝元令子，尚有晋安，父死子继，允协天人。倘足下奉以为主，则社稷幸甚。

时晋安王方智为江州刺史，于是僧辩从霸先之言，率群臣连名上表，迎归建康，即皇帝位，时年十三。以僧辩为骠骑大将军，都督中外诸军事，霸先为征西大将军，镇京口如故。当是时，齐乘梁乱，侵伐频乘，大江以外，遍地烽烟。僧辩霸先御内靖外，不遑朝夕。一日，忽报齐清河王岳进兵临江，郢州刺史陆法和以州降之，因随岳归邺，独留齐将慕容俨戍郢州。僧辩曰："郢与江州为唇齿，失郢是无江矣。"因遣侯调率兵攻之，俨坚守不下。

且说贞阳侯渊明，留齐有年，求归不得。今闻江南大乱，朝无其主，借此可为归计。乃乘间请于齐主曰："岳阳附魏，魏得据有荆、襄。今建康孤危，必至尽为魏有。陛下何不放臣归国，以主梁祀。世为附庸，奉齐正朔。则梁之卿士，皆为陛下陪臣；梁之山河，皆为陛下属国。又有存亡继

---

① 正朔——一年的第一天。通指帝王新颁的历法。

绝之名,而坐收天下之半。臣若留此,不过亡国一俘,于齐何益?"齐主召群臣谋之,皆以为便,乃使上党王涣将兵一万,送渊明归国。涣请益兵,齐主曰:"汝何怯也?"涣曰:"是行也,不大集兵力以慑之,僧辩之徒未可说而下也。"乃发兵五万配之,进临江口,征鼓之声震惊百里,使殿中尚书邢子才驰传诣建康,与僧辩书曰:

> 嗣主冲藐①,未堪负荷。彼贞阳侯武帝犹子,长沙后代,以年以望,堪保金陵。故置为梁主,纳于尔国,卿宜部分舟舰,迎接新主,并心一力,善建良图。倘或不然,大兵百万已次江口,星驰电发,立至建康,主臣同烬,玉石俱焚。成败在即,惟卿自择。

僧辩不从。下令戒严,传内外诸郡,各集兵马以拒齐师。贞阳亦与僧辩书,求请迎纳。僧辩复书拒之曰:

> 嗣主体自宸极,受于文祖,如明公不忘故国,缓服入朝,同奖王室,伊、吕之任,匪公而谁?倘意在自帝,不敢闻命。

齐以僧辩不服,长驱进兵,破谯郡,攻东关,所向无前。将军裴之横率兵御之,大战于关下。之横阵亡,全军皆覆。归者争言齐师之盛,前后莫测多少,克日将至阙下。僧辩大惧,自量力不能拒,乃出屯姑孰,决意改图,遣使奉启于渊明,定君臣之礼。继遣尚书周弘正至齐军奉迎,乞以晋安王为太子。渊明许之,敕取卫士三千,僧辩只给散卒千人,备龙舟法驾迎之。渊明乃与齐师盟于江北,誓为藩臣,不敢背德。盟毕,自采石济江,于是梁舆南渡,齐师北返。僧辩拥楫中流,尚恐齐藏祸心,不敢径就西岸。齐侍中裴英起护送渊明入朝,会僧辩于江宁,谓曰:"今而后非敌国而一家矣。"僧辩劳之。癸卯,渊明入建康,望朱雀门而哭。道迎者以哭对。丙午,即皇帝位,以晋安王为皇太子,王僧辩为大司马,陈霸先为侍中。诏解郢州之围,送慕容俨归国。齐亦以城在江外难守,割以还梁。自是举朝相庆,独霸先不悦。

先是霸先与僧辩共灭侯景,情好甚笃。僧辩居石头城,霸先在京口,彼此推心相待。及僧辩欲纳渊明,霸先遣使苦争之,往返数次,僧辩不从。霸先私谓所亲曰:"武帝子孙甚多,唯孝元能复仇雪耻,其子何罪,而忽废之? 吾与王公并受托孤之任,而王公一旦改图,外依戎狄,援立非次,其志

---

① 冲藐——纤稚无知。一般用于幼年皇帝的谦称。

欲何为乎?"乃密有相图之意。具袍数千领,及锦彩金银,为赏赐之具。事未发,有告齐师大举入寇者,僧辩遣其记室江祦来告霸先,使为之备。霸先因留江祦于京口,托言举兵御齐,实袭僧辩。谋既定,召部将侯安都、周文育、徐度、杜昹告之。昹有难色,霸先惧泄其谋,以手巾绞昹,闷绝于地,因闭之别室。部分将士,分赐金帛。以侄昙朗镇京口,使徐度、侯安都帅水军趋石头。临发,霸先控马未进,安都怒且惧,追骂霸先曰:"今日作贼,事势已成,生死决于须臾,在后欲何所望? 若败俱死,后其得免砍头耶?"霸先曰:"安都嗔我。"乃急进。

　　安都至石头城北,弃舟登岸,城墙北接冈阜,不甚危峻,地皆荒僻,无兵防守。安都被甲,带长兵,军人捧之,投于女垣①内。众随而入,不数步,即僧辩署后。墙亦卑,一跃而进,逢人即杀之,遂及僧辩卧室。霸先亦自南门入。僧辩方起视事,外白有兵,问曰:"兵何来?"语未竟,兵自内出。僧辩离座遽走,出遇其子頠,呼曰:"霸先反矣!"僧辩遑迫,遂与頠帅左右数十人,苦战于听事前。斯时外兵益集,左右死伤略尽,力不敌,走登南门楼,拜请乞哀。霸先曰:"速下就缚,不然我焚楼矣。"军士将纵火,僧辩父子遂下。霸先执之,谓曰:"我有何辜,公欲与齐师赐讨? 且身为大将,何无备若此?"僧辩曰:"委公北门,何为无备? 且汝欲杀我,乃谓我欲杀汝耶?"是夜,锁其父子于别室,皆缢杀之。乃列僧辩罪状,布告中外,且曰:"斧钺所加,唯僧辩一门。其余亲党,一无所问。"贞阳遂逊帝位,出就外邸。百僚奉晋安复位,大赦改元,以渊明为司徒,封建安公,加霸先尚书令,都督中外诸军事,大权一归霸先。人谓霸先之杀僧辩,全为国事起见,不知致二人参商者,尚有一段隐情在内,说也话长,且听下文分讲。

---

① 女垣——即女墙。城墙上面呈凹凸的小墙。

第二十九卷

慕狡童红霞失节　扫余寇兴国称尊

话说霸先袭杀僧辩,其隙从何而起? 先是霸先有女,名红霞。其母张氏,霸先妾也。梦折桃花而生,故以红霞为名。年及笄①,美而慧,不特容颜出众,亦且诗画兼优。自江陵之陷,霸先子弟之在荆州者,尽入于魏,而红霞常依膝下。母又早亡,霸先特爱怜之,恣其情性,不甚拘束,故常风流自喜。是时霸先与僧辩结廉、蔺之谊。僧辩有子名颁,饶丰姿,善骑射,霸先遂以女许焉。会僧辩有母丧,未成婚。一日,颁至京口,以子婿礼来见。红霞方问省堂上,从屏后窥之,见其体态不群,风流可爱,自以为得人,不觉春心缭乱。归房之后,感想形于梦寐,私语其婢巧奴曰:"天下美男子,有胜于王郎者乎?"巧奴笑曰:"王郎美矣。小姐特未见东阁公子身边随侍的陈子高耳,其美胜于王郎数倍。如并见之,当使王郎无色。"红霞曰:"那人何在?"巧奴曰:"其人即在府中,朝夕侍公子左右,公子亦爱如珍宝。"红霞曰:"汝得令我一见乎?"巧奴曰:"见之甚易,俟其随公子在堂,小姐亦从屏后窥之可耳。"一日,探得公子在堂,即往窥之,果然容颜姣好,远胜王郎,遂移思慕之心,全注子高身上。

看官,你道子高因何在府? 先是子高世居会稽山阴,家甚贫,业织屦为生。侯景乱,人民漂散,子高从父流寓都下。年十六,尚总角②容貌鬒丽③,纤妍洁白,如美妇人。螓④首膏发,自然蛾眉,见者靡不啧啧称羡。即遇乱卒,挥白刃相加,见其姿态,嗫不忍下,得免死者数矣。及侯景平,干戈稍息,人民各归故土,子高父已死,亦思还乡。一日,走往江口,觅船

---

① 　及笄(jī)——笄,盘头发用的簪子。以簪结发如成人,表示成人。古代女子一般十五岁许婚,结发上簪。

② 　总角——男女未成年时结发成两角。

③ 　鬒(yì)丽——美丽。

④ 　螓(qín)首——螓,蝉的一种。螓额形方广,故以螓首形容美人的额。

寄载,路遇一相者,熟视之曰:“观子气色,精光内露,富贵在即矣。”子高曰:“贫苦若此,得免饿死幸矣,何富贵之敢望?”相者曰:“子记吾言,前途自有好处也。”子高笑而置之。行至江口,见有巨船廿号,旗旐招飏,排列江岸。询之,乃是霸先侄,名茜,字子华,素具文武才,以将军出镇吴兴,停舟于此。子高不敢求载,呆立视之。时茜在舟中,独坐无聊,走向舱口外望,忽见一美少年提一行囊,立在船侧,虽衣衫褴褛,而颜色美丽,光彩奕奕。大惊曰:“不意涂泥中有此美璧。”盖茜素有龙阳之癖①,一遇子高,越看越爱,不禁神魂飘荡。便令人呼之上船,子高进舱叩见,退立于旁。近视之,更觉其美,便问曰:“若欲何往?”子高曰:“欲归山阴,在此求载。”茜曰:“汝归山阴,量汝亦无出头之日,若欲富贵,盍从我去?”子高忽忆相士之言,连忙跪下谢曰:“如蒙将军不弃,愿充执鞭之役。”茜大喜,便令后舱香汤沐浴,衣以锦绣,使之侍侧。是夜,遂共枕席。茜颇伟于器,子高初尝此味,相就之际,不胜痛楚。啮被以忍,被尽裂。茜怜之,欲止,曰:“得无创巨汝太过耶。”子高曰:“身既属公,则我身即公身也。死且不辞,创何害焉。”茜益爱之,事毕,拥抱而睡,日中不起。盖子高肤理色泽,柔靡都曼②,而性又柔顺,善体主意,曲得其欢,故茜得之,如获至宝。自此以后,恒执佩身刀,侍立左右,片刻不离。茜素性急,在吴兴时,每有所怒,目若虓虎③,焰焰欲啖人,一顾子高,其怒立解。麾下禀事者必俟子高在侧,可以无触公怒。茜常为诗赠之曰:

昔闻周小史,今歌明下童。
玉麈手不别,羊东市若空。
谁愁两雄并,金貂应让侬。

因教以武艺,兼习诗书。子高从此亦工骑射,颇通文义。

一夜茜乐甚,私语子高曰:“人言吾有帝王相,审尔当册汝为后,但恐同姓致嫌耳。”子高曰:“古有女主,当亦有男后。明公果垂异恩,奴亦何辞作吴孟子耶!”因请改姓为韩,茜大笑。年渐长,子高之具亦伟,茜尝抚而笑曰:“他日若遇娘子军,当使汝作前锋冲坚陷阵,所当者破,亦足壮我

① 龙阳之癖——指喜欢男色。
② 柔靡都曼——婉媚艳丽。
③ 虓(xiāo)虎——咆哮的虎。

先声也。"子高答曰："政虑粉阵绕孙、吴，非奴铁缠稍翼之使前，王大将军不免落坑堑耳。"其善酬接如此。茜又梦骑马登高山之上，路危欲堕，子高从后推之，始得升，由是益宠任之。

至是，茜解吴兴之任，佐霸先镇京口，同居一府。子高亦住府中，故红霞见而悦之，谓巧奴曰："汝固有眼，不意近在一家，而几失之也。"自此朝思暮想，恹恹生起病来。巧奴会其意，乃曰："小姐近日精神消减，得毋为哪人乎?"红霞曰："不瞒你说，我实想他。你有何计策唤他进来，一遂吾怀，吾当重重赏你。"巧奴摇首曰："奴亦有心久矣，但那人与公子时刻不离，无从近之，奈何?"红霞闻之，默默不乐，因作一诗寄意云：

　　错认王郎是子都①，墙东更有霍家奴②。

　　只怜咫尺重门隔，暮雨潇潇暗自吁。

一日，红霞正在房中纳闷，忽见巧奴笑嘻嘻走进道："小姐喜事到了。"红霞曰："何喜?"巧奴道："今日大将军出征，带领公子同往。子高因有微恙，不便鞍马，独留书室。我已打听明白，到晚小婢以小姐之命唤他，哪怕他不即进来。岂非平日相思，可以一旦消释?"红霞大喜，巴不得立时相会。就嘱巧奴点灯后，先把守门人打发开了，即到东园，悄悄领他进来。巧奴欣喜领命。

却说子高随公子在府，所居名曰东阁，乃是内园深处，与小姐所住内室仅隔一条夹弄。公子爱其地幽雅，故独与子高居此。其余从者，日间进来伺候，夜间俱宿外厅，将子高当作绝代丽人，而以东阁为藏娇之所。奈值军事紧迫，子高病体初愈，不能随往，故留他看守东阁，且可静心调养。当日子高独处无聊，到夜更觉寂寞，坐至更初，正欲闭户就寝，忽见一年轻女子悄步入室。子高忙问道："姐姐到此何干?"女微笑道："吾奉小姐之命，特来唤你进去。"子高愕然道："仆何人斯，而敢私入内室耶?"巧奴再三催之，坚不敢往。巧奴无奈，只得进内回复红霞，言其惧罪不进之故。红霞此时，已等得不耐烦，闻其不来，心愈着急，一腔春意那里按捺得住，也顾不得千金身价，只得带了巧奴，自往招之。时已更深，月明如昼，府中

———————

①　子都——古代美男子名。《诗经·郑风·山有扶苏》："不见子都，乃见狂且。"

②　霍家奴——汉霍光家奴。汉乐府诗《羽林郎》："昔有霍家奴，姓冯名子都。"

上下俱已熟睡,唯子高被巧奴一番缠扰,坐卧不宁,门尚半启。忽见巧奴复来,低语道:"小姐自来唤你了,快去接见。"子高大惊,连忙趋出,果见小姐立在门首,便道:"何物小子,敢劳小姐降临。"红霞以手招道:"来,奴自有话问你。"回身便走。巧奴便催他进内,子高惧违小姐之命,只得带上双扉,亦随后而入。幸喜一条长弄,曲曲折折,直至内宅门首,守门乃一老仆,已受红霞嘱咐,早早去睡,并无一人撞见,心下稍安。及进宅门,小姐已归绣阁,巧奴候在庭中,便引子高直至内房。诸婢知趣,各自躲开,单留小姐独倚妆台。子高见了小姐,忙即跪下。红霞便以手扶起道:"不必行此大礼。但奴慕郎已久,渴欲一会。郎何作难若此?"子高曰:"非不欲也,直不敢耳。"红霞曰:"我为父爱,府中人莫敢犯我,子毋畏焉。"巧奴在旁道:"夜深了,良辰有几,请安睡罢。"斯时女固春心荡漾,男亦欲火如焚,遂共解衣上床。要晓得红霞情窦虽开,尚属含葩处女,怎禁得子高之具已与主人相仿,娇枝嫩蕊,岂堪承受,只因红霞贪欢过甚,虽苦亦乐。又亏子高曲意温存,渐入佳境,使之尽忘艰楚。直至五鼓,云收雨散,方拥抱而寝,沉沉睡去。巧奴见天色将明,忙催子高起身。二人只得披衣而起,送至堂前,重订后会而别。从此朝出暮入,巧奴亦谐私好,红霞越发情浓,所有珠玉珍宝,价值万计,悉以与之。又尝书一诗于白团扇,画比翼鸟于上,以遗子高。诗曰:

> 人道团扇如圆月,侬道圆月不长圆。
>
> 愿得炎州①无霜色,出入欢袖千百年。

子高亦答以诗云:

> 团扇复团扇,宛转随身便。
>
> 珍重手中擎,如见佳人面。

久之,事渐泄,合府皆知。唯事关闺阁,又系主人爱女,谁敢泄漏?故霸先全然不觉。其后子高恃宠,凌其同伴,同伴怨之,欲发其事而虑主人庇之,反致罪责,乃窃其所赠闭扇,逃至建康,以呈王颙,且告之故。颙大忿恨,诉其父僧辩。僧辩怒,托以他故,绝陈女婚。霸先亦怒,谓僧辩无故绝婚,必有相图之意,因此外和内忌,常怀异志。至是僧辩纳渊明为帝,又

---

① 炎州——屈原《远游》:"嘉南州之炎德兮,丽桂树之冬荣。"后因泛指南海之州。

拂其意,遂发兵袭僧辩,并其子颁杀之。后茜出镇长城,子高随往,不得与女相见。女日夜相念,郁郁而死。此是后话不表。

再说僧辩既死,其亲戚党羽之为州郡者,皆不附霸先。于是杜龛据吴兴叛,韦载据义兴叛,王僧智据吴郡叛,徐嗣徽及弟嗣先皆以州降齐,欲为僧辩报仇。霸先闻诸郡不服,谓其侄茜曰:"汝往长城,速收兵以备杜龛,吾使周文育进攻义兴。"茜奉命,昼夜驰往,才至长城,收兵得数百人。杜龛将周泰将精兵五千奄至,将士皆失色,茜言笑自若,部分益明,众心乃定。泰攻之,不克而退。

却说文育迳攻义兴,义兴县多霸先旧兵,善用弩。韦载收得数十人,系以长锁,命所亲监之,使射文育军。约曰:"十发不两中者死。"故每发辄毙一人,文育军遂却。韦载因于城外,据水立栅。霸先闻文育军不利,乃留侯安都宿卫台省,亲自出兵讨之。哪知徐嗣徽打听霸先东出,密结豫州刺史任约,将精兵八千,乘虚袭建康,且约齐师为援。是日,入据石头。游骑至阙下,安都闭城门,藏旗帜,示之以弱,下令城中曰:"登陴瞰贼者斩。"及夕,城中寂然,外兵莫测所为,不敢遽攻。安都乃夜为战备,明旦,帅甲士三百,开东掖门出战,大破之。嗣徽等奔还石头,不敢复逼台城。

却说霸先至义兴,进攻韦载,拔其水栅。载惧乞降,霸先厚抚之,引置左右,与之谋议。忽报嗣徽、任约率兵内犯,石头已失,大惊,乃留文育讨杜龛,救长城;裴忌攻王僧智,收吴郡;自引亲军,卷甲还都。才至建康,恰值齐将柳达摩赴嗣徽之约,率兵一万,运米三万石、马千匹于石头,兵势甚盛。霸先问计于韦载,载曰:"齐若分兵先据三吴之路,略地东境,则时势去矣。今可急于淮南,即侯景故垒筑城以通东道,分兵绝彼之粮运,使进无所资,则齐将之首旬日可致。"霸先从之,乃于大航之南筑侯景故垒,使杜眹守之。先是嗣徽入犯,留其家于秦郡。安都觇其无备,袭破之,俘数百人;收其家,得琵琶及鹰,遣使送之曰:"昨至弟处得此,今以奉还。"嗣徽大惧。当是时,柳达摩渡淮置阵,霸先督兵疾战,纵火烧其栅。齐兵大败,争舟相挤,溺死者以千数。明日再战,又大破之,尽收其军资器械。齐师不敢出,亦退守石头。霸先四面进击,绝其水道,城中水一升值绢一匹。达摩惧,遣使求和于霸先,且求质子。时京师虚弱,粮运不继,朝臣皆欲与和,请以霸先从子昙郎为质。霸先曰:"今在位诸贤欲息肩于齐,若违众议,谓孤爱昙郎,不恤国家。念决遣昙郎,弃之寇庭。但齐人无信,谓我微弱，必即背盟。齐寇若来，诸君须为孤力斗也。"乃以昙郎为质，与齐人盟于城外，将士恣其南北。齐师乃退，嗣徽、任约亦皆奔齐。

话分两头。裴忌受命攻王僧智，率其所部精兵，倍道兼行，自钱塘直趋吴郡。夜至城下，鼓噪薄之，呼声震天地。僧智以为大军至，惧不敌，轻舟奔吴兴，既而奔齐。忌入据之，霸先即以忌为吴郡太守。陈蒨在长城收兵得八千人，与文育合军进攻杜龛。龛勇而无谋，嗜酒常醉，其将周泰隐与蒨通，屡战皆败。泰因说之使降。龛将从之，其妻王氏曰："霸先仇隙如此，降必不免，何可屈己？"因出私财赏募，得壮士数百，出击蒨军，大破之。龛喜，饮酒过醉。是夜，周泰开门，引敌入城。兵至府中，龛尚醉卧未觉。蒨遣人负出于项王寺前，斩之，尽灭其家。由是东土之不服者皆平。

再讲齐师既归，降将徐嗣徽等日夜劝齐伐梁，谓江南一举可取。齐主从之，乃遣仪同萧轨、库狄伏连与任约、徐嗣徽，合兵十万，大举入寇，昼夜兼进，直据芜湖。霸先得报，谓诸将曰："何如？吾固知齐兵之必至也。"乃遣侯安都率领诸将，共据梁山御之。齐人诈言，欲召建安公渊明归北，当即退师。霸先欲具舟送之，会渊明疽发背卒，不果。于是齐兵发芜湖，庚寅，入丹阳县；丙申，至秣陵故治，建康大震。霸先乃遣文育将兵屯方山，徐度顿马牧，杜棱顿大航南，为掎角之势以拒之。齐人跨淮立桥，引渡兵马，夜围方山。而嗣徽则据青墩之险，大列战舰，以断文育归路，兵势严密。至明，文育鼓噪而发，反攻嗣徽，所向披靡，直出阵后。嗣徽有偏将鲍砰，力敌万夫，勇冠一军，独以小舰殿后。文育乘舟舴艋与战，相去数丈，踊身一跃，跳上砰船，手起刀落，将砰斩落水中，连杀数人，牵其船而还。嗣徽之众大骇。

癸卯，齐兵进及倪塘，游骑直至台城，上下危惧。霸先因作背城之战，亲自出拒。恰好文育军亦至，士气乃壮。将战，大风从敌阵来，霸先曰："兵不逆风。"文育曰："事急矣，焉用古法？"抽槊上马先进，众军从之，风亦寻转，杀伤数百人，齐兵乃却。俄而齐师至幕府山，锋甚锐。霸先不出，潜使别将钱明，领精卒三千，乘夜渡江，邀击齐人粮运，尽获其船米，齐军由此乏食。任约谓嗣徽曰："此时尚可一战，若相持不决，粮尽兵散，何以自全？"嗣徽曰："然。"乃引齐军踰钟山，至玄武湖，进据北郊坛，以逼建康。霸先移兵坛北，与齐人相对。是夜大雨震电，暴风拔木，平地水深丈余。齐军昼夜坐立泥中，足指皆烂，悬鬲以爨①。而台中地高，水易退，道路皆燥，官军每得更番相易。然四方壅隔，粮运不至，建康户口流散，征求无所，人尽忧之。天少霁，霸先将战，向市人调食，仅得麦饭，分给军士，士皆饥疲。恰好陈茜以米三千斛、鸭千头，从间道送至建康。霸先大喜，乃命炊米煮鸭，人人以荷叶裹饭，分以鸭肉数脔，未明蓐食，比晓出战。侯安都谓萧摩诃曰："卿骁勇有名，千闻不如一见。"摩诃对曰："今日令公见之。"及两兵方合，安都挺枪跃马，冲入敌阵，手杀数人。忽马蹶坠地，齐人围之，奋枪乱刺。摩诃望见，单骑大呼，直冲齐军，刀举处，齐将纷纷落马。杀开一条血路，夺得敌马以与安都，安都乃免。霸先望见曰："事急矣。"遂与吴明彻等聚兵合击，各殊死斗。周文育又从白下引兵横出其后，首尾并举，齐师大溃，斩获万余，相蹂藉而死者不可胜计。生擒徐嗣徽及弟嗣宗，斩之。乘势追袭，虏得齐将萧轨等将帅四十六人。其军士得窜至江者，缚荻筏以济，中江而溺，流尸至京口，翳水溯岸。唯任约、王僧愔得免。是役也，梁大胜齐，齐丧师十万，逃归者不及什之二三。建康危而复安，军士以赏俘换酒，一人裁得一醉。庚申，斩萧轨等于市，齐人闻之亦杀陈昙郎。

是时，外寇既靖，疆土粗安。乃进霸先位相国，总百揆，封陈公，加黄钺殊礼，赞拜不名。于是大小臣工皆知梁祚将终，霸先革命在即，而相率劝进。太府卿何敳、新州刺史华志，各上玉玺一枚，皆言草土中有红光透出，掘而得之。主有圣明治世，谨奉以献。霸先受之。又大夫王彭，称于今月五日平旦，见龙迹自大社至象阙，亘三四里，为霸先贺。司天官奏庆云呈于东方，彗星见于西北，主有除旧更新之象。又钟山甘霖大降，嘉禾一穗六岐②。群臣佥劝霸先受禅，以副天人之望。于是晋爵为王，增封二十郡，自置陈国以下官属。冕用十有二旒，建天子旌旗，出警入跸。

永定元年十月戊辰，敬帝下诏禅位于陈。是日，陈主使将军沈恪勒兵入殿，卫送梁帝如别宫。沈恪排闼见王，叩头谢曰："恪经事萧氏，今日不忍见此，分受死耳，决不奉命。"王嘉其意，不复逼，更以他人代之。乙亥，王即帝位于南郊。先是氛雾满天，昼夜晦冥，至于是日，景气清晏，识者知

---

① 悬鬲（lì）以爨（cuàn）——鬲，炊具。支起炊具烧火做饭。
② 岐——分支。

有天意焉。礼毕还宫,临太极前殿,受百官朝贺,改元,大赦。奉敬帝为江阴王,降太后为太妃,皇后为妃。辛巳,立七庙,追尊皇考曰景皇帝,皇妣董氏曰安皇后。立夫人章氏为皇后,以太子昌留魏,故不立太子。先是侯景之平也,火焚太极殿。敬帝时,议欲建之,独阙一柱,遍索山谷间不得。至是有樟木大十八围,长四丈五尺,流泊江口。朝臣皆以为天降神木,助宏王基,上表称贺,遂取以建殿。尺寸不爽。殿成,诏以皇侄茜为临川王,大封百僚,梁之旧臣,莫不受命。哪知四方皆服新朝,一人独怀旧主,闻陈篡位,仗义兴兵,誓必为梁报仇。帝闻之,叹曰:“吾固知其不服也。”你道此人是谁?且听下文分讲。

第 三 十 卷

废伯宗安成篡位　擒王琳明彻立功

　　话说梁社既亡,旧臣咸服新朝,孰敢起而相抗? 单有湘州刺史王琳,素怀忠义,不以盛衰改节。先是江陵陷,元帝被害,琳率众发哀,三军缟素。屯兵长沙,传檄州郡,为进取之计。敬帝既立,琳复推戴建康,不敢有二。及霸先诛僧辩,握大权,隐有受禅之志,心甚不平。继闻敬帝禅位于陈,不胜大怒,乃求援于齐,请纳永嘉王庄,以主梁祀。齐乃送庄还江南,琳便奉庄即帝位,改元天启。庄以琳为丞相,建牙勒众,大治舟舰,欲攻建康。帝闻其反,乃假侯安都为西道都督、周文育为南道都督,将舟师二万,会于武昌以击之。谓二将曰:"王琳蓄志已久,练兵有年,其下多骁勇之士,此未可以轻敌也。"二人素轻王琳,以为此残梁遗寇,平之易若反掌,绝不为意。又两军并行,不相统摄,部下交争,各无奋志。行至武昌,琳将樊猛惧不能敌,退守郢州。安都意益骄,遂进兵围之。裨将周铁虎谓不宜顿兵坚城之下,当先破王琳,则郢城自服。安都不可,及闻王琳大军将至,乃释郢城之围,进军弇口以拒之。

　　当是时,琳军东岸,安都等结营西岸,相持数日。琳与诸将计曰:"彼军骄甚,必不以我为虞,可袭而取也。"乃以老弱守营,夜引精兵,从下流潜渡,抄出东军之后,乘军士熟睡时候,一声号炮,奋勇杀入。东军果不设备,乃至惊醒,大营已破。军士皆抱头鼠窜而逃,逃不及者尽做刀下之鬼。安都、文育等虽勇,怎奈四面尽是梁兵围裹上来,左右亲将死伤略尽,欲逃无路,以故安都、文育及裨将周铁虎等皆被擒获。及明,王琳归营,诸将皆贺。乃引见陈俘,谓安都等曰:"汝等皆号无敌,今乃为吾擒乎?"安都等不语。独铁虎词气不屈,琳杀之,而囚安都、文育,贯以长锁,系之坐侧。遂乘胜势,袭据江州。帝闻报大骇,乃遣司空侯调及领军徐度,帅舟师三万进讨。帝亲幸石头送之。

　　却说琳至湘口,水涸不得进。一夜春水暴涨,舟舰得通,乃引合肥、诚湖之众,舳舻相次而下,军势甚盛。调进军虎槛洲,与琳隔洲而泊。明日合战,琳军少挫,退保西岸。及夕,东北风大起,吹其舟舰并坏,没于沙中,风浪大,不得还浦。天明风静,琳入浦治船。調亦引军退入芜湖。时侯安都、周文育乘监守稍懈,带锁逃归。侯調接见,大喜曰:"公等得脱,皆天意也,破贼必矣。"遂奏闻于帝。帝虽怒其败,而甚喜其归,仍令随军效力。先是王琳乞师于齐,齐遣大将刘伯球将兵一万,助琳水战。慕容子会将铁骑二千,屯芜湖西岸,为之声势。丙申,将战,侯調下令军士晨炊蓐食以待之。时西南风急,琳自谓得天助,引兵直趋建康。調俟其舟尽过,乃徐出芜湖,蹑其后,西南风反为調用。琳命军士掷火炬以烧陈船,皆反烧其船,军阵大乱。調乃以小船蒙牛皮冲其舰,舰皆坏。琳由是大败。军士溺死者什二三,余皆弃船登岸走。而齐兵之在西岸者,亦慌乱起来,自相蹂践,并陷于芦荻泥淖中。陈师逼之,束手就缚。遂擒齐将伯球、慕容子会,斩获万计。琳见众军瓦解,大势难支,只得冒阵急走。至溢城,犹欲收合离散,以图再举。奈众无附者,遂奉永嘉王,及妻妾左右数十人奔齐。其将樊猛等皆率部曲来降。由是郢、湘尽平,江北无警,梁之旧境无不归服于陈。虽有远方倔强之徒,或降或叛,帝皆羁縻之,不忍劳师远讨,过用民力。即位三年,四境粗安。

　　当是时,南朝鼎迁于陈,西魏亦禅位宇文氏,改国号为周。而陈太子昌尚羁关中,帝乃遣使通好,且求太子昌归国,周人许而不遣,心常不乐。未几帝不豫,遣尚书王通以疾告太庙及郊社,其后疾益甚,庚午,崩于璇玑殿,时年五十七。遗诏以临川王蒨入承大统。于是群臣向王劝进,王谦让弗敢当。太后又以太子昌尚在周邦,未肯下诏立君。众莫能决。安都慷慨言曰:"今四方未定,何暇及远,临川王先帝犹子,有大功于天下,须共立之。今日之事,后应者斩。"便按剑上殿,启太后出玺,手解临川王发,推就丧次,俯伏举哀。哀毕,升殿即位,是为文帝。甲寅,迁殡于太极殿西阶,群臣上谥曰武皇帝,庙号高祖。高祖智以绥物,武以宁乱,英谋独运,人皆莫及。加以俭素自率,常膳不过数品,私飨曲宴,皆用瓦器。肴核庶羞,裁令充足。后房衣不重彩,饰无金翠。及乎践祚,弥厉恭俭,以故隆功茂德,光有天下。今且按下不表。

　　且说文帝即位以来,兢兢业业,治己用人,一遵高祖之旧。尊王后为皇太后,以司空侯調为太尉,侯安都为司空,徐度为侍中,杜棱为领军将军。立妃沈氏为皇后,子伯宗为皇太子。大业已定,把一个太子昌竟置不问。斯时昌羁于北，闻高祖崩，临川即位，以为夺了他基业，不胜愤怒，于是哀恳周人，求归南土。时周朝宇文护当国，因念陈已有君，留之无益，落得做人情，遂遣南归。昌至安陆，将济江，先遣人致书于帝，责其不待己至，擅登大位，辞多不逊。帝视书不悦，然若拒而不纳，臣下必有异论。乃召安都入内廷，从容谓曰："太子将至，须别求一藩，吾归老焉。"安都曰："自古岂有被代天子乎？臣愚不敢奉诏。"请自往迎之，向帝密语数言而别。遂以昌为骠骑将军，封衡阳王。诏中书舍人，缘道迎候。安都见太子敬礼备至，请即登舟济江，太子从之。那知船中侍从皆其腹心，行至中流，执而沉之于水，以溺死闻。朝廷为之发丧。后人有诗悲之云：

犹子巍巍握帝符，前星失曜一身孤。
早知今日沉江底，何不长安作匹夫。

衡阳既死，帝心暗喜。时帝有母弟顼，尚留在周，帝思之，遣使关中通好，赂以黔中地及鲁山郡，求放顼还。周乃遣上士杜杲送顼南归，并其妃柳氏，及子叔宝皆还建康。先是顼在长安，军主李总与顼有旧，每同游处。一日顼被酒，张灯而寝。总入其室，见一大龙卧于床上，便惊呼而走。顼觉，问何所惊，总曰："子必大贵，异日无忘吾言。"及归，与帝相对泣。即封安成王，恩赏有加。帝谓周使杜杲曰："家弟今蒙礼遣，实周朝之惠。然鲁山不返，亦恐未能及此。"杲对曰："安成长安一布衣耳，而陈之介弟也，其价岂止一城而已哉？本朝敦睦九族，恕己及物，上遵太祖遗旨，下思继好之义，是以遣之南归。今乃云以寻常之土，易骨肉之亲，非使臣所敢闻也。"帝甚渐，曰："前言戏之耳。"

且说侯安都既害衡阳，晋爵清远公，威名甚重，群臣莫出其右，自以功安社稷，日益骄矜。部下将帅，多不遵法度，有司检问，则奔归安都，安都庇之。凡上表启，语多不逊。及侍宴酒酣，或箕踞座上，倾倚席间，不复尽人臣之礼。一日，陪乐游苑蹀饮，醉谓帝曰："陛下今日何如作临川王时？"帝不应。安都再三言之，帝曰："此虽天命，抑亦明公之力。"宴讫，又启御前供张，赐借一用，将载妻妾来此欢会。帝虽许之，而心甚不平。明日，安都坐御座，宾客居群臣位，称觞上寿。帝闻之益怒，渐夺其权，于是群臣争言安都之短，劝帝除之。又有言其谋叛者，召入省中，赐死。初，安都与杜僧明、周文育皆助高祖成大业，尝为寿于高祖前，各称功伐。高祖曰："卿等皆良将也，而并有所短。杜公志大而识暗，狎下而骄上，矜其功不收其拙。周侯交不择人,而推心过差,居危履险,猜防不设。侯郎傲诞而无厌,轻佻而肆志。并非全身之道。"卒皆如其言,人咸服高祖之明见云。此是余话,不必细讲。

却说天康元年之四月,帝不豫,台阁众事,并令尚书仆射到仲举、五兵尚书孔奂、中书舍人刘师知共决之。疾笃,忧太子伯宗柔弱,不能守立,谓项曰:"吾欲遵泰伯之事,汝能无负我托否?"项拜伏于地,涕泣固辞。帝又谓诸臣曰:"今三方鼎峙,四海事重,宜须长君。朕欲近则晋成,远隆殷法,卿等宜遵此意。"孔奂流涕对曰:"陛下御膳违和,痊复非久。皇太子春秋鼎盛,圣德日跻。安成王介弟之尊,足为周旦,若有废立之心,臣等宁死,不敢闻诏。"帝曰:"古之遗直,复见于卿。"乃以奂为太子詹事。

癸酉,上殂。群臣奉太子即位,是为废帝。以安成王为骠骑大将军,都督中外诸军事。安成遂帅卫士三百人居尚书省,以防非常。师知、仲举虽居禁中,共决政事,而大权总归安成。刑赏黜陟,全不与众人参怀。师知由是忌之,谓仲举曰:"安成不出,少主恐无自安之理。"仲举亦以为然。乃密结右丞王暹、舍人殷不佞、右卫将军陈子高,相为党援。原来子高自文帝继统,以旧宠历任要职,拜为右卫将军,统领军府,在诸将中士马最盛。因感旧君之恩,欲为新主报效,故与仲举相结,共谋出项于外。然众尚犹豫,未敢即发。独殷不佞以为机不可缓,一日不告众入,驰诣省中,矫敕谓项曰:"今四方无事,王可且还东府,经理州务。"项闻之愕然,命驾将发,记室毛喜入见项曰:"陈有天下日浅,国祸继臻,中外危惧。太后深惟至计,令王入省,共康庶绩。今日之言,必非太后之意。宗社之重,愿王三思。须更闻奏,无使奸人得肆其谋。今出外即受制于人,譬如曹爽,愿作富家翁,其可得耶?"项即遣喜与吴明彻筹之。明彻曰:"嗣君谅暗,万机多阙。殿下亲实周召,当辅安宗社,愿留中勿疑。"项乃称疾,召刘师知至府,留之与语,使毛喜入言于太后。太后曰:"今伯宗幼弱,政事并委二郎。此非我意。"因召帝问之,帝曰:"此自师知等所为,朕不知也。"喜出报项,项乃囚师知于室,亲自入朝,面奏二宫,极陈师知之罪。帝曰:"此等人,任叔父治之。"项出,即以师知付廷尉,夜于狱中赐死。收王暹、殷不佞并付狱。不佞少有孝行,项雅重之,故仅免官而诛王暹,余人皆置不问。一日,毛喜请简人马配子高,并赐器甲。项惊曰:"子高谋反,方欲收执,何为授以人马器甲?"喜曰:"山陵始毕,边寇尚多。子高受委前朝,权力正盛,若收之,恐不时授首,或为国患。宜推心安慰,使不自疑,伺间图之,一壮士之力耳。"顼深然之。

再讲仲举自师知死后,心益不安,乃使其子郁乘小舆,蒙妇衣,来子高家,谋诛安成。往返数次,踪迹渐露。顼欲诱二人入朝而杀之,因托言议立皇太子,悉召文武,共集尚书省。二人随众入,乃使壮士执之,付狱赐死。先是前一夜,子高梦见红霞以手招之曰:"郎今可以共往矣。"一觉,恶其不祥。俄而闻召,谓家人曰:"此行吉凶难保也。"及入,果赐死。

再说子高既诛,其党皆惧。湘州刺史华皎亦子高党,惧祸及己,以湘州叛归后梁,又乞师北周,勾连两国之兵,来犯建康,军势甚盛。顼欲讨之而恐不克,因问计于吴明彻。明彻曰:"王自秉国以来,未尝立大功。皎虽外结强援,军心不一,势易摧败。王自引大兵击之,荡定可必。如是则大功立,民心之戴王益坚矣。"顼然其言,乃亲引大军三万御之。庚辰,战于沌口,大破华皎,周、梁之师亦溃。皎奔关中,湘州遂平。奏凯后,群臣争表安成之功,进位太傅,加殊礼。于是安成之权愈重,国中但知有安成,不知有帝矣。帝弟始兴王伯茂。心怀不平,屡肆恶言。顼恶之,乃黜为温麻侯,置诸别馆,使人邀于道杀之,诈言为盗所杀,大索国中三日。帝闻之怒,遂不与安成相见。于是近臣毛喜等劝顼早正大位,以一人心。顼从之。甲寅,乃以太皇太后令,诬帝与师知、华皎通谋,上违太后,下害宗贤,无人君之度,且曰:"文皇知子之鉴,事等帝尧,传弟之怀,又符太伯①。今可还申曩志,崇立贤君。"遂废帝为临海王,以安成王入篡大统。正月甲午,群臣上玺绶,安成即皇帝位,是为宣帝。改元太建,复太皇太后为皇太后,皇太后为文皇后。立妃柳氏为皇后,世子叔宝为皇太子。封皇子叔陵为始兴王。群臣悉以本位,供职如故。帝幼有智量。及长,美容仪,身长八尺三寸,手垂过膝,与文帝友爱甚笃。以地处嫌逼,遂篡天位,有负文帝。然少历艰难,深悉民隐,故践祚之后,勤劳庶政,不动干戈,江南之民遂得少安。

话分两头。王琳自奔齐之后,齐王命出合肥,招募伧楚,更图进取。既而以琳为扬州刺史、大行台,镇寿阳,屡次上表,乞师南侵。尚书卢潜以

①　太伯——周代吴国的始祖,周太王长子。太王欲立幼子季历,太伯与弟仲雍同避江南,成为当地君长。

为时事未可,且请与陈和亲。齐主从之,乃遣散骑常侍崔瞻来聘,且归南康愍王昙郎之丧。琳遂与潜有隙,更相表奏。齐主召琳赴邺,以潜为扬州刺史代之。由是二国聘问往来,信使不绝者数载。然是时,齐政日坏,国势渐衰,后主信任权幸,屏黜忠良。周人乘齐之乱,日肆凭陵,汾、晋之间,几无宁日。消息传入建康,陈主大喜,以为江、淮旧境,乘此可复,乃集群臣于内殿,商议伐齐。群臣各有异同,独吴明彻决策请行。帝曰:"此事朕意已决。但元帅至重,诸卿以为孰可?"众议以淳于量历有大功,位望隆重,共署推之。左仆射徐陵独曰:"吴明彻家在淮左,悉彼风俗,将略人才,当今亦无过者。臣以为元帅之任,非明彻不可。"尚书裴忌曰:"臣同徐仆射。"陵应声曰:"非但明彻良帅,裴忌亦良副也。"帝从之,乃拜明彻为元帅,裴忌监军事,统众十万伐齐。先取秦郡、历阳两路,克日并发。

齐人闻陈师来侵,共议出兵御之。仪同王纮曰:"官军比屡失利,人情骚动,若复出顿江、淮,恐北狄西寇乘弊而来,则世事去矣。莫若遣使江南,暂图和好。然后薄赋省徭,息民养士,使朝廷协睦,遐迩归心。天下皆当肃清,岂直陈氏而已?"齐主不从,遣大将尉破胡率兵救秦州,长孙洪略出兵救历阳。侍中赵彦深私问计于秘书监源文宗曰:"弟往为秦、泾刺史,悉江、淮间情事,今陈师入寇,何术以御之?"文宗曰:"朝廷精兵,必不肯多付诸将,数千以下,适足为吴人之饵。尉破胡人品卑下,公之所知。败绩之事,匪朝伊夕,何能制胜却敌,保有淮北耶?如文宗计者,不过专委王琳,招募江淮义勇三四万人,风俗相通,能得死力。兼令旧将,将兵屯于淮北,足以固守。且琳之于顼,必不肯北面事之明矣。窃谓此计之上者,若不推赤心于琳,更遣余人掣肘,复成速祸,弥不可为。"彦深叹曰:"弟此策诚足制胜千里。但争之十日,已不见从,时事至此,安可尽言?"因相顾流涕。

且说破胡将次秦州,去陈军不远,选长大有勇力者为前锋,号苍头,身披犀甲,手执大刀,其锋甚锐。又有西域胡多力善射,弦无虚发,敌军尤惮之。将战,吴明彻谓萧摩诃曰:"若殪此胡,则彼军夺气,君才不减关、张矣。"摩诃曰:"愿示其状,当为公取之。"明彻乃招降人有识胡者,使指示之。自酌酒以饮摩诃曰:"饮明彻手中酒者,当令勇气百倍,所向无前。"摩诃饮毕,驰马冲齐阵,大呼曰:"有勇者速来一决!"西域胡挺身出阵,十余步,彀弓方发,摩诃遥掷铣锭,大呼曰:"着!"正中其额,应手而仆。齐阵中大力者十余人出战,摩诃挥刀皆斩之,易若拉朽,齐人无不胆落。于是明彻乘敌之惧,纵兵大战,齐兵大败,尉破胡走,遂克秦州。

先是,破胡之出师也,齐使王琳与之俱。琳谓破胡曰:"吴兵轻锐,宜以长策制之,慎勿轻斗。"破胡不从而败,琳单骑仅免,奔还彭城。又陈将黄法氍,与长孙洪略大战于历阳城下,临阵斩之,遂克历阳。由是两路皆捷,大军所至,势如破竹。不数旬,已获二十余郡。齐将非降即逃,单有王琳败下,尚领残兵数千,退保寿阳外郭。明彻乘夜攻之,琳且战且守,飞章告急。齐乃复遣大将皮景和率师十万来救。那知景和本非将才,一闻敌强,更怀惧怯,去寿阳三十里,顿军不进,仅虚张声势以畏敌。陈将皆惧曰:"坚城未拔,大援在近,将若之何?"明彻曰:"兵贵神速,而彼结营不进,自挫其锋,吾知其不敢战明矣,何畏! 急攻寿阳,拔之可也。"于是躬擐①甲胄,四面疾攻。景和果不敢救,引兵退,遂克寿阳,生擒王琳,琳体貌闲雅,喜怒不形于色,有强记才。军府佐吏千数,一见皆能识其姓名,轻财爱士,得将卒心。虽流寓在邺,齐人皆重其忠义。及被擒,旧时麾下将卒多在明彻军中,见之皆歔欷,不能仰视,争为请命,及致资给。明彻恐其为变,斩之于寿阳东二十里。哭者声如雷。有一叟以酒脯来祭,哭尽哀,收其血而去。田夫野老,知与不知,闻者莫不流涕。后人有诗悲之曰:

故国江山已化尘,孤臣阃外尚捐身。

寿阳野老收遗血,哭杀当时麾下人。

捷闻,帝大喜,置酒举杯,嘱徐陵曰:"赏卿知人。"陵避席曰:"定策圣衷,非臣力也。"乃以明彻为车骑大将军,都督豫、合六州诸军事。遣谒者萧淳风就寿阳,册命筑坛于城南,高数丈,士卒二十万,皆戎装,环立坛下。旗分五色,兵列八方,明彻登坛拜受,三军皆呼万岁,声震山谷。观者如堵,人皆荣之。其余有功将士,皆晋爵。以寿阳复为豫州,以黄城为司州,江、淮旧境悉复。但未识齐人复来争否,且俟下文再讲。

① 擐(huàn)——穿。

第三十一卷

张丽华善承宠爱　陈后主恣意风流

话说齐主闻寿阳陷，颇以为忧。其嬖臣穆提婆曰："本是彼物，从其取去。假使国家尽失黄河以南，犹可作一龟兹①国。更可怜人生如寄，惟当行乐，何用愁为？"左右嬖幸共赞和之。齐主大喜，因置边事于度外。陈人悉复其故疆，而齐不复争。先是王琳传首建康，诏悬其首于市，人莫敢顾。其故吏朱瑒上书于仆射徐陵曰：

窃以典午②将灭，徐广为晋家遗老；当涂已谢，马孚称魏室忠臣。
梁故建宁公琳，当离乱之辰，总方伯之任，天厌梁德，尚思匡继。徒蕴
包胥之志，终遭苌弘之眚③，至使身没九泉，头行千里。伏惟圣恩博
厚，明诏爰发，赦王经之哭④，许田横之葬。不使寿春城下，唯传报葛
之人；沧洲岛上，独有悲田之客。

陵得书，为之请于帝，乃诏琳首还其亲属。瑒奉其首，葬之于八公山侧。义故会葬者数千人，皆痛哭拜奠。寻有寿阳义士茅智胜等五人，密送其柩于邺。赠曰"忠武王"，给辒辌车葬之。今且按下不表。

却说宣帝广选嫔御，后宫多内宠，生四十二男。长太子柳皇后生，次始兴王叔陵，又次长沙王叔坚，及下诸王，皆众妃所出。叔陵少机辨，狗⑤声名，为帝钟爱，然性强梁不羁，恃宠使气，王公大臣多畏之。年十六，出为江州刺史。严刻驭下，部民畏惧。历任湘、衡、桂、武四州，诸州镇闻其

---

① 龟兹（qiūcí 音丘瓷）国——汉代西域国名，在今新疆维吾尔自治区库车县一带。

② 典午——"司马"的隐语。

③ 苌弘之眚（shěng）——苌弘，春秋周敬王大夫，为周王所杀，既死，流血成石，或言流血成碧。眚，原为眼疾，引申为过失。

④ 王经之哭——王经，三国魏曹髦朝时尚书。司马昭杀曹髦，王经也被诛，临死时见其母也被捕，于是大哭，说是他连累了母亲。

⑤ 狗（xùn）——同"徇"，显露。

至，皆股栗震恐。而叔陵日益暴横，征求役使，无有纪极。又夜间不卧，烧烛达晓，召宾客嬖人，争说民间细事，以相戏谑。自旦至午，方始寝寐。其曹局文案，非奉呼唤，不得上呈。潇、湘以南词人文士，皆逼为左右侍从，其中脱有逃窜，辄杀其家属妻子。民家妻女，微有色貌者，皆逼而纳之府中。州县莫敢上言，以故帝弗之知。俄而召入，命治东府事务，兼察台省。凡执事之司，承意顺旨者，即讽上用之，厚加爵位，微致违忤，必抵以大罪，重者致死。又好饰虚名，每入朝，常于车中马上，执卷读书，高声长诵，扬扬自若。归至室内，或自执斧斤为沐猴①百戏。又好游冢墓间，见有茔表为当世知名者，辄令左右发掘，取其石志古器，并骸骨肘胫，持为玩弄之物。郭外有梅岭，晋世王公贵人多葬其间。叔陵生母彭妃死，启请梅岭葬之。乃发谢太傅安石墓，弃去其枢，以葬母棺。初丧之日，伪为哀毁，自称斋戒，将刺臂上血，为母写《涅槃经》。未及十日，庖厨击鲜，日进甘膳。私召左右妻女，与之宣淫，其行事类如此。

又有新安王者，名伯固，文帝子，性嗜酒，用度无节，所得俸禄，每不足于用，酣醉时，常乞丐于诸王。帝闻而怜之，特加赏赐，后出为徐州刺史。在州不理政事，日出畋猎，或乘眠舆至于草间，辄呼百姓妇女同游，动至旬日，所捕獐鹿②等物，相与同享。帝知其不法，召至京，将废弃之。而伯固善嘲谑，工诙媚，与叔陵相亲狎，以故得帝欢，每宴集，必引之侍饮。又伯固性好射雉，叔陵好发古冢，出游野外，必与偕行。一日，两人对饮，既酣，叔陵谓曰："主上若崩，吾不能为太子下矣。"伯固曰："殿下雄才大略，岂太子所及？他日主天下者，非殿下而谁？吾虽不敏，当为殿下助一臂之力。"彼此大笑。于是情好大洽，遂谋不轨。伯固侍禁中，每有密语，必报叔陵。

是时，诸王皆畏叔陵，单有长沙王叔坚每与相抗，不肯下之。先是叔坚母，本吴中酒家女，宣帝微时，尝饮其肆，遂与之通。及贵，召拜淑仪，生叔坚。叔坚性杰黠，有勇力，善骑射，帝亦爱之。尝与叔陵争宠，彼此相忌。每朝会卤簿，不肯为先后，必分道而趋。左右或争道而斗，至有死者。帝于二子皆所钟爱，故稍加责让，仍置酒和解之。由是二人益无顾忌。一日，帝方视朝，忽报周已灭齐，大惧，谓群臣曰："周人得志于东，必复辟地

①　沐猴——即狝猴。
②　獐(zhāng)——兽名，即獐。

于南,如此江、淮必受其害。吾欲遣使于周,以修旧好,兼觇其动静。诸臣以为谁可使者?"众推袁宪,帝乃命宪入关。宪至周,周亦厚相接待,既成礼。遂还建康,复命于帝曰:"周虽灭齐,其势可畏。然自周武死后,天元继统,国政日乱,内外皆归心丞相杨坚。臣料天元死后,坚必篡周。内务未遑,何暇外图? 只恐坚既得志,必有并吞江南之意。他日之忧,正劳圣虑也。"帝曰:"坚亦何能遽代周家?"遂不以为意。未几隋果代周。帝闻之惧,而谓宪曰:"卿料事如神,他日之忧,正不可以不防。"宪曰:"陛下能念及此,兢兢业业,隋亦无如我何也!"于是饬边事,修武备,以为自强之计。时大建十三年也。

明年春,帝有疾,诏太子及始兴王叔陵、长沙王叔坚并入侍疾。叔陵见帝疾将危,阴怀异志,命典药吏曰:"切药刀甚钝,可砺之。"盖旧制诸王入宫,不许带寸刃,故叔陵欲砺锉药刀以行逆也。甲寅,帝崩,仓促之际,合宫惊慌,而叔陵命左右于外取剑。左右弗悟其旨,取朝服所佩木剑以进,叔陵顿足大怒。叔坚在侧见之,知其有变,乃密伺所为。俄而太子哀哭俯伏,叔坚偶如厕,叔陵猝起,于旁抽锉药刀砍太子,中项,太子闷绝于地。柳后大呼救之,叔陵又砍后数下。乳媪吴氏自后掣其肘,太子浴血而起,叔陵持太子衣,太子奋身得脱。叔坚行至殿廊,闻内有喊声,急即奔入,见叔陵行凶,遂从后蛊之,夺去其刃,牵之就柱,以其摺袖缚之。时吴媪已扶太子避贼。叔坚求太子所在,欲受生杀之命。叔陵乘间奋力挣缚,缚解脱走,突出云龙门,驰车还东府,使左右断青溪道,放东城囚以充战士。又遣人往新林,追其所部兵。躬自被甲,戴白布帽,登城西门,招募百姓,散金帛以赏士卒,遍召诸王将帅,莫有至者。独新安王伯固单马赴之,助其指挥。聚兵千人,据城自守。

时众军并出防江,台内空虚,人心惊乱。叔坚忙召萧摩诃入内,使受敕讨叔陵。摩诃受命出宫,即帅马步数百,直趋东府。叔陵惶恐,遣人送鼓吹与摩诃,谓之曰:"事捷,必以公为台鼎。"摩诃诱之曰:"须王心膂自来,方敢从命。"叔陵乃遣所亲戴温、谭麒麟来见摩诃,摩诃执以送台,斩其首以徇东城。叔陵叹曰:"事不成矣。"遂入内,呼其妻妾十人,尽沉于井,身率步骑数百,开城走。欲趋新林,而后乘舟奔隋,行至白杨路,为台军所邀。伯固奔避入巷,叔陵驰骑拔刀追之,呼曰:"尔欲求免耶? 我先杀汝。"伯固不得已复还。部下多弃甲溃去。摩诃刺叔陵仆地,其将陈仲华就斩其首。伯固亦为乱兵所杀。自寅至巳，其乱乃定。叔陵诸子皆赐死。时太子创甚，卧承香殿，太后居柏梁殿，百司众务，皆决于叔坚。丁巳，太子创愈，群臣奉玺绶，即位于太极殿。改元至德，大赦天下，是为后主。以长沙王为司空、骠骑大将军；萧摩诃为车骑大将军，封绥远公。叔陵家金帛累巨万，悉赐二人。

　　且说长沙王既定内乱，自以有救护大功，骄纵日甚，群臣忌之。都官尚书孔范、中书舍人施文庆皆有宠于帝，而恶叔坚所为，日夜求其短，构之于帝。帝遂疏之，以江总为吏部尚书，夺其权。叔坚既失恩，心不自安，乃为厌媚①，醮日斗以求福。或上书告其事，验之有实，帝乃囚叔坚于内省。将杀之，令内侍宣敕数其罪，叔坚对曰："臣之本心，非有他故，但欲求亲于主上耳。今既犯天宪，罪固当死，但臣死地下，必见叔陵，愿宣明诏，责之于九泉之下。"帝感其言，遂赦之，免官归第。今且按下不表。

　　却说陈自武帝开国，纲纪粗备，天下渐安。继以文宣承统，勤劳庶政，节己爱人，府库充足，民食有余，故大建之末，江南号称富庶。后主即位，蒙业而安，天下欣欣望治。然性耽诗酒，专喜声色。始初尚有二、三大臣辅以正道，军国之务稍为留心。继则佞幸日进，谀言盈耳，内宠外嬖，共为蛊惑，而君志日荒矣。再表后宫有一美女，姓张名丽华，本兵家之女，父兄以织席为业，后主为太子时，被选入宫，拨为东宫侍婢。时后主已得龚、孔二妃，花容月貌，皆称绝色，并承宠爱，而于孔妃尤笃。尝谓妃曰："古称王嫱、西子之美，自吾视之，卿美当不弱耳。"及丽华入宫，年才十岁，为孔妃给使，后主未之见也。一日，与孔妃小饮，丽华捧卮以进。后主一见大惊，端视良久，谓妃曰："此国色也。卿何藏此佳丽，而不令我见？"孔妃曰："妾谓殿下此时见之，犹嫌其早。"后主问何故，对曰："其年尚幼，恐微葩嫩蕊，不足以受殿下采折耳。"后主微笑。心虽爱之，怜其幼弱，不忍强与交欢。因作小词以寄情，其词曰：

　　海棠初试胭脂嫩，翠珮葳蕤②，弱态难支。不许金风用力吹。新妆时样慵梳掠，淡淡蛾眉，云鬟双垂，欲护兰芽不自持。

　　　　　　　　　　　　　　　　　　　　　《罗敷媚》

────────

①　厌媚──即"厌魅"。用迷信的方法，祈祷鬼神或诅咒。

②　葳蕤(wēiruí)──草名，一名丽草，又称女草。

后主做完是词，以金花笺书付丽华，丽华叩谢。孔妃相顾而笑曰："殿下何多情也？"原来丽华年虽幼小，天性聪明，吹弹歌舞，一见便会，诗词歌赋，寓目即晓。又善伺人颜色，虽孔妃亦甚爱之。年交十三，出落得轻盈婀娜，进止闲雅，容色益丽。每一纹睐，光彩照映左右。后主虽未临幸，常抱置膝上，抚摩其体。此时丽华芳心已动，云情雨意，盈盈欲露，引得后主益发动情，哪能再缓佳期。一夜风景融和，月明如水，酒阑之后，遂挽之同寝。丽华初承雨露，娇啼宛转，不胜羞涩，而后主曲尽温存，方堪承受。直至灵犀一透，彼此欢乐无限。明日起身，后主满心喜悦，遂作一词以示丽华。其词曰：

> 明月映珠帘，依约小阑干侧。昨夜芙蓉帐底，占几分春色。憨痴未谙雨云情，娇羞更无力。为问温柔滋味，有谁人消得？

《好事近》

丽华亦依韵和之，词曰：

> 喜气上眉梢，斗转月轮初侧。雨露恩浓天上，愧好花颜色。柳条枝弱不堪攀，春风借微力。绣帐夜阑情绪，许姮娥①知得。

词后书"恭贺御制元韵"。后主看了此词，欢喜不已，赞道："你小小年纪，清词丽句，乃能如此，结句带着孔娘娘，尤见灵心四映，真才女也。"从此两情胶漆，如鱼得水，宠幸更出龚、孔之上。

未几宣帝崩，后主即位，拜为贵妃。当叔陵作逆时，后主受伤，卧承香殿中养病。诸妃皆不得侍，独丽华侍左右，进汤药，衣不解带者数夜。及愈，益爱幸之。又内宫庭院虽广，而武帝以来，皆尚简朴。后主嫌其居处不华，未足为藏娇之所，乃于临光殿前，起临春、结绮、望仙三阁。高数十丈，并数十间，穷土木之奇，极人工之巧。凡窗牖墙壁栏槛之类，皆以沉檀木为之，饰以金玉，间以珠翠。外施珠帘，内设宝床宝帐。服玩珍奇，器物瑰丽，皆近古未有。阁下积石为山，引水为池，植以奇树，杂以名花，每微风暂至，香闻数里。朝日初照，光映后庭。月明之夜，恍如仙界。后主自居临春阁，张贵妃居结绮阁，龚、孔二贵嫔居望仙阁。并复道往来，又有王、李二美人，张、薛二淑媛，袁昭仪、何婕妤、江修容等七人。并以才色见幸，得游其上。丽华尝于阁上靓妆，或临轩独坐，或倚栏遥望，见者皆疑姮

---

① 姮娥——即嫦娥，神话传说中的月中仙子。

娥出世,仙子临凡,俨在缥缈峰头,令人可望不可即。

于是外廷臣工,率以迎合为事。有尚书江总,字总持,博学多文,尤工五言七言。溺于浮靡。后主宠之,日与游宴,多作艳诗。好事者抄传讽玩,争相效尤,诗体一新。又有山阴人孔范,字法言,容止都雅,文章赡丽,亦为后主亲爱。后主恶闻过失,范必曲为文饰,称扬赞美。又与孔贵妃结为兄妹。宠遇优渥,言听计从,公卿多畏之。尝语后主曰:"外间诸将起自行伍,匹夫敌耳。深谋远虑,非其所知。"自是将帅微有过失,即夺其兵。分配文吏。边备之弛,皆范为之。时朝廷有狎客十人,江总为首,孔范次之。王瑗、施文庆、沈客卿等,又次之。皆得出入禁中,侍宴内庭。

一日,后主退朝之暇,正与诸臣饮酒赋诗,内侍呈上短章一道,乃贵妃丽华所奏。其略云:

　　妾闻阴阳无二理,男女本同揆。朝廷之上,不乏文人;闺阁之中,岂无才女? 大家①续《汉》,成一代之良史;苏氏回文②,倡千秋之绝调。斯固巾帼增辉,须眉短气者也。自古有之,今岂无偶? 然空闺自蔽,美玉韫③于椟中;绣户深藏,骊珠④埋于涧底。胸罗锦绣,未著芳声;笔聚云烟,难邀明鉴。蛾眉为之痛心,脂粉因之减价。伏惟陛下,睿思焕发,圣藻缤纷,俾旁求之典,兼及红裙;征辟之加,不遗绿鬓。庶三千粉黛,争抒风雅之才;与八百衣冠⑤,共佐文明之治。

后主览表大悦,遍示诸臣,皆劝宜允所请。于是发诏四方,采选淑女,不论士庶贵贱,凡有才色可观者,皆要报名送进。州郡争迎上意,各各遵行。不上数月,选得女子数千,送至都下,齐集午门。后主遂与张、孔二妃并坐内殿,一一引见。先试其才,徐别其貌。有才色兼备者十余人,赐为

---

①　大家(gū)——东汉班昭。为史学家班彪之女、班固之妹。班固著《汉书》未成而卒,班昭续之。嫁曹世叔,早寡。后受召入宫当教师,号曰大家,世称班大家。

②　苏氏回文——苏氏,东晋前秦苏蕙。其夫窦滔以罪徙流沙,苏蕙思念丈夫,织锦为《回文璇图》诗以寄。

③　美玉韫(yùn)于椟(dú)中——《论语·子罕》:"有美玉于斯,韫匮而藏诸? 求善贾而沽诸?"韫,藏;匮,同"椟",匣子。

④　骊珠——宝珠。传说出骊龙颔下。

⑤　衣冠——指士大夫,官绅。

女学士。才有余而色不及者，命为女校书，供笔墨之职。色甚都①而才不足者，命充内府，习歌舞之事。真个艳冶满前，笙箫聒耳。每遇宴饮，使诸妃嫔及女学士，与狎客杂坐联吟，互相赠答。采其尤艳丽者，被以新声，命宫女千余人习而歌之。其曲有《玉树后庭花》、《临春乐》等。内有云"璧月夜夜满，琼树朝朝新"，最称绝唱。大略皆美诸妃之容色。君臣酣歌，自夕达旦，以此为常。把军国政事，皆置不闻。百司启奏，并因宦者蔡蜕儿、李善度以进，后主置丽华于膝上共决之。李、蔡所不能记者，丽华并为条疏，无所遗脱。因参访外事，人间有一言一事，丽华必先知之。由是益加宠异，冠绝后庭。宦官近习内外连结，卖官鬻狱，货赂公行，大臣执政，皆从风诡附，以故上下解体，国事日坏。

时有中书舍人傅縡才使气，嬖幸多怨之，日进谗言，后主怒，收縡下狱。縡乃于狱中上书曰：

> 臣闻君人者恭事上帝，子爱下民，省嗜欲，远谄佞，未明求衣，日旰忘食，是以泽被区夏，庆流子孙。陛下顷来，酒色过度，不虔郊庙大神，专事淫昏之鬼，小人在侧，宦侍弄权，恶忠直若仇仇，视小民如草芥。后宫曳绮绣，厩马余菽粟，而百姓饥寒，流离蔽野，神怒民怨，众叛亲离。若不改弦易辙，臣恐东南王气自斯而尽。

书奏，后主大怒。顷之，意稍解。遣使谓之曰："我欲赦卿，卿能改过否？"对曰："臣心如面，臣面可改，则臣心亦可改。"使者复命。后主益怒，遂赐死狱中。从此直臣钳口，弼士噤声，君志益侈，民生日蹙。

消息传入长安，正值隋文开皇之年，本有削平四海之志，于是隋之群臣争劝其主伐陈，以救江南百姓。隋主曰："吾为民父母，岂可限一衣带水而不拯之乎？"乃下诏数后主二十大罪，散写诏书二十万纸，遍谕江外。或谓兵行宜密，隋主曰："若彼惧而改过，朕又何求？否则显行天罚可也，奚事诡计为！"于是大治战舰，陈师誓众，命皇子晋王广、秦王俊、清河公杨素为行军元帅，总管韩擒虎、贺若弼等，率兵分道四出。凡总管九十，兵五十余万，皆受晋王节度。以左仆射高颎为晋王元帅长史，军中事咸取决焉。其兵东接沧海，西距巴蜀，旌旗舟楫，横亘数千里，无不奋勇争先，尽欲灭此朝食。正是：全军压境山河震，大敌临江神鬼惊。未识陈国若何御之，且听下回分解。

---

① 都——美好的样子。

第三十二卷

陈氏荒淫弃天险　隋兵鼓勇下江南

话说隋文帝大举伐陈,将次临江,沿边州郡飞报入朝。上下泄泄,咸不以为意。独仆射袁宪请出兵御之,且谓后主曰:"京口、采石,俱是要地。各须锐兵三千,并出金翅①三百艘,缘江上下以为防备。"后主曰:"此是常事,边城将帅足以当之。若出人船,必致惊扰,徒乱人心。"不听。及隋军深入,州郡相继告急,后主从容谓侍臣曰:"齐兵三来,周师再至,无不摧败而去,彼何为者耶!"孔范进曰:"长江天堑,古以为限,隔断南北,今日隋军岂能飞渡耶? 边将欲作功劳,妄言事急。臣每患官卑,虏若渡江,臣定作太尉公矣。"或妄传北军在道,马多死。范曰:"可惜,此是我马,何为而死?"后主大笑,深以为然,奏伎纵酒,赋诗如故。

先是,萧摩诃丧偶,续娶夫人任氏,年甚少。尝以命妇入朝,与丽华说得投机,结为姊妹。任氏生得容颜俏丽,体态轻盈,兼能吟诗作赋,自矜才色,颇慕风流。嫁得摩诃,富贵亦已称心,微嫌摩诃是一武夫,闺房中惜玉怜香之事全不在行,故心常不足。入宫见后主与丽华好似并蒂莲、比翼鸟,无刻不亲,何等恩爱绸缪,不胜欣羡。故见了后主,往往眉目送情,大有毛遂自荐之意。况后主是一好色之主,艳丽当前,正搔着心孔痒处,焉肯轻轻放过? 只因任氏是大臣之妻,碍着君臣面上,未便妄动。又相见时,妃嫔满前,即欲与他苟合,苦于无从下手,故此未获如愿。一日,正当后主临朝,丽华召夫人入内,留在结绮阁宴饮。你一盏,我一杯,殷勤相劝。丽华不觉酣醉,倚在绣榻之上,沉沉睡着。夫人见丽华醉了,乘着酒兴,欲往望仙阁与孔贵妃闲谈片时,遂悄悄从复道走去。哪知事有凑巧,恰值后主亦独自走来,夫人回避不及,忙即俯伏在旁。后主笑嘻嘻走近身边,以手相扶道:"夫人既与我贵妃结为姊妹,便是小姨了,何必行此大礼?"夫人才立起身,后主便挽定玉手,携入秘室,拉之并坐,曰:"慕卿已

①　金翅——指战舰。

久,今日可副朕怀。"夫人垂首含羞,轻轻俏语道:"只恐此事不可。"然见了风流天子态度温存,早已心动。于是后主拥抱求欢,夫人亦含笑相就,绝不作难,翻云覆雨,笑语盈盈,以为巫山之遇①,不过如此。宫人见者,皆远远避开,任其二人淫荡。良久事毕,遂各整衣而起。宫人进来,捧上金盆洗手。二人洗罢,同往结绮阁来。斯时夫人鬓乱钗斜,娇羞满面。丽华接见,忙上前称贺道:"此是陛下合享风流之福,故得遇姊。姊能曲体帝意,便是绣阁功臣了,何嫌之有?"乃为夫人重点新妆,阁中再开筵宴。当夜丽华留住夫人,使后主重赴阳台之梦②。较之初次,更觉情浓。明日,夫人辞出,后主欲留,恐惹物议,因作小词一阕,以订后会。其词曰:

> 雕阑掩映,花枝低亚,玉立亭亭如画。巫山十二碧峰头,喜片刻雨沾云惹。相逢似梦,相知如旧,一点柔情非假。风流况味两心同,愿无忘今夜。
>
> 《鹊桥仙》

夫人亦答小词一首,以纪恩幸。其词曰:

> 满苑娇花人似醉,芳草情多,也是蒙苔砌。多谢春风能做美,一番浓露和烟翠。一霎匆匆罗帐里,聚出无心,散却偏容易。窗外柳丝阑上倚,依依似把柔情系。
>
> 《蝶恋花》

丽华见了,不胜叹赏曰:"陛下天纵之才,姊姊闺中之秀,然皆深于情者也。"盖丽华有一种好处,枕席之事,全不妒忌。引荐宫中美色,常若不及,后宫多德之。故夫人于后主有私,不唯不妒,愈加亲热。自此夫人常召入宫,留宿过夜。在摩诃面前,只言被丽华留住,不肯放归。摩诃是直性人,始初信以为实,也不十分查问。其后风声渐露,知与后主有奸,不胜大怒,因叹道:"我为国家苦争恶战,干下无数功劳,才得打成天下。今嗣

---

① 巫山之遇——战国宋玉《高唐赋》载楚襄王游云梦之台,遇巫山之女与之交欢故事。
② 阳台之梦——即前"巫山之遇"。巫女曰:"妾在巫山之阳,高丘之阻,旦为朝云,暮为行雨,朝朝暮暮,阳台之下。"

主不顾纲常名分,奸污我妻子,玷辱我门风,教我何颜立于朝廷!"因此把忠君为国的心肠,遂冷了一半。今且按下不表。

却说隋兵既起,贺若弼自北道争先,韩擒虎自南边开路,军马渡江,如入无人之境。沿江守将,望风尽走。俄而若弼进据钟山,顿兵白土冈,擒虎帅步骑二万,屯于新林。内外大恐。时建康甲士,尚有十余万人。后主素懦怯,不达军事,台内处分,一委施文庆。文庆务为壅蔽,诸将凡有启请,率皆不行。先是贺若弼之攻京口也,袁宪请出兵迎击,后主不许。及弼至钟山,宪又曰:"弼悬军深入,营垒未坚,出兵掩袭,可以必克。"又不许。及闻隋兵百万尽行压境,后主始惧,乃召摩诃、任忠等于内殿,商议军事。摩诃不语,忠曰:"兵法客贵速战,主贵持重,今国家足食足兵,宜固守台城,缘淮立栅。北军虽来,勿与交战,分兵断江路,无令彼信得通。给臣精兵一万,金翅舰三百,乘江而下,径掩六合。彼大军必谓渡江将士已被俘获,自然挫气。淮南土人皆与臣有旧,今闻臣往,必皆景从。臣复扬声欲往徐州,断彼归路,则诸军不击自去。待春水既涨,上江守将周罗睺等必沿流赴援,此良策也。"后主不能从。

明日,歘然曰:"兵久不决,令人腹烦。可呼萧郎出兵一击。"孔范从旁赞之,且曰:"歼尽五虏,当为陛下勒石燕然①。"任忠叩头苦请勿战,不从。谓摩诃曰:"卿可为我一决。"摩诃曰:"从来行阵,为国为身,今日之事,兼为妻子。"后主大喜,乃使鲁广达陈于白土冈,居诸军之南,任忠次之,孔范又次之,摩诃一军最在北。诸军相去,南北亘二十里,首尾进退,各不相知。贺若弼将轻骑登山,遥望众军,因即驰下,帅甲士八千,勒阵待之。摩诃以后主通其妻,全无战意。唯鲁广达与弼相当,摧坚陷阵,所向披靡,杀死隋将士三百余人。隋师退走,弼见追兵至,辄纵烟以自隐。陈人既胜,将士各将所得首级,走献陈主求赏。弼知其骄惰,乃引兵趋孔范,范兵暂交即退。诸军顾之皆乱。隋兵乘之,遂大溃,死者五千人。摩诃既不退,又不战,遂被擒于阵。弼命斩之,摩诃颜色自若,乃释而礼之,摩诃遂降。任忠驰马入台,见后主曰:"兵已败矣,臣实无所用力,奈何?"后主

---

① 勒石燕然——燕然,山名。东汉窦宪破北单于,登燕然山,勒石纪功而还。事见《后汉书·窦宪传》。

与之金两䌇①,使募人出战。忠曰:"陛下唯具舟楫,就上流诸军,臣当以死奉卫。"言罢即出。后主信之,乃令宫人束装以待。哪知任忠已怀叛志,驰至石子冈,正遇韩擒虎军来,便下马迎降。擒虎大喜,遂相与并进,直入朱雀门。台军欲拒,忠挥之曰:"老夫尚降,诸军何事相抗?"众闻之皆散走。于是城内文武百官并遁。

斯时,后主身旁不见一人,唯袁宪侍侧,因谓之曰:"朕从来待卿,不胜余人。今人皆弃我去,唯卿独留,不遇岁寒,焉知松柏? 非唯朕无德,亦是江东衣冠道尽。"言罢,遽欲避匿。宪正色曰:"北兵之入,必无所犯。大事如此,去将安之? 臣愿陛下正衣冠,御正殿,依梁武帝见侯景故事。"后主不从,下榻急走,曰:"锋刃之下,未可儿戏,朕自有计。"从宫嫔十余人,奔至后堂景阳殿,将投于井。袁宪自后见之,以身蔽井,后主与争,久之得入。

宪恸哭而去。时隋兵入宫,执内侍问曰:"尔主何在?"内侍指井曰:"在是。"窥之正黑,呼之不应,欲下石,乃闻叫声。以绳引之,怪其太重,及出,乃与张贵妃、孔贵妃同束而上。众大笑。

先是,沈皇后性端静,寡嗜欲,后主遇之甚薄。张贵妃宠倾后宫,后澹然退处,未尝有所忌怨。及隋兵入,居处如常。太子深年十五,闭阁而坐,独舍人孔伯鱼侍侧。军士叩阁而入,太子安坐,劳之曰:"戎旅在途,得无劳乎?"军士咸致敬焉。

话分两头。贺若弼乘胜至乐游苑,鲁广达犹督余兵苦战不息,复杀隋军数百人。会日暮,乃解甲,面台再拜恸哭,谓众曰:"我身不能救国,负罪深矣。"士卒皆涕泣歔欷,遂就擒。弼夜烧北掖门入,闻擒虎已执叔宝,呼视之,叔宝惶惧,流汗股颤,向弼再拜。弼谓之曰:"小国之君,当大国之臣,拜乃礼也。入朝不失作归命侯,无劳恐惧。"乃幽之德教殿,以兵守之。

却说晋王广素慕丽华之美,私嘱高颎曰:"公入建康,必留丽华,勿害其命。"颎至,召丽华来见,曰:"美固美矣,但太公蒙面以斩妲己,我岂可留以误人?"乃斩之于青溪。晋王闻之,怅然失望,曰:"昔人云:'无德不报。'我有以报高公矣。"于是晋王整旅入建康,以施文庆受委不忠,曲为

———————————

① 䌇(téng)——同"縢",布袋。

谄佞,以蔽人主耳目;沈客卿重赋厚敛,以悦其上;与太市令杨慧郎、刑法监徐析、都令史暨慧,指为五佞,并斩于石阙下,以谢三吴之人。使记室裴矩收图籍,封府库,资财一无所取。陈人贤之。

且说当初陈高祖杀了王僧辩一家,只道王氏已绝,那知僧辩尚有一子遗下,名颁。当合家被难时,颁尚在襁褓,亏得乳母挈之以逃,流离北土。及壮,仕隋为仪同三司,隋师伐陈,从军南来。及陈亡,欲报父仇,乃结壮士数十人,饮以酒而谓之曰:“吾家与霸先有不共戴天之仇。愿借诸君之力,发其墓,毁其尸,以舒夙恨。有罪我自当之。虽死不悔。”众皆许诺,乃夜往,发陈祖陵,开其柩,尸尚不腐。跪而斩之,焚骨取灰,投水而饮之。曰:“今而后可以报吾父于地下矣。”天明自缚,叩首于军门,请正擅命之罪。晋王重其义,承制赦之。闻者,莫不感叹。

再说水军都督周罗㬋守江夏,与秦王俊相持逾月,隋兵不得进。又荆州刺史陈慧纪,与南康内史吕忠肃,据巫峡,于北岸凿石,缀铁锁三条,横绝中流,以遏隋船。杨素奋兵击之,四十余战,杀死隋兵五千余人,素不能克。及建康平,晋王广以后主手书,招上江诸将。罗㬋乃与诸将大临三日,放兵降隋。慧纪、忠肃亦解甲投诚。杨素乃得下至汉口,与秦王俊会。将次湘州,有兵守城,不得进。素遣别将庞晖进兵攻之,举城欲降,湘州刺史、岳阳王叔慎年十八,置酒会文武僚吏,酒酣,拍案叹曰:“君臣之义,尽于此乎?”长史谢基伏而流涕,司马侯正理奋袂起曰:“主辱臣死,诸君独非大陈之臣乎? 今国家有难,实致命之秋也。纵其无成,犹见臣节。青门之辱,有死不能。今日之机,不可犹豫。后应者斩!”众咸许诺,乃具牛马币帛,诈降于庞晖,诱之入城。叔慎伏甲门口,晖至,斩之以徇。于是建牙勒兵,招合士众,数日之中,得兵五千人。衡阳太守范通、武州刺史邬居业,皆举兵助之。素闻晖死,率大军继进。叔慎与战大败,遂被擒。秦王俊斩之于汉口,其党羽皆死。

又岭南六有所附,数郡士民共奉高凉郡太夫人洗氏为主,号“圣母”,保境拒守。晋王遣柱国韦㢸安抚岭外,至南康不得进,乃以叔宝书遗夫人,谕以国亡,使之归隋。夫人集首领数千人,向北恸哭,谓其孙冯魂曰:“昔武帝起兵吴兴,我决其必成大事,故使汝以兵助之,后果代有梁业。我家累受其恩,曾几何时,子孙不能守,把锦绣江山,尽付他人之手,曷胜浩叹。我以一隅之地,何敢与天下相抗。”乃遣使迎㢸。㢸至广州,晓谕岭南诸州，无不归顺。于是陈国皆平。得州三十，郡一百，县四百。三月己巳，送叔宝与其王公百司，并诣长安，陈氏遂亡。后人有长歌一篇，记其荒亡之迹云：

南朝天子爱豪奢，芙蓉为国颜作霞。不临朝右明光殿，只恋宫中桃李花。自矜文藻超凡俗，咳吐随风散珠玉。批风抹月①兴无涯，品燕评莺意不足。风流性格夸作家，终朝相对人如花。新词艳句推江总，浅笑轻颦斗丽华。朱楼翠殿飘香远，舞榭歌台云雨满。蓬莱瀛海艳神仙，结绮临春起池馆。朱甍画栋接青霄，云作窗棂虹作桥。龟网罘罳②金落索，龙纹屏障玉镂雕。珊瑚座映琉璃榻，绣带珠帘银蒜③押。氍毹④海上锦云来，翡翠瓶中琼树插。锦筵罗列山海珍，猩唇龙脯堆纷纶。玛瑙盘倾霞灿烂，珍珠红滴香氤氲。纷纷仙乐奏新声，君王欢笑侧耳听。只道升平难际会，冰轮⑤莫负今宵明。昭仪妙句矜无比，学士清词杂宫徵。脂香粉腻惹朝衫，巧笑低吟喜娇美。通宵裹狎两不嫌，但称丽句谐秾纤。声娇语脆醉人魄，音入肺腑如胶粘。谱得新声中音律，后庭玉树真奇绝。莺喉慢啭神欲飞，荡志惊魂意欢悦。朝歌暮乐无已时，君臣放浪疑狂痴。只知裙底情无限，那惜眉头火莫支。一朝兵马邻封起，百万旌旗焕罗绮。交章告急如不闻，犹说妖娆贵妃美。陈情袁宪拼白头，痛哭欲解危城忧。邪臣妄议恃天险，长江万里轻戈矛。君臣大笑仍欢乐，饮酒征歌相戏谑。不知天上下将军，御座孤身无倚着。袁宪忠言总不知，临危犹是恋宫妃。三人入井计何拙，千古胭脂辱井嗤。王气金陵且消歇，晋王好色心偏热。谁知宫里貌如花，化作营中剑铓血。荒淫破国忆陈隋，瞬息兴亡致足悲。虎踞龙蟠佳丽地，年年惟见鹧鸪飞。

先是，武帝受禅之后，梦有神人自天而下，手执玉策金字，北面授帝曰："陈氏五帝，三十二年。"屈指兴亡，适符其数。又后主在东宫时，有鸟

---

① 批风抹月——犹吟诵风月的意思。

② 罘罳(fú sī)——指屏风。

③ 银蒜——帘押。

④ 氍毹(qú shū)——毛织的地毯。

⑤ 冰轮——指月亮。

一足，集于殿庭，以嘴画地成文曰：

> 独足上高台，盛草变为灰。欲知我家处，朱门当水开。

后有解之者曰："独足"指后主亡国时，独行无众。"盛草"言荒秽之状，隋承火运，草遇火，则变为灰矣。及后主至长安，同其家属馆于都水台，门适临水，故始句言"上高台"，结言"当水开"也。其言皆验。

却说后主至京，朝见隋帝，帝赦其罪，给赐甚厚。数得引见，班同三品，每预宴，恐致伤心，为不奏吴音。后监守者奏言叔宝云："既无秩位，每预朝集，愿得一官号。"帝曰："叔宝全无心肝。"监者又言叔宝常醉，罕有醒时。帝问饮酒几何，对曰："与其子弟日饮一石。"帝大惊，使节其饮。既而曰："任其性可耳，若节其酒，教他何以过日？"又诏陈氏子弟在京城者，分置边郡，给田业，使为生。岁时赐衣服以安全之。其降臣江总、袁宪、萧摩诃、任忠俱拜仪同三司。帝嘉袁宪雅操，下诏以为"江东称首"，谓群臣曰："平陈之初，我悔不杀任蛮奴。受人荣禄，兼当重寄，不能横尸徇国，乃云无所用力。与弘演纳肝，何其远乎？"又晋王之戮陈五佞也，未知孔范、王瑳、王仪、沈瓘之罪，故得免。及至长安，事并露，帝乃暴其罪恶，投之边裔，以谢吴越之人。见周罗睺慰谕之，许以富贵。罗睺垂泣对曰："臣荷陈氏厚遇，本朝沦亡，无节可纪。得免于死，陛下之赐也，何富贵之敢望？"贺若弼谓罗睺曰："闻公郢汉起兵，即知扬州可得。王师利涉，果如所料。"罗睺曰："若得与公周旋，胜负亦未可定也。"顷之拜仪同三司，睺有裨将羊翔，早降于隋，伐陈之役，为隋乡导，位至上开府仪同，班①在睺上。韩擒虎于朝堂戏睺曰："不知机变，乃立在羊翔之下，毋乃愧乎？"睺曰："仆在江南，久承令问，谓公天下节士，今日所言，殊乖所望。"擒虎有愧色。

先是常侍韦鼎聘于周，遇帝而异之，谓帝曰："公当大贵，贵则天下一家。岁一周天，老夫当委质于公。"帝谦谢不敢当。及至德之日，鼎在江南，尽卖其田宅。或问其故，鼎曰："江东王气尽于此矣。吾异日当归葬长安耳。"至是陈平，帝召鼎为上仪同三司。

叔宝尝从帝登邙山侍饮，赋诗曰：

> 日月光天德，山河壮帝居。

---

① 班——指官职，官序。

太平无以报，愿上东封书。

因表请封禅，帝优诏答之。他日复侍宴，及出，帝目之曰："比败岂不由酒，以作诗之功，何如思安时事？朕闻贺若弼渡京口，其下密启告急，叔宝饮酒不省。高颍至日，犹见启在枕下，尚未开封。此诚可笑，盖天亡之也。"叔宝卒于仁寿四年之十一月，时年五十二。赠长城县公。盖自南北分裂，晋元帝建都金陵，号曰东晋，传十一主，共一百零四年。刘宋受禅，凡八主，共六十年。萧齐代兴，几七主，共二十四年。梁武继统，凡四主，共五十六年。陈氏代梁，凡五主，共三十三年。统计南朝年代，共二百七十七年。金陵王气始尽，隋家并而有之，天下遂成一统云。诗曰：

渠大英雄作帝王，威加海内气飞扬。
三秦①才睹衣冠旧，何太匆匆归建康。

南宋

一木难支大厦倾，愍孙血染石头城。
诸王并是天家戚，舅氏江山付道成。

南齐

保有江东四十秋，疆围无恙若金瓯。
只缘梁祚应当尽，天使昭明不白头。

南梁

当代人豪数霸先，文宣继统亦称贤。
《后庭》一曲风流甚，断送东南半壁天。

南陈

陈后主不理国政，唯以风流为事，诸臣正直者少，谄佞者多，所以纲纪败坏，不可收拾。及敌兵压境，不听袁宪忠言，尚悦佞人献谀，不亡何待？乃至与张、孔同入于井，可羞之甚。其得保首领以没，幸矣。皇后、太子，尚能不失大体，可敬，可敬。袁宪虽亦降隋，乃忠于陈，竭尽心力，至不得已而降之，亦可原矣。结处统括全部，分画年代，条理井然。不似时手做到后来，全无收煞，只图了事者可比。此作手之书，超迈流俗，有目者自能辨之。

---

① 三秦——今陕西一带，本为秦国旧地，项羽灭秦以后，分为雍、塞、翟三国，故称为三秦。